Fritz Kobi

HEISSER DAMPF

Fritz Kobi (17. November 1938) war über 30 Jahre lang einer der bekanntesten Schweizer Werber. Während seiner Berufszeit schrieb und publizierte er 8 Science Fiction-Romane und Krimis, darunter den vorliegenden Roman und »Mama entweder du oder ich«, »Alpina 2020«, »Zurück zur Lust« und »Die Entdeckung des Ebrozyms«. Heute widmet er sich unter dem Pseudonym »Kobinsky« der Malerei und lebt in der Toskana.

FRITZ KOBI

HEISSER DAMPF

Roman

BRUNO GMÜNDER

Leuschnerdamm 31, 10999 Berlin
info@brunogmuender.com

Lektorat: Marcus Brühl

Covergestaltung von Dolph Cesar unter Verwendung
eines Fotos von

Druck: Nørhaven Paperback A/S, Dänemark

ISBN 3-86187-380-X

Nein, Sie haben keine Autobiographie vor sich. Auch keinen Tatsachenroman. *Heißer Dampf* ist ein Krimi, der aus verschiedenen tatsächlichen Ereignissen und Erfahrungen zusammengesetzt ist. Allerdings sind alle Personen in diesem Buch frei erfunden. Ähnlichkeiten wären rein zufällig. Die vorliegenden Beschreibungen der Berner Schwulenszene können ebenso gut auf die Szene in anderen Städten übertragen werden.

Der Anruf kam um 17.03 Uhr. Kommissär Wildbolz saß in seinem Fernsehsessel, den er vor einem halben Jahr von der verstorbenen Schwester seines Vaters geerbt hatte. Die Schuhe hatte er ausgezogen und die Beine aufs gläserne Clubtischchen gebettet. Sonst war er noch im Trainingsanzug, in dem er kurz vorher seinen Hund Fritz spazieren geführt hatte. Er war vertieft in das Spiel Federer gegen den Amerikaner Chang.

Aber des Öftern schwebten seine Gedanken weg vom Tennis, hin zu Nelly, seiner Ex-Frau, und von dort zu anderen hübschen Mädchen. Er nahm sich vor, sich wieder in der Damenwelt umzusehen, nach etwas Passendem zu suchen, um nicht gänzlich zu vereinsamen. Jetzt, im Spätherbst, spürte er das Bedürfnis nach einer liebevollen, fröhlichen und natürlich hübschen Gefährtin besonders stark. Seine Lippen mit der Zunge befeuchtend, nahm er den Hörer ab. Vielleicht war es ja Jacqueline, die junge Hostess des Verkehrsvereins, die er kürzlich im alten Tramdepot beim Bärengraben kennen gelernt hatte. Oder hatte sie ihn schon wieder vergessen?

»Wildbolz«, säuselte er süßlich in die Muschel, ohne den Blick vom Bildschirm zu wenden. Es war ja schließlich Sonntag, und er wollte einfach nicht annehmen, dass der Anruf dienstlich war. Aber er war es.

»Rothenbühler, Sanitätspolizei. Entschuldigen Sie: Korporal Rothenbühler. Sind Sie es, Kommissär?« Lasst mich jetzt in Ruhe, wünschte Wildbolz verärgert. Es gibt doch genügend Kollegen im Dienst, herrgottdonnernocheinmal! Laut brummte er: »Wer denn sonst?« »Tut mir Leid, dass ich Sie stören muss, aber im Augenblick ist niemand auf der Hauptwache, der mir helfen könnte. Seien alle unterwegs und überbeschäftigt, hat man mir gesagt.«

Kein Wunder, bei dieser kriminellen Hochsaison! Warum stellten die nicht endlich einmal mehr Leute ein? Da jammerte man, es habe zu viele Arbeitslose, die erst noch vor lauter Langeweile Dummheiten machten, aber keinem dieser selbstherrlichen, nichtsnutzigen Parteifritzen im Stadtrat käme es in den Sinn, das Polizeikader aufzustocken. Die Politiker waren eben nicht ums Wohl der Gesellschaft besorgt, sondern um ihr jämmerliches eigenes. Idealismus, wo bist du geblieben? »Ja und, was ist denn so dringend?«

»Wir haben eben die Meldung erhalten, dass sich in einer Sauna ein junger Mann erhängt hat. Wir möchten ihn nicht ohne einen Mann von der Kripo abholen. Es könnte ja sein, dass der Fall komplizierter ist, als dieser vorwitzige Saunatyp uns weismachen wollte. Können Sie nicht rasch mitkommen?« Dieser Rothenbühler musste ein junger Polizist sein, er tönte auch entsprechend unsicher. »Zum Kotzen! Ich habe etwa zehn freie Sonntage im Jahr, und jedes Mal muss ich einspringen. Wo zum Teufel sind denn diese Kerle, die Dienst haben? Burger oder Wälti? Der Mann in der Portierloge muss doch wissen, wo unsere Leute herumlümmeln!« Wildbolz wandte endlich seinen Blick vom Bildschirm weg und starrte wütend den Telefonapparat an. *Mesocco* stand da gediegen neben dem altehrwürdigem PTT-Logo.

Nelly, Jacqueline und alle anderen feschen Mädchen hatte er vergessen. Er wollte sie nicht mit dem Dreck der Polizeiarbeit in Zusammenhang bringen. Sein Job war wahrscheinlich schuld daran, dass er sich noch nicht ernsthaft auf die Jagd in Sachen Frauen gemacht hatte. Er wäre besser Turnlehrer an einem Mädchengymnasium geworden!

»Tut mir wirklich Leid, Kommissär. Aber Gilgen sagte mir, es hätte im Rossfeld eine Messerstecherei gegeben, und Leutnant Wälti sei unabkömmlich und nicht vor einer Stunde zurückzuerwarten. Leutnant Burger hat frei, aber er ist zu Hause nicht erreichbar. Ich hab's schon versucht. Bitte kommen Sie.«

»Wo ist denn diese Scheißsauna?« Wildbolz schlüpfte in seine Schuhe. Er würde im Trainingsanzug hingehen. Eine Demonstration, dass er heute frei hatte, war angebracht. »Die Sauna heißt ›Steamshop‹ und liegt im Untergeschoss der Neubrückstraße 14. Ein Schwulenladen, Herr Kommissär«, fügte Rothenbühler hüstelnd hinzu.

»Soso. Und dort erhängen sie sich neuerdings. Na gut, wenn's sein muss. In diesem miesen Job darf man ja nie nein sagen. Ich bin in zehn Minuten dort.«

Wildbolz hängte ein und schnürte sich die Schuhe. Er schaltete den Fernseher aus, gerade als Federer ins Netz stürzte. Wir haben eben beide Pech, seufzte der Kommissär.

»Schwulensauna!«, murmelte er laut. Was macht man in einer Schwulensauna?, überlegte er sich kopfschüttelnd. Warum müssen die überhaupt eine separate Sauna haben? Na ja, ich bin da wahrscheinlich noch hinter dem Mond und bleibe es auch am besten.

»Warte schön auf mich, Fridu!« Er kraulte den Hund an der Schnauze und grinste ihn an: »Ich geh schnell zu deinen Kollegen. Du gibst doch endlich zu, dass du schwul bist, oder? Auf jeden Fall scheinen dich Hündinnen nicht zu interessieren, und damit verpasst du das Schönste im Leben!« Er nahm seine Dienstmarke aus der Lederjacke und verließ die Wohnung ohne abzuschließen. Fritz würde ohnehin keinen Fremden hereinlassen.

* * *

Der ›Steamshop Health Club‹ war nicht leicht zu finden. Sein Eingang lag seitlich versteckt in einer Garageneinfahrt, als wollte man sich absichtlich vor Unbefugten verbergen. Auf Wildbolz' Läuten öffnete sich ein kleines Guckloch, und ein Teil eines Gesichts mit Flaum auf der Oberlippe war zu sehen. »Geschlossen!«, meldete eine trotzige Stimme knapp, nachdem ihr Besitzer den grünen Trainingsanzug verächtlich taxiert hatte. »Machen Sie auf, ich bin von der Kripo!« Wildbolz las auf dem Türschild: *For Members Only.* »So sehen Sie aus, Mann!«, lachte das Jungengesicht. »Duschen Sie Ihre Runzeln anderswo! Hier ist für heute dicht!«

Bevor das Guckloch wieder verschlossen werden konnte, hielt Wildbolz seine Dienstmarke davor. »Machen Sie jetzt auf, junger Mann! Mich interessiert Ihre warme Dusche nicht.«

Das Gesicht verschwand, das Guckloch schob sich zu und ein Summer ertönte. Gleichzeitig öffnete sich die hochglanzlackierte Holztür und Wildbolz sah dahinter den ganzen Jungen. Er war sicher erst knapp über zwanzig und trug außer einem türkisblauen T-Shirt mit der Aufschrift *Steamshop Health Club* nur noch eine hoch hinaufgezogene Turnhose, von der man bloß knapp den untern Rand sah. Die hübschen braunen Augen hinter den langen, dunklen Wimpern schauten jetzt wachsam und trotzig.

»Sind die Männer von der Sanitätspolizei schon da?«, erkundigte sich der Kommissär, um es dem Jungen etwas einfacher zu machen. »Ja, bitte folgen Sie mir.« Mit der kleinlauten Antwort kam Wildbolz eine feuchte Welle warmer, schwer gewürzter Luft entgegen. Es roch nach aufdringlich parfümierten Desinfektionsmitteln.

Der Junge ging Wildbolz voran durch einen langen, mit billigem Spannteppich ausgelegten Gang. Er war kaum einen Meter fünfundsechzig und hatte sein schwarzes Kraushaar modisch kurz geschnitten.

An seinem linken Ohr baumelten drei kleine goldene Ringe. Während er den Kommissär in einen kleinen Empfangsraum führte, in dem ein Tischchen mit einem einzigen Stuhl stand und ein mannshohes Gestell etwa fünfzig Paar Filzhausschuhe anbot, erklärte er ohne sich umzudrehen: »Ich kann ja schließlich nicht wissen, dass die Polizei in solcher Tarnaufmachung erscheint. Zu meiner Zeit trug sie noch Uniformen.«

»Wie alt bist du denn, du jugendlicher Greis?« Wildbolz gelang es nicht, ihn nicht zu duzen. Die barfüßige Gestalt hatte etwas Hübsches an sich, aber wie ein Mann wirkte sie trotz der kurzen Haare nicht.

Jetzt drehte sich der Junge zum Kommissär und spitzte stolz seine Lippen. »Vierundzwanzig. Und du?«

Wildbolz grinste. Die Keckheit des Barfüßigen amüsierte ihn, und er verspürte sogar eine gewisse Sympathie. Währenddessen führte ihn der Junge weiter durch einen großen Raum mit mehreren skelettartigen Trainingsgeräten in eine Bar. Hier lehnten zwei Sanitätspolizisten an der Theke. Vor ihnen stand je ein Glas mit Orangensaft. Es sah intim und gemütlich aus, aber den beiden älteren Beamten war es scheinbar nicht ganz wohl in ihrer Haut.

»Ach, da sind Sie ja, Herr Kommissär. Ich bin Sanitätspolizist Rothenbühler. Das hier ist mein Kollege Frauchiger. Danke, dass Sie so rasch kommen konnten! Wir haben nichts angerührt und wollten auf Sie warten.« Er sah entschuldigend zum Orangensaft.

Wildbolz schüttelte beiden die Hand, warum, wusste er auch nicht recht. Wahrscheinlich, weil sie trotz der sonderbaren Gemütlichkeit in der nordisch ausstaffierten Bar ziemlich unbehaglich dreinschauten. Es waren beides grauhaarige Beamte, die in ihren weißen Jacken wie zwangsversetzte Landärzte wirkten. Wildbolz bemerkte, wie sie seine Aufmachung verwundert zur Kenntnis nahmen, aber versuchten, ernsthafte Gesichter zu machen. Ein Benehmen, das ganz zu ihren etwas einfältigen Gesichtern passte.

»Also, zeigt mir die Szene.« Rothenbühler führte ihn wieder zum großen Trainingsraum zurück und von dort durch eine Türe in einen Ruheraum, in dem mehrere Liegestühle zwischen kleinen Tischchen mit Illustrierten standen. Am hintern Ende dieses Raumes war eine weitere Türe. Sie trug die Aufschrift *Massage.* Darauf zeigte der Sanitätspolizist.

Wildbolz öffnete und sah in ein kleineres Zimmer. In der Mitte stand ein tischhohes Massagebett, dahinter ein weißer Glasschrank mit Fläschchen, Dosen und Kartons. An einer Seitenwand gab es ein niedriges Ruhebett, auf dem ein nackter Junge lag, kaum sechzehn Jahre alt. Um seinen Hals hing ein dickes, gummiertes Kabel, als Schlinge verknotet. Es war oben an der Wand an einem Haken festgemacht und hielt den Knaben von seiner Hüfte an leicht nach oben angewinkelt. Er hatte die glasigen blauen Augen weit aufgerissen. Das lange blonde Haar fiel ihm in die Stirn, die feucht glänzte. Sein Geschlecht lag auf einem kleinen hellen Büschel Schamhaare, und beides war verklebt – von Sperma, Massageöl und, wie es Wildbolz schien, auch von Blut. Wildbolz löste die Kabelschlinge ein wenig und begutachtete die dunklen Spuren der Drosselung am Hals.

Das weiße Badetuch, das unter dem Knaben auf dem Bett lag, war mit Öl befleckt. Auf dem Tischchen neben dem Bett gab es eine Packung Kleenex, ein Fläschchen Johnsons Baby Öl und ein Kondom in einer ungeöffneten Schutzpackung. Die Lamellenstore vor dem Fenster auf der anderen Zimmerseite war zugezogen. Mitten auf dem Massagebett lag ein runder Glasaschenbecher mit der Aufschrift *Campari.* Darin war ein angerauchter Joint erloschen. Wildbolz sah nochmals zurück zum Knaben. Die Stellung des Toten war sonderbar, halb liegend, halb sitzend. So erhängte man sich doch nicht!

»Okay, gehen wir hier wieder raus und rufen die Spurensicherung. Mal sehen, ob diese Leute etwas Erklärendes finden. Hat es hier ein Telefon?« Er drängte die anderen drei hinter sich hinaus und schloss die Türe wieder. Dann folgte er Rothenbühler in die Bar zurück, während der andere Sanitäter und der kurzhaarige Junge im Trainingsraum stehen blieben und offensichtlich nicht wussten, was sie tun sollten. »Sie können gehen«, wies Wildbolz die beiden Beamten an. »Bevor die Spurenschnüffler nicht ihre Arbeit getan haben, gibt es hier nichts abzutransportieren.«

Ohne sich weiter um sie zu kümmern, hob Wildbolz das Telefongerät, das ihm der Junge in den hochgezogenen Turnhosen entgegenhielt, auf die Bartheke. Er wählte die direkte Nummer des Kollegen Wagner und wies ihn an, mit den nötigen Mannen herzukommen.

»Also dann, auf Wiedersehen, Kommissär!«, rief Rothenbühler winkend vom Ausgang her. Frauchiger salutierte dahinter. »Bye-bye«, brummte Wildbolz und wandte sich an den Jungen: »Gut, duzen wir uns. Arbeitest du hier?«

»Ja.«

»Als was denn?«

»Ich bin Geschäftsführer. Das heißt, eigentlich der Stellvertreter. Die Sauna gehört meinem Freund. Möchtest du einen *Jus d'orange*?« Er hatte hinter der Bartheke auf einem Schemel Platz genommen und kaute an einem Fingernagel. »Hast du ein Mineralwasser?«

Der Junge schien froh zu sein, etwas tun zu können. Er holte ein Valser aus dem Kühlschrank und öffnete es sorgfältig. Mit einem Glas, das er erst auf seine Sauberkeit inspizierte, stellte er es vor Wildbolz auf die Theke. Dann griff er nach den leer getrunkenem Gläsern der beiden Sanitätspolizisten und begann diese langsam abzuwaschen.

»Ich muss mir jetzt einiges notieren. Ich hoffe, ich kann mich auf deine Auskünfte verlassen. Also, du bist vierundzwanzig. Stimmt das wirklich?«

»So ungefähr. Ich werde dreiundzwanzig. Kommt ja aufs Gleiche hinaus.« Der Junge war immer noch mit Abwaschen beschäftigt. »Und wie heißt du?« Wildbolz nahm einen Quittungsblock und einen Kugelschreiber vom Barbrett. Mitgebracht hatte er nichts als die Dienstmarke, nicht einmal Geld. »Sandro Jimenez.« »Bist du Spanier?« »Mhm.«

»Wohnen deine Eltern auch hier in Bern?« »Nein, in Liestal. Ich wohne bei meinem Freund.« Das klang ziemlich stolz.

»Du meinst, beim Besitzer dieser Sauna?« Wildbolz nahm einen Schluck Wasser. Der Junge setzte sich wieder auf den Schemel hinter der Theke. »Wie heißt denn dieser wohlhabende Freund?« »Willy Ambühl.« »Und warum ist er nicht da?« »Weil er in den Ferien ist.« »Adresse?« »Wie?«

»Die Adresse von eurer gemeinsamen Wohnung!« Wildbolz nahm sich zusammen: er wollte nicht ungeduldig werden. Der Junge würde dies nur mit Trotz zurückzahlen. »Scheibenstraße elf.«

»Ist Willy denn schon lange in den Ferien?« »Seit fünf Tagen. Und Herr Ambühl kommt erst in zwei Wochen zurück.« Der Junge zündete sich eine Zigarette an. Aschenbecher sah Wildbolz allerdings keinen in der Bar, dafür ein Schild: »Bitte nicht rauchen«.

»Und inzwischen führst du diese Sauna ganz allein?« »Ein Kollege hilft mir noch, Gil Brands, ein Holländer. Und dann hat's noch den Masseur, Sonny, ein Thailänder. Aber der arbeitet am Sonntag nicht.«

»Heute war also das Massagezimmer abgeschlossen?« Wildbolz sah sich genauer in der Bar um. Gegen die beiden Fenster standen drei Tischchen, um die nordische Sessel gruppiert waren. Männerzeitschriften lagen auf den Tischen. An den Wänden hingen einige Poster: Präsident Kennedy, Schwarzenegger und James Dean.

»Es hätte auf jeden Fall abgeschlossen sein sollen. Aber es kann sein, dass wir es vergessen hatten. Alle Schlüssel hängen an einem Brett über dem Pult im Empfangsraum. Jeder kann sich da bedienen, wenn ich oder Gil gerade nicht dort sind.« Wildbolz lächelte: »Und ihr beiden könnt ja nicht immer überall sein, nicht wahr?«

Zum ersten Mal wirkte der Junge verunsichert, aber er antwortete nicht darauf.

»Also, erzähl mir jetzt einmal, was hier geschehen ist.« Sandro hob die Schultern. »Das weiß ich doch nicht! Um halb fünf hatte es etwa zehn Personen. Gil wollte Seifen holen, aber im Putzraum, wo wir das Material aufbewahren, hatte es keine mehr. Also ging er zum Massageraum, in der Hoffnung, es gäbe hier noch einen kleinen Vorrat. Und dann sah er Tomi erhängt auf dem Bett. Er glaubte zuerst, Tomi mache einen blöden Scherz, und ging zu ihm. Als er merkte, dass er tot war, schloss er den Massageraum ab und kam zu mir. Ich bediente gerade die Bar. Er zog mich in den Putzraum und erzählte mir, was er gesehen hatte. Wir fanden es das Beste, alle Gäste sofort heimzuschicken und die Sauna zu schließen. Aber wie sollte man das denen sagen? Gil hatte die gute Idee mit der Bombendrohung. Als wir das kundtaten, waren die Schlappis in fünf Minuten angezogen und weg.« Der Junge grinste verächtlich. »So was von Angst habe ich noch selten gesehen. Na ja, und dann riefen wir die Polizei. Die wollten uns erst gar nicht glauben und taten ruppig. Wahrscheinlich glauben diese Nazis, Schwule brauche man nicht ernst zu nehmen.« Wildbolz überhörte die Anspielung. »Und wie der Knabe in den Massageraum gekommen ist, und ob da noch jemand anders drin war, das weißt du natürlich nicht?«

»Echt keine Ahnung. Auch Gil nicht. Wie gesagt, am Sonntag ist dieser Raum normalerweise abgeschlossen. Da gehen wir gar nicht rein.« Wildbolz hatte das Gefühl, dass Sandro die Wahrheit sagte. »Und was glaubst du, was da drin passiert ist?« »Mit Tomi? Tja, der hat sich wahrscheinlich das Leben nehmen wollen. Das Kabel, das er um den Hals hat, ist jedenfalls nicht von hier. Das hat er mitgebracht. So ein Idiot! Der hätte das ja auch zu Hause machen können. Willy wird mir vielleicht Vorwürfe machen, wegen Aufpassen und so! Aber …« Er überlegte weit weg von Wildbolz. »Wo ist dein Freund Willy in den Ferien?« »In Thailand. Er hat dort ein Haus.« Wieder der stolze Unterton. »Muss reich sein«, grinste Wildbolz. »Ist er älter als du?« »Aber sicher«, grinste der Junge zurück. »Willy ist siebenundvierzig.

Sieht man ihm aber nicht an!« »Arbeitet er normalerweise hier in der Sauna?« »Nee, was denkste. Der hat fünf Modeboutiquen. Die Sauna betreibt er nur so nebenbei. Denver Clan, noch nie gehört? So heißen seine Läden, in Bern, Basel, Zürich, Luzern und St. Gallen.«

»Toll, was?«, grinste Wildbolz. »Also, Sandro, du glaubst, dieser Tomi hat Selbstmord begangen?«

Der Junge sah ihn verständnislos an. »Was denn sonst? Mord kann es auf jeden Fall nicht sein. Niemand hier drin hatte etwas gegen Tomi, im Gegenteil. Die waren doch alle scharf auf ihn.« »Was macht ein Knabe in diesem Alter überhaupt hier drin? Der ist doch keine sechzehn Jahre alt. Kennst du ihn gut?« »Soso-lala. Er ist öfters hier. Meistens kommt er mit einem Mitglied. Irgend so ein geiler alter Knabe reißt ihn irgendwo in der Stadt auf und lädt ihn in die Sauna ein. Und am Schluss hat sich Tomi zwei, drei Lappen verdient.«

Der Kommissär hörte ihm verwundert und ungläubig zu. Er hatte keine Ahnung, wie es im schwulen Milieu zu- und herging. Höchstens vom Hörensagen. Er hatte in seiner ganzen Karriere bei der Polizei noch nie etwas Ähnliches gehört und kam sich plötzlich dem Jungen gegenüber albern und naiv vor. Aber es konnte ja wohl bei den Homos kaum anders sein als bei den so genannten Normalen. Milieu war Milieu. Sonderbar fand er bloß, dass dieser Sandro hier mittendrin war. Der Junge wirkte auf ihn weder billig noch vulgär. Im Gegenteil. Wahrscheinlich war er bloß seines reichen Freundes wegen mit der Sauna in Berührung gekommen. »Was weißt du sonst noch über Tomi?«

»Nicht viel. Er geht ins Gymi und ist zirka sechzehn. Hat immer viel Kohle und so. Soviel ich weiß, wohnt er in Muri.« »Sind seine Kleider noch da?«

»Sicher. Die hängen in seinem Schränkchen. Nummer achtundvierzig. Ich habe ihm dreißig Franken aus der Jacke genommen. Schließlich hat er für diese Summe konsumiert!«

Der Kommissär schüttelte den Kopf. »Nun werden die Leute von der Spurensicherung deine Fingerabdrücke an den Kleidern feststellen und dich als Hauptverdächtigen ins Kittchen nehmen.«

»Gibt es denn einen Hauptverdächtigen bei einem Selbstmord? Du bist mir eine sonderbare Mischung aus Kommissar und Sigmund Freud!«

»Kommissär heißt das in Bern, mit einem Ä. Und dass es sich um einen Selbstmord handelt, ist deine Interpretation. Es könnte doch durchaus sein, dass man diesen Knaben erdrosselt hat. Wer macht denn schon Selbstmord in einem Massageraum einer solch ungewöhnlichen Sauna?«

Jetzt saß der Junge mit gespreizten Beinen Wildbolz so gegenüber, dass man von der Bar unter seine Turnhose sah. Seine nackten Füße wippten auf dem Barbrett. Und ohne sich dagegen wehren zu können, bewunderte er die glatte, haarlose Haut.

»Ach, wer sollte Tomi schon ermorden? Die Filmer? Nein, das sind doch allesamt intellektuelle Weichlinge!«

»Welche Filmer?« Wildbolz sah den Oberschenkeln entlang unter die Falte der Turnhose. Offensichtlich trug Sandro keine Unterhose: man sah die Rundung einer Hodenhälfte.

»Berni Weil und Konsorten. Sie wollen einen Spielfilm machen, von zwei Jungen, die kurz nacheinander an Aids sterben. Oder etwas Ähnliches. Die Story ist von Meystre; seinen Roman hast du wohl noch nicht gelesen. Oder bist du, sagen wir, homophil?«

»Ich?« Wildbolz war von dieser Frage so überrumpelt, dass er wie ein kleiner Junge den offenen Mund zu schließen vergaß. Nein, er war sicher nicht schwul, obschon er während seiner Schulzeit diese und jene Erfahrung gemacht hatte.

»Man sagt, schwul sei jeder ein bisschen«, gab Wildbolz verunsichert zur Antwort. »Aber ich muss jetzt konkret werden, junger Mann! Mit wem kam Tomi Fehr heute in die Sauna?« »Eben, mit den Filmern. Und das sind Berni Weil, Andi Schumacher und Heinz Simon. Seit zwei, drei Monaten war Tomi eigentlich fast immer mit diesen drei Filmfreaks zusammen. Wahrscheinlich drehen die mit ihm Pornos oder so was. Alle drei sind seit etwa einem halben Jahr Mitglieder des ›Steamshop Clubs‹. Ich kann dir die Adressen von ihnen geben, wenn du willst. Aber möchtest du nicht vorher ins Dampfbad? Ich komm' dich einseifen, wenn du magst.« Sandro knabberte an einem seiner Fingernägel und lächelte den Kommissär unter halb geschlossenen Augen an. Vielleicht sollte das verführerisch wirken.

»Schämst du dich eigentlich nicht? Da drin liegt ein erdrosselter Knabe, und du willst mich einseifen!« Wildbolz reklamierte, allerdings ohne eine Entschuldigung zu erwarten. Es war einfach eine Anstandsregung, die er von seiner Mutter und diese von ihrer Mutter übernommen hatte. Pietät.

»Schämen! Nun kommt dein wahres Gesicht zur Geltung, lieber Bürgerschnüffler! Schämen! Immer soll ich mich schämen! Einmal dafür, dass ich schwul bin, dann weil ich einen zwanzig Jahre älteren Freund habe, dann weil ich Spanier bin oder nur einssechsundsechzig groß und nun natürlich auch noch, weil ich dir eine erfrischende Freude in diesem Spezialitätenschuppen gegönnt hätte. Diese idiotische Scheißschämerei in dieser idiotischen Scheißchristenwelt!«

»Nimm's mit der Ruhe, Kleiner!«

Sandro stieg schnaubend von der Barkombination herunter und schenkte sich ein Glas Orangensaft ein. »Also, sag schon, was willst du noch von mir wissen, Mister Derrick?« »Hast du alle Namen und Adressen der Mitglieder, die heute in der Sauna waren?«

»Ja. Wie gesagt, es hatte nur zehn oder zwölf Besucher. Die meisten wären sicher erst etwa um sieben gekommen und dann bis zehn geblieben. So wurde uns natürlich der heutige Tag versaut. Dieser Tomi ist ein Arschloch, sich hier bei uns das Leben zu nehmen!« »Wo ist eigentlich dein Kollege Gil?«, erkundigte sich Wildbolz, während er zusah, wie sich Sandro unter der Turnhose kratzte. »Der ist Tomis älteren Bruder suchen gegangen, um ihm zu sagen, was passiert ist. Uns geht der Selbstmord nichts an.« Wildbolz schüttelte den Kopf. »Auch dich geht der Tod Tomis etwas an: Deine Fingerabdrücke sind auf seinen Kleidern, und du bist der Verantwortliche für den Betrieb hier. Vielleicht hast du Tomi die Türe zum Massageraum geöffnet und ihn dort mit einem Kabel aus dem Putzraum erdrosselt.«

Der Junge sah ihn zuerst verständnislos, dann trotzig an. »So, das glaubst du? Meinst du eigentlich, ich wäre so dumm, Willys Club zur Sau zu machen?« Trotz der laut hinausgepressten Worte schien Sandro unsicher geworden zu sein. Wildbolz wollte den Augenblick nutzen: »Wir müssen einander helfen, Kleiner. Du gibst mir jeden Hinweis zum Geschehenen und ich sorge dafür, dass deinem Willy sein Club nicht zu stark darunter leidet. Ich lade keine Presse ein, ich verlange nicht, dass man den Laden eine Woche dicht macht, und ich nehme dich als Hauptverdächtigen nicht mit aufs Revier. Einverstanden?«

»Scheiße! Und ich dachte schon, du ließest dich ein wenig einseifen!« Er kam hinter der Theke hervor und zog seine Turnhose so weit hoch, dass sich sein Geschlecht deutlich darunter abzeichnete. Ohne Zweifel eine Abwehrgeste. Ein bisschen Verantwortungsgefühl schien endlich eingekehrt zu sein.

Ohne etwas dagegen tun zu können, bekam Wildbolz einen unangenehm trockenen Mund. Er schluckte leer, sagte dann aber: »Hör auf, dich zur Schau zu stellen! Du bist ein leckerer Kerl. Vielleicht würde es mir gut tun, meine schwulen Kenntnisse etwas aufzufrischen. Aber ehrlich gesagt: Ich würde es im jetzigen Moment eine Schweinerei finden. Wenn ...«

Die Türglocke läutete, und Sandro sah den Kommissär fragend an:

»Soll ich aufmachen, oder wollen wir zwei lieber allein bleiben?«

»Mach auf! Es sind die Männer von der Spurensicherung. Du hast wahrscheinlich immer noch nicht begriffen, was hier geschehen ist!« Sandro zündete sich eine neue Zigarette an und ging dann wortlos zum Saunaeingang. Wildbolz sah ihm nach. Der Junge bewegte sich ganz langsam und wiegte seine Hüfte. Er wollte ohne Zweifel, dass der Kommissär seinen runden Hintern bewunderte. Wahrscheinlich, überlegte Wildbolz, war er auf seine Rolle im ›Steamshop‹ so stolz, dass er sich keine Gelegenheit nehmen lassen wollte, darauf hinzuweisen.

Wildbolz trank sein Valser aus und ging seinen Kollegen entgegen. Er sah, wie Sandro die drei um einiges größeren Männer hereinließ und ins Innere des Clubs führte. Ihnen gegenüber benahm er sich ganz normal, ernst und zurückhaltend. Warum also diese anzügliche Show vorher? Lachte ihn der Junge heimlich aus oder spürte er, dass er Wildbolz irgendwie gefiel?

Na ja, vielleicht würde er später einmal in diesen Laden zurückkommen und sich ansehen, was da so ablief. Nicht um den Sittenheini zu spielen, sondern um seine Neugier auf diesen Sandro Jimenez zu befriedigen.

Während er dem Fotografen zusah, wie dieser sich im Massageraum zu schaffen machte, ließ ihn die Frage nicht los, wie es wohl für ihn wäre, einen Freund anstelle einer Freundin zu haben.

* * *

Kaum war Wildbolz am Montagmorgen in seinem kleinen Büro, wurde er zu seinem Boss gerufen.

Nun, er wusste aus Erfahrung gut genug, dass der alte schnauzbärtige Kommandant ein Morgenmuffel war. Und natürlich spürte man dies am Montagmorgen am deutlichsten. Die Wochenenden zu Hause bei seiner griesgrämigen Ehefrau hinterließen ihre Spuren beim Chef. In solchen Situationen war Wildbolz froh, die Weekends unabhängig planen und genießen zu können. »Heirate oder heirate nicht: du wirst beides bereuen«, hatte Sokrates gesagt.

Der Weg zum großräumigen Büro des Chefs, der sich auch noch eine Vorzimmerdame halten durfte, war kurz.

Ruth Gerber hatte schon einen Kaffee im Pappbecher auf ihrem Pult und eine gute Laune im üppigen Herzen. Trotz des miesen Wetters an diesem Wochenanfang im November. »Tschau, Hans. Da drinnen wartet man schon auf dich. Ich wünsche dir einen guten Start.« Sie lächelte boshaft, was ihr trotz der achtundvierzig Jahre eine überraschende Jugendlichkeit verlieh. Sollte er ihr das sagen?

»Schönen guten Morgen, Ruth. Ich habe noch nicht mal einen Kaffee gehabt«, reklamierte er stattdessen. »Ich bring dir einen rein.« Sie war Gold wert und machte die behäbige Polizeikaserne ein bisschen menschlicher. Das Kompliment war darum angebracht: »Du siehst ja aus wie mein Schatz vor zwanzig Jahren! Zum Verlieben frisch.«

Sie ging zur Türe des Chefbüros und öffnete sie einen Spalt: »Hans Wildbolz ist da.« Man hörte ein Brummen, das sich in ein Husten verwandelte und mit einem hellen Zischlaut endete. Ruth öffnete ihm die Türe ganz, mit dem jetzt weniger boshaften und sofort mütterlich wirkenden Lächeln.

Der Chef war Mitglied der sozialdemokratischen Partei, des Schlittschuh-Clubs Bern, des BSC Young Boys, des Kammerorchesters Vivace und des Polizeihundesportclubs. Man sagte, er schreibe auch Gedichte, aber Wildbolz hatte noch nie eines lesen dürfen. Ob er unter dem Polizeicorps beliebt war oder nicht, hing von seiner aktuellen Laune ab. Aber Wildbolz kannte ihn lange genug, um ihm gelassen und kollegial gegenübertreten zu können.

»Guten Tag, Klaus. Ruth wird uns gleich Kaffee bringen, ist das recht so?« Wildbolz setzte sich dem athletischen, breitschultrigen Polizeichef gegenüber.

Klaus Amacher sah ihn zuerst erzürnt, dann missmutig und schließlich gutmütig seufzend an. »Salü, Hans. Kaffee? Von mir aus für dich. Ich trinke keinen vor zehn Uhr. Magenbrennen!« Über Amachers furchigem Berner Schädel, auf dem trotz seiner fast sechzig Jahre noch viele dunkelbraune Haare – fein gewellt – wuchsen, hing ein großformatiges Farbfoto: die Eishockeymannschaft plus Amacher in Zivil. Im Moment schien der Club in Form zu sein, was den Boss erfahrungsgemäß sanfter stimmte.

»Hast du ein gutes Wochenende gehabt? Warst du mit deinem Hund im Wald?« Wildbolz war überrascht; Amacher kam sonst immer sofort zur Sache.

»Danke. Mit dem Hund war ich ein bisschen laufen, aber dann rief mich die Sanitätspolizei an, wie du sicher schon gehört hast.« »Ja, man hat's mir vor einer halben Stunde mitgeteilt. Was hältst du von der Sache?« »Ich nehme nicht an, dass es sich um einen Selbstmord handelt. Wenigstens nicht um einen gewöhnlichen. Aber warten wir erst mal die Resultate der Spurensicherung ab.«

Amacher wehrte mit seiner sonderbarerweise feingliedrigen Hand ab. »Ach, Hans! So wie ich von der Sache gehört und gelesen habe, bin ich aber von einem Selbstmord überzeugt. Sechzehnjährige vertragen eben solche Szenen noch nicht so gut, wie sie glauben. Und vielleicht hatte er ja auch Liebeskummer. – Oh, das tut weh! Ich habe mir gestern beim Training den Rücken verstreckt.« »Was trainierst du denn an einem Sonntag?« »Eine Art Bodybuilding. Ich möchte einfach fit bleiben, weißt du. Als Führer unserer Polizistentruppe kann ich mir doch einen schlappen Körper nicht leisten. Außerdem hasse ich dicke Bäuche!«

»Noch ziemlich eitel für neunundfünfzig, mein Lieber.« Wildbolz grinste ihn an und kam dann wieder zur Sache. »Ich weiß, ich bin ein bisschen voreilig. Aber in der Stellung, in der ich den toten Knaben gefunden habe … Nein, das war kein Selbstmord! So kann man sich gar nicht selber umbringen.« »Bist du in einer Midlife-Krise, dass du hinter einem harmlosen Fall gleich das Schlimmste vermutest? Oder willst du dir unnötige Arbeit und Komplikationen machen? Ich sage dir was: In diesen Kreisen ist absolute Vorsicht geboten. Unter den Homos finden sich viele einflussreiche Persönlichkeiten. Mach dich da bloß nicht unbeliebt!« Der Boss drückte sorgfältig seinen Rücken durch und machte ein schmerzverzogenes Gesicht.

»Aber Klaus! Du bist doch auch für energisches Durchgreifen und minutiöse Untersuchungen.« »Na ja, bei Ausländern, die in unser Land kommen, um hier alte Leute zu überfallen, bin ich das wohl. Oder bei anderen Gaunern. Aber Homosexualität ist kein Verbrechen. Nein Hans, hier solltest du eher zurückhaltend sein. Du schreckst bloß diese ganze Gruppe auf, und wir werden dann darunter leiden.«

Wildbolz lachte. »Jetzt wirst du auch noch ängstlich! Ich mache nur meinen Job, Klaus. Lass mich doch den Fall in normaler Weise zu Ende untersuchen. Ich werde mir sicher keine Blöße geben und die Möglichkeit eines gewöhnlichen Selbstmordes immer im Auge behalten.

Du lässt mir doch den Fall, obwohl ich eigentlich als Sonntagsersatz eingesprungen bin, oder?«

Ruth kam mit einem Tablett.

»Wenn du mir versprichst, dass du diese Leute nicht unnötig schikanierst und nicht an einer fixen Idee festhältst, kannst du natürlich weitermachen. Obwohl: Eigentlich würde ich dir abraten, das zu wollen. Ich kann doch Wagner die Sache übertragen. Ist doch nichts für dich!«

Wildbolz sah den Chef kopfschüttelnd an. »Glaubst du, ich sei zu alt dafür?«

Amacher winkte ab. »Ach, nein! Aber ich möchte nicht, dass du dich lächerlich machst und dir dabei auch noch die Finger verbrennst. Ich möchte einfach nicht, dass wir den Homosexuellen das Leben schwer machen. Die haben schon genug Sorgen.«

Wildbolz schüttete den Kaffeerahm aus dem Becherchen, das Ruth schon fürsorglich geöffnet hatte, in die schicke porzellanene SCB-Kaffeetasse.

»Du kannst beruhigt sein: Ich behandle diese Leute freundlich und respektvoll. Du kennst mich doch.«

Der Boss legte seinen braun gebrannten Schädel etwas zurück, zwickte am Schnauz und seufzte: »Wie du willst. Aber ich verlange etwas ganz kategorisch: Ich will jeden Tag über deine Untersuchungsergebnisse und über die bei den Recherchen auftauchenden Probleme genau unterrichtet werden. So habe ich die Möglichkeit, eventuellen Schaden rechtzeitig zu erkennen. Ist das klar?«

Das war unüblich Wildbolz gegenüber. Aber er widersprach nicht, denn es lag ihm daran, den Fall weiterbehandeln zu können. Nicht nur aus beruflicher Disziplin, auch aus Neugier. Diese Schwulenszene hatte etwas Faszinierendes an sich. Er dachte an Sandro, den kleinen, hübschen Spanier. »Okay, ist abgemacht.« Er trank den Kaffee in einem Zug aus. »Ich geh jetzt die Fotos holen und dann ins Labor. Du hörst von mir. Bin ich entlassen?«

Der Boss hob freundlich lächelnd die eine Hand, ließ sie dann aber gleich wieder fallen und biss sich auf die Lippen. »Auu!«, stöhnte er. Als Wildbolz die Türe hinter sich zugezogen hatte und wieder in Ruth Gerbers Büro stand, fragte er die Adjunktin: »Sag mal, Ruth: Färbt sich der Boss eigentlich die Haare? Kein einziges graues. Der ist doch immerhin acht Jahre älter als ich. Und sieh mal mich an!«

Sie spitzte spöttisch die Lippen: »Ihr eifersüchtigen Gockel!«

Wildbolz warf ihr eine Kusshand zu und ging in den langen, breiten Korridor hinaus, zum Lift. Das Labor des Fotografen – wohin er jetzt wollte – war im Keller des Anbaus untergebracht.

* * *

Sandro Jimenez ging in seinem leicht wippenden Gang die Vannazhalde hinunter und gab Acht, dass er nicht auf den nassen Blättern ausrutschte. Bis im April würde es hier fast ausnahmslos bedeckt, regnerisch oder sogar schneestürmisch sein. Hoffentlich brachte er sich ohne Depression durch den Winter. Vielleicht sollte er besser zurück in das Heimatland seiner Eltern, nach Altea, wo es auch in dieser Jahreszeit meistens sonnig war. Bei den Großeltern würde er ohne weiteres wohnen können, doch hätte er fast sicher keine Arbeit, und das war auch langweilig. In guter Stimmung war er jedenfalls nicht. Das hing vor allem mit dem Zwischenfall in der Sauna zusammen, ganz besonders mit dem anonymen Brief, den er heute in Willys Briefkasten gefunden hatte. Sein Freund hatte noch immer nicht angerufen. Sollte er ihm überhaupt bereits am Telefon von Tomis sonderbarem Tod erzählen oder nicht? Willy würde vielleicht alles seiner Unzulänglichkeit zuschreiben, denken, dass so was nie hätte geschehen können, wenn er selber da gewesen wäre. Aber so oder so, es war ja schließlich Willys Sache, wenn er zwei- oder dreimal pro Jahr unbedingt in sein Häuschen irgendwo im Süden von Thailand fahren und dort einheimische Jungs bumsen wollte. Was er sicher tat, Beteuerungen hin oder her!

Nach wenigen weiteren Schritten traf er im Restaurant ›Marzilibrücke‹ ein. Es war kurz vor halb zwölf, und vor dem Mittag hatte es hier meistens wenig Gäste. Er steuerte an einen leeren Tisch und grüßte von dort einen der beiden jungen Wirte, der in der entferntesten Ecke einen Tisch abwischte. Vielleicht hätte er besser einen gleichaltrigen Freund, wie diesen Beizer zum Beispiel, und nicht einen pedantischen Erzieher wie Willy. Aber immerhin war Willy ein erfolgreicher Geschäftsmann, konnte ihm die Arbeit in der Sauna vermitteln und bot ihm auch eine luxuriöse Wohnung, in der er sich allerdings als Haus- und Putzfrau betätigen musste. »Eine warme Schokolade bitte«, sagte er geistesabwesend zum Wirt, der an seinen Tisch getreten war. Sandro schaute dem schlanken, hübschen Beizer nach. Trotzdem fühlte er sich mit gleichaltrigen Schwulen nicht so wohl wie mit einem schützenden väterlichen Freund. Vielleicht war er sogar auf einen Vaterersatz aus, wenn er sich vergegenwärtigte, wie wenig sein Papa für ihn und mit ihm getan hatte. Erst vor einem Jahr hatte er, Sandro, sein Coming-out gehabt. Und auch heute noch fühlte er sich als Schwuler in dieser Gesellschaft unsicher. Darum wahrscheinlich gab er sich auch Mühe, nicht wie eine Schwuchtel zu wirken.

Endlich kam Gil. Er sah gut aus im schwarzen Overall, den er mit einem bunten Stoffgürtel über den Hüften zusammengeschnürt hatte. Gil war wesentlich größer als er, etwa ein Meter fünfundsiebzig, hellblond und blauäugig. Im offenen, freundlichen Gesicht markierte eine fast asiatisch breite Stupsnase die Mitte. Er sah jünger aus als seine zwanzig Jahre. Aber trotzdem strahlte er eine gewisse Gepflegtheit aus, etwas Edles, empfand Sandro. »Endlich bist du da, meine Süße!«, empfing er den Holländer und stand auf, um ihn zu küssen.

»Ich bin nicht zu spät!«, entgegnete Gil beleidigt und stieß Sandro sanft von sich. »Wir haben um halb zwölf abgemacht, und es ist ziemlich genauso viel. Ach, ich sage dir, heute bin ich total gestresst. Vielleicht ist es das Wetter. Vielleicht aber auch eine Type, die mir neuerdings nachstreicht. Ein Kunsthändler, stell dir vor!« »Komm mir nicht mit Liebesgeschichten«, wehrte Sandro ab. »Ich habe jetzt andere Sorgen. Dieser Tomi, dieses Lustschwesterchen, hätte seinen Eifersuchtsselbstmord wirklich an einem anderen Ort ausführen können!«

Gil zündete sich sehr langsam eine Dunhill Menthol an und stellte dann beide Ellbogen auf den Tisch, die Hände zart an seine Wangen gelegt. »Wieso? Hat sich der geile Bulle wieder gemeldet?«

Der Wirt brachte Sandros Schoggi, und Gil bestellte einen Espresso. »Nein, das nicht«, fuhr Sandro fort, als sie wieder allein waren. »Aber schau mal, was ich heute in Willys Briefkasten fand!« Er nahm ein zusammengefaltetes Blatt aus einer Einkaufstüte mit der Aufschrift »*Denver Clan for any Man*« und streckte es Gil entgegen. Dieser nahm es mit den Fingerspitzen auf und faltete es auseinander, als ob es vergiftet sein könnte. Dann las er laut: »Wenn ihr der Polizei sagt, wer am Sonntag in der Sauna war, explodiert sie.« Er sah Sandro mit großen, faszinierten Augen an: »Ein anonymer Drohbrief! Wir sind mitten in einem Krimi, mein Liebling. Die Polizei wird explodieren, so wie ich das verstehe.«

» Du geilst dich an meiner Misere auf, du miese Hexe! Statt mir einen Rat zu geben, du Miststück!« Sandro ärgerte sich so sehr, dass auf seiner von dunklen Locken fast verdeckten Stirn eine Ader schwoll.

»*Calm down, baby*«, grinste ihn Gil mit gekünstelter Marilyn-Monroe-Stimme an. »Gestern hat doch die Harte Nicole schon von einer Bombendrohung gefaselt. Voila, da haben wir sie. Frag doch den, was man am besten tun könnte. Der hat doch immer behauptet, er hätte Bombenbeziehungen zur Schmier, diese alte Fotze. Auf jeden Fall, Sandy, reg dich doch nicht so auf! Du bist ja nicht mit von der Partie, was Tomi betrifft. Schick doch den Brief an die Filmer. Die haben ihr Lustknäblein verkabeln lassen, ohne ihm eine helfende Hand zu bieten. Scheißkulturkollegen!« »Die spielen gerne die rettende Ritterin. Weißt du, wie man die Weil erreicht?«

»Nee, keine Ahnung. Eine anonyme Tante, sag ich dir. Musst halt warten, bis sie sich wieder massieren lassen kommt. Lange wird's bei der geilen Großmama eh nicht dauern.«

»Ich bringe den Brief dem geilen Bullen von gestern. Das ist wohl das Gescheiteste.«

»Recht hast du, Süße. Wir sind schließlich saubere Mädchen. Ruf ihn an, der wird sich vor Freude an den Eiern kratzen!« »Willst du hier essen?«

»Nee danke!«, wehrte Gil ab. »Die haben doch nur elenden Kalorienfood. Zudem muss ich auch auf meinen Cholesterinspiegel aufpassen.«

»Ach komm, dich interessiert doch nur der Spiegel an der Wand oder über dem Bett.« Sandro atmete tief durch. Wie schön war es doch immer gewesen, mit Schwestern wie Gil unbeschwert daherzuplaudern und sich – mehr als Teil der Kontaktkultur – gegenseitig mit Lästerungen zu überhäufen. Aber jetzt war da etwas passiert, das ihm ununterbrochen auf den Magen drückte. Klar war er an Tomis Selbstmord nicht schuld. Aber da gab's erstens das Problem mit Willy. Vielleicht würde ihn sein Freund sogar zum Teufel jagen. Und dann war auch der Gedanke, dass man am Schwulsein sterben konnte, nicht gerade erheiternd. Er warf zehn Franken auf den Tisch und stand auf. »Lass uns hier verduften. Wenn all die Stinos von der Bundesverwaltung eintreffen, um hier ihr umstrittenes Ernährungsproblem zu lösen, wird mir schlecht.«

* * *

Sandro hatte ihn angerufen. Er müsse unbedingt zu ihm aufs Kommando kommen und ihm etwas zeigen. Wildbolz hatte die Gelegenheit wahrgenommen, dem Jungen zu sagen, dass er lieber bei ihm vorbeikomme. Er glaubte zwar nicht, in der Wohnung dieses Willy Ambühl einen Hinweis auf die Hintergründe von Tomis Tod erhalten zu können. Aber er wollte ganz einfach mal dieses schwule Zuhause sehen. Wie lebten solche Pärchen überhaupt? Hatten sie sich wie Weiber eingerichtet, mit all dem kleinen Firlefanz, feinen gläsernen Blumenväschen und Stoffpuppen in den Sofaecken?

Wildbolz holte den VW Passat aus der Metrogarage, wo er einen Einstellplatz hatte.

Die Scheibenstraße kannte er, die Nummer elf musste nicht weit vom Breitenrainplatz liegen. Er kurvte aus der Tiefgarage und musste den Umweg über die Lorrainebrücke machen, weil die neue Verkehrsordnung seines Kollegen Scheurer alles einbezogen hatte, was das Autofahren in der Stadt erschwerte. Nicht nur gegen Schwule, auch gegen Autofahrer hatte diese tolle Gesellschaft etwas. Und natürlich auch gegen Ausländer, Juden, Araber, Frauen und so weiter. Wildbolz stellte fest, dass er eigentlich zu keiner dieser diffamierten Gruppen gehörte, dass er ganz normaler Berner war.

Die Scheibenstraße elf war ein neueres Mietshaus. Er fand einen Parkplatz davor und schlenderte dann zum Eingang, wo etwa zehn Briefkästen mit Namensschildern angebracht waren. *W. Ambühl* stand zuoberst; wahrscheinlich bewohnten die beiden die Attika. Er drückte auf die Klingel. Ein Summer ertönte unmittelbar danach, und er konnte die Haustüre öffnen. Es schien, dass er mit Ungeduld erwartet wurde. Als er im fünften Stock aus dem Lift stieg, war nämlich die Wohnungstüre gegenüber schon offen, und Sandro stand drin. Statt einer Begrüßung meinte er: »Ich kenne nicht einmal deinen Vornamen. Du hast mir nur den Namen Wildbolz und die Büronummer mitgeteilt.« Das klang wie ein Vorwurf.

»Hans«, erklärte Wildbolz, während er dem Jungen die Hand entgegenstreckte. »So heißen wir Alten eben.«

»Komm rein!« Sandro führte ihn durch ein großzügiges Entree, das auf einer Seite ganz verspiegelt war. Auf der anderen hingen an einer langen Chromstahlstange unzählige Mäntel und Jacken wie in einer Modeboutique. Sie kamen in einen Salon mit riesiger Fensterfront und einer Galerie im Spitz des sichtbaren Dachstockes. Eine metallene Wendeltreppe führte dort hinauf. Auch das Dach war größtenteils verglast.

»Bitte setz dich.« Sandro zeigte auf das breite, auf drei Seiten einen niedrigen Granittisch umrandende Ledersofa, das allein wahrscheinlich schon ein Vermögen wert war. »Was trinkst du? Ich habe Bier, Cola und Whisky.«

»Ein Bier höchstens. Es ist ja erst vier Uhr. Ist eigentlich die Sauna heute geschlossen?« Wildbolz sah dem Jungen nach, der elegant, in seinem rotseidenen Hausmantel etwas exotisch wirkend, zur Küche ging. Über den Rücken antwortete er: »Ja, immer am Montag. Wir haben also so viel Zeit, wie du willst.« Wildbolz war schon in Tausenden von fremden Wohnungen gewesen, allein mit allen möglichen Leuten. Aber hier fühlte er sich irgendwie unsicher. Sandro war ihm, so sonderbar das klingen mochte, überlegen. Was sollte das nun wieder heißen: so viel Zeit, wie du willst? Glaubte der Junge wirklich, er würde mit ihm etwas wollen? Ich sehe noch gut aus für mein Alter, sagte er sich, um sich ein bisschen Mut zu machen.

Er schaute sich im Zimmer um. Die Wände waren voller Bilder. Die meisten stellten Jünglinge dar. Wildbolz kannte die Namen der Künstler nicht. Er hatte sich nie besonders mit Malerei befasst. Natürlich hatte es auch ein Cheminée, aus teurem Granit gearbeitet und protzig. Willy Ambühl hatte Geld oder lebte wenigstens, als hätte er welches. Man hörte ja, dass ältere Schwule ihre jungen Freunde oft mit einem aufwendigen Lebensstil zu beeindrucken versuchten.

Als Sandro mit einem Bier und einer Cola zurückkam, hatte sich sein Hausmantel etwas geöffnet. Er war nackt darunter. Wildbolz fühlte sich wie ein Gast in einem Massagesalon, nur dass er vor dem Gastgeber Angst verspürte, wie ein pubertierender Junge beim ersten Puffbesuch. »Hast du mir die Liste der Mitglieder kopiert?« Sandro setzte sich zu ihm aufs Sofa und schenkte das Bier ein. »Gil hat sie. Er ist auch hier. Prost.«

»Hast du schon etwas von deinen Spurensicherern erfahren? Und glaubst du immer noch, dass Tomi umgebracht worden ist?«

»Ja. Tomi hatte vor seinem Tod Analverkehr, aktiv und passiv. Man stellte Sperma und Kot von zwei verschiedenen Männern fest. Er ist also mitten in seiner Lust gestorben.« »Was heißt das für deine Ermittlungen?«, forschte Sandro mit trockener Stimme. »Dass ein anderer an seinem Sterben beteiligt war. Zumindest war jemand bei ihm zur fraglichen Zeit. Eingeschlossen mit ihm im Massagezimmer. Wenn es auch nicht der Mörder gewesen ist, so hätte er doch über den Unfall oder den Selbstmord Bericht erstatten müssen. Dir hat keiner der Saunabesucher etwas in dieser Richtung anvertraut?« Sandro sah ihn ernst an und schüttelte den Kopf. »Aber dieser Unbekannte hat mir wahrscheinlich den anonymen Brief geschrieben. Da!« Er streckte dem Kommissär den fotokopierten Brief entgegen. Wildbolz las die Drohung und seufzte: »Damit ist klar, dass der Sexpartner von Tomi einer der sonntäglichen Saunabesucher ist, den du persönlich kennst oder zumindest gesehen hast. Er weiß, dass sein Name auch auf einer Besucherliste wäre, die du vom Sonntagnachmittag erstellen würdest. Aber du hast mir noch keine solche Liste gemacht.«

Sandro schwieg eine Weile, dann antwortete er: »Ich sollte vielleicht keine solche Liste machen, sonst legt dieser Mister X mir eine Bombe in den Club. Das wäre das Ende meiner Gunst bei Willy, verstehst du. Ich kann mir das nicht erlauben. Ich mag nicht wieder auf die Straße oder in eine dieser klein karierten gemeinsamen Buden mit anderen Schwestern. Und den Job würde ich auch verlieren!«

»Dummes Zeug! Schreibe mir die Namen aller Besucher auf, die am Sonntag in eurer Sauna waren. Der Rest ist dann meine Sache. Der Sauna wird nichts passieren. Hingegen werden wir sie schließen lassen, wenn der Fall nicht aufgeklärt werden kann, weil du dich dagegen wehrst. Hast du deinen Willy verständigt?« Sandro, der bisher seine Beine übereinander geschlagen hatte, spreizte sie jetzt weit auseinander. Sein ganzer bloßer Schoß öffnete sich vor Wildbolz. »Nein, er hat noch nicht angerufen. Und ich weiß nicht, wo ich ihn erreichen kann.«

»Mach deine Beine wieder zu!«, befahl Wildbolz. Sandro zog seine Beine zwar etwas zusammen, aber fingerte sichtbar an seinem Penis herum. »Kannst du nicht die Variante mit dem Selbstmord bestehen lassen?

Während Wildbolz diesen Worten nachhing, rief der Junge: »Gil, komm, wir zeigen dem Schnüfflerkönig mal ein bisschen, wie wir Schwestern leben. Vielleicht bewegt es sein stures Heterohirn.«

Gil kam von der Galerie herunter, wo er, für Wildbolz unsichtbar, auf seinen Einsatz gewartet haben musste. Er war vollständig nackt. Wildbolz, der ihn zum ersten Mal zu Gesicht bekam, war gleichzeitig schockiert, verärgert und fasziniert. Dieser etwa Zwanzigjährige sah aus wie ein Fotomodell: schlank, schmalhüftig und breitschultrig, mit seiner haarlosen, feinen und leicht gebräunten Haut, dem halblangen blonden Haar auf seinem jungen Kopf. Sein Geschlecht wippte bei jedem Schritt unternehmungslustig mit. »Was zum Teufel soll hier geschehen?«, reklamierte der Kommissär mit barscher Stimme.

»Wir zeigen dir Szenen aus dem Leben der Schwulen, das du ja so intensiv erforschen willst. Anschauungsunterricht. Lehn dich zurück und mach es dir bequem.« Sandros Worte waren purer Zynismus, bestimmte Wildbolz, aber eine sonderbare, fast kindische Stimmung hielt ihn hier gefangen. Er sah wort- und tatenlos zu, wie sich Gil zu Sandro setzte, diesem den Hausmantel vom Leib zog und ihn zu umarmen und liebkosen begann.

Was sollte er tun? Aufstehen und die beiden auseinander reißen? Oder davonlaufen? Oder neugierig zuschauen, halb erregt und halb mit sich unzufrieden, weil ihn die Vorstellung faszinierte? Zumindest war sie ästhetisch. Bis jetzt. Sandro lag weit zurückgelehnt im Sofa, Gil kniete vor ihm am Boden und lutschte ihm den Schwanz, dann die Brustwarzen, dann sog er ihm am Hals und schließlich tauschten sie Zungenküsse aus. Ein Pornofilm lief vor Wildbolz ab! Die beiden Jungen beachteten ihn nicht mehr. Sie hatten gewonnen, er hatte verloren. Was sollte er dem Boss sagen, wenn ihm dieser vorwarf, er hätte lüstern zugeschaut, wie zwei Jünglinge sich knutschten. Wildbolz schaute weg, zum großen Fenster hinaus. Mit einem Feldstecher hätte sie jemand von einem anderen Haus beobachten können. Und jetzt stand sein eigener Schwanz auch noch!

Sandro drehte sich und kniete jetzt auf dem Sofa, während Gil, keine zwei Meter von Wildbolz entfernt, sich bemühte, sein Glied in den Anus des Spaniers einzuführen. Die beiden schwitzten bereits, aber auch der Kommissär in seiner unbehaglichen Erregtheit. »Fertig jetzt!«, rief er laut, aber unternahm nichts, um seinem Befehl Gehorsam zu verschaffen. Im Gegenteil: Wie gelähmt schaute er dem Treiben neben sich zu. »Mach deine Hose auf, Hans!«, presste Sandro unter den Stößen seines Kumpels hervor. »Mitmachen ist wichtiger als gewinnen!« Wildbolz drückte mit der Hand seinen Ständer durch die Hose. Lieber Gott, wenn es dich gibt, bring mich hier raus! Gil löste sich von Sandro, grinste Wildbolz fröhlich an, berührte rasch die Hose des Kommissärs und ging quer durch den Raum zum Büchergestell. Hunderte von Buchrücken dekorierten eine ganze Wand. Nackt, mit dem wedelnden Penis gegen den Kommissär gerichtet, kam er zurück und warf einige Blätter auf den Granittisch. »Das ist die Mitgliederliste, Herr Polizist. Sie können sie ja studieren, während wir weiterbumsen.«

»Oder du kannst dich auch am Spielchen beteiligen«, meinte Sandro, der jetzt wieder saß und langsam und lustvoll onanierte. Er machte dazu ein ernstes, leidendes Gesicht. Keine Spur von Spott oder

Zynismus darin. »Gut, lutscht mir einen!«, lenkte der Kommissär leise, über sich selber überrascht, ein. Er war sowieso nicht mehr zu retten. Als über Fünfzigjähriger war es für ihn eine einmalige Gelegenheit, seine Noch-Jugend unter Beweis zu stellen. Er war ein Idiot, ganz klar, aber die Lust hatte von ihm Besitz ergriffen. Während Gil die Hose des Kommissärs öffnete und sie gemächlich herunterzog, schloss Wildbolz die Augen.

• • •

Gil trug ein knielanges dunkelblaues T-Shirt. Darunter nichts. Er wusch die Gläser ab und stellte sie grob auf das Spülbrett. Sandro stand hinter ihm, rauchte eine Zigarette und sah ihm zu. »Es hat geklappt«, seufzte er zufrieden.

»Und wenn das deine Holde vernimmt? Der Willy ist doch ein extremer Eifersuchtshammel.«

Sandro wehrte ab: »Es war Notwehr. Wenn wir den Detektiv, oder was er auch immer sein mag, nicht entsamt hätten, würde der die ganze Kundschaft auf den Kopf stellen. Der sture Bock glaubt nach wie vor an einen Mord. Dabei ...«

»Ich nehme an, dass sich Tomi beim Bumsen mit den Filmern unglücklicherweise erhängt hat. Und du weißt ja, wie zum Beispiel dieser Beni Weil sich aufgeilt. Dem ist keine Sado-Maso-Masche brutal genug.« Gil war mit seiner Arbeit fertig. Er zog sein T-Shirt hoch und kontrollierte seine Eichel auf die Sauberkeit. »Das geht nicht auf, Sandy. Ich habe die drei Filmer fast den ganzen Nachmittag im Auge gehabt, weil sie den Alten Max belästigten. Tomi war über eine Stunde weg. Er war nicht bei ihnen, glaube mir.« »Und mit wem war er dann?«

»Keine Ahnung, aber viele kommen nicht in Frage. Komm, wir gehen zurück aufs Sofa.«

Als sie beide auf dem Sofa saßen, zählte Sandro auf: »Also, da war der Alte Max. Der wurde von den drei Filmfreaks in die Zange genommen, wie du sagst. Diese vier kommen also nicht in Frage. Dann waren da: der Direktor, Martin und Fredy, Roger Gfeller, die Harte Nicole und der Scheich.«

Gil ergänzte: »Plus die zwei Jugos und Rotkäppchen. Sind das alle?« Sandro überlegte, während er an einem Fingernagel kaute. »Und wer von diesen könnte den Brief geschrieben haben?« Gil hob die Achseln. »Jeder. Vielleicht mit Ausnahme der Jugos. Die können ja kaum deutsch sprechen, vom Schreiben ganz zu schweigen. Aber der Direktor, Roger Gfeller, die Harte Nicole, Rotkäppchen und der Scheich kommen auf jeden Fall in Frage. Zudem muss der Brief gar nicht unbedingt von Tomis Bumsschwester stammen. Am besten, wir sprechen mit der Harten Nicole. Sie kommt am ehesten in Frage.«

»Wieso? Der gibt doch sonst mit seiner Vernunft ganz gehörig an.« »Stimmt. Aber er war es, der die Idee mit der Bombendrohung gestern hatte.«

Sandro schüttelte den Kopf. »Nachdem wir allen von einer Bombendrohung berichtet haben, um sie nach Hause schicken zu können, kann jeder die Idee aufgenommen haben. Jeder, sogar die beiden Jugostricher.«

»Die solltest du sowieso nicht mehr reinlassen. Plötzlich ziehen sie ein Klappmesser. Sie sind bekannt als Stechschwestern.« »Du weißt ja, dass unsere Seniorinnen gern junges Fleisch neben sich auf dem Saunaholz haben. Die Augen fallen ihnen ja fast aus dem Kopf, wenn sie einen neuen Knabenpo bewundern können.«

Die beiden wurden vom läutenden Telefon unterbrochen. Sandro fragte beim Aufstehen: »Was soll ich sagen, wenn es Willy ist?« »Sicher nichts von mir. Du weißt ja, wie er eifersüchtig toben kann, wenn ich während seiner Abwesenheit bei dir wohne.« »Ja, aber wegen Tomi?«

Gil wusste auch keinen Rat, und Sandro nahm den Hörer ab. »Jimenez bei Ambühl.«

Er hörte eine Weile zu und schien dann eine Lücke im Gespräch des anderen zu finden, um ein »Hallo, wie geht's dir?« einzuschieben. Dann wieder eine längere Pause.

»Ah ja? Das ist gut. Soll ich dich am Flughafen abholen?« Stille. »Ja, ist gut. Klar, ich liebe dich auch.« – »Nein. Alles andere erzähle ich dir am Mittwoch.« – »Mach's gut. Tschüss!« Er hängte seufzend auf und hauchte: »Das war Willy. Er kommt schon am Mittwoch zurück. Hatte einen Motorradunfall und die Hand verstaucht. Zu einem thailändischen Arzt will er nicht.«

»Wieso denn nicht, die sind doch ganz hübsch. Und so allein mit Schwester Doktor im Krankenzimmer ist doch *perfetto*.«

»Hör doch auf, du Luder! Du sprichst von meinem Freund, merk dir das!«

Nach einer nachdenklichen Pause meinte Gil bestimmt: »Aber heute Nacht schlaf ich noch bei dir, mein Schätzchen. Danach musst du ja wieder mit Papi ins Bett.« Sandro antwortete nicht darauf. Er schien sich aber mit großem Unbehagen vorzustellen, wie er Willy über das Geschehene in der Sauna informieren sollte. »Er will nicht, dass ich ihn abhole. Dabei hätte ich auf der Fahrt von Kloten nach Bern eine gute Gelegenheit gehabt, ihn sachte einzuweihen. Ich glaube, er war auch scharf auf Tomi. Vielleicht gut, dass dieser Babystricher das Zeitliche gesegnet hat.«

»Aber, aber!«, kritisierte ihn Gil und führte seine Hand zwischen Sandros Beine. »So spricht man nicht von toten Kunden.« »Ich muss auch noch das Problem mit dem Drohbrief aus der Welt schaffen. Die Polente haben wir ja vorerst mal lahmgelutscht.«

Sandro ging zum Telefon zurück und wählte eine Nummer. »David Locher«, erklärte er Gil über die Schulter. »Der weiß, wo ich die Harte Nicole finden kann.«

Doch dieser David konnte Sandro nichts weiter versprechen, als dass er der Harten Nicole bei nächster Gelegenheit sagen würde, sie solle Sandro zurückrufen. Er selbst kenne auch nur eine postlagernde Adresse. Hingegen seien der Direktor oder der Scheich über den Aufenthaltsort der Harten Nicole im Bilde, und einer von denen werde den Rückruf organisieren. Wenn nicht heute, dann eben morgen. Doch Sandro wollte nicht warten, bis Willy wieder zurück war. Er durfte sich nicht als Versager vor seinem Meister zeigen. Gil kam mit einem Joint von seinem Coca-Cola-Rucksäckchen zum Sofa. »Weißt du was, spanische Nachtschwester? Jetzt ziehen wir uns erst einmal einen rein, und dann wirst du wieder munter.« Er reichte Sandro den zigarettenkleinen Joint und meinte schmollend:

»Ich habe diese Pickel unter meinen Lippen sicher nicht vom Kiffen. Je mehr ich sie mit dem Pictorstift überdecke, desto mehr neue kommen. Dieser Krösus von einem Kunsthändler findet sie sogar geil. Er hat mir im ›Anderland‹ gesagt, ich hätte eine enorm pubertäre Ausstrahlung!«

Sandro rauchte den Joint an und meinte: »Vielleicht hast du Aids, Schwesterchen. Gerade zurückhaltend in der Partnerwahl bist du jedenfalls nicht.«

»Ach, halt deine Lutschlaube, du blöde Luxusgans! Wenn ich einen Willy hätte, könnte ich mir den Katholizismus auch leisten. Zudem bin ich strikte auf Safer Sex.«

»Bist du sicher?«, grinste Sandro und reichte Gil den Joint. »Du lutschst ja jeder dahergelaufenen Bullentunte den Saft aus der Pistole. Und wahrscheinlich kann bei dir jeder hinten einsteigen, du verlottertes Tram. Auch der Kunsthändler.« Gil zuckte die Schultern und sog am Joint, bis er hustete. »Wenn ich es habe, dann kriegst du's auch. Und von dir bekommt's dann der Willy und von Willy ganz Thailand. Wir sind dem Untergang geweiht, *mon cher*. Wir machen eine Kreuzfahrt auf der Titanic, wenn du's genau wissen willst. Und übrigens ...« Er hielt den Zeigefinger, dessen Nagel silbern lackiert war, an die gerunzelte Stirn. »Was?«

»Ich habe mir nur eben gedacht: Vielleicht hat Tomi Selbstmord verübt, weil er es hatte.«

Sandro schaute ihn eine Weile nachdenklich an, dann begann er maßlos zu lachen. Unter Lachstößen fragte er Gil: »Und von wem?« »Von seiner Lehrerin!« Jetzt lachte auch Gil wie im Krampf und glitt auf den Boden, hievte sich dann wieder zu Sandro hoch und pustete ihm schnaufend in den Schoß. »Sandro, du Hofhure. Ich liebe dich beinahe; nur meine Intelligenz steht mir noch im Weg.«

* * *

Aufgewühlt und abgespannt war Wildbolz von der Scheibenstraße nach Hause gefahren, um sich erst einmal richtig zu duschen. Die Strecke quer durch die Stadt bis zur Morillonstraße, wo sich seine Attikawohnung befand, hatte er kaum wahrgenommen. Dafür musste er sich umso mehr mit dem befassen, was ihm in der Luxuswohnung dieses abwesenden Modebonzen passiert war. Und wenn er ganz ehrlich sein wollte, hatte er perversen Spaß daran gehabt.

Nun, inzwischen war für ihn der Fall Tomi Fehr zur Falle geworden, das wusste er. Würde bekannt, dass der ehrenwerte Herr Kommissär – seit zwanzig Jahren im Dienst und so – sich von zwei Jungen hatte einen ablutschen lassen, dann wäre er seine Stelle los. Womöglich war einer der Boys noch minderjährig; er hatte in der Hitze des Gefechtes Gils Ausweis gar nicht kontrolliert. Auch das eine Nachlässigkeit. Er rekapitulierte: Der Chef würde ihn wahrscheinlich kaum drängen, in diesem Fall zügig weiterzumachen. Aber da waren die Leute von der Spurensicherung, die klar festgestellt hatten, dass beim Todesfall des Knaben jemand die Hände im Spiel gehabt hatte. Oder zumindest Zeuge war und sich nun nicht meldete. Und auch der Fotograf, Ruedi Merz, war seiner Sache sicher – so hatte er es wenigstens am Morgen behauptet. Schließlich hatte der Knabe auch Eltern. Die konnten darauf bestehen, dass eine intensive Untersuchung stattfand.

Mit der Hilfe von Sandro und Gil konnte er kaum mehr rechnen. Die hatten ihn im Gegenteil in der Hand. So ein Mist; dass das einem erfahrenen Polizisten wie ihm passieren musste!

Nach dem Duschen erlaubte er sich einen Spaziergang mit Fritz. Während dieses Rundgangs, der ihn zur Seftigenstraße hinunter, dann nach Wabern und wieder zurück brachte, überlegte sich Wildbolz unkonzentriert, was er als Nächstes tun sollte. Er würde dem Chef rapportieren und sagen, er sei noch nicht weitergekommen, obwohl das nicht ganz stimmte: Sandro hatte ihm den Namen eines Filmers bekanntgegeben, und den hatte er auch auf der Liste gefunden: Bernhard Weil, Sekundarlehrer, Statthalterstraße 14.

Obwohl er an der Aufdeckung des Falles eigentlich nicht mehr interessiert war, wollte er weitermachen. Es lockte ihn, diese schwule Welt kennen zu lernen. Einerseits aus Neugier, andererseits wahrscheinlich aus dem Wunsch, noch den einen oder anderen Kontakt herstellen zu können. Er hatte gar nicht gewusst, dass ihm junge Männer nicht gleichgültig waren. Seit er geschieden war, hatte er nur noch wenig Sex gehabt, meistens mit früheren Kolleginnen oder im Ausland mit Prostituierten. Und jetzt war da ein neues Feuer erwacht. In seinem Alter! Er wusste, dass dieses Feuer kaum ganz neu sein konnte. Aber es war ein Feuer, das ihn wärmte. Da war er sich sicher. Er musste den Fall Tomi als Eintrittsbillett in diese Welt benutzen. Ja, das wollte er.

Er ging nochmals ins Badezimmer, ließ seine graue Flanellhose auf die schwarzen Dienstschuhe fallen und kontrollierte seine Genitalien. Keine Rötung, keine Wunde. Dann durchsuchte er sein Haar nach eventuellen Filzläusen. Wie man die durch Lutschen übertragen sollte, war ihm auch nicht klar. Aber Aids? Es war doch möglich, dass diese Jungen bereits infiziert waren. Schließlich konnte man annehmen, dass sie sich nicht nur ihm gegenüber so freizügig verhielten. Er hatte schon gehört, dass sich Huren weigerten, Männern einen zu lutschen, ohne dass diese einen Pariser überstreiften. Konnte man Aids so bekommen, durch bloßes Lutschen? Er war nicht sicher. Auch hier machte er sich Vorwürfe: Jeder erwachsene Mensch sollte heutzutage wissen, wann Sex sicher ist und wann die Gefahr einer Infizierung besteht.

Er wusch sich das Glied nochmals. Dann zog er seine Hose wieder hoch und ging in die Küche, wo Fritz auf seinem dicken Teppich lag. Er goss sich einen Whisky ein. Vielleicht desinfizierte das. Plötzlich war er sich sicher, dass er den Fall Tomi nicht mehr weiterbehandeln wollte. Es war am besten, er würde sich von dieser ganzen Schwulenszene fern halten. Dann wieder schalt er sich zu ängstlich. Sollte er sich bei der Aidshilfe erkundigen, wie man sich anstecken kann? Nein, er würde sich schämen. Ein Mann mit fünfzig ruft verzweifelt die Aidshilfe an! Und erst noch ein erfahrener Polizeidetektiv.

Er musste ob seiner Gedanken endlich lächeln. Vielleicht war es der Whisky, der ihn wieder vernünftig machte. Er gönnte sich einen zweiten, dann erst machte er sich auf den Weg zurück zur Hauptwache.

• • •

Als der Kommissär endlich in sein Büro zurückkam, lag da eine Notiz, er solle den Boss zurückrufen. Klar, der wollte ja jeden Tag seinen Rapport. Aber heute bekam er kaum eine neue Information. Wildbolz wollte Amacher das Gefühl vermitteln, er würde seinem Ruf folgen und den Fall mit großer Zurückhaltung untersuchen. »Wildbolz. Klaus? Du wolltest, dass ich dich zurückrufe?« »Hallo Hans. Was Neues in diesem Fall Fehr?« Seine brummende Stimme verriet reges Interesse.

»Nicht eigentlich. Ich war bei dem jungen Mann, der die Sauna in diesen Tagen leitet. Ich erhielt von ihm zwar die Liste der Mitglieder, aber keine Angaben darüber, wer von diesen Leuten gestern im Club war. Und ich werde kaum bei vierhundert Schwulen einzeln recherchieren gehen können.«

»Hast du die Liste schon durchgesehen? Jemand aus unserem Bekanntenkreis oder von der Prominenz dabei?« »Ich habe sie kontrolliert. Ich persönlich kenne keinen Knochen. Prominente hat es einige, aber wahrscheinlich haben die meisten einen falschen Namen angegeben. Es hat sehr viele Postlagernd-Adressen und Postfächer.« So war es. In vielen Fällen war bloß der Vorname und die Bezeichnung ›Steamshop‹ zur Postfachnummer vermerkt. Man wollte nicht sofort als Homo ausgemacht werden können. Die Fichen-Affäre hatte diesen allgemeinen Wunsch noch verstärkt.

»Aha«, meinte Amacher lakonisch. »Ich habe dir ja gesagt, am besten lassen wir die Sache auf sich beruhen.«

»Das wird kaum gehen, Klaus! Die Eltern zumindest wollen doch, dass wir uns um eine Aufklärung bemühen. Ich werde morgen bei ihnen vorbeigehen. Sie wohnen in Muri.«

»Musst du nicht, Hans. Ich war bereits da. Hab' mit ihnen gesprochen, sie versucht zu trösten und so. Dann habe ich auch das Zimmer des Knaben durchsucht, aber nichts gefunden, das auf seine Besuche in dieser Sauna oder auf eine homosexuelle Beziehung hinweist. Die Eltern wussten auch nichts von solchen Kontakten und waren ziemlich geschockt, dass ihr jüngerer Sohn an so einem Ort verkehrte. Übrigens ist der Vater ein Uniprofessor. Ordinarius für Sprachwissenschaften, Germanistik. Sehr intakte Leute, beide.«

Wildbolz war verärgert. Warum bloß musste Amacher auch noch seine Nase in den Fall stecken? »Behandelst du den Fall oder ich?«, fragte er entsprechend knapp.

»Bitte, Hans. Ich kenne diesen Professor flüchtig und dachte, ich würde in deinem Sinne handeln, wenn ich mal vorbeischaue und sage, dass die Polizei sich um den Tod ihres Sohnes kümmert. Ich habe schlussendlich auch politische Verpflichtungen, verstehst du. Auf jeden Fall wollte ich dir nicht ins Handwerk pfuschen und konnte auch nicht, da es bei den Fehrs nichts zu finden gibt, das uns weiterhilft.«

»Es scheint überhaupt nichts zu geben, das uns weiterhilft.« Nicht einmal hier intern. Sollte doch dieser alte Hochstapler seine politischen Besuche machen, wie er wollte. Wildbolz würde die Eltern trotzdem noch aufsuchen. Da gab es ja auch noch den älteren Bruder Tomis zu befragen. Aber der Kommissär verschwieg diese Absichten seinem Chef und verabschiedete sich mit einem »Also gut, Klaus. Ich halte dich auf dem Laufenden«.

Es war halb sechs. Sollte er nach Bümpliz hinausfahren und diesen Sekundarlehrer mal ein bisschen interviewen? Die Zeit war jedenfalls günstig, und so verließ Wildbolz sein Büro gleich wieder und machte sich auf die Socken. Um diese Jahreszeit war es bereits um fünf Uhr dunkel. Regenwolken hingen fast bis aufs Pflaster herunter und verliehen der Außenwelt die Atmosphäre einer feuchten, riesigen Halle.

Die Nummer 14 war eine kleinere Mietskaserne aus den fünfziger Jahren. Fünfgeschossig, gelber Verputz, bordeauxrote Jalousien, alles drei Meter von der Straße weg, hinter Birken und Fliederbüschen.

Der Name Bernhard Weil stand zusammen mit Alice Schumacher neben dem Klingelknopf. War das seine Wohnpartnerin? War dieser Weil bisexuell und lebte im Konkubinat mit einer Frau, als Tarnung für die Eltern seiner Schüler und für die Behörden?

Wildbolz trat ins Haus, stieg schnaubend die Treppe empor und klingelte an der Wohnungstüre im zweiten Stock.

Weil war etwa vierzig. Seine Stirn wirkte hoch wegen des schütteren Haares. In wenigen Jahren würde er eine Glatze haben, und das war ohne Zweifel für Schwule nicht von Vorteil. Die großen, hellen Augen schauten den Kommissär durch eine modische Hornbrille aufmerksam an. Er wirkte in seinem bunten Trainingsanzug sportlich, schlank und feingliedrig.

Typisch Lehrer, dachte Wildbolz. Die haben alle einen pedantischen, rechthaberischen Zug. Nur die breiten, fleischigen Lippen unter dem buschigen Schnurrbart passten nicht so recht zum arroganten Gesicht.

»Guten Abend, Herr Weil.« Wildbolz wartete, bis der andere »Guten Abend« erwiderte, um sicher zu gehen, dass er den gewünschten Lehrer vor sich hatte. Dann zog er seine Dienstmarke. »Mein Name ist Wildbolz. Ich bin Kommissär bei der Sicherheits- und Kriminalpolizei. Darf ich kurz mit Ihnen sprechen?« Weils Gesicht blieb unbewegt. Vielleicht glaubte er, es ginge um einen seiner Schüler. »Ja, bitte? Worum geht's?« »Darf ich hineinkommen?«, musste Wildbolz fragen, als sich Weil nicht aus dem Türrahmen bewegte.

»Bitte. Aber ich muss um halb sieben weg. Ich habe noch einen Nachhilfekurs zu geben.« Der Lehrer ging voran, durch eine korridorähnliche Garderobe, von der aus mehrere Türen abzweigten. Er führte den Kommissär in die Küche und gab ihm ein Zeichen, am kleinen Küchentisch Platz zu nehmen.

»Schießen Sie los!«

»Es geht um den Tod von Tomi Fehr.« Wildbolz war gewohnt, bei solchen Hinweisen sein Gegenüber genau zu beobachten. Weil lächelte beim Namen des Knaben ein wenig. »Was möchten Sie wissen?« Er musste sich vor der Frage räuspern, ein Zeichen der Unbehaglichkeit.

»Sie wissen sicher, dass er am Sonntag Nachmittag in einer Sauna, die ›Steamshop Club‹ heißt, gestorben ist. Ich habe gehört, dass Sie mit Tomi einen Film drehen würden und darum des Öftern mit ihm zusammen waren. Man sagte mir auch, dass Sie am Sonntagnachmittag die besagte Sauna besuchten. Das stimmt doch, oder?« Weil überlegte nicht lange. »Ja, ich war dort. Ich gehe meistens am Sonntag hin.«

»Und das wegen des Films, stimmt das auch?« Wildbolz versuchte einen beiläufigen Ton anzuschlagen. »Ich mache Filme. Mit Tomi hatten wir auch ein Projekt.« »Wir?«

»Ja, ich arbeite beim Filmen mit zwei Kollegen zusammen.« »Wohnen Sie hier mit einer Dame? Ich las einen zweiten Namen an Ihrer Haustüre.«

Wildbolz wechselte absichtlich das Thema, obwohl ihn die Filme weit mehr interessierten. Er wollte sich nicht sofort verraten. »Frau Schumacher wohnt nicht mehr hier. Sie ist zwar mit mir eingezogen, aber wir haben uns dann getrennt.« »Aha. Und jetzt wohnen Sie allein?«

»Mehr oder weniger. Frau Schumachers Bruder hat ein Zimmer gemietet.«

»Begreife. Heute sind ja die Wohnungen zu teuer, um allein darin zu leben. Wie alt ist er?« »Wer?«

Es war Wildbolz sofort klar, dass Weil ausweichen und lieber keine Antwort geben wollte. »Na, Ihr Wohnpartner.«

»Wieso wollen Sie das wissen? Er ist Alices Bruder, das reicht doch.« Weil sah den Kommissär ungehalten an. Er war sichtbar sauer. Oder nervös?

»Sehen Sie, Herr Weil, wir Polizisten fragen eben vieles, das den Leuten überflüssig vorkommt. Und doch hilft uns jede Antwort, die wahren Zusammenhänge zu finden. Sagen Sie's mir doch!«, bettelte Wildbolz.

Weil überlegte, sah den Kommissär dabei spöttisch an und sagte dann trotzig: »Achtzehn. Er macht eine Bauzeichnerlehre in Bern. Seine Eltern wohnen in Oberdiessbach. Es ist für ihn bequemer, die Woche über hier zu bleiben, wenn Sie das verstehen können. Andere Zusammenhänge gibt es nicht.« Wildbolz konnte sich die Geschichte mit Frau Schumacher, ihrem Bruder und Weil selber zusammenreimen. »Haben Sie Tomi gut gekannt?«

»Ich habe Ihnen ja gesagt, dass wir ihn für eine Rolle in einem Dokumentarfilm engagiert haben. Ich kenne ihn von einem Skilager her. Er ist genau der Typ, den wir brauchen. Oder besser: Er war ...«

»Wovon handelt denn dieser Film?«

Wildbolz merkte, dass es Weil Mühe machte, weiter zu antworten. Aber als Lehrer hatte er einen öffentlichen Job und konnte es sich nicht leisten, die Polizei aus dem Haus zu jagen. »Es geht um eine Analyse der heutigen Situation junger Menschen.«

»Ach ja? Wäre da ein etwas älterer Junge nicht besser gewesen? Entschuldigen Sie meine Frage. Ich verstehe nichts vom Filmemachen.«

Der Lehrer war nicht blöd und begriff ganz genau, was Wildbolz sagen wollte. Das sah man ihm sofort an. Er gab keine Antwort, sondern lächelte bloß in sich hinein.

»Herr Weil, können Sie mir etwas über gestern Nachmittag und Tomi sagen, das mir weiterhelfen könnte, seinen Tod aufzuklären? Haben Sie etwas Besonderes festgestellt? Oder haben Sie gesehen, mit wem er ins Massagezimmer ging?«

Der Lehrer dachte hinter seiner hohen Stirn angestrengt nach. »Ich habe kurz mit ihm gesprochen. Das war gerade, als wir in die Sauna kamen, meine Kollegen und ich. Dann habe ich ihn nicht mehr gesehen. Mit mir ist er auf jeden Fall nicht ins Massagezimmer gegangen, wenn Sie das meinen. Und auch mit meinen beiden Kollegen nicht. Ich gehe nie dort hinein.« »Wie heißen denn diese beiden Kollegen?« Wildbolz würde ihre Adresse sicher auf der Mitgliederliste des Clubs finden und sie dann auch vernehmen können.

Weil überlegte, als hätte er sie schon lange nicht mehr gesehen. Dann rückte er aber mit den Namen heraus: »Heinz Simon und Andreas Schumacher. Es sind beides junge Leute, die sich den Film als längerfristiges Berufsziel ausgewählt haben. Ich kann ihnen dabei ein wenig den Weg weisen.«

»Andreas Schumacher, das ist Ihr Wohnpartner also?«

Weil nickte. »Die beiden waren am Sonntagnachmittag mit mir in der Sauna. Tomi kam in etwa mit uns an, war aber mit einem ziemlich alten Typ zusammen, den ich nicht kenne.« Wildbolz war sicher, dass Weil log. Hatte nicht Sandro gesagt, Tomi sei die längste Zeit mit den Filmern zusammen gewesen? »Helfen Sie mir, Weil. Ich werde dafür das Ganze mit größter Diskretion behandeln.«

Weil starrte auf seinen Küchenschrank, als hätte es dort von innen geklopft. »Wie kann ich Ihnen denn helfen?«, fragte er endlich. »Geben Sie mir das Filmmaterial!« Es war für Wildbolz gar nicht sicher, dass bereits Filmmaterial über Tomi existierte. Aber wenn ja, dann wollte er es unbedingt sehen. Nicht nur aus beruflichen Gründen. Vielleicht war da Ähnliches zu sehen wie das, was er vor wenigen Stunden selber erlebt hatte. Es würde ihn beruhigen festzustellen, dass er nicht der einzige Erwachsene war, der sich mit jungen Boys eingelassen hatte. Aber da gab es noch einen anderen Grund, und dieser beunruhigte ihn: Geilheit! Nicht sein Kopf, sondern sein Schwanz verlangte nach dem Filmmaterial. Und das hieß, dass ihm der Sex mit jungen Gleichgeschlechtlichen Spaß machte, dass er vielleicht sogar im Innersten schwul war. Und dann musste er sich Weil gegenüber nachsichtiger benehmen, sozusagen als Kumpel mit denselben Sorgen.

»Welches Material?« Weil spielte den erstaunten Empörten. »Das, welches Sie bereits von Tomi gedreht haben. Ich muss es haben; wenn nötig, werde ich es auch mit Gewalt oder gerichtlich eintreiben. Aber ich hoffe, Sie kooperieren vorher. Niemand außer mir wird die Bilder sehen, das kann ich Ihnen versprechen.« »Es gibt überhaupt kein Material von Tomi. Wir schrieben gerade das Drehbuch.« »Geben Sie es mir!« Wildbolz bestand mit harter Stimme darauf und markierte den strengen Polizisten. »Sie haben bereits gefilmt. Ich weiß das von einem Zeugen.« Der Kommissär bluffte, aber er hatte Erfolg.

»Hat Sandro, diese kleine Ratte, Ihnen davon erzählt? Der ist ja bloß eifersüchtig, dass nicht er Tomis Rolle spielen darf. Es kann nur dieser Lustknabe Ambühls sein! Ich werde ihm das heimzahlen!« Weil war ruckartig aufgestanden und ging ans Fenster, Wildbolz den Rücken zukehrend und die Fäuste ballend. »Geben Sie mir diese Filme!«, befahl Wildbolz leise, aber drohend. Der Lehrer drehte sich zu ihm um und sah ihn lange hasserfüllt an. Dann presste er unter seinem Schnauz ein zischendes »Nein!«, hervor. Sein Gesicht war weiß und auf der hohen Stirn glänzte der Schweiß. Wildbolz staunte über diese intensive Reaktion. Aber vielleicht waren die Filme oder Videos Weils Intimstes, das er selber als verboten, schmutzig und gefährlich ansah und dessen Veröffentlichung sein Ende bedeuten könnte. Gut erzogene, gebildete Menschen zeigten oft solche Hyperreaktionen, wenn man in ihrem Leben etwas als unsittlich Beurteiltes aufdeckte. »Beruhigen Sie sich, Weil. Ich will nur die Filme anschauen. Es ist meine Pflicht, dies zu tun, und vor allem Ihre, mir dazu zu verhelfen!«

Zwei Minuten Pause.

»Ich muss sonst Ihre Wohnung durchsuchen und alles auf den Kopf stellen.« Pause.

»Tun Sie es wenigstens für Tomi. Er ist tot. Zumindest hat er das Recht, dass wir seinen sonderbaren, plötzlichen Tod aufklären. Er war noch nicht einmal sechzehn!«

Wildbolz hatte eindringlich gesprochen. Irgendwie meinte er auch, was er sagte, obwohl er plötzlich das Gefühl hatte, nie die Möglichkeit zu bekommen, ganz in die Welt sich liebender oder hassender, bewundernder oder verachtender Männer eintauchen zu können. Er hatte diesen Zug wahrscheinlich verpasst, weil er sich während Jahren dem Glauben hingegeben hatte, er sei hundertprozentig hetero, zur großen selbstsicheren Mehrheit gehörend und ein Mann aus hartem, gesundem Holz, den es zur Fortpflanzung trieb. Während er sich dies überlegte, ging Weil aus der Küche. Er kam sofort mit drei Videokassetten zurück und legte sie wortlos vor Wildbolz auf den Tisch.

»Ich habe Ihnen versprochen, Weil, dass niemand außer mir diese Dinger anschauen wird. Sie erhalten sie in zwei, drei Tagen zurück.« Wildbolz stand auf. Er hatte vorerst, was er wollte, und spürte in sich eine gewisse faszinierende Neugier auf die Bilder. Ohne Zweifel eine Art Geilheit. Oder nicht einmal eine Art, sondern ganz klar Geilheit. Sonst würde er dies alles nicht so deutlich in seinem Unterleib spüren. »Machen Sie sich vorerst keine Sorgen um Ihre Stelle. Wenn Sie an Tomis Tod keine Schuld oder Mitschuld tragen, dann haben Sie auch nichts zu befürchten.«

Weil sah den Kommissär aus meilenweiter Entfernung an. »Wir sind alle mitschuldig. Auch Sie. Wenn Sie das noch nicht begriffen haben, sollten eher Sie sich Sorgen um Ihren Job machen.«

Wildbolz verstand nicht, was der Lehrer damit meinte. »Auf Wiedersehen, Weil. Passen Sie auf sich auf!« War dieser Rat blödsinnig? Nein, höchstens leichtfertig. Aber immerhin war es doch für die Schwulen nicht in erster Linie die Polizei, die ihr Leben vermieste, sondern diese neue heimtückische Seuche Aids. Er hob eine Hand zum Gruß und stieg die Treppe hinunter. Es roch nach Nachtessen im Hausflur. Frauen kochten hinter den anderen Türen für ihre Männer und Kinder. Weil hingegen würde heute kaum Appetit verspüren. Und er hatte wohl auch niemanden, der ihm ein Nachtessen zubereitete. Wildbolz atmete tief durch und trat auf die Straße hinaus. Er hatte jetzt Mitleid mit sich selber. Ja, er brauchte nochmals einen Whisky.

* * *

Von Bümpliz fuhr Wildbolz direkt nach Hause. Er wollte so rasch wie möglich die drei Videokassetten anschauen. Er wusste, dass er die Züge eines Voyeurs annahm, aber was dieser Lehrer mit dem jetzt toten Knaben gefilmt hatte, interessierte ihn natürlich auch beruflich. Tomi hatte er nicht lebend gesehen, nur steif dort auf dem Massagebett an dem Kabel hängend. Tote taten es ihm aber eigentlich nicht an. Er wich ihnen selbst als Kommissär aus, wo er nur konnte. Vielleicht hatte er selber zu sehr Angst vor dem Tod, der ihm alle die

Annehmlichkeiten eines Beamtenlebens und vor allem auch seine geliebte Wohnung wegnehmen würde.

Um halb acht schob Wildbolz die erste Kassette in sein Videogerät, setzte sich in seinen Ohrensessel und zog sich die schweren Schuhe aus.

Das erste Bild zeigte den Knaben an einem Pult in einem Schulzimmer sitzend. Er schrieb, immer wieder überlegend, etwas auf ein Blatt. Von Zeit zu Zeit schaute er geradewegs in die Kamera und präsentierte sein feines, intelligentes Gesicht. Vor allem seine Augen waren fesselnd. »Fesselnd«, murmelte Wildbolz und rieb sich das Kinn. Der Knabe gefiel ihm, und er begriff, dass man den Wunsch haben konnte, ihn mit einem Film ein bisschen zum eigenen Besitz zu machen.

Tomi stand jetzt auf, nahm den Zettel und legte ihn in ein anderes Pult.

Anschließend sah man einen Knaben durch den langen Schulhausgang gehen, und als er zum Portal hinaus kam, erkannte Wildbolz auch, dass die Aufnahmen in der alten Sekundärschule Bümpliz gedreht worden waren, dort also, wo Weil als Lehrer tätig war. Tomi ging jetzt zu einem überdeckten Veloabstellplatz, nahm ein Fahrrad und fuhr davon. Der Film war von langsamem Blues begleitet und übertrug eine zögernde, unglückliche Stimmung. Aber die Art der Aufnahmen, die sehr zurückhaltenden Farben, die Länge der einzelnen Einstellungen und die Fahrt der Kamera beeindruckten Wildbolz. Weil war ein Könner. Aber ohne Zweifel war der Lehrer auch verliebt in den Schüler. Die zarte Melancholie, die er in den Aufnahmen zum Ausdruck brachte, sprach ihre eigene Sprache. Und die vielen Naheinstellungen vom Gesicht, dem Po und den Händen demonstrierten auch, was Weil von Tomi erwartete. Man sah nun den Knaben zuerst an Häusern vorbei, dann durch einen unendlich scheinenden Wald radeln.

Es musste sich um ein Sträßchen im Großen Forst handeln, dachte Wildbolz, der sich immer wieder beim Auskunden der Örtlichkeiten ertappte. Aber er beobachtete auch den Körper des Knaben, den Hintern, der vom Sattel geteilt wurde, die Beine in engen Jeans, im Rhythmus der Musik die Pedale tretend. Die Art, wie die Aufnahmen auch hier den Knaben mit der Kamera liebkosten, immer wieder einzelne Körperstellen hervorhebend, das feine, ernste, nein traurige Gesicht, und all das in einem tiefen, stillen Wald! Wildbolz drängte den Hund weg, der versuchte, seine Schnauze auf Wildbolz' Knie zu legen. »Hau ab Fritz, ich will jetzt dieses Tape ansehen. Tiere stören da bloß!«

Mitten im Wald, an einer Wegkreuzung, stand ein Brunnen. Tomi hielt an, lehnte das Fahrrad an den riesigen Steinquader des Troges und kletterte zur Brunnenröhre hinauf. Eine Weile sah man sein Hinterteil in Großformat, als Tomi auf dem Brunnenrand kniete. Die Kamera schwenkte sogar noch zwischen den Beinen durch und man sah Tomis Körper entlang bis zur Brunnensäule. Dann wechselte das Bild und zeigte die vollen, schönen Lippen des Jungen, wie sie ganz nahe an der Brunnenröhre, aus der ein starker Wasserstrahl kam, das Nass gierig einsogen. Wildbolz war klar, dass Weil jede Gelegenheit wahrgenommen hatte, um den Knaben von der sinnlichsten Seite zu zeigen. Er spürte es sogar, denn die Bilder erregten ihn. Trotzdem: Porno durfte man diesen Film nicht nennen. Eher schon Kunst.

Die Szene am Brunnen dauerte länger. Das Gesicht des Jungen, vom Wasser verspritzt, der sich immer wieder öffnende Mund, das lange helle Haar, dann wieder das prall in den Jeans steckende Hinterteil, die junge Hand, die sich an der Röhre fest hielt. Wildbolz musste, je mehr er sah, zugeben, dass Weil Talent zum Filmen hatte, dass seine Bilder einen in Stimmung brachten.

Die Szene wechselte. Man sah jetzt einen anderen Jungen, etwas älter, vielleicht der Schumacher, der sein Pult im Schulzimmer öffnete, den Zettel entdeckte und ihn langsam las. Auch hier zeigte Weil die lautlos lesenden Lippen des Jungen und konnte damit nicht nur Sinnlichkeit oder Dramatik erwirken.

Nachdem der andere Junge Tomis Zettel gelesen und eine Weile traurig in die Kamera geschaut hatte, konnte man die handschriftliche Nachricht auch im Film entziffern: *Lieber Andy, ich fahre zu meinem neuen Freund, dem Bauern. Schöne Ferien. Bis nachher, Tomi.*

Sentimentales Klischee, urteilte Wildbolz halblaut, in erster Linie um sich von der zu Tränen rührenden Filmszene zu distanzieren. Wieder drückte er den Hund von sich weg, während auf dem Bildschirm erneut Tomi erschien. Er fuhr vom Brunnen und der Kreuzung weg, weiter in den nie enden wollenden Wald hinein. Rotkäppchen und der Wolf fielen Wildbolz ein, und er lächelte kopfschüttelnd. Endlich führte das Sträßchen aus dem Wald hinaus, zu einem kleinen Weiler.

Tomi hielt bei einem Bauernhof an, ging vorsichtig einem Hund entgegen und dann zur Stalltüre. Ein junger Bursche – oder war dieser nun Schumacher? – kam aus dem Stall und begrüßte den Knaben.

Sie schienen einander zu kennen, sogar gut zu kennen, denn sie gaben sich einen kurzen Kuss. Hier endete das erste Video. Bevor Wildbolz die zweite Kassette einschob, ging er mit Fritz in die Küche und füllte dessen Futterschale.

Das zweite Video, ebenfalls mit *Tomi I* betitelt, begann mit neuen Szenen am Brunnen im Wald. Hier sah man den Knaben gebückt ins Unterholz gehen und, von Büschen halb versteckt, stehen bleiben. Er öffnete seine Jeans und begann zu pissen. Weil zeigte dabei das Glied aus allernächster Nähe, den Wasserstrahl, der in der Sonne glitzernd im Blätterwerk der Büsche verschwand. Dann wieder das verträumte Gesicht. Zwischen zwei vollen Lippen sah man weiße, etwas unregelmäßige Zähne. Poesie des Pissens, grinste Wildbolz. Aber die Bilder machten ihn geil.

Dann, im selben Gebüsch, die Onanierszene. Man sah den Knaben zwar nur von hinten, aber die Bewegungen der Arme, das Zurückwerfen des Kopfes, die Sitzstellung, all dies ließ keinen Zweifel aufkommen: Tomi holte sich einen runter. Wie hatte ihm das Weil bloß befehlen können? Da hätte doch irgendein Pilzsammler oder Waldläufer plötzlich erscheinen können. Aber eben: Begierde macht unvorsichtig. Die Wichserei wurde in die Länge gezogen. Weil zeigte abwechselnd den sich auf und ab bewegenden Oberarm, dann wieder das keuchende Gesicht, dann wieder Stimmungen im Wald. Auch diese Bilder wurden von Blues begleitet, und die Farben wirkten verschwommen und gedämpft. Nach der angedeuteten Ejakulation sah man minutenlang das traurige Gesicht des Knaben.

Alle Tiere sind nach der Begattung traurig, sinnte Wildbolz, während er sich seinen eigenen steifen Schwanz drückte. Mitwichsen wollte er nicht, das wäre ihm zu peinlich. Aber erregt hatte ihn der Film. Nachdem Tomi seinen Pimmel wieder in die Jeans zurückgedrückt hatte, endete das Video.

Wildbolz legte die dritte Kassette ein. Fritz kratzte an der Küchentür und wollte hinaus. »Warte noch ein Weilchen, schwuler Kumpel. Ich bin gleich fertig«, rief Wildbolz. *Tomi I* lautete auch hier der Titel. Man sah jetzt in ein kleines Gadenzimmer eines Bauernhauses. Der junge Knecht saß an einem alten, kleinen Holztisch, hatte den Kopf in die Hände gestützt und weinte. Die Kamera fuhr vom Kopf hinunter: Der Knecht war nackt, was man allerdings der Schatten wegen mehr erahnen musste. Dann das Gesicht des jungen Knechtes von vorn. Tränenbäche, die ihm zum offenen Mund hinunterliefen. Auch diese Szene war schön und sinnlich aufgenommen.

Die Kamera zoomte zurück, man sah wieder das Gadenzimmer, entdeckte aber jetzt auf dem Bett, halb sitzend, halb liegend, auch den nackten Tomi. Um seinen Hals hing eine Schlinge, die an der Decke festgemacht war. Den Kopf hatte er leicht geneigt, die Augen offen. Er sah genau so aus, wie Wildbolz ihn in der Sauna angetroffen hatte. Was sollte das bedeuten? Hatte Weil Tomis Tod im Voraus gefilmt? Als Vorschau auf die Wirklichkeit? Der Kommissär starrte erschrocken auf den Bildschirm. Dieser zeigte immer noch dieselbe Szene. Dieselbe Szene, die Wildbolz im Massagezimmer der Sauna vorgefunden hatte! Nur mit dem unwichtigen Unterschied, dass Tomi hier in einem Bauerngaden lag und ein junger Bauernknecht daneben weinte. Himmelarschundzwirn!

Wildbolz fluchte so laut, dass Fritz zu bellen begann. War Weil also der Mörder? Die dritte Kassette war zu Ende. Das Flimmern auf dem Bildschirm wirkte auf Wildbolz wie ein Bild aus dem Jenseits.

Er saß eine Weile still in seinem Ohrensessel und schaltete dann das Videogerät und den Fernseher ab. Dann ließ er den Hund herein. »Komm Fritzchen, wir machen einen Spaziergang. Ich halt's da drinnen nicht mehr aus.« Schwer atmend schlüpfte der Kommissär wieder in seine Schuhe und verschnürte sie. Dann ging er in die Küche und holte sich einen weiteren Whisky. Den fünften heute! Immerhin half es ihm, sein schlechtes Gewissen zu vertreiben, das ihn seit dem ersten Bild der Videos belastete. Warum eigentlich? Dieses Material war doch keine Pornographie? Im Gegenteil. Wie viele weltbekannte Künstler waren weitergegangen als Weil und damit noch berühmt geworden?

Was hatte bloß Weil mit diesem Film aussagen wollen? Natürlich musste er ihn fragen! Morgen würde er ihn wieder besuchen und ihm die Kassetten zurückbringen. Erstens wollte Wildbolz diese Bilder vor Amacher schützen. Der Boss durfte nicht einmal von diesen Kassetten wissen, sonst wäre Weil im Nu in Haft. Und dieser verwirrte, verliebte Lehrer konnte doch nicht der Mörder sein, entschied Wildbolz gefühlsmäßig. Und zweitens waren die Aufnahmen so sentimental intim, dass er sie dem Lehrer zurückgeben musste.

Er kettete Fritz an die Leine und verließ die Wohnung. Seine schweren, etwas schwankenden Schritte lenkte er zur Monbijoustraße, dann weiter Richtung Sulgenau hinunter. Es zog ihn ans Wasser, zur

Aare. Hier, hoffte er, würde er seine Gedanken und Gefühle etwas ordnen können.

* * *

Jürg von Feldern stieg von seinem Studierzimmer im ersten Stock in die große Küche hinunter. Zwei Fenster gingen auf den Park hinaus, der von alten Tannen bestanden war, zwei andere gaben über einen kleinen Rasen mit Springbrunnen den Blick frei den Abhang hinunter. Man sah im Westen die Busstation, ein kleines, graues, vorfabriziertes Häuschen aus Metallträgern und Glas. Die Umgebung kannte er bereits seit fast siebzig Jahren. In diesem Haus war er geboren worden, aufgewachsen, groß geworden, alt geworden. Er bewohnte es seit fast dreißig Jahren allein. Seine Eltern waren längst gestorben, die Schwester nach Chicago ausgewandert, kurz nachdem sie einen amerikanischen Anwalt geheiratet hatte. Er würde hier bleiben bis zu seinem Tod. Mit achtundsechzig musste man daran denken, eines Morgens nicht mehr zu erwachen. Zwar fühlte er sich noch fit, hoffte auch, noch lange von seinem ansehnlichen Besitz profitieren zu können, und, das war für ihn das Wichtigste, noch einige Jahre in der angenehm faszinierenden Gesellschaft von jungen Männern sein zu können. Ans Sterben denken, ja, aber schon jetzt wollen, nein!

Wenigstens war er von jener Krankheit verschont geblieben, die bereits einige seiner jüngeren Bekannten dahingerafft hatte.

Er setzte sich an den langen, marmornen Küchentisch und trank den Rest seines Hagenbuttentees. Das Gesöff war schon kalt. Er sprach laut zu sich selber; »Direktor, kannst du der Harten Nicole sagen, sie solle diesen jungen Spanier zurückrufen?« Klar, er hatte es sich zur Aufgabe seines Lebensabends gemacht, den Schwulen, besonders den jüngeren, zu helfen, oder wenigstens den ausgebeuteten. Aber es passte ihm überhaupt nicht in den Kram, dass seine Hilfe zur Selbstverständlichkeit wurde.

Die Harte Nicole! Wie sollte er wissen, wo man diese Athletentante finden konnte? Am besten, man ging in die einschlägigen Clubs und Saunen oder schaute bei einer der bekannten öffentlichen Toiletten rein. Da war sie häufig anzutreffen. Dass diese Type nicht Angst vor Aids oder einem Raubmord hatte! Na ja, er selber hatte auch eine Periode durchgemacht, in der es ihn immer wieder auf die Klappen getrieben hatte, obwohl er dort nie den Mut gehabt hatte, einen dieser schmuddeligen Burschen aufzureißen.

Der Tod des jungen Tomi hatte ihn wütend gemacht. Umso mehr, als die Fehrs keine dreißig Meter von ihm entfernt wohnten und er die Eltern seit Jahren kannte. Der Professor ahnte zwar kaum, dass er, der letzte von Feldern, homosexuell war, sonst hätte er ihn wahrscheinlich nicht immer so respektvoll gegrüßt. Er hasste jene mittelalten Schwulen, die die Jungen rücksichtslos und egoistisch konsumierten. Und Tomi war genau so einem zum Opfer gefallen, da war er sicher. Darum hatte er dem Spanier den Brief mit der Bombendrohung geschrieben. Er wollte, dass sich die Polizei damit befasste, und nicht, dass Tomis Tod einfach als Selbstmord abgetan wurde. So mir nichts, dir nichts. Eine intensive Untersuchung würde an den Tag bringen, dass Fehrs Sohn auf Kosten der eigennützigen Lust eines rücksichtslosen Egoisten sein Leben hatte lassen müssen. Nein, so war er selber nie gewesen. Er hatte in den Jünglingen auch immer ein Ideal gesehen, ihnen Respekt und Liebe entgegengebracht.

Wo mochte bloß Boris sein? Es war doch Dienstagmorgen, und zu dieser Zeit gab es keinen Grund zu verschwinden. Die Einkäufe wurden am Montagnachmittag und am Samstagmorgen gemacht, Bank und Post hatte der Butler am Mittwoch zu besuchen. Jürg wollte möglichst rasch etwas Neues in der Sache Tomi Fehr unternehmen, und dazu brauchte er seinen jungen Diener. Alle haben einen Gesprächspartner nötig, wenn emotionale Entscheidungen zu treffen sind. Dabei wollte Jürg bei seinen Hilfebemühungen eigentlich gar keine Emotionen aufkommen lassen. Klarer Menschenverstand war gefragt, zuerst denken, dann lenken, wie es ihm die Mutter vor fünfzig Jahren beigebracht hatte. Aber er war ein sensibler Mann, mit – er wusste es – vielen eher weiblichen Charakterzügen. Was soll's!

Musste er noch einen weiteren anonymen Drohbrief schreiben, vielleicht dieses Mal direkt an die Polizei? »Hände weg vom Tod Tomi Fehrs, sonst platzt die Bombe im Polizeipräsidium!« Oder: »Tomi Fehr ging freiwillig in den Tod. Ein vertrauter Freund.« Auf jeden Fall musste man noch mehr unternehmen, um die Polizei wachzurütteln. Diese arrogante Kröte, die Tomi aus dem Leben gerissen hatte, nur um für sich selber etwas mehr Lust zu gewinnen, musste an den Galgen. Und wenn die Ordnungshüter nichts unternehmen wollten, dann würde er eigens Hand an den Mörder legen. Tomis Rächer! Ja, diese Rolle gefiel ihm. Rache war wirklich süß, umso mehr für einen süßen

Jungen. Den er zwar nie in seinem Bett gehabt, der ihm aber immerhin jedes Mal einen fröhlichen Kuss geschenkt hatte, wenn sie sich im ›Underground‹, im ›Steamshop‹ oder im ›Lonely Heart‹ getroffen hatten. Und zudem war der Knabe der Sohn eines seiner Nachbarn. Wo war nur dieser Boris? Heiliger Strohsack!

Wenn er sich den Sonntagnachmittag ganz langsam und sachlich durch den Kopf gehen ließ, musste er feststellen, dass mehrere als Täter in Frage kamen: der Scheich, die Harte Nicole, Rotkäppchen, Weil und seine beiden Lehrlinge, Roger Gfeller sowie Martin und Fredy. Ausschließen konnte er die beiden jungen Jugoslawen, die ihm im Dampfbad immer wieder über die Oberschenkel strichen und wahrscheinlich auf Geld aus waren. Und auch der Alte Max kam nicht in Frage, schon seines liebenswürdigen, sanftmütigen Charakters wegen. Hingegen traute er dem jungen Holländer, der in der Sauna arbeitete, ebenfalls alles zu. Es gab für Jürg zwei Randgruppen in den homosexuellen Kreisen, die ausgebeutet wurden: die ganz Jungen und die ganz Alten. Ihnen sollten seine Bemühungen gehören, für sie wollte er kämpfen. Er hatte viel Geld, Häuser und anderen wertvollen Besitz, den er einsetzen konnte.

Er würde alles in eine Stiftung umwandeln, die sich dem Problem homosexueller Randgruppen widmete. Dass noch niemand darauf gekommen war! Dabei hörte man jede Woche von einem Fall, in dem ein alter Mann ausgeraubt, wenn nicht gar ermordet, oder ein Knabe ausgebeutet und mit Schäden fürs ganze Leben zurückgelassen wurde.

Natürlich musste er seine Unterstützung allein organisieren. In der Homosexuellen Arbeitsgruppe war er nicht gefragt, da war er zu alt. Da wollte man unter sich sein und den Kontakt genießen. Nein, er war auf sich selbst angewiesen, hatte nur Boris, seinen Butler, und sein Geld, auf die er zählen konnte. Und weil er schon ein alter Mann war, ein Rentner, war es ihm auch nicht möglich, wie ein Detektiv oder wie Superman einzugreifen. Er konnte nur aus dem Hintergrund operieren, mit anonymen Briefen zum Beispiel.

Im Fall von Tomi wollte Jürg der maßgebende Antreiber sein. Auf seinen anonymen Brief an den jungen Spanier, der sicher als erster von der Polizei über Tomis Tod befragt wurde, würde man Zweifel an der Selbstmordtheorie bekommen und die Sache eingehender untersuchen. Man würde, wenn er, Jürg, nicht nachließ, schließlich feststellen, dass der Knabe in den Tod getrieben worden war. Diese Fesselspiele einiger skrupelloser Sadisten waren ja genügend bekannt.

Ach, wie er sie hasste! Jürg konnte sich alles lebhaft vorstellen, nicht weil er sich jemals zu solch primitivem Handeln hergeben würde, aber weil er die Gelüste und Lüste der Schwulen ein Leben lang beobachtet hatte. Kein Wunder, nach fünfzig Jahren in der Szene! Und jetzt, wie er alt und weniger begehrenswert geworden war, wollte er sein Leben dafür einsetzen, dass die Kerle, die die gegebenen Schwächen der Homos brutal ausbeuteten, gefasst und bestraft wurden. Er beteuerte es sich immer wieder.

Welch gutes Gefühl war es doch zu wissen, dass man zu den edleren Geistern gehörte, zu jenen, die helfen und fördern, statt zu nehmen und zu zerstören. Seine Mama würde Freude an ihm haben, wenn es nicht ausgerechnet um Homosexuelle ginge. Na ja, lassen wir das, lächelte Jürg in sich hinein.

Wo mochte nur dieser Boris sein? Der würde doch kein Verhältnis mit einem anderen haben, zum Beispiel mit einem der jungen Arbeiter von der Stadtgärtnerei drüben oder mit einem Elektrikerlehrling? Oder?! Das würde er nicht dulden. Boris gehörte ihm. Er lebte von seinem Geld, aß von seinem Brot, wohnte in seinem Haus. Jürg wurde ärgerlich bei diesem Gedanken.

Er stand auf und ging zur Garderobe, zog sich einen Mantel über, um sich draußen etwas umzusehen. Wer weiß, womöglich würde er Boris auf frischer Tat ertappen. Dieser Gedanke erregte ihn so, dass er eine Hand tief in die Hosentasche steckte, um sich ein wenig das Glied zu kneten. Gottseidank regnete es nicht.

* * *

»Wie weit bist du? Hast du die Umstände des Selbstmordes dieses Jungen aufklären können?« Amacher stand am Fenster und kehrte Wildbolz den breiten Rücken zu. Es war kurz vor zwölf, und der Chef schien es eilig zu haben, in den Mittag gehen zu können. »Ich bin kaum weitergekommen, Klaus. Am Sonntagnachmittag hatte es etwa ein Dutzend Leute in der Sauna. Es wird mir nichts anderes übrig bleiben, als alle zu befragen. Und ich war bis jetzt erst bei einem einzigen.«

»Bei wem?« Amacher hob die Fäuste über seinen großen Kopf und streckte sich mit einem wollüstigen Seufzer. »Bei einem Sekundarlehrer. Bernhard Weil. Der hatte zu Tomi Fehr immerhin eine Beziehung. Er drehte einen Spielfilm mit dem Knaben. Aber er kommt trotzdem kaum in Frage, in irgendeinem Verhältnis zum Tod Tomis zu stehen. Dazu scheint er zu gebildet und zu sensibel zu sein. Gar nicht der brutale Typ.« »Ach, was suchst du immer noch nach einem Mörder? Ich habe dir ja gesagt, dass es sich um einen Selbstmord handelt, und dass du nicht die ganze schwule Welt in Aufruhr bringen sollst.« Amacher drehte sich zum Kommissär um. »Schließ den Fall ab!«

Wildbolz erhob sich aus dem Sessel vor Amachers Pult und trat dem Chef lächelnd gegenüber. »Lass mich noch die anderen befragen. Ich ziehe sicher keine voreiligen Schlüsse, glaube mir. Wenn keiner von den anderen Saunagästen etwas weiß, dann höre ich auf. Aber es ist meine Pflicht, zumindest die nötigsten Befragungen durchzuführen. Sonst kommen wir am Schluss in den Clinch mit dem Untersuchungsrichter oder dem Staatsanwalt.«

»Also gut. Aber bitte halte dich an meinen Rat: Tu den Kerlen nichts Unnötiges zuleide.« Amacher ging zu einem Schrank, nahm seinen schwarzen Regenmantel heraus und warf ihn sich lässig über die breiten Schultern. »Guten Appetit.«

»Danke gleichfalls.« Wildbolz verließ das Büro hinter dem Chef und holte seine lange braune Lederjacke aus seinem kleinen Arbeitszimmer. Dann ging er ohne Ziel die Treppe hinunter, auf den Waisenhausplatz hinaus. Er könnte sich im Lorenzini einen Teller Spaghetti genehmigen.

Ohne Eile schlenderte er die Marktgasse hinab zum Casinoplatz, und von dort wählte er den kleinen gewundenen Weg zum Fluss hinunter.

Sollte er die Eltern des Knaben noch besuchen gehen und sich in dessen Zimmer umsehen? Vielleicht würde man dort ebenfalls Filmmaterial von Weil finden? Wohl kaum: Tomi hatte sehr gesittete Eltern und wäre das Risiko kaum eingegangen, sie sein Tun mit Weil entdecken zu lassen. Vielleicht hatte Weil – intelligent genug wäre er sicher – in dem Film die ganzen Probleme Tomis versteckt. Den Brief an den Schulfreund. Wie hatte er gelautet: *Lieber Andy, ich fahre zu meinem neuen Freund, dem Bauern.* Ein Abschiedsbrief gewissermaßen. Dann diese Fahrt durch den Wald. Der Halt beim Brunnen. Die Selbstbefriedigung. Das alles konnte Symbolik sein, die Tomis wirkliches Leben erklärte. Nur der Lehrer konnte dies wissen.

Und falls Weil mit dem Tod Tomis nichts zu tun hatte? Dann musste ihn die Ähnlichkeit zwischen Film und Wirklichkeit selber genauso erschrecken. Sicher nahm Weil an, dass Wildbolz ihn für den

Mörder hielt, nachdem er die Videos durchgesehen hatte. Es lag doch auf der Hand.

Wildbolz entschloss sich für ein kleines Essen im Restaurant ›Mülirad‹. In der Gaststube saßen einige Biertrinker. Im kleinen Speisesäli war nur ein einziger Tisch besetzt.

Warum wollte Amacher unbedingt, dass er den Fall als Selbstmord abschloss? Die Untersuchungen nicht zu Ende zu führen, wäre doch eine erhebliche Pflichtverletzung. Das wusste der Chef genauso gut wie er. Und warum hatte er überhaupt eine so sonderbare Beziehung zu den Schwulen? *Bring die Kerle nicht in Aufruhr!* Hatte er einen Bruder, der schwul war? Oder hatte er in dieser Szene Freunde? Na ja, das war jetzt weniger wichtig.

Wildbolz bestellte Kaninchen mit Polenta und einen Dreier Rotwein. Vom billigeren. Er war schließlich nicht von Haus aus begütert wie Amacher und musste sich mit einem Beamtenlohn begnügen. Er dachte kurz an Fritz, den Hund, der jetzt wahrscheinlich bereits vom Nachbarsmädchen spazieren geführt wurde. Während des Essens nahm er sich vor, der Reihe nach die anderen Saunabesucher vom Sonntag aufzusuchen. Weil würde ihm sicher auf der Mitgliederliste ankreuzen, wer da gewesen war. Sonst musste er halt Sandro zwingen, dies zu tun. Warum auch nicht zu den beiden Jungen zurückgehen? Ein kleines Lutscherchen könnte er so nebenbei schon noch einmal vertragen.

Der anonyme Brief fiel ihm ein. Sicher stammte er nicht von Weil. Das passte einfach nicht zum Lehrer. Wer also könnte sonst einen Sinn darin gesehen haben, Sandro zu drohen, falls er die Namen der Saunabesucher nennen würde? Alle, denn in diesen Kreisen wollte man inkognito bleiben. Wildbolz musste lächeln, als ihm die Idee kam, sein eigener Chef hätte den anonymen Brief geschickt, damit er, Wildbolz, endlich seine Untersuchungen aufgab. Er verwarf den Gedanken mit Selbstvorwürfen. Amacher wäre noch weniger der Typ für solche Methoden als der Lehrer. Der schlug lieber die Faust auf den Tisch.

Während des Kaffees entschloss sich Wildbolz, Weil erst morgen zu besuchen. Wenn der Lehrer eine Weile nichts mehr von der Polizei hörte, würde ihn das vielleicht dazu verleiten, selber etwas zu unternehmen. Und solche Reaktionen waren meistens sehr aufschlussreich. Heute Nachmittag würde er sich der Mitgliederliste des ›Steamshop Clubs‹ widmen und vom Strafregister die entsprechenden Auskünfte einholen. Manchmal kam man auch auf diesem Weg zum Ziel. Oder sollte er Sandro besuchen? Eigentlich hätte er jetzt Lust auf eine Wiederholung. Dann aber mit dem Spanier allein.

* * *

Es war Punkt fünf, gottseidank. Ein langweiliger Tag, der Jürg von Feldern depressiv machte, weil er ihm vor Augen führte, dass er alt geworden war. Langweilige Tage gibt es zwar in der Jugend eher noch mehr, aber die Hoffnung, dass alles noch anders werden würde, macht die Langeweile mehr oder weniger erträglich. Mit achtundsechzig hat man diese Hoffnung aufgegeben, im Gegenteil, schwarze Wolken ziehen am Horizont auf. Würde er in fünf Jahren noch selber gehen können, noch etwas sehen oder hören oder überhaupt noch zu Hause wohnen dürfen?

Er schüttelte den Gedanken von sich und konzentrierte sich auf Boris Kavaschenkov, seinen strammen sechsundzwanzigjährigen Butler, der sich vor ihm auszog. Jürg lag in der Badewanne und spielte wie ein Kind mit dem Schaum. Er begutachtete das Badezimmer, das er letztes Jahr hatte vergrößern lassen, indem er die Wand zu einem kleinen Gästezimmer hatte herausbrechen lassen, um endlich für Boris einen Trainingsraum zu haben. Er selber befasste sich kaum mehr mit körperlicher Ertüchtigung, obwohl er gerne schlank und elastisch aussah. Aber er liebte es, dem jungen Butler beim Muskelspiel zuzuschauen. Jeden Tag nach fünf Uhr musste Boris ihm eine Vorstellung geben, während Jürg in der Badewanne lag und an seinem vom Prostataleiden vergrößerten Penis manipulierte. Seine verdiente tägliche Relaxstunde.

Boris stand jetzt nackt, keine drei Meter von der Badewanne entfernt, und machte verschiedene Übungen mit schweren Hanteln. Dabei bewegte sich sein Bizeps auf und ab, die Muskeln schwollen zu Strängen über Schultern und Rücken. Selbst die Unterarme zeigten herrlich bewegte Muskelpakete. Und erst die festen Oberschenkel und das Gesäß, wenn sich Boris bückte und die Gewichte knapp über seine Zehen hinunter führte! Ein wunderschöner Körper, breit und muskulös, in Hunderten von Bodybuilding-Stunden austrainiert und vervollkommnet. Das etwas dümmliche bäuerliche Gesicht des Polen passte perfekt auf die gesunde harte Masse der Frischfleischskulptur.

Jetzt legte Boris die Hanteln weg und setzte sich vor der Badewanne auf den Boden. Jürg bewunderte zum tausendsten Mal den dicken

Penis und den riesigen Hodensack des Polen, die sich beide dunkelbraun, fast schwarz von dem hellen restlichen Fleisch abhoben. Die Schamhaare rasierte Jürg seinem Butler jede Woche ab. Boris richtete sich auf dem Rücken zur so genannten Kerze auf und strampelte mit den Beinen in der Luft. Das war keine Bodybuildingübung, aber der Diener machte sie für Jürg, der währenddessen den tollen Arsch bestaunen konnte.

Boris beendete nun die Kerzenübung und kam zu Jürg an die Badewanne. Was wollte er? Jürg fragte nicht, sondern schaute in das gelangweilte Gesicht seines Gegenübers und hatte plötzlich Angst. Der Pole legte seine beiden sehnigen Hände um Jürgs Hals und begann zuzudrücken. Der Direktor musste sofort nach Atem ringen, der Schreck hatte ihm die Lunge mehr verschlossen als des Polen Hände, die ihn nach wenigen Sekunden wieder losließen. Das dumme Bauerngesicht über ihm lachte. »Du hast Angst!«, stellte der Butler in seinem gehackten, slawisch klingenden Deutsch fest. Jürg benötigte einen Augenblick, bevor er seinem Diener alle Gottschande sagen konnte. »Das geht zu weit, junger Mann. Was hast du mir für einen Schrecken eingejagt, ich hätte ja leicht einen Herzinfarkt bekommen können. Was meinst du eigentlich, was du mit mir machen darfst? Ich entlasse dich, du Trottel. So etwas will ich nie wieder erleben! Hast du verstanden?« Jürg winkte den Butler mit kleinen Handbewegungen weg, zu mehr reichte die Kraft nicht mehr. Der Pole schaute ihn verständnislos an; für ihn war das Würgen nur ein kleiner Spaß gewesen, wie es schien. Eine Liebkosung? Nein, Jürg blieb ein ungutes Gefühl. Der Pole hatte ihm zum ersten Mal verdeutlicht, dass er mit seinem Herrn tun und lassen konnte, was er wollte. Und wenn ihm ein solches Spiel wie vorher einmal ernsthaft einfiel – Jürg wollte nicht daran denken.

Das war wieder einmal ein Beweis, wie schwer es alte und ganz junge Schwule im Leben hatten. Und wie richtig es war, ihnen zu helfen, etwas für sie zu unternehmen. Jürg wandte seine Gedanken zu Tomis Tod und schaute dem jetzt wieder friedlich turnenden Butler abwesend zu. Erregen würde ihn der slawische Bauer heute wahrscheinlich nicht mehr. Die Lust war ihm vergangen. »Zieh dich an, Boris. Wir gehen hinauf ins Büro.« Der Pole war nicht schnell im Ändern der Gewohnheiten. Zuerst kam er an den Rand der Badewanne, streckte seine Hüfte nach vorn und hielt sein halbsteifes Glied – ganz steif wurde es nie, es war einfach zu groß und zu dick – Jürg entgegen. Üblicherweise würde der Direktor es jetzt ein wenig kneten und reiben, um es genussvoll in seinen Händen zu spüren, als wäre es sein eigenes. Dann würde der Butler sich mit knutschenden, langsamen Bewegungen selber befriedigen, bis sein Samen zu Jürg in die Badewanne tropfte. Aber heute schien die Freude an diesem Spiel nicht mehr in den Direktor zurückzukehren. Er stand in der Wanne auf und ließ sich vom Butler helfen, über den Rand hinweg auf den Teppich zu steigen. Servil trocknete ihn der Pole mit einem riesigen violetten Badetuch ab. Dieser hatte inzwischen die Programmänderung auch begriffen und schlüpfte, nachdem er seinem Brotgeber dabei geholfen hatte, selbst in den Hausmantel. Sie waren beide etwa gleich groß, der Pole natürlich robuster gebaut. An guten Tagen gefiel es ihnen, die Bademäntel auszutauschen. Der Pole freute sich jeweils sehr, mit dem Monogramm *JvF* auf der Brust in die Küche zu gehen.

Jürg setzte sich an das nussbraune Pult, das er von seinem Vater, einem Rechtsanwalt, geerbt hatte. Der Butler legte sich mit gespreizten Beinen in ein antikes Sofa gegenüber. Jürg schaute kurz zwischen die beiden massigen und unbehaarten Oberschenkel. Vor lauter Muskeln sah man das Geschlecht kaum. Er wollte es jetzt auch nicht bewundern, und der Pole hatte darauf auch gar nicht stolz zu sein. Was war denn schon an einem Riesenschwanz so besondres? Stiere und Hengste hatten das auch, wogegen feinere Männer, wie Jürg, eher bescheidene Geschlechtsteile hatten.

»Höre gut zu, Boris«, begann Jürg sachlich und leise. »Vergessen wir das von vorher im Bad. Ich habe dir ja schon gesagt, dass ich solche Spielchen nicht mag. Und du weißt ganz genau, dass ich mein Testament auch so formuliert habe, dass du nichts bekommst, wenn ich eines unnatürlichen Todes sterbe. Kommen wir darum zur Sache. Du musst zwei Dinge möglichst rasch für mich erledigen.« Jürg prüfte misstrauisch, ob ihm der Diener zuhörte. Das war der Fall, denn er hatte sich jetzt nach vorn gebeugt und den Blick aufmerksam auf seinen Herrn gerichtet.

»Erstens müssen wir noch einen weiteren anonymen Brief schreiben. Diesmal an Beni Weil, den Lehrer. Hier!« Jürg warf dem Polen einen Schreibblock und einen Kugelschreiber zu. »Notiere: Herr Weil, wir wissen, was Sie mit Tomi gemacht haben. Einen solchen Lehrer wollen wir nicht. Er könnte dasselbe auch mit unseren Kindern tun!«

Weil käme sicher in Panik und würde glauben, er sei seine Stelle demnächst los. Diese Strafe wäre für ihn nur gerecht. Wenn er den jungen Fehr in den Tod getrieben hatte, sollte er dafür leiden. Und wenn nicht, dann tut es ihm gut, sich einmal ernsthaft zu überlegen, ob ein Saukerl wie er überhaupt Lehrer von Kindern sein dürfe. Und die Polizei? Wahrscheinlich würde Weil den Brief der Polizei gar nicht zeigen. Warum sollte er auch? Wäre es besser, eine härtere Drohung zu formulieren?

»Warte, Boris. Streiche, was du geschrieben hast, und notiere stattdessen: Weil, du Hurensohn. Ich bringe dich um. Der Rächer für Tomi.« Jürg kratzte sich unter dem Bademantel am Hintern. Die Hämorrhoiden plagten ihn immer, wenn er nervös war. »Ja, das ist besser. Eine Morddrohung muss er der Polizei doch vorweisen. Und macht ihm auch mehr Angst. Wie du mir vorher, du unsensibler Lauskerl.«

Der Pole war endlich fertig mit Schreiben. »Soll ich mit der Maschine tippen oder kleben?«

»Mit der alten Kugelkopf-IBM. Nimm die Kugel hier.« Der Direktor reichte ihm das Ding, das er einer untern Schublade des Pultes entnahm. »Und wirf die Kugel dann weg. Man weiß ja nie, ob die Polizei plötzlich hier danach suchen will.« »Und die zweite Aufgabe?«, fragte der Butler. »Einen Moment, warte hier.« Jürg stand auf und ging in die Küche hinunter. Gleich darauf kam er mit einem Briefumschlag zurück. »Da drin ist der ›Steamshop‹-Mitgliedsausweis des Scheichs. Er hat ihn am Sonntag in der Sauna liegen gelassen, und ich habe ihn gefunden. Wollte ihn eigentlich zurückgeben. Aber auch der Scheich ist so ein Ausbeuterschwein und soll in die Untersuchung einbezogen werden. Berühre ihn nur mit Handschuhen oder einem Taschentuch. Ich habe meine Fingerabdrücke abgewischt.« »Und was soll ich mit dem Mitgliedsausweis?« Jürg lächelte listig. »Gehe morgen in die Sauna und versuche den Ausweis irgendwo im Massagezimmer hinzulegen. So dass man ihn findet, aber glaubt, man hätte ihn bei der ersten Durchsuchung übersehen. Alles klar?« Jürg war sicher, dass Boris den Scheich gerne in Schwierigkeiten brachte, denn dieser arrogante Pornohändler hatte den Polen früher einmal im ›Underground‹ des Diebstahls verdächtigt.

»Alles klar«, bestätigte der Butler denn auch zufrieden. »Mach, dass der Brief an Weil noch heute weggeht. Ich muss dafür sorgen, dass die Untersuchungen in Gang bleiben, verstehst du. Tomis Tod muss gerächt werden. Und überhaupt kann man bei dieser Gelegenheit ein bisschen unter den Aasgeiern aufräumen. Es muss wieder Ruhe und

Ordnung in die Szene kommen. Diese lust- und geldgierigen Spinnen sollen sich in ihren eigenen Netzen verfangen. Die verdienen sowieso zu viel Geld heute. Alles Banausen im Beruf und von Kultur haben sie keine Ahnung. Jetzt schreitet der Direktor zur Tat.« Jürg lachte schadenfroh. »Mach dich an die Arbeit, Boris!«

Er stand auf, schaute dem Diener nach, als dieser mit seinen kräftigen Schritten aus dem Büro stampfte, und ging dann ans Fenster.

Der Direktor war sich im Klaren, dass er einen Sendungsauftrag hatte. Er wusste nur nicht, von wem. An einen Gott mochte er nicht glauben, das überließ er dem alten Spinner in Rom. Aber vielleicht der Geist seiner Ahnen. Ja, von dort her kam sein Auftrag. Sein Urgroßvater war einmal Berns höchster Richter gewesen, kurz vor der Gründung des neuen schweizerischen Bundesstaates.

• • •

Die Sauna war am Dienstagabend bereits wieder offen, trotzdem hatte es nahezu keine Besucher. Die Nachricht von einem toten Knaben hatte offensichtlich viele Schwestern abgehalten zu kommen. Sie trainierten den angesoffenen Speck wahrscheinlich diesmal lieber mit Joggen ab oder besuchten eine andere schwule Sauna. In ein Hetero-Schwitzbad würden sie sich aber bestimmt nie verirren. Wenn schon Sauna, dann saunah bei den anderen Schwänzen. Ob er sagen konnte, dass er heute Abend dem ›Steamshop Club‹ als privater Gast eine Visite machte, wusste Wildbolz selber nicht. Er war am Nachmittag in seinem Büro geblieben, als er Sandro telefonisch nicht erreichen konnte. Und dann, gegen Abend, war ihm die Idee gekommen, sich mal hier – wenn möglich unerkannt – unter die Gäste zu mischen.

Auf sein Läuten hörte er einen Summer und die Türe ließ sich öffnen. Am Kassentisch beim Eingang saß Gil. Er grinste den Kommissär an, als hätte er auf sein Erscheinen längst gewartet. »Alles klar, Herr Kommissar?«

»Guten Abend, Gil. Klar ist mir zwar noch nichts, aber ich möchte mich mal richtig ausschwitzen. Was kostet das? Ich bin ja nicht Mitglied.«

Gil machte eine überraschte Geste. »Ich muss Sandro fragen, ob wir dich hier nackt herumlaufen lassen dürfen, du Agatha Christie. Warte einen Augenblick.«

Während Gil in Richtung Bar verschwand, schaute sich Wildbolz in der Garderobe um. Es waren nur wenige der Kleiderkästchen besetzt, wie sich an den fehlenden Schlüsseln feststellen ließ. Ein äußerst hässlicher rothaariger Dünner, vielleicht fünfunddreißig, übersät mit Sommersprossen, fönte sich das Haar und versuchte mit einer Bürste, es üppig aussehen zu lassen. Er drehte sich zu Wildbolz um, musterte ihn eingehend und schamlos und drehte sich dann wieder dem Spiegel zu. Sein Schnurrbart war noch röter als das Haar, die blassen blauen Augen schienen zu tränen. Wildbolz fragte sich, wer wohl mit so einem Typen ins Bett gehen mochte.

»Gut, dass du kommst, Sweetheart!« Sandro klopfte ihm auf die Schulter, was komisch aussah, da Wildbolz seine Schultern auf der Höhe von Sandros krauser Haartracht hatte. »Komm doch an die Bar, ich spendier dir einen. Es ist niemand dort, und du kannst mir das Herz ruhig ausschütten. Auch ich habe eine Frage an dich.« Er trug eine eng anliegende schwarze Bikerhose, unter der sich sein Geschlecht und seine Arschspalte deutlich abzeichneten. Wildbolz warf einen langen Blick darauf und spürte, dass er diesen Jungen begehrte. Aber er wehrte sich dagegen. Eine Zukunft als alter Schwuler schien ihm nicht besonders attraktiv.

Der Junge ging Wildbolz voran zurück in die Bar, die der Kommissär von seinem ersten Besuch schon kannte. Er konnte dabei einen Blick in den Trainingsraum werfen, wo ein etwa fünfundzwanzigjähriger, dumm aussehender Kraftprotz an einer Maschine Gewichte in die Höhe stemmte.

»Was darf's denn sein? Ein Espresso?« Sandro fragte jetzt freundlich, fast familiär.

»Ja, gib mir einen Espresso. Ich wollte zwar mal eure Sauna ausprobieren, aber es scheint fast keine Besucher zu haben heute. Vielleicht wollt ihr schon bald schließen. Wie geht's? Hast du noch etwas vom Bombendroher gehört?«

Sandro bediente die Kaffeemaschine und antwortete zuerst nicht. Dann, als er mit dem Tässchen zu Wildbolz kam, schüttelte er den Kopf. »Nein. Ist das ein gutes oder ein schlechtes Zeichen?«

»Ein gutes. Erpressungen haben nur einen Sinn, wenn man das Opfer ständig in Angst versetzt. Aber du hast ja der Polizei auch noch nichts über die Besucher vom Sonntag verraten. Schade, sonst wüssten wir wahrscheinlich jetzt schon, wer den Brief geschrieben hat. Danke für den Kaffee.«

»Bitte!«, meinte Sandro nachdenklich. »Morgen kommt mein Freund heim. Wird man ihn sofort vernehmen?«

»Ich glaube nicht, falls du mir die Namen der Besucher vom Sonntag nennst. Dann wird man nämlich diese vernehmen.«

»Ja, und unsere Sauna wird in die Luft fliegen«, gab Sandro zurück.

»Nein, hab doch keine Angst, Jimenez! Die Sauna deines Freundes Willy wird unversehrt bleiben, wenn du mir endlich hilfst, die Umstände von Tomis Tod aufzuklären.« Wildbolz schaute Sandro so freundlich an, wie er konnte. Am liebsten hätte er ihn gebeten, ihm gerade jetzt nochmals einen zu lutschen. Aber natürlich wagte er nicht, direkt darum zu bitten. Er war in schwulen Belangen zu unsicher und würde es auch immer bleiben. Und zudem war ihm eine solche Frage in seiner Funktion als Detektiv doch etwas peinlich. Obwohl er wusste, dass viele hohe Tiere beim Militär neben ihrer Frau Gemahlin oft mit jungen Dienstmännern ins Bett gingen und sie noch dafür bezahlten. Da könnten die Kollegen von der Sitte Bücher darüber schreiben. Aber für ihn hatte dies bisher immer als Schweinerei gegolten, und er hätte nicht geglaubt, dass ihn solche Schweinereien einmal selber faszinieren könnten.

»Gut. Ich sage dir die Namen derer, an die ich mich erinnere. Am Sonntag waren ohnehin nur die echten Stammgäste da. Mit Ausnahme der Jugoslawen. Aber du darfst mich nicht verraten, Mann. Sonst verrate ich dich auch. Du weißt doch, was ich meine?« Sandro lächelte sauer.

»Ja, ich weiß, was du meinst. Aber einmal ist keinmal. Das gilt mehr als Unfall, verstehst du.« Wildbolz hätte dem Jungen am liebsten sofort an den Schwanz gelangt.

Jetzt lachte Sandro ganz und zeigte seine schönen Zähne. »Bist du geil auf noch mehr? Ich werd verrückt! Am besten wendest du dich an Gil, der ist noch nicht vergeben. Wie gesagt: Morgen kommt mein Willy zurück. Ich darf jetzt keine Seitensprünge mehr machen.« »Aber ich möchte mit dir und nicht mit Gil.« Wildbolz hörte sich dies sagen und erschrak darob. Er versuchte sich sofort zu korrigieren: »Lassen wir das. Die Namen der Besucher sind mir wichtiger. Also?«

Sandro schaute sich um. Als er keine anderen Zuhörer ausmachen konnte, sagte er rasch und leise: »Du kannst die Adressen in der Mitgliederliste nachschauen. Dort sind sie alle aufgeführt. Am Sonntag waren da: Walter Steinmann, Jürg von Feldern mit seinem Diener, Beni Weil mit Andreas Schumacher und Heinz Simon, Max Weber und …« Er überlegte: »Ja, auch Martin Lucatelli und Fredy Winterberg waren da. Aha: Roger Gfeller und Philipp Schaer. Das sind, glaub ich, alle. Warte, der Alte Max war auch da. Der heißt Max Weber. Hab ich den schon erwähnt?« Wildbolz hatte sich die Namen alle auf der Rückseite einer Sauna-Geschäftskarte notiert. »Die Namen der Jugoslawen kennst du nicht?«

Sandro schüttelte den Kopf. »Nein, die sind keine Mitglieder. Aber vielleicht kommen die wieder mal, dann werde ich sie fragen. Sie waren auf jeden Fall schon mehrmals vorher hier. Genügt das?«

»Wenn es alle sind, dann hast du mir geholfen. Ich kann ja den einen oder anderen auch noch fragen, ob sie sich an weitere Besucher vom Sonntag erinnern.«

»Warte«, unterbrach ihn Sandro. »Da war auch noch die Harte Nicole. Aber ich kenne seinen Namen nicht. Er hat sich bei uns als John Wayne eingetragen, aber das ist natürlich nicht sein richtiger Name. Auch keine Adresse gibt's von ihm; nur ein Postfach in der Länggasse. Aber Jürg von Feldern weiß wahrscheinlich mehr über ihn.

»Sehr gut. Ich danke dir, Sandro. Und ich werde alles tun, dass deine Sauna nicht in Verruf kommt.« Wildbolz hätte gern noch einen Satz mehr gesagt, aber er brachte ihn nicht über die Lippen. Er spürte aber in seiner Hose, dass Sandro in ihm mehr auslöste, als man das von einer kleinen jungen Schwuchtel in einer schwulen Sauna erwarten sollte. Vielleicht würde er einmal nach Amsterdam reisen und sich dort in dieser Richtung ausleben, um zu erfahren, ob er wirklich eine schwule Ader hatte. Oder ob ihn bloß diese Jungs faszinierten, weil ihn die sonderbare Lebendigkeit der schwulen Szene rund um den toten Knaben so stark beeindruckte.

»Ich rufe jetzt Gil. Er kann dir die Sauna zeigen. Zieh dich da drüben aus. Die Tücher bringt dir Gil gleich.«

Er ging in die Garderobe. Es war niemand da, und nur noch bei einem einzigen Kleiderkästchen fehlte der Schlüssel. Gleich darauf kam dafür Gil, bereits in ein blaues Badetuch gewickelt, und brachte ihm auch zwei Tücher mit. »Zieh dich aus. Ich kann dir dabei auch helfen, wenn du willst«, meinte er grinsend. Sandro schien ihn bereits instruiert zu haben.

Wildbolz zog sich aus und hängte seine Kleider in eines der Kästchen. Den Schlüssel band er sich um das Handgelenk. Gil sah ihm zu, mit einem Blick, der besagte, dass er Wildbolz' Körper noch in Ordnung fand. »Also, komm, wir gehen jetzt mal duschen.«

Wildbolz ging hinter dem sportlich trainiert wirkenden Holländer in einen Raum mit verschiedenen hinter Vorhängen versteckten Duschkabinen. Gil verschwand in der einen. Es schien, dass er sich berufen fühlte, dem Kommissär alles vorzumachen. Das wäre natürlich nicht nötig gewesen, denn Wildbolz war ein regelmäßiger Saunabesucher. Allerdings benutzte er die im Polizeigebäude.

Nach dem Duschen führte ihn Gil in die finnische Sauna. Sie saßen dort beide ohne zu sprechen. Wildbolz wusste auch nicht, was er dem Jungen hätte sagen sollen. Er schämte sich immer noch über das, was bei Sandro zu Hause geschehen war, trotzdem reizte ihn plötzlich auch Gils Körper. Aber er war immer noch zu schüchtern, um sich etwas anmerken zu lassen.

Nach dem Schwitzbad wurde wieder geduscht, und ohne eine Pause führte ihn Gil ins Dampfbad. Es war sehr dunkel dort drin. »Kommt Sandro nicht auch?«, fragte schließlich der Kommissär mit heiserer Stimme. Er setzte sich auf eine Holzbank. Gil nahm er als undeutlichen Umriss vor sich wahr. Dann setzte sich der Junge dicht neben ihn.

»Sandro hat zu tun. Er muss aufräumen. Der letzte Gast ist wahrscheinlich bereits draußen. Wir schließen heute früher. Nicht nur, weil keine Besucher mehr da sind, sondern auch weil Sandro morgen seinen Freund zurückerwartet. Aber vielleicht reicht es auch mit mir?« Gil begann die Oberschenkel des Kommissärs zuerst zu streicheln, dann zu kneten. Bald war seine Hand an Wildbolz' Schwanz und massierte ihn langsam. Dessen Ständer ließ nicht lange auf sich warten.

Der Kommissär gab sich einen Ruck und fasste nun auch Gil an. Eine Weile ging das so weiter, bis Gil plötzlich aufstand und sich vor ihn hinstellte. Der Penis des Holländers berührte Wildbolz' Lippen. Sollte er diesem Burschen wirklich einen blasen?

»Los, *suck me, stranger*!«, forderte ihn Gil auf und stieß sein Glied in Wildbolz' Mund. Der Kommissär hatte das Geforderte in seinem fortgeschrittenen Leben noch nie getan. Aber der salzige Duft des jungen Schwanzes geilte ihn auf. Auch der Geschmack der fremden Schleimhaut war ihm nicht widerlich. Darum bedeutete es für ihn zu seiner Überraschung keine große Überwindung, das Spiel, so gut er konnte, mitzumachen. Gil atmete heftig über ihm; bei dieser Hitze im Dampfbad schien selbst das Schwanz-Hinhalten eine Arbeit zu sein. Wildbolz unterbrach sein Tun und erklärte: »Aber ich will deinen Schuss nicht im Mund. Sag mir, wenn es dir kommt!«

»Ach, das geht noch ein Weilchen, Süßer. Mach weiter, du bist gar nicht schlecht. Wer weiß, wie viele Boys du vor mir schon gelutscht hast. Auch Polizisten?«

»Hör auf! Das ist mein erstes Mal.«

Nach langen Minuten, wie es Wildbolz dünkte, kniete sich Gil vor ihm nieder und zeigte ihm, wie man es noch besser machen konnte. Wildbolz stöhnte und schämte sich dafür. Es war wirklich lustvoll, mindestens so gut, wie wenn ihm Frauen dasselbe boten. »Mir kommt's!«, hustete er, und Gil rieb ihn mit der Hand weiter. Diesmal genoss Wildbolz den Orgasmus. Er war freier als gestern Morgen in Sandros Wohnung. Mehr Mühe machte ihm, dass er danach nochmals Gil blasen musste. Aber glücklicherweise kam der auch bald.

Sie standen auf, und Gil spülte mit einem Schlauch das Sperma weg. »So, noch schnell eine Dusche, dann schließen wir ab. Es gefällt mir mit dir, Magnum. Du hast so etwas Hartes, Geiles an dir. Vielleicht bumst du mich mal so richtig.« Er lachte glucksend. Als sich Wildbolz wieder angezogen hatte und Sandro zu ihm in den Garderobenraum kam, fragte er: »Kann ich nochmals das Massagezimmer sehen?« »Sicher. Ich hole den Schlüssel!« »Hast du es abgeschlossen?«

Sandro nickte. »Klar, seit Sonntag. Sonny ist sowieso nicht da. Und zudem hat mir einer deiner Brüder verboten, jemanden hinein zu lassen, bis alles abgeklärt sei.«

»Ja, natürlich, das ist auch richtig so«, bestätigte der Kommissär. »Aber soviel ich weiß, kann sich ja hier jeder leicht mit Schlüsseln versorgen.«

»Da war niemand drin«, beteuerte Sandro, als er mit dem Schlüssel zurückkam. »Gestern haben wir ja gar nicht aufgemacht. Und heute waren nur Rotkäppchen, der Alte Max und Boris da. Also, komm, schau dir das Zimmer an. Ich möchte nachher abschließen und nach Hause.«

Sie gingen in den Massageraum. Es schien seit Sonntag nichts darin verändert zu sein. Wildbolz öffnete die Schränke an der einen Wand. Der erste war voller Öle, Cremes und anderer Kosmetikartikel. In einem anderen war der gesamte Vorrat an Putzmaterial verstaut, und in einem dritten gab es Unmengen von Frottierwäsche. Halb versteckt lag eine Karte unter diesem Schrank. Wildbolz zog sie hervor. Es war ein Mitgliedsausweis des ›Steamshop Clubs‹. Er lautete auf den Namen Walter Steinmann, 3032 Hinterkappelen.

»War Walter Steinmann heute hier?« Sandro schüttelte den Kopf. »Nein, heute nicht. Aber am Sonntag.«

»Dann glaubst du, dass er diesen Ausweis am Sonntag hier drin verloren hat?«

»Ja. Am Sonntag musste er ihn ja vorweisen. Auch die Stammgäste müssen das. Die Ausweise sind nur auf einen Monat ausgestellt und wir müssen darum ihre Gültigkeit laufend kontrollieren.« »Und seither war dieser Steinmann nicht mehr da?«, bohrte Wildbolz nach.

»Unmöglich. Gestern war ja geschlossen.« Sie verließen das Massagezimmer wieder, nachdem Wildbolz nochmals einen Blick auf alles geworfen hatte. Aber außer dem Ausweis ließ sich nichts Verdächtiges finden. Er steckte den Ausweis ein. »Verkehrte dieser Steinmann auch mit Tomi?« Sandro hob die Achseln. »Ich weiß nicht. Auf jeden Fall kannten sie sich. Tomi schien bei allen Schwestern gut anzukommen. Der Scheich ist eher ein Einzelgänger, der sich keinen festen Freund hält. Aber er liebt Frischfleisch, wie Tomi es zu bieten hatte. Meinst du, der hat mir den Drohbrief geschrieben?« »Keine Ahnung. Ich werde ihn fragen. Im Labor hat man keine Hinweise gefunden, wer diesen Brief geschrieben und verschickt haben könnte. Vergiss doch diesen Scheiß.« »War's gut mit Gil?« Sandro spitzte seinen Mund, und seine Augen lachten.

»Ich habe nichts mit ihm gehabt«, versicherte Wildbolz, und beide lachten laut.

• • •

Der Taxichauffeur stellte den großen Samsonite-Koffer aufs Trottoir. Willy Ambühl suchte den Rest Schweizer Geld, den er in seinem Reisetäschchen irgendwo versteckt hatte, fand eine Zwanzigernote und bezahlte. Vom Bahnhof bis hierher zur Scheibenstraße hatten sie, außer dem Bestimmungsort und dem Fahrpreis, kein einziges Wort gewechselt. Der alte Taxifahrer hatte Willy auch nicht dazu ermuntert, und zudem war er müde. Der Rückflug war jedes Mal viel unangenehmer als der Hinflug; die Nacht, die man im unbequemen Sessel verbringen musste, lang und langweilig. Dann diese Fresserei und Sauferei. Zwischen dem Nachtessen und dem Frühstück lagen nur wenige Stunden. Wie auch immer: Jetzt war er wieder zu Hause. Hoffentlich war Sandro da! Willy drückte auf die Klingel.

Durch die Gegensprechanlage meldete sich der Junge geräuschvoll. »Ich bin's, Sandro. Kommst du runter und hilfst mir den Koffer hinaufbefördern?«

Das Taxi fuhr weg, und Willy stand eine Weile allein auf dem Gehsteig. Es war elf Uhr, Mittwochmorgen. Er schaute zum grauen Himmel hinauf. Grau von November bis März. Wenn er nicht den Sturz mit dem Motorrad gehabt hätte, wäre er noch mindestens eine Woche in Phuket geblieben. Hier machte ihn der Winter depressiv und bedrückt. Das war in Thailand anders. Und erst diese billigen und willigen Thai-Boys! Sie hatten zwar etwas kleine Schwänze und rochen manchmal stark nach Reis und Essig, aber dafür waren sie zu allem bereit. Besser noch als Sandro, der langsam, aber sicher eingebildet wurde. Da kam er aus dem Hausflur.

Sie umarmten und küssten sich neben dem großen Koffer, ohne darauf zu achten, was die Leute ringsum darüber dachten. »Gut, dass du schon da bist«, kommentierte Sandro die Ankunft seines um zwanzig Jahre älteren Freundes.

»Wieso, ist etwas schief gegangen?«, fragte Willy zurück. Er wusste, er war übermisstrauisch, und selbst wenn er dagegen kämpfte, waren Ängstlichkeit, Eifersucht und ewiges Nachforschen ein gewichtiger Teil seines Charakters geblieben. »Ich erzähl's dir oben. Komm, ich habe eine Flasche Champagner kühl gestellt.« Sandro hob den großen Koffer und ging Willy voran, der mit zwei kleineren Taschen Mühe hatte, dem Jungen zu folgen. Ein Wunder, dass er es fertig gebracht hatte, all diese Bagage an den Flughäfen allein zusammenzuhalten. Im Lift gaben sie sich nochmals einen langen Kuss, den aber Sandro mit der Frage beendete: »Ich hoffe, du hast dir nichts eingefangen in Thailand?«

Warum fragte der Junge das? Hatte er selber hier, während Willys Abwesenheit, ein dermaßen freies Leben geführt, dass er auf solche Gedanken kam? Oder glaubte er, er, Willy, sei der primitivste Rumbumser aller Zeiten?

»Keine Angst, ich war fast ein Engel«, beschwichtigte Willy ihn nach einer Pause.

Oben angekommen, schleppten sie das Gepäck aus dem Lift in die Wohnung. Willy ließ sich sofort in eines der Sofas fallen und seufzte. »Ach, diese idiotischen Flüge machen einen kaputt!« Er sah sich in der Wohnung um. Alles war sauber und ordentlich. Sandro war eine gute Hausfrau, das musste man ihm lassen.

»Sag mir zuerst, wie es deiner Hand geht«, schlug Sandro vor. Willy zeigte sie ihm. »Schon fast wieder gut. Ich gehe morgen zum Arzt und lasse sie röntgen. Aber Schmerzen habe ich fast keine mehr.« »Darauf trinken wir!« Sandro öffnete die Flasche so, dass der Korken mit einem lauten Knall gegen die Fensterfront schoss.

»Spinnst du!«, reklamierte Willy. »Das macht man doch nicht so. Zumindest nicht in einer Wohnung. Wenn es den Korken zum Beispiel gegen eines der alten Bilder spickt …« Er stoppte brüsk mit seiner Mängelrüge, denn er erinnerte sich plötzlich, wie Sandro auf solche Worte reagierte. Der Junge ließ sich nicht gern belehren. »Also, alles klar in der Sauna?« Sandro schenkte die zwei Gläser randvoll, und Willy wollte schon wieder meckern. Aber im letzten Augenblick konnte er sich zurückhalten.

»Der Sauna selber geht es prima«, begann Sandro zögernd. »Aber Tomi Fehr – du weißt doch, wen ich meine – dem geht es nicht mehr gut. Er war bei uns im Massageraum und, hm. Er hat sich dort das Leben genommen, glaub ich.«

»Was?« In Willys Kopf kreuzten sich mehrere Gedanken gleichzeitig. Tomi, ja, den kannte er. Ein süßer kleiner Bengel, aber noch keine sechzehn Jahre alt. Der sollte eigentlich gar nicht reingelassen werden. Und jetzt beging er sogar Selbstmord im ›Steamshop‹. Die Eltern, die Polizei, die Mitglieder, alle würden jetzt ihn, Willy Ambühl, für einen schmutzigen Geschäftsmann halten. Wenn das Mama erfährt!

Sandro fuhr zögernd fort. »Am vergangenen Sonntagnachmittag war er irgendwie ins Massagezimmer eingedrungen. Sonny war ja nicht da, und ich bin sicher, dass ich's abgeschlossen hatte. Und dann fand ihn Gil dort. Er lag auf der Massageliege und hatte ein elektrisches Kabel um den Hals. Tot.« Sandro saß aufrecht im Sofa und beobachtete Willys Reaktion. »Gil? Gil hat ihn gefunden?«

»Ja. Aber natürlich hat Gil nichts damit zu tun«, erklärte Sandro. »Wieso bist du da so sicher? Gil war doch immer hinter Tomi her. Dein Liebling Gil!«

»Ach, Willy, komm. Du bist mein Liebling. Gil ist mein Kumpel und basta. Ich kenne ihn gut genug, und ich weiß, er hat nichts mit Tomis Tod zu tun. Ein solcher Gedanke ist doch absurd!« »Und was geschah dann? Kam die Polizei?« »Ja, ein Kommissär Wildbolz. Du kannst ja dann auch mal mit ihm reden. Der Mann glaubt, es könnte auch ein Mord sein.« Willy verwarf die Arme. »Das wäre ja noch schöner! Und dies alles passiert ausgerechnet während meiner Abwesenheit. Warum lässt du diesen Babystricher nur in den Massageraum? So ein totaler Mist!«

»Willy, ich hab's doch gesagt: es war abgeschlossen. Tomi oder wer weiß wer hat die Schlüssel von meinem Tisch gestohlen.« Willy lag bleich und nervös im Sofa.

Sandro lehnte sich zu seinem Freund und versuchte ihn zu küssen. Aber der Ältere stieß ihn weg. »Wir werden auf jeden Fall noch Scheissereien haben damit. Vielleicht schließen die uns die Sauna. Dann kannst du wieder Teller waschen gehen. Ein Sechzehnjähriger macht Selbstmord in einer schwulen Sauna! Haben die Zeitungen schon davon berichtet?«

»Ich glaube nicht. Ich habe auf jeden Fall nichts gelesen. Und es kam auch kein Reporter zu mir.«

»Ich glaube, ich überlasse dir die Sauna nie mehr allein. Ich hab's doch gewusst, dass du mich enttäuschen würdest.« Willy stand auf und zog sich mit bösem Gesicht und ohne einen Schluck aus dem Champagnerglas getrunken zu haben, in sein Zimmer zurück.

»Ich kann doch nichts dafür! Es hätte genauso passieren können, wenn du da gewesen wärest«, rief Sandro ihm nach und trank sein Glas in einem Zug leer. Dann saß er stumpfsinnig und zusammengekauert auf dem Sofa. Er hätte sich ja denken können, dass es einen Streit mit Willy geben würde, ganz gleich, ob er an Tomis Tod mitverantwortlich oder unschuldig war. Missmutig schenkte er sich sein Glas wieder voll. Er musste Willy klarmachen, dass er alles Menschenmögliche getan hatte, um den Club gut zu führen!

Willy ging ins Bad und rief sogleich: »Sandro, komm mal her!« Als der Junge in der Türe erschien, herrschte er ihn an: »Wo kommt dieses Zeug her?« Er zeigte auf eine Parfumflasche, eine Tube Zahnpasta und zwei kleine goldene Ohrringe, die auf dem Glastablar unter dem Spiegel lagen. »Etwa von Gil?«

Sandro nickte. »Er war eine Nacht über hier. Vom Sonntag auf den Montag. Ich konnte einfach nach Tomis Tod nicht allein sein, verstehst du. Schließlich war er ja mein Mitarbeiter und hat alles am Sonntag miterlebt. Er war der Einzige, mit dem ich vernünftig darüber reden und beraten konnte.«

Willy fegte das Zeug mit einer Handbewegung zu Boden, und Sandro war beflissen, es sofort aufzuheben. »Bitte Willy, bleib doch cool. Ich war dir treu wie eine Nonne. Ich weiß, dass du Gil nicht so magst. Aber er ist mir wirklich sehr nützlich gewesen.«

Willy stand nackt im Badezimmer und bereitete eine Dusche vor. »Sicher ist er keine Konkurrenz für mich, diese holländische Schlange! Von jetzt an hat er jedenfalls striktes Hausverbot!« Er schüttelte gereizt den Kopf. »Schleicht diese Schlampe in mein Haus, benützt das Badezimmer, als wär's sein eigenes, markiert noch wie ein Kater mit seinen dürftigen Toilettensächelchen! Und wahrscheinlich teilte er mein Bett auch noch mit meinem Freund. Wenn das so ist, dann ist eben mein Freund nicht mehr mein Freund.« »Ich … und du? Du hast mit Gil ja auch schon im Auto gewichst. Und in Thailand warst du sicher auch nicht so fromm, wie ich es immer sein soll!«

»Geh raus! Ich will jetzt duschen. So hab ich mir auf jeden Fall unser Wiedersehen nicht vorgestellt.« »Und daran bin natürlich nur ich schuld.« Sandro verließ das Badezimmer und zog die Türe zu.

Willy war deprimiert. Sicher war dieser Scheißholländer jede Nacht über hier gewesen und hatte sich mit Sandro zwischen Sekt und Sperma vergnügt. Und beide Säfte bezahlte eigentlich er, Willy! Sollte er Sandro hinauswerfen? Aber dann war er wieder allein, und das konnte er nicht mehr ertragen. Während er duschte, weinte er. Seinen Körper mochte er kaum noch abschrubben. Während der knapp zwei Wochen Thailand hatte er mindestens mit zwanzig Jungen Sex gehabt. Eigentlich war das widerlich. Aber immerhin: Er liebte doch Sandro und nicht diese Reis fressenden Wichspuppen. Nach dem Duschen würde er sich sofort wieder mit seinem Schätzchen versöhnen.

• • •

»Wir geben der Presse vorerst keine Informationen. Der Professor, Tomis Vater, möchte die Sache möglichst geheim halten.« Amacher stand vor Wildbolz' Schreibtisch und rauchte eine Davidoff. Er erhielt diese Zigarren regelmäßig von einem Nachtlokalbesitzer, wie er Wildbolz einmal mit der Bitte, diesen Stripladen großzügig zu behandeln, erklärt hatte.

»Das wird langsam zum Kunststück«, gab Wildbolz brummend zurück. »Jetzt scheint dieser Lehrer spurlos verschwunden zu sein, und wie mich dünkt, eindeutig im Zusammenhang mit Tomis Tod. Wenn der nicht heute oder morgen wieder auftaucht, wird die Presse von selber dahinter kommen.«

»Welcher Lehrer?« Amacher starrte den Kommissär verständnislos an.

»Bernhard Weil. Der, der die Filme von Tomi gedreht hat.«
»Filme?«

Wie blöd, dass er jetzt trotzdem davon gesprochen hatte! »Ja, einige Videos. Auch mit Sexszenen.« »Oh, lá lá! Hast du diese Videos?«

»Nein, ich habe sie dem Lehrer zurückgegeben. Ich wollte das alles ja in deinem Auftrag nicht an die große Glocke hängen.« Wildbolz grinste vergnügt. Er konnte es Amacher mit dessen eigenen Forderungen zurückzahlen.

»Herrgottsapperlot! Sexfilme mit einem unmündigen Knaben zu drehen, ist strafbar. Und nun ist dieser Lehrer verschwunden? Hast du ihm Angst gemacht?«

»Klaus! Ich habe mir die Videos angeschaut und sie ihm heute Morgen zurückbringen wollen. Zu Hause war Weil aber nicht, also habe ich sie ihm ins Milchkästchen gelegt. Mit einem Gruß und dem Ratschlag, er solle sie sofort vernichten.« Amacher paffte wie eine Dampflokomotive. »Wenn er nicht auffindbar ist, dann sind ja die Videokassetten noch im Milchkästchen. Hole sie und bring sie mir, Hans!«

»Höre gut zu: Ich ging von seiner Wohnung in die Sekundärschule Bümpliz, wo er arbeitet. Man hat ihn dort gestern und heute noch nicht gesehen. Er ist der Schule ohne Abmeldung ferngeblieben. Als man mir dies sagte, ging ich sofort zurück zur Wohnung. Die Kassetten waren aber schon nicht mehr im Milchkasten. Ich läutete Sturm, bis eine Nachbarin mir sagte, Herr Weil sei nicht zu Hause. Sie hätte ihn schon eine Weile nicht mehr gesehen. Und der junge Mann, der dort wohne, wisse auch nicht, wo er zu finden sei. Ich befürchte, dass er entweder ins Ausland geflüchtet ist, weil er Angst vor der Strafverfolgung hat, oder aber, dass er sich etwas angetan hat. Und darum brauche ich deine Hilfe.« Amacher hatte ihm schweigend vom Fenster her zugehört. Auch jetzt sagte er nichts.

»Man sollte ihn suchen, nicht wahr?«, fuhr Wildbolz fort. »Und das kann ich nur, wenn man mir Zugang zu seiner Wohnung verschafft. Ich brauche einen Durchsuchungsbefehl.«

»Ich frage mich, ob ich den Fall nicht doch besser selber übernehme. Dir zuliebe, Hans.«

»Nein, Klaus. Du bist zwar mein Boss, aber ich will weitermachen. Dieser Fall gehört mir. Allerdings bin ich froh, wenn ich alle Neuigkeiten mit dir besprechen kann. Misstraust du mir, oder was?« Amacher kam sofort zum Kommissär und legte ihm die Hand auf die

Schulter. »Natürlich nicht, Hans. Aber ich habe einfach auch politische Rücksichten zu nehmen. Du kennst das Netz der Verflechtungen nicht, das hier durcheinander gebracht werden könnte. Es geht mir auch nicht darum, dir etwas wegzunehmen, verstehst du. Aber dieser Professor Fehr, der Vater des Knaben, der hat enorme Beziehungen. Er ist, soviel ich weiß, selbst mit dem Polizeidirektor eng befreundet. Gleiche Partei und gleiche Loge, glaube ich.«

»Ich will den Fall weiter untersuchen, Klaus. Schau, wenn du als unser oberster Boss dich plötzlich eigenhändig mit einem Schwulendrama herumschlägst, hilft das dir politisch sicher auch nichts.«

Amacher schlug sich seine Faust in die Hand. »Wir haben zu wenig Leute, Hans, das weißt du doch. Und wir haben zu viele Probleme. Wir könnten deine unbestrittenen Fähigkeiten anderswo besser gebrauchen. Deine Fahnder, Wälti und Burger, sind total überlastet.«

Wildbolz schüttelte den Kopf. »Ich verstehe dich einfach nicht, Klaus. Behalte doch bitte die Übersicht über das Tun und Lassen all deiner Leute und verstricke dich nicht in einen Einzelfall. Wir brauchen einen Chef, begreifst du das denn nicht?« Amacher lief hin und her, paffte und hustete. »Gut, ich gebe nach. Aber ich möchte nochmals meine Bedingungen unterstreichen. Erstens will ich laufend informiert werden, was du tust und was du herausfindest. Und zweitens: Keine Aussagen vor der Presse oder anderen öffentlichen Stellen. Das will ich selber handhaben, klar?« Wildbolz bejahte mit einem leisen »mhm«. Dann stand er auch auf und stellte sich neben Amacher. »Ich war gestern nochmals rasch in der Sauna, das heißt in diesem Massagezimmer. Unsere Leute haben etwas übersehen. Halb versteckt unter einem Schrank lag ein Mitgliedsausweis für den ›Steamshop Club‹. Er lautet auf einen Walter Steinmann. Gemäß dem Jungen, der die Sauna führt, war dieser Steinmann, den sie übrigens Scheich nennen, am Sonntagnachmittag auch dort. Und seither sei das Massagezimmer nicht mehr benutzt worden.«

»Vielleicht hat dieser Steinmann seinen Ausweis auch schon früher verloren«, bemerkte Amacher geistesabwesend. »Nein, unmöglich. Dann hätte er ihn ja am Sonntag nicht vorweisen können.«

»Hast du über diesen Steinmann etwas erfahren?« »Ja, man gab mir an, dass er ein fünfundvierzigjähriger ehemaliger Versicherungsagent sei und heute Inhaber einer schwulen Videothek in der Länggasse. Vorstrafen hat er keine, Steuerschulden auch nicht.«

»Das ist alles?«

»Ja. Es bleibt mir nichts anderes übrig, als ihn mal zu besuchen.« Amacher sah ihn unzufrieden an, doch er sagte nichts. »Sonst habe ich nichts Neues. Ich werde jetzt weiter nach Weil suchen. Kannst du mir den Hausdurchsuchungsbefehl beschaffen?« »Ja, kriegst du. Übrigens: Dieser Besitzer der Sauna, der Ambühl, scheint ganz schön bei Kasse zu sein. Neben der Sauna und den Modeläden besitzt der einige Häuser. Geerbt hat er nichts. Wie der das Geld zusammengehäuft hat, ist mir ein Rätsel. Vielleicht kannst du dich da auch ein bisschen umhören.« »Ich versuche mein Bestes«, versprach Wildbolz. »Gut, ich mach mich auf den Weg. Ich habe ein Mittagessen mit den Leuten des Kantons. Tschüss, Hans.«

Amacher streckte sich den Rücken und schritt dann in seiner erhobenen, gesunden Haltung aus dem Zimmer. Wildbolz blieb eine Weile am Fenster stehen und schaute ihm nach. Warum hatte der Chef, zum Teufel, an diesem Fall so den Narren gefressen?

* * *

Martin Lucatelli reinigte den Backofen. Er hatte dafür ein spezielles Putzmittel in der Drogerie an der Mittelstraße erstanden, teuer genug für seinen bescheidenen Lohn als Sozialarbeiter bei der Gemeinde, wo er erst vor kurzer Zeit einen Job gefunden hatte. Das Fett haftete an Wänden und am Boden im Backofen fest, besonders aber an der Scheibe der Öffnungsklappe. Fredy verrichtete im Gegensatz zu ihm nur ungern Putzarbeiten in ihrer gemeinsamen Zweizimmerwohnung an der Hochfeldstraße. Mit ihm zusammen wohnte er hier nun schon elf Monate, und sie gaben ein gutes Wohnpaar ab, fast ein Ehepaar, könnte man sagen. Martin hatte Fredy vor zwei Jahren auf einer Party bei Freunden vom Stadttheater kennen gelernt und sich fast augenblicklich in ihn verliebt. Fredy konnte man zwar nicht als eigentliche Schönheit bezeichnen, aber er war etwa gleich alt wie er, nur um weniges kleiner, blond und sauber. Sauber war vor allem wichtig. Viele der Boys, mit denen Martin früher etwas gehabt hatte, hatten ihn wegen des unsauberen Geruchs abgestoßen. Aber als schüchterner Typ hatte er sich natürlich nie etwas anmerken lassen.

Nachdem der Backofen wieder vor Sauberkeit strotzte, räumte er den Küchenschrank aus und begann ihn sorgfältig abzuwischen. Er liebte alle Arbeiten, die er für Fredy, oder besser gesagt für ihren gemeinsamen Haushalt, für ihre Ehe in Anführungszeichen, erledigen konnte. Es gab einem ein angenehmes Zusammengehörigkeitsgefühl, und zudem ließ es einen die Liebe spüren, die man für den Freund empfand. Dass heute Schwule immer noch nicht überall heiraten konnten und all die vielen wichtigen Vorteile einer legalen Ehe nicht hatten, ärgerte Martin. Ach, wie gern wäre er mit seinem Ein und Alles vor den Zivilstandesbeamten getreten, um sein für immer gültiges Jawort öffentlich auszusprechen und in das große Buch der heiligen Ehe eintragen zu lassen.

Martin kamen die Tränen bei solchen Gedanken. Warum bloß war er nicht als Mädchen auf die Welt gekommen? Die Natur hatte ihn betrogen, und zwar aufs Scheußlichste!

Martin seufzte und wischte sich mit einem Putzlappen die Tränen aus den Augen. Vielleicht lasse ich mich operieren, murmelte er. Auch wenn's nachher mit dem Sex nicht mehr so klappt. Ist mir gar nicht so wichtig. Ich brauche die Liebe eines Mannes, eine Liebe, die aus dem Herzen kommt und nicht aus dem Unterleib. Schon meine Mama hatte sich nach Herzenswärme gesehnt und sie von dem Grobian, der mein Vater war, nie erhalten.

Er musste sich beeilen, denn Fredy würde heute etwas früher heimkommen. Am Mittwochabend arbeitete er meistens nur bis um acht. Vielleicht würden sie beide einmal später ein eigenes Restaurant führen. Fredy als Kellner konnte jetzt Erfahrungen sammeln, und er als Sozialarbeiter würde die Gastfreundschaft hochleben lassen. Wie gut war es, dass er diesen Jungen gefunden hatte. Was würde er wohl tun, wenn ihn Fredy verlassen sollte?

Martin räumte den Küchenschrank wieder ein und achtete darauf, dass alle Dosen, Säcke, Gläser und Packungen dorthin zu stehen kamen, wo sie Fredy suchen würde. Auf der anderen Seite richtete er es aber auch so ein, dass sein Freund sofort feststellen musste, dass er den Küchenschrank geputzt hatte. Ob das ein mieser Trick war? Nein, im Gegenteil, er wollte Fredy damit nur sichtbar machen, wie gern er ihn mochte. Und wie gut er selber als Hausfrau zu gebrauchen war? Na ja, auch als das. Aber eben nicht als Mutter! Aber eben, wenn sie ein Kind hätten, würde das nicht praktisch sein mit einem eigenen Restaurant. Das eine also oder das andere. Man muss nicht immer alles haben.

Martin setzte Kaffeewasser auf. In wenigen Minuten musste Fredy heimkommen. Und es war schön, ihn mit einer Tasse Kaffee zu empfangen. So spürte Fredy auch, dass er Feierabend hatte und wieder echt zu Hause war. Und dass ihn hier jemand sehnsüchtig erwartete.

Martin füllte den Kehrichtsack mit den Dingen, die er dem Kühlschrank und dem Küchenschrank entnommen hatte und die weder er noch Fredy weiter aufbewahren wollten.

Auch das würde ein Zeichen der Treue für Fredy sein.

Vielleicht hätte er wirklich als Mädchen auf die Welt kommen sollen. Er liebte Frauenarbeit mehr als all die Männerjobs. Da war Fredy besser: Technisch beherrschte er alle anfallenden Arbeiten, Reparaturen und so weiter. Man ergänzte sich eben.

Noch bevor der Kaffee fertig war, hörte Martin seinen Freund an der Türe. Er lief ihm entgegen und umarmte ihn mit einem keuchenden »Hallo Darling«. Nach einem Kuss trat Martin zwei Schritte zurück und betrachtete seinen Liebsten. »Bist du müde?«, fragte er sanft.

»Ach, es geht. Wir haben wieder einen anstrengenden Tag gehabt. Drei Firmenessen. Ich bin froh, dass ich normal Feierabend machen konnte. Susanne und Dino werden noch gestresst heute Abend, das kann ich dir sagen.« Er zog seine gefütterte Jeansjacke aus und hängte sie in die Garderobe. »Und du? Wie geht's, mein Liebling?« »Kann nicht klagen. Ich habe den ganzen Nachmittag bei der alten Frau Tanner verbracht. Ihr Sohn hatte einen Unfall, und sie weinte ununterbrochen, die Ärmste. Ich habe dir ja von ihr erzählt. Seit sie im Rollstuhl leben muss, hat sie das Gefühl, sie würde auf dieser Welt nicht mehr gebraucht. Und jetzt noch das mit dem Sohn. Ich musste meine ganze Kraft sammeln, um sie ein bisschen zu trösten. Komm, ich habe Kaffee gemacht.«

Martin ging Fredy voran in die Küche und stellte die Tassen auf dem kleinen Tisch bereit. Dann schüttete er das kochende Wasser in den bereitstehenden Krug mit dem Kaffeepulver. Fredy setzte sich an den Tisch und sah ihm mit ernstem Gesicht zu. »Du, Martin. Ich habe mir das nochmals überlegt, weißt du, wegen Tomi. Es ist besser, wenn wir überhaupt nichts sagen.«

»Meinst du? Aber wir haben doch die Harte Nicole aus dem Massagezimmer kommen sehen. Und zu dieser Zeit musste Tomi noch drin gewesen sein. Wenn der Knabe ermordet worden ist, dann müsste eigentlich die Harte Nicole der Mörder sein. Und die Polizei sollte das doch wissen.« Martin sah seinen Freund mit großen Augen und gefalteten Händen an.

»Es ist eben nicht sicher, ob da nicht noch jemand anders bei Tomi war. Die Harte Nicole hätte ja auch zufällig Tomi entdecken können. Vielleicht hat sie sogar Sandro auf das Unglück aufmerksam gemacht.

Ich finde es besser, wenn wir uns da raushalten. Gerade bei diesem Schlägertyp! Wenn wir den verraten, können wir uns auf etwas gefasst machen.«

»Komm, nimm einen Schluck Kaffee, Liebling. Wir machen, was du sagst. Wenn du es besser findest, nichts zu sagen, dann halten wir eben die Schnauze. Ist er dir stark genug?« »Der Kaffee?« Fredy nahm einen Schluck. »Ja, prima. Hast du übrigens irgendwann etwas in der Zeitung gelesen?« »Wegen Tomi? Nein. Der Alte Max, den ich heute Mittag in der Stadt zufällig getroffen habe, hat nur gesagt, es werde recherchiert, aber man nehme an, dass es sich um einen Selbstmord handle.« »Eben, siehst du. Falls es ein Selbstmord war, und wir verdächtigen die Harte Nicole und lassen dies die Polizei wissen, würden wir den Fall nur unnötig komplizieren. Und die Rache der Harten Nicole erst recht heraufbeschwören. Ich weiß gar nicht, ob ich heute einen Calvados zum Kaffee nehmen soll.«

»Nimm keinen. Trink nicht zu viel. Du jammerst ja sowieso wieder, du würdest zu dick.«

»Im Vergleich zu dir darf ich mich noch gertenschlank nennen!« »Also bitte!«, entsetzte sich Martin. »Du sagst das, als wäre ich eine Fettschwester. Ich habe nur 500 Gramm zugenommen, und die vor allem am Po.«

Fredy grinste. »Du mit deinem heißgeliebten Arsch. Ich nehme trotzdem einen Calvados. Der hilft mir wieder auf die Beine.« Er stand auf und holte sich die Flasche und ein Glas aus dem Küchenschrank. »Aha, du hast aufgeräumt. Super. Nimm's mir nicht zu übel wegen dem Arsch.« »Solange du den deinen nicht einem anderen hinstreckst!«

Fredy kam mit Flasche und Glas zum Tisch und schenkte sich ein.

»Eifersucht ist eine Sucht, die mit Eifer sucht …«

»Jaja, kenne ich«, unterbrach ihn Martin »Ich glaube, ich habe auch einen nötig.«

»Was, einen anderen Arsch?«

Martin wehrte mit einer wegwerfenden Handbewegung ab. »Einen Calvados, du Tröttelchen!«

• • •

Wildbolz richtete es so ein, dass er am Donnerstagmorgen bereits um halb acht vor Weils Wohnungstür stand. Auf Wildbolz' mehrmaliges Läuten öffnete schließlich ein junger Bursche mit fettigen, dunkelblonden Locken und einem hübschen Lausbubengesicht. Er schien in Jeans und Lederjacke bereit, zur Arbeit oder zur Schule zu gehen.

Wildbolz schätzte ihn etwa auf achtzehn und nahm an, dass er den Lehrling Andreas Schumacher vor sich hatte.

»Guten Morgen. Mein Name ist Wildbolz. Ich bin von der Polizei und suche Herrn Weil.« Der Kommissär versuchte einen möglichst freundlichen Ton anzuschlagen.

»Guten Tag. Herr Weil ist nicht da.« Der Junge trat in den Hausflur hinaus und wollte die Türe von außen abschließen. »Ist er noch nicht zurückgekehrt? Man hat mir in der Schule gesagt, er sei seit Dienstag spurlos verschwunden. Sind Sie Herr Schumacher?«

Der Lehrling sah ihn gespannt an und nickte dann. »Ja, er ist verschwunden. Niemand weiß, wo er ist. Wird er jetzt polizeilich gesucht?«

»Ich suche ihn ganz persönlich. Sagen Sie, müssen Sie sofort zur Arbeit oder haben Sie für mich noch ein paar Minuten Zeit?« Wildbolz versperrte ihm den Weg zur Treppe.

»Ich muss um acht Uhr im Büro sein. Ich sollte sofort losgehen.«
»Kommen Sie, ich rufe Ihren Chef an und erkläre ihm, dass Sie mir wichtige Auskünfte geben müssen. Der wird das schon kapieren. Schließen Sie die Türe wieder auf.« »Aber ...«

»Haben Sie keine Angst, es wird für Sie keine Probleme geben. Hier, das ist mein Ausweis. Ich nehme an, Sie wollen ja nicht einen gänzlich Unbekannten in die Wohnung lassen.« Wildbolz hielt ihm seine Marke so hin, dass der Junge genügend Zeit hatte, um sie richtig anzusehen. Es schien seine Wirkung zu haben. Schumacher drehte sich wieder um und öffnete die Türe. Dann bat er den Kommissär einzutreten.

»Ich war schon am Montag hier und habe mit Herrn Weil gesprochen. Er hat mir auch gesagt, wer Sie sind und dass Sie hier bei ihm wohnen. Können wir uns an den Küchentisch setzen?« Der Lehrling führte Wildbolz an den Tisch, auf dem noch das Geschirr seines Frühstücks stand. Er räumte es auf den Spültisch und setzte sich dann. Wildbolz tat dasselbe. »Sehen Sie, Herr Schumacher, es geht um den Tod von Tomi Fehr in der ›Steamshop-Sauna‹. Sie werden ja sicher davon gehört haben, umso mehr, als Sie selber am Sonntag auch in dieser Sauna waren. Wissen Sie etwas darüber?« Der Junge wurde rot und schüttelte den Kopf.

»Herr Weil hat von Tomi Videos gemacht. Er hat sie mir zur Ansicht mitgegeben. Ich glaube, ich habe Sie auf diesen Bändern auch gesehen. Als Bauernknecht. Stimmt das?« Schumacher nickte. Es war klar, dass ihm das Ganze sehr peinlich war. Wahrscheinlich würden auch seine Eltern überrascht sein, wenn sie wüssten, was ihr Sohn mit dem Lehrer alles trieb. »Haben Sie keine Ahnung, wer Tomi erdrosselt haben könnte?« Es folgte eine Pause.

»Es stimmt: Ich war am Sonntag mit Beni und Heinz im ›Steamshop‹. Wir haben Tomi auch gesehen und sogar mit ihm gesprochen. Aber als man uns sagte, er habe sich erhängt, konnten wir uns das gar nicht vorstellen. Und dann glaubten wir an einen Unfall.« »Wer sind wir?« »Ich und Heinz.«

»Und Herr Weil? Der war doch auch bei euch beiden?«

»Ja, schon. Aber in der Sauna war er mit Max, einem alten Galeriebesitzer. Wir haben ihn nach unserer Ankunft in der Sauna eigentlich nicht mehr gesehen. Es ist nämlich so, dass Max den Film, den Beni drehte, finanzieren wollte.« Der Lehrling spielte mit seinen abgekauten Fingernägeln.

»Bitte erschrecke nicht, wenn ich dich so direkt frage: Glaubst du, Herr Weil war mit Tomi im Massagezimmer und dabei, als der Knabe starb? Übrigens: Ich darf dich doch duzen, oder?« »Ja, klar.«

Als Schumacher des Kommissärs Frage vergessen zu haben schien, doppelte dieser nach: »Könnte Weil bei Tomi im Massagezimmer gewesen sein?«

Der Junge schaute ihn leer schluckend an. »Keine Ahnung. Aber er hätte sicher Tomi nichts angetan. Er brauchte ihn ja noch, um den Film fertig zu machen. Und auch sonst … Nein, ich glaube, Beni war mit Max zusammen. Die hatten einiges zu besprechen.«

»Gut, ich kann ja dann diesen Max noch fragen. Hast du noch jemanden gesehen, der mit Tomi zusammen war?« »Am Sonntag? Also, ganz am Anfang Beni. Dann habe ich Tomi mal mit der Harten Nicole an der Bar gesehen. Und, warten Sie, im Dampfbad lachte er mit dem Scheich herum. Aber ich weiß nicht, wie der Scheich richtig heißt. Überhaupt ist es schwierig, eine Auskunft über Tomi zu geben. Er kannte eigentlich alle die Männer dort sehr gut, aber ich …« »Und du?«

»Ich? Nein, ich nicht. Ich kenne nur Beni und Heinz und ein bisschen diesen Max. Mich interessieren die anderen Typen dort nicht. Überhaupt nicht! Das können Sie mir glauben.« »Gut, ich rufe jetzt rasch in deinem Büro an. Weißt du die Nummer auswendig?«

Schumacher gab dem Kommissär Nummer und Namen des Chefs und führte ihn zum Tischtelefon im Wohnzimmer. Als Wildbolz die Verspätung des Lehrlings entschuldigt hatte, ging er wieder zum Küchentisch zurück.

»Hast du keine Ahnung, wo sich Herr Weil aufhalten könnte? Hat er eine Nachricht hinterlassen?«

Der Junge schüttelte den Kopf. »Eben nicht. Das ist ja das Sonderbare. Ich habe überall gesucht. Das Einzige, was ich fand, waren die drei Videokassetten im Milchkästchen und diesen anonymen Brief. Warten Sie, ich hole ihn.«

Der Junge ging in ein anderes Zimmer, wahrscheinlich in jenes, das er selber bewohnte, und kam dann mit einem Briefumschlag zurück. Der Absender fehlte. Der Poststempel zeigte das Datum von Mittwoch, neun Uhr früh, und die Poststelle 3011 Bern-Kornhaus. Wildbolz entnahm dem Umschlag ein weißes Blatt, auf das mit Schreibmaschine getippt war: »Weil, du Hurrensohn. Ich bringe dich um! Der Rächer für Tomi.« Der Schreibfehler beim Wort »Hurensohn« ließ nicht gerade auf einen gebildeten Menschen schließen. Der Kommissär las den Brief nochmals durch. Zum mit Buchstaben aus der Zeitung geklebten Bombendrohbrief, den ihm Sandro gegeben hatte, fand er keine Ähnlichkeit.

»Ich muss natürlich diesen Brief mitnehmen. Und auch hier hast du keine Ahnung, wer ihn geschrieben haben könnte? Ein Feind von Herrn Weil, zum Beispiel?«

»Nein, ganz und gar nicht. Ich weiß von keinem Feind. Beni war mit allen Leuten in gutem Einvernehmen. Ich mache mir Sorgen, dass ihm dieser Briefschreiber etwas angetan haben könnte. Es ist doch sehr sonderbar, dass er nichts von sich hören lässt.« Der Lehrling hing seinen Gedanken nach und schaute auf die verwaschene hölzerne Tischplatte herunter. Sicher war er nicht schwul und hatte sich bloß von Weil um den Finger wickeln lassen. Er sah harmlos und unschuldig aus, und Wildbolz konnte seinen Antworten ohne großes Risiko Glauben schenken. Die sexuellen Spielereien mit dem Lehrer würde der Junge nach einigen Jahren vergessen haben, und sicher war es sein wichtigstes Ziel, einmal eine Familie zu gründen und Kinder zu zeugen.

»Du hast also die Videokassetten aus dem Milchkasten genommen?« »Ja. Sie liegen auf dem Büchergestell in meinem Zimmer. Ich möchte nicht, dass meine Eltern diese Aufnahmen sehen, verstehen

Sie? Mein Vater ist ein sehr konservativer, spießiger Mann. Und zudem sind meine Eltern Mitglieder einer Sekte und beide sehr fromm. Wenn sie wüssten, dass Beni gerne Männer hat, dürfte ich sicher nicht hier wohnen.«

»Es gibt keinen Grund, diese Videos deinen Eltern zu zeigen, keine Angst. Aber ich habe jetzt noch eine andere Aufgabe. Hier, schau das an.« Wildbolz zeigte dem Jungen die Durchsuchungserlaubnis für die Wohnung. »Da Herrn Weil etwas zugestoßen sein könnte, muss ich ihn suchen. Und vielleicht finde ich irgendwo in dieser Wohnung eine Spur, wo ich damit anfangen soll. Wenn du willst, kannst du dableiben, bis ich fertig bin. Und wenn du das Gefühl hast, du müsstest ins Büro, dann kannst du mich auch allein lassen. Ich werde dir den Schlüssel ins Geschäft bringen. Ohne Aufsehen zu erwecken, natürlich.«

»Mein Zimmer durchsuchen Sie auch?«, fragte der Lehrling rasch. »Die Wohnung gehört Herrn Weil. Ich muss also alle Zimmer untersuchen. Aber mache dir keine Gedanken. Ich werde alles dort lassen, wo es jetzt ist. Und ich werde dich nicht verraten, wenn ich etwas sehe, das deinen Eltern nicht gefallen würde. Vor mir selber brauchst du keine Hemmungen zu haben. Ich bin Schlimmeres gewohnt.«

»Wenn ich wählen darf, möchte ich lieber jetzt zur Arbeit gehen. Ich mache bei Altmann & Wenger eine Bauzeichnerlehre. Unser Büro befindet sich an der Rodtmattstraße. Können Sie mir den Schlüssel dorthin bringen? Und würden Sie mich auf dem Laufenden halten, wenn Sie von Beni etwas erfahren?« Schumacher schaute auf die Uhr und stand dann auf. »Danke, dass Sie meinen Chef angerufen haben.« Er war wirklich ein anständiger, unschuldiger Kerl, und Wildbolz wünschte im Stillen, dass er möglichst rasch ein liebenswürdiges Mädchen fand.

Sie verabschiedeten sich. Wildbolz schloss die Türe von innen ab und setzte sich zuerst wieder an den Küchentisch. Er musste jetzt eine Zigarette rauchen, um seine Hemmungen etwas zu vertreiben. Er empfand es nicht als edlen Job, die Wohnung dieses Lehrers und seines jungen Wohnpartners wie ein geiler Schnüffler unter die Lupe zu nehmen. Ein Whisky wäre jetzt angebracht. Aber dieser Lehrer war sicher ein Abstinenzler.

• • •

Wildbolz hatte die Küche durchsucht und nichts gefunden, das ihm auch nur im Entferntesten eine Antwort gegeben hätte, wo sich Weil seit seinem Verschwinden befinden könnte und ob er mit Tomis Tod etwas zu tun hatte. Im Wohnzimmer gab es einen modernen Bürotisch. Wildbolz fand darauf einige wahrscheinlich von Weil verfasste Gedichte. Das erste war ein Vierzeiler:

Liebe ist das einzige wertbare Glück. Und es gibt keine Möglichkeit,
die Liebe durch etwas Kurzfristiges zu ersetzen.

War Weil verliebt? Und wenn ja, in wen? In Andreas Schumacher, den natürlichen Bauzeichnerlehrling? Oder war es Tomi gewesen, und er war nun aus Kummer über seinen Tod verschwunden? Ein weiteres Gedicht gab keine Antwort auf diese Fragen:

Was macht mehr Sinn:
ein kleiner Kreis von Großen, die arm und einsam leben, oder ein
großer Kreis von Kleinen, die reich und glücklich sterben?

Auch hier wäre ein Bezug zu Tomi möglich. Oder ging es Weil um eine generelle, unpersönliche Frage? Auf einem anderen Blatt Papier stand:

Alle Krankheiten entstehen aus Mangel an Liebeserfahrungen.

Bei seinem ersten Besuch hatte Weil eher eigensinnig, wenn nicht arrogant, auf Wildbolz gewirkt. Hatte er sich getäuscht? War dieser Lehrer ein ernsthafter, sensibler Sucher nach der Wahrheit in unserer zweifelhaften Kultur? Ein weiteres Gedicht zeigte ihn wieder von einer anderen Seite:

Wir können, wenn wir wollen. Und wir müssen, wenn wir sollen.
Doch liegt das Wesentliche stets im Nichts.
Wir lieben, wenn wir hassen. Und wir schaffen, wenn wir lassen.
Denn unser Leben ist das Sein des Lichts.

Liebe schien für Weil ein zentrales Thema zu sein. Wildbolz hatte schon gehört, dass Schwule sich sogar intensiver lieben können als Mann und Frau. Vielleicht, wenn das so ist, liegt der Grund in der Tatsache, dass eine homosexuelle Liebe immer ein Drama ist, weil sie sich weder in der Gesellschaft noch in der Biologie zurechtfindet. Der Kommissär las ein weiteres Gedicht:

Die Toten wackeln;
das Leben ist erstarrt.
Wer an das Schnelle glaubt,
sieht sich genarrt.
Die Meere schweigen
und lassen Küsten kalt.
Der Sturm wird alt.
Das Herz erfriert
und wird zu einem Knistern.
Gedanken fliegen und
Träume liegen still.
Keiner weiß, was unsre
Erde werden will.
Die Hoffnung liegt
im Hoffen selbst,
und Hoffnungslose sind
betroffen,
wenn das Morgen sich
im Heute spiegelt.
Die Liebe ist ein Spiel,
das gönnerhaft besiegelt,
was Herzen nicht erfahren können und Weise trotzdem
die Erfahrung nennen.

Ein solcher Dichter konnte kaum ein Mörder sein. Oder ließ sich der Kommissär von des Lehrers Poesie blenden? Auch hier war die Liebe wieder Weils dichterischer Gegenstand. Wenn man herausfinden könnte, wen Weil liebte, dann wäre es kaum mehr schwierig, ihn zu finden. Und sein Verschwinden zu verstehen. Wildbolz suchte nach Hinweisen auf Eifersucht in den Gedichten, fand sie aber nicht. Dafür kamen Tod und Tote darin vor. Tomi war tot. Die Toten wackeln? Ja, wenn sie von einem Kabel halbwegs hochgezogen werden, wackeln sie vielleicht. Oder wie hat sich Weil das gedacht? Wildbolz führte seine Durchsuchung fort. Auf dem Arbeitstisch gab es einen Stapel Aufsatzhefte von Schülern. Es schien, als ob Weil sie zu Hause demnächst korrigieren wollte, denn der letzte Aufsatz mit dem Thema *Wie viele*

Freunde brauche ich? hatte noch keine Korrekturen und Benotungen. Zu dieser Arbeit hatte es dem Lehrer nicht mehr gereicht. Hieß das, dass er einem plötzlichen Entschluss folgend verschwand? Oder sogar gezwungen wurde, zu verschwinden?

Als Nächstes fand Wildbolz einen Mitgliedsausweis des *Exit*, einer Vereinigung, die, wie er wusste, Ratschläge für den Freitod gab. Weil war noch sehr jung, um sich mit einem solchen Problem herumzuschlagen. War er ein potentieller Selbstmörder? Viel interessanter allerdings war ein Brief, den er fand und der nicht abgeschickt worden war. Er war an *Nicole* adressiert, und der Kommissär nahm an, dass es sich um die Harte Nicole handeln musste. Mit einem spürbaren Unbehagen las er ihn langsam durch:

> *Liebe Nicole, ich weiß, dass du Tomi gut kennst und auch einen nicht zu unterschätzenden Einfluss auf ihn hast. Ich hingegen weiß kaum, wer er ist, obwohl ich mit ihm einen Film zu machen gedenke. Zweimal war ich mit ihm im Bett, bei mir zu Hause nota bene. Nun erpresst mich dieser Bengel. Er will von mir Geld, und zwar eine Summe, die ich momentan nicht zur Verfügung habe. Könntest du nicht insofern auf ihn einwirken …*

Unterschrieben war der Brief nicht, und es war nicht klar, ob Weil ihn verfasst hatte, denn die Handschrift glich jener, mit der die Gedichte geschrieben worden waren, nur der Spur nach. Der Hinweis zur Filmarbeit war zwar deutlich genug. Schon wieder gab es eine neue Perspektive in diesem verrückten Milieuspiel. Die älteren Schwulen konnten also nicht nach Lust und Laune mit den Jünglingen ins Bett. *Sex and Money.* Wildbolz fürchtete sich plötzlich vor Sandro und Gil, die ihn ohne weiteres auch erpressen könnten. Warum hatte er sich nur von seiner bisher treu gefolgten Linie entfernt und sich persönlich mit Leuten, die er beruflich zu befragen hatte, eingelassen?

Langsam, aber sicher wurde der Tatbestand verwirrend. Da gab es einen Drohbrief von einem Rächer, der Weil umbringen wollte. Von diesem Drohbrief hatte aber Weil nicht gewusst, denn er war vorher verschwunden. Hingegen schien er von dem Jungen erpresst zu werden, mit dem er einen Film machen wollte. Und warum wandte er sich an die Harte Nicole und nicht an die Polizei? Natürlich, er fürchtete um seine Existenz, zumindest um seine berufliche. War etwa die

Harte Nicole der Rächer von Tomi und wollte anstelle des nun toten Knaben selber Geld aus der Geschichte machen?

Plötzlich begann sich der erfahrene Kommissär vor diesem Fall zu fürchten. Schwul war scheinbar ansteckend, noch mehr: Als Schwuler oder selbst als Mitmacher schien man sich automatisch in eine Welt zu verstricken, die einen nach allen Regeln der Kunst festhielt. Wildbolz durchsuchte automatisch weiter. Er fand einige Fotos von Tomi, die man auch als pornografisch bezeichnen konnte. Der Knabe posierte in verschiedenen Stellungen auf einem Bett – ohne Zweifel war dies hier in Weils Wohnung – und präsentierte sein erregtes Glied und seinen Hintern. Es hätte sein können, dass Tomi Kopien dieser Aufnahmen besaß und damit Weil erpresste. Wildbolz legte sie zurück in die Schublade, wo er sie gefunden hatte. Er würde es nicht über sich bringen, die Bilder Amacher zu zeigen, nachdem er bereits selber Sex mit Jungen aus dieser Szene gehabt hatte. Vielleicht war er wirklich nicht der richtige Mann, um hier weiter zu ermitteln.

Er gab auf und legte alles fein säuberlich an seinen Platz zurück. Wo er Weil suchen sollte, wusste er nicht besser als zuvor. Abwarten und Tee trinken? Er käme damit wahrscheinlich Amacher entgegen. Und trotzdem wollte er dies nicht. Er war schon zu sehr in die Vorkommnisse verstrickt, und es ging nun auch darum, sich selber zu retten. Also sah er keine andere Möglichkeit, als sich so rasch wie möglich diese viel erwähnte Harte Nicole vorzuknöpfen; falls er diesen Typ überhaupt ausfindig machen konnte.

• • •

In der Toilette an der Bogenschützenstraße, gleich gegenüber der Reithalle, kochte Dario Zbinden seinen Cocktail auf einer leeren, umgestülpten Cola-Dose. Sorgfältig, obwohl seine Hand leicht zitterte, sog er den Stoff in eine Spritze, die er bereits mehrmals gebraucht, aber jeweils unter kaltem Wasser ausgewaschen hatte. Es war eigentlich hier drin nicht hell genug, um zu drücken, vor allem seit die Beleuchtung geändert worden war und nur noch aus einer einzigen bläulich brennenden Lampe bestand. Aber Dario kannte sein Metier. Er war zwar erst siebzehn, aber er fixte jetzt bereits drei Jahre. Das Licht war ein kleines Problem im Vergleich dazu, täglich zwei Lappen aufzutreiben und dem Stoff nachzurennen.

Er löste den ledernen Gürtel und band sich den Arm ab. Er suchte eine Vene, möglichst in der Ellbogengegend, denn zu viele sichtbare Einstiche hinter dem Handgelenk oder sogar Eiterstellen schreckten die Freier ab. Und auf ihr Geld war er angewiesen. Er hatte auch schon an den Fußgelenken gespritzt, aber das war noch verschissener, denn die Freier achteten besonders auf die Beine und Füße. Unter der Zunge wagte er sich nicht zu stechen. Der Mund war sein einziger heiliger Ort geblieben. Kein Freier sollte versuchen ihn zu küssen, und nur widerwillig blies er einem alten Herrn den Joystick, eigentlich nur dann, wenn anders gar nicht mehr an Geld heranzukommen war.

Am Anfang hatte er sich wegen der Fixerei Vorwürfe gemacht. Jetzt kam das nur noch schwach vor, wenn er auf Turkey war. Und inzwischen gab es ja so viele Junkies, dass man sich kaum mehr zu einer selbst verschuldeten Minderheit zählte. Leider hatte ihm noch niemand gezeigt, wie man den Stoff rauchte. Er würde sich erkundigen müssen. Zu viele Kollegen und Girls waren inzwischen positiv, als dass er die Nadel noch als sicheres Gerät angesehen hätte. Nun, das war das kleinere Problem; die Kohle war viel wichtiger. Ohne Job täglich zwei Lappen zu kassieren, war verdammt mühsam. Einbrüche in Wohnungen waren ihm zu stressig.

Er stach daneben. Das dunkle Blut rann aus der Wunde.

Er leckte es nervös ab. Beim zweiten Versuch hatte er mehr Glück. Er lehnte sich am Boden sitzend gegen die Toilettenschüssel und ließ den Druck einfahren. Es war sein zweiter heute, wie üblich erst nach zehn Uhr, um gegen elf, wenn die späten Freier in den Bahnhof kamen, im Gleichgewicht zu sein. Ohne drauf zu sein, war es ihm nicht möglich, diese alten Schwuchteln und ihre miesen Wünsche zu überstehen.

Um zwanzig nach zehn war er in der Bahnhofshalle und ging zuerst ins Pissoir. Oft standen hier Freier an der Schüssel und taten halbe Stunden lang, als würden sie pissen. Scheue Typen vom Land waren ihm am liebsten. Da ging es auf die Schnelle: ein Blick, Dario voran, der Freier hintendrein, in eine Kabine, einen lutschen oder herunterholen, Geldübergabe, fertig. Aber in letzter Zeit gab es nur noch wenige solche Freier. Die Papas hatten Angst vor Aids und wichsten lieber allein bei einem Pornovideo. Als er mit dem Strich angefangen hatte, etwa mit vierzehn, war alles noch ganz einfach gewesen. Da hatte er manchmal an einem Abend fünf bis sechs Stück gemacht und sich erst noch von einem davon zum Nachtessen einladen lassen können. Und da war es ihm auch noch ein bis zweimal pro Abend gekommen, was einen halben Lappen extra bedeutete. Jetzt musste er froh sein, wenn er ihm überhaupt noch halbwegs stand.

In der Toilette schien keiner zu sein, der ihn nötig hatte, also ging er wieder in die Halle hinaus und schlenderte zuerst etwas herum. Das war ihm aber schon bald zu blöd, und so lehnte er sich neben den Lifts an die Wand und rauchte eine Zigarette. Er hatte es längst aufgegeben, sich für den Strich zurechtzumachen, zum Beispiel vorher zu duschen oder saubere enge Jeans anzuziehen und womöglich Pariser einzustecken. Dafür sollten die Freier jetzt sorgen; er war wahrscheinlich schon lange HIV-positiv, aber einen Test wollte er nicht machen. Sowieso alles scheiße, und diese Fragerei der Ärzte brauchte er nicht.

»Hallo, auch noch unterwegs?«, grüßte ihn ein Opa, ging aber ohne anzuhalten weiter. Das war üblich so, wegen der Zivilschmier, die überall im Bahnhof herumstand. Der Opa kam auch kurz darauf zurück und sagte im Vorbeigehen: »Fünfzig.«

Einen halben Lappen, gottverdammich! Diese Rentnerbande wurde immer geiziger. Seit sie wussten, dass die Jungs für den Stoff dringend Geld benötigten, machten sie die Preise. Käufermarkt nannte das Rico, ein Stricher, der schon vor ihm am Bahnhof gestanden hatte und heute wahrscheinlich weit über dreißig sein musste. Ein totales Arschloch übrigens. Wie der es noch schaffte anzuschaffen, blieb für Dario ein Rätsel, vor allem, wenn er daran dachte, dass die Stricher den Freiern nie jung genug sein konnten.

Der Opa steuerte in die Toilette, und Dario folgte ihm langsam. Er hatte keine Wahl. Ein Druck kostete einen Lappen, und wenn möglich, musste er diese Nacht noch die Moneten für zwei Schüsse zusammenbringen. Sonst war er morgen Früh am Verrecken. Also wollte er diesen Alten rasch machen und nachher nach etwas Lukrativem Ausschau halten.

Darios Abstand zum Opa war Routinesache. Er sah den Freier in einer der Scheißkabinen verschwinden. Langsam näherte auch er sich, und wie üblich war die Türe nur angelehnt. Dario drückte sich zum Alten in die Kabine und nahm als Erstes sofort den Fünfziger entgegen. Gesprochen wurde hier drin nicht, das würde man nebenan natürlich mithören. Und man weiß ja nie, ob sich da nicht ein Schmierlappen einen herunterholte und dann nach dem Orgasmus auf selbsträcherische Verfolgung umschaltete. Alles schon dagewesen.

Dario deutete dem Alten, dass er sich bedienen lassen wollte. Als der Opa nickte, öffnete Dario seine Hose und hielt ihm den schlappen, ungewaschenen Schwanz entgegen. Der Alte setzte sich auf die Schüssel, zögerte zuerst etwas, lutschte dann aber. Es war von vornherein klar, dass Dario keinen hochkriegen würde, darum packte er seinen Hänger nach zwei Minuten wieder ein und holte den Ständer des Alten heraus. Stehend rubbelte er dem Opa einen ab. Bereits nach einer Minute tropfte der sein Seniorensperma in die Schüssel. Dario wartete nicht, bis der Freier sein Prostata-Schwänzchen geputzt und wieder verpackt hatte, sondern verließ sofort die Kabine. Weg ist weg; nur keine falschen Sentimentalitäten.

Zurück in der Bahnhofshalle, stellte er sich wieder an die Wand und rauchte. Er lachte in sich hinein, als er überlegte, dass mindestens schon zehn an seinem Schwanz gelutscht hatten, nachdem er ihn zum letzten Mal hatte waschen können. Warum auch nicht: So wuschen ihn ja die Freier, und zwar sorgfältig und regelmäßig. Jemand blieb vor ihm stehen. Oh Gott: die Harte Nicole! Obwohl Dario sich selber versprochen hatte, dass er mit diesem Sadisten auf keinen Fall noch jemals etwas zu tun haben wollte, schaute er auf. »Kommst du mit?«, fragte der Koloss.

»Unter zweihundert läuft gar nichts bei deinen Methoden«, gab Dario dem etwa Sechzigjährigen unfreundlich zurück. »Sei nicht albern, Schwesterchen! Komm, wir gehen zu mir.« Der breitschultrige Kerl mit dem fast haarlosen Schädel lief schon voran.

Dario blieb cool stehen. Er wollte die zwei Lappen auf sicher. Als der Freier zurückkam, verlangte er: »Gib mir das Geld schon hier. Dir trau ich nicht über den Weg, du Jude.« »Jude? Soll ich dir eine runterhauen? Das Geld bekommst du im Wagen. Komm jetzt, ich habe nicht die ganze Nacht Zeit.« Dario folgte ihm die Treppe zur Neuengasse hoch, dort ein Stück die Genfergasse hinunter. Er kannte den alten schwarzen Volvo der Harten Nicole. Sie stiegen ein.

»Also, her mit der Kohle«, befahl Dario. Der andere sah ihn verächtlich an. »Kommt's schon?« musste der Stricher insistieren. Die Harte Nicole griff in die Tasche und hielt Dario eine Hunderternote hin. »Den Rest bekommst du nachher. Ich kenne dich auch, du miese kleine Ratte! Ich will sichergehen, dass du gefügig bist. Klar?«

Er fuhr los.

Dario hob die Achseln. Was konnte er dagegen tun? Verzichten? Natürlich nicht, er brauchte das Geld dringend. Und heutzutage schenkt einem eben niemand mehr etwas. Nun gut, spielte er halt noch einmal mit. Aber es war das letzte Mal, das schwor er sich. Diese grobe Sau konnte dann seine Ärsche suchen, wo er wollte. Die Harte Nicole fuhr zu ihrer billigen Einzimmerwohnung an der Zähringerstraße im Länggassquartier. Unterwegs wurde nicht gesprochen. Nur kurz vor dem Aussteigen sagte sie: »Ich habe dir zwei Deals vorzuschlagen. Du kannst ein Vermögen heute Nacht machen, wenn du willst.«

Der Freier parkte den Volvo direkt vor dem Hauseingang und wies Dario mit einem knappen »Komm!« an, ihm zu folgen. Seine Einzimmerwohnung, oder mehr seine Absteige, befand sich im Soussol eines sechsgeschossigen Wohnhauses und war sehr spärlich eingerichtet. Neben einem Bett mit hohem Eisengestell befanden sich ein kleines Tischchen, zwei Hocker und ein Fernseher mit Videogerät im Zimmer. Auf dem Tischchen standen einige Bierdosen und ein Aschenbecher.

»Zieh dich aus! Ich habe nicht sehr viel Zeit«, befahl der Alte barsch. Der Junge kannte das Geschäft und schlüpfte aus Jacke, Schuhe und Hose. Während er dann seine drei Pullover und das T-Shirt auszog, meinte die Harte Nicole: »Heute machst du ein Bombengeschäft, wenn du alles tust, was ich dir sage. Aber zuerst möchte ich dich rasch bumsen. Ich habe schon drei Tage nichts mehr um meinen Riemen gehabt.« Er lachte laut und schloss die Türe mit dem Schlüssel ab. Dann schaltete er den Fernseher und das Videogerät ein. Dario streifte indessen auch seine stinkenden Socken und die fleckige Unterhose ab.

Die Harte Nicole nahm den schmächtigen Körper von hinten in seine groben großen Hände und drückte den Kopf Darios durch zwei Stäbe des Bettgestells. In gebückter Haltung bot Dario widerwillig seinen Arsch dem Alten an. Nachdem dieser ein schwarzes Kondom übergestülpt hatte, drang er mit einem Ruck in den Jungenarsch und begann schlagartig zu bumsen. Gleichzeitig schlug er mit einer Hand kräftig auf Darios Arschbacken. Es tat weh, und Dario bat hustend: »Bitte nicht so brutal. Du sprengst mir ja den Arsch.«

»Leider habe ich heute keine Zeit, dich ordnungsgemäss zu fesseln. Schade, gerade das macht mir am meisten Spaß.« Er stöhnte bei seinem ruckartigen Hinein-und-Hinaus rhythmisch mit. »Ah, das tut gut. Streck deinen Arsch ein bisschen gegen mich, damit ich richtig einfahren kann, du mieser kleiner Junkie.«

Dario schwor sich ein weiteres Mal, nicht mehr hierher zu kommen. Aber er vermutete, dass die Harte Nicole nebenbei auch ein

Polizeispitzel war und ihm schaden könnte. Er nahm sich vor, eine Entziehungskur zu machen, damit er nicht mehr von solchen Schweinen abhängig war. Hoffentlich gab ihm der Alte den zweiten Lappen, dann hatte er wenigstens bis morgen Abend Ruhe. Aber bei diesem Typ konnte man nie wissen. Versprechen galten bei dem sowenig wie ein bisschen Rücksicht beim Vögeln.

Die Harte Nicole kam und tat dies lautstark mit einer Art heiserem Schrei kund. Der Koloss schüttelte sich und spie Dario auf den Rücken. »So, das wär's fürs Erste. An dir herumzumanipulieren hat wohl keinen Wert. Bei deinem Heroinkonsum bringst du ihn sowieso nicht mehr hoch. Und übrigens: Du stinkst, könntest dich wieder mal waschen.« Der Alte zog mit einem Ruck den Pariser von seiner Wurst und ging zum Klo, um ihn hinunterzuspülen. Während er sich wusch, rief er Dario zu: »Und nun kommt der zweite Teil. Hast du Tomi Fehr gekannt? Er war auch ab und zu am Bahnhof, aber eher der feine Typ. Er hat sich am Sonntag in der ›Steamshop-Sauna‹ erhängt, aber die Polizei glaubt, dass es kein Selbstmord war. Es war aber einer. Hörst du mir zu?« Er kam, wieder vollständig angezogen, aus der Toilette. »Zieh dich an. Ich mag heute nur einmal. Wenn man dich so anschaut, vergeht einem nämlich die Lust. Nur weil ich dir ein bisschen finanziell unter die Arme greifen will, bumse ich noch dein dürres Knochengestell.«

Während sich Dario wieder anzog, zündete sich der Koloss eine Zigarette an und trank in großen Schlucken aus einer der herumstehenden Bierdosen. »Also: Ich gebe dir einen weiteren Lappen, wenn du diesen dämlichen Kommissär anrufst und ihm sagst, Tomi sei dein Freund gewesen und hätte dich ins Vertrauen gezogen. Er habe dir gesagt, dass er sich das Leben nehmen wolle, weil er glaube, dass er Aids habe.

Dann sagst du ihm noch, dass er den Selbstmord in der Sauna plante, weil er es zu Hause nicht durchzuführen wagte. Wegen den Eltern und so. Klar?«

Dario setzte sich angezogen aufs Bett. »Gut, ich mache mit. Aber gib mir zuerst das Geld.«

Die Harte Nicole zog zwei weitere Hunderternoten aus seiner Jackentasche und warf sie neben Dario aufs Bett. »Misstrauische Ratte, was du bist. Hier ist die Telefonnummer.« »Aber es ist schon fast zwölf. Dieser Bulle schläft doch schon!«

»Na, und! Ein so später Anruf macht alles noch ein bisschen gewichtiger. Er wird dir auf jeden Fall interessiert zuhören. Vielleicht fragt er dich nach deinem Namen. Dann sagst du, dass du ihn lieber nicht nennen möchtest, da du auch in schwulen Kreisen verkehrst. Und wenn er darauf beharrt, kannst du ihm ja versprechen, dass du es dir überlegst und nochmals anrufen wirst. Auf jeden Fall sei es dir wichtig, Tomi diesen Dienst noch zu erweisen.«

Dario überlegte. Passieren konnte ihm nicht viel. Er hatte dafür zwei Hunderter bekommen. Leicht verdientes Geld, wenn man es mit einem Arschfick dieses Grobians verglich. »Die können doch kontrollieren, ob dieser Tomi Aids hatte, oder?«

Der Alte trank sein Bier aus. »Keine Angst, der hatte es wahrscheinlich auch. Zudem wurde er heute beerdigt. Die graben ihn deswegen nicht wieder aus. Da würde sein Papa schön Stunk machen. Wichtig ist, dass du ganz klar sagst, dass Tomi Selbstmord machen wollte. Also los. Hier ist das Telefon.« Die Harte Nicole zog den Apparat unter dem Bett hervor und reichte ihn Dario.

Der Junge wählte die Nummer. Nach längerem Läuten nahm eine brummende Stimme ab, und er erzählte die vom Alten gewünschte Story. Es schien, dass sein Auftraggeber zufrieden war, denn er nickte ihm grinsend und aufmunternd zu. »Ich möchte meinen Namen der Polizei nicht nennen, Mann«, sagte er dem Bullen auf der anderen Seite der Leitung. »Meine Eltern dürfen nicht wissen, dass ich in solchen Kreisen verkehre. – Ja, ich werde Sie nochmals anrufen. – Nein, ich habe Tomi nicht von seinem Plan abbringen können. Er war ja sicher, dass er nur noch eine kurze Zeit zu leben hatte. Und er wollte nicht, dass die Eltern alles über ihn erfahren würden, Mann. Er hat mich gebeten, nach seiner Beerdigung alles der Polizei mitzuteilen, und das habe ich nun getan.« Dario hängte auf. Er hatte seine Pflicht getan und wollte jetzt möglichst rasch in die Reitschule zurück. Vielleicht war Marc noch dort, und er konnte seinen Stoff für morgen schon jetzt beschaffen.

• • •

Jürg von Feldern saß seinem Butler gegenüber an einem antiken Spieltischchen, dessen Platte mit grünem Filz überzogen war. Zwischen ihnen lag ein teures Schachbrett aus chinesischer Jade. Etwa zehn helle und halb so viele dunkle Figuren, mit den letzteren spielte Boris, standen bereits außerhalb des Brettes. Der Pole war ein intelligenter, konzentrierter Spieler und behauptete, früher zu Hause einmal

Landesmeister gewesen zu sein. Der Direktor unterbrach das schon etwa zehnminütige Schweigen. »Ich möchte dir, als erholsame Pause, von der heutigen Beerdigung erzählen, Boris.«

Der Pole schaute auf und zog seine dunklen Augenbrauen hoch, zum Zeichen, dass er interessiert zuhören wollte. »Es war übrigens halb Muri da. Und Kränze und Blumen hatte es in Mengen. Den Strauß, den du für uns hast liefern lassen, war einer der prächtigsten. Gut gemacht. Ich hoffe, dass sie auch deine Kinderschrift und damit den Absender entziffern konnten. Frau Fehr und Tomis Bruder haben fast durchgehend geweint. Der Professor hingegen machte ein beleidigtes Gesicht. Es scheint, dass auch er nicht an den Selbstmord glaubt. Obwohl, da war auch ein Kommissär der Stadtpolizei dabei. Ich habe ihn in einem geeigneten Augenblick ganz beiläufig gefragt, ob man den Fall noch weiter untersuche. Er hat darauf geantwortet, dass man dies natürlich tue, aber bisher alles auf einen Selbstmord hindeute. Ein gut aussehender Kerl, aber leider sehr eingebildet. Nachdem mir dieser Polizist vom Suizidverdacht erzählt hatte, fragte ich mich natürlich, ob unsere Briefe angekommen sind. Du hast sie doch sofort abgeschickt, oder?«

»Sofort, nachdem ich sie geschreibt hatte.« »Geschrieben«, korrigierte ihn Jürg. »Und den Ausweis von Steinmann hast du so deponiert, wie ich es dir gesagt habe?« Als der Pole nickte, fuhr Jürg fort: »Also, hilf mir jetzt mal nachdenken. Wir müssen uns taktisch und strategisch verhalten wie bei einem Spiel. Zuerst hat der kleine Spanier von der Sauna unseren Drohbrief erhalten. Wenn er ihn der Polizei nicht vorgezeigt hat, dann sicher dem Willy Ambühl. Und dieser wird, hoffe ich, genügend Angst vor der Zerstörung seiner Sauna haben, dass er den Brief ernst nimmt.« »Und gerade darum vielleicht der Volkspolizei nicht zeigt«, warf Boris ein.

»Aha«, murmelte Jürg. »Was macht er dann damit?« »Wartet auf zweite Drohung.«

Der Direktor dachte nach. Schließlich meinte er: »Aber wir können jetzt keinen weiteren Brief schreiben. Die Polizei war doch längst beim Spanier und hat ihn ausgefragt. Oder glaubst du, wir sollten Ambühl schreiben, er habe die Besucher der Sauna verraten und wir würden darum zur Tat schreiten?« Der Butler schüttelte den Kopf. »Hier fahren wir besser nicht fort.Besser mit Steinmann. Wir wollen ja die Sauna nicht bomben. Und leere Drohungen haben keinen Wert, verstehst du?« Jürg nahm genüsslich wieder einen winzigen Schluck von seinem Cognac. »Und was schlägst du also vor?« »Wir müssen machen, dass Willy glaubt, dass der Drohbrief von Steinmann kam. Dann wird Willy den Verdacht an Polizei weiterleiten.«

»Wir können doch nicht Willy Ambühl schreiben, dass der Scheich den Drohbrief gesandt hat, Dummerchen.«

Boris dachte angestrengt nach, so angestrengt, dass er doch endlich einen Schluck Coca-Cola nehmen musste. »Wir könnten ja den Willy zu uns einladen und ihm sagen, Steinmann habe am Sonntag von der Bombendrohung gesprochen, als Grund, die Sauna frühzeitig zu schließen. Es wäre auch Möglichkeit zu vernehmen, was die Polizei schon ausfindig gemacht hat. Der Kommissar hat dich nämlich angelogen wegen Suizidversuch.« »Gute Idee. Das machen wir. Ich sage ihm einfach, dass ich ihm behilflich sein möchte, wenn er wegen Tomis Tod in Schwierigkeiten gerät. Sicher hören wir dann auch, was mit Steinmann und mit Weil so geht.« Der Direktor lächelte tiefsinnig und nippte dann wieder am Glas. »Boris, ich mag nicht mehr weiterspielen. Mach mir noch eine Massage.«

»Ach, ich bin so müde, mein Herr.«

»Ja, ganz recht, ich bin dein Herr. Also widersetze dich meinen Anliegen nicht. Ich entlohne dich gut, Boris, und du kannst sicher sein, auch später, nach meinem Ableben, nicht zu kurz zu kommen. Also, hopp in den Trainingsraum. Ich brauche unbedingt eine Erfrischung. Zudem regt mich eine sinnliche Massage zum Denken an.« Sie gingen vom Spielzimmer in den Trainingsraum, beide wie fast immer, wenn sie zu Hause waren, in ihren Hausmänteln. »Und von der Schwulenszene war niemand auf der Beerdigung?«, erkundigte sich Boris.

»Nein, nur ich. Keiner dieser verlogenen Freunde Tomis hat dem Knaben die letzte Ehre erwiesen. Weißt du, die wussten natürlich auch, dass die Polente anwesend sein würde und hielten sich darum lieber versteckt. Besonders bei einer so familiären Trauerfeier.«

Jürg zog, im Trainingsraum angekommen, den Hausmantel aus und entledigte sich auch der Socken, des Leibchens und der seidenen Unterhose. Nackt legte er sich bäuchlings auf das Massagebett, das eher ein harter, schmaler Lederschragen war. Boris, inzwischen auch nackt, begann den runzeligen Rücken des Direktors leicht zu kneten. »Also, kommen wir zum Scheich. Was könnten wir beim Scheich noch unternehmen?«

»Überhaupt nichts mehr«, erklärte Jürg. »Entweder die haben den Ausweis gefunden oder nicht. Wenn sie ihn gefunden haben, wird

Steinmann automatisch zu den Verdächtigen gezählt. Und überhaupt wird die Entdeckung des Ausweises die Mordtheorie stärken.« Nach einer Pause mit wohligem Stöhnen meinte Jürg, plötzlich viel sanfter: »Die Beerdigung hat sich schon wegen Tomis Bruder Luzi gelohnt. Er scheint etwas älter zu sein als Tomi. Allerdings verkehrt er wahrscheinlich nicht in unseren Kreisen. Aber das heißt ja noch lange nicht, dass wir den Jungen nicht einmal einladen könnten. Er würde sich doch sicher freuen, mit dir zu trainieren?«

Boris zog mit beiden Händen Linien auf des Direktors Rücken, von den Schultern bis ins Kreuz, und dann vereinigten sich die Hände und fuhren gemeinsam durch die Spalte von des Direktors schlappem Po. Jedes Mal, wenn sie dort ankamen, begann der alte Mann zittrig zu summen.

»Und was ist wohl mit Weil los? Können wir bei dem noch etwas unternehmen?«, erkundigte sich Jürg, als Boris sich im Schrank zwischen feinen Massageölen für Johnsons Baby Öl entschied. »Wir gehen heute Abend in den ›Underground‹. Da wirst du alles über die Leute vernehmen«, beteuerte Boris, während er begann, die Füße des Direktors einzuölen. Vor allem zwischen den Zehen machte er sich intensiv zu schaffen, was dem alten Mann wieder Laute der Lust entlockte. »Hören ist jetzt besser als schreiben.«

»Gute Idee: Wir gehen in den ›Underground Club‹. Da werden wir nämlich alle Schäfchen beisammen finden und ein bisschen rumhorchen. Aber zurück zu Luzi: Glaubst du, der würde mitmachen?« »Bei was?« Der Pole massierte jetzt das Öl zwischen die Oberschenkel und berührte dabei mehrmals wie zufällig Jürgs Hoden. Das Spiel war einstudiert und für den Direktor ohne Überraschungen, auch als Boris ihm einen seiner dicken Finger in den Anus steckte und darin zu bohren begann.

»Luzi könnte doch hier trainieren, dann mit mir saunen. Da würde sich sowieso alles ergeben. Wir könnten ihm ja den Film von unseren Ferien in Brasilien zeigen. Ach, ich muss mich dieses herrlichen Jungen annehmen. Dass ich nicht schon früher darauf gekommen bin!«

»Umdrehen, mein Herr«, forderte Boris. Dann begann er den Direktor auch auf der Bauchseite mit Öl zu pflegen, bis er am Schluss das von einem Prostataleiden in den letzten Jahren erheblich größer gewordene Glied massierte.

»Ich habe sowieso lieber normale Jungs als Schwule im Bett«, behauptete der Direktor mit keuchendem Atem. »Das ist ein bisschen viel Bluff«, lachte Boris. »Im Bett hast du sicher niemanden mehr, weder Schwule noch Heteros, und ganz sicher keine Jungs!«

Jürg konnte die überhebliche, freche, ja anmaßende Antwort Boris' nicht maßregeln, denn gerade in diesem Moment kam es ihm. Boris hielt des Direktors rot massierten, halb harten Schwanz mit zwei Fingerspitzen, als könnte er sich plötzlich daran vergiften. »Bravo, nochmals geschafft«, grinste der Pole. »Ich verbitte mir diesen Ton, Boris«, näselte der Direktor und stieß seinen Diener mit der Hand weg. »Muss ich wirklich immer wieder unterstreichen, dass du von meinem Geld und von meiner Gunst lebst. Und nicht umgekehrt! Bring mir jetzt ein Frottiertuch. Ich möchte noch kurz baden.«

• • •

Bereits um halb sechs am Freitagmorgen rief Leutnant Wälti Wildbolz an. Jogger hatten knapp unterhalb des Restaurants ›Schwellenmätteli‹ eine Leiche im Wasser entdeckt. Die Sanitätspolizei sei schon dort, und es scheine, dass es sich um den gesuchten Bernhard Weil handle. Wildbolz stand missmutig auf. Erst nach der Dusche fühlte er sich wieder wie ein Mensch. Mitten in der Nacht dieser Telefonanruf eines unbekannten jungen Freundes von Tomi Fehr, der ihn dann lange nicht mehr einschlafen ließ. Zweifel hatten ihn die ganze Nacht geplagt, ob er in diesem Fall einem Hirngespinst nachrenne und Amacher doch richtig lag, wenn er an einen pubertären Selbstmord glaubte. Dann aber fielen ihm diese anonymen Briefe ein, der Mitgliedsausweis Steinmanns im Massagezimmer und die Bedenken Sandros, es könnte doch etwas Schlimmeres in der Sauna geschehen sein.

Er nahm Fritz mit, denn er entschloss sich, zu Fuß von seiner Wohnung zum ›Schwellenmätteli‹ hinunterzulaufen. Ein zügiger Spaziergang in der frischen Morgenluft konnte ihm nur gut tun. Der Hund war dankbar, dass er mitkommen durfte. Er zog kaum an der Leine und blieb auch nicht bei jedem Hydranten oder Beleuchtungsmast stehen, um zu schnuppern.

Wenn dieser Tote wirklich Weil war, dann musste sich der Kommissär Vorwürfe machen. Hätte er es nämlich bei dem Selbstmord bewenden lassen und den Lehrer nicht besucht, wäre dieser wahrscheinlich noch am Leben. Amacher schien recht zu haben, wenn er sagte, dass man gerade diese Szene nicht sehr in Aufruhr bringen durfte.

Soziale Unsicherheit und eine überdurchschnittliche Sensibilität machten die Schwulen zu einer Randgruppe, die weit intensiver zu reagieren schien, wenn es nicht beim gewohnten Alltag blieb. Aber was hätte er anderes tun sollen? Auch diese Leute sollten doch genau so ordnungsgemäß behandelt werden wie die große Mehrheit. Wildbolz war allerdings nicht mehr sicher, ob die Heteros die große Mehrheit ausmachten. Seit er selber in sexuelle Handlungen mit Gleichgeschlechtlichen verwickelt worden war, hatte er das Gefühl, die Homosexualität gehöre zu jedem Individuum, gleich ob sie jemals aktiviert wurde oder nicht.

Die gestrige Beerdigung fiel ihm ein. Sonderbarerweise hatte Amacher nicht mitkommen wollen, obwohl er es doch gewesen war, der Tomis Eltern den ersten Besuch abgestattet hatte. Es konnte sein, dass sich der Chef bereits vor Professor Fehr schämte, weil die Polizei in ihren Ermittlungen nicht vom Fleck kam. Wildbolz hatte dem Professor versprochen, alles zu tun, um die Umstände von dessen Sohnes Tod aufzuklären. Ein Versprechen, das er vielleicht gar nicht halten konnte. Er war noch selten in der Aufklärung eines Falles so verwirrt gewesen.

Dann war da auch noch dieser Jürg von Feldern in der Kirche gewesen, von der Schwulenszene Direktor genannt, wie er von Sandro wusste. Warum er diesen Namen trug, das wusste Wildbolz nicht zu erraten. Für einen Direktor war er wohl zu alt, und so weit der Kommissär hatte erfahren können, war dieser von Feldern nie richtig berufstätig gewesen. Der typische Sohn von Beruf. Ob man wegen einer so krassen Verwöhnung durch die Eltern schwul werden konnte? Wenn er den Psychologen Glauben schenken konnte, war die Ursache der Homosexualität aber nicht im Verhalten der Umwelt zu suchen, sondern in biologischen Komponenten.

Dieser Direktor wohnte keine fünfzig Meter von den Fehrs entfernt. Ein Nachbar also, der mit Sicherheit Tomi gut gekannt haben musste. Er kam nach seiner Liste ja auch in Frage, mit Tomi im Massagezimmer gewesen zu sein, obwohl Wildbolz zugeben musste, dass brutaler Sex oder ein Mord an einem Knaben nicht zur Physiognomie dieses Adligen passen würde.

Dann dieser Anruf des Jungen von gestern Nacht: Ob er wirklich ein naher Freund Tomis gewesen war, konnte der Kommissär nicht nachprüfen. Es schien ihm auf jeden Fall unüblich, dass man erst nach der Beerdigung mit der Beteuerung zu ihm kam, Tomi habe den

Selbstmord im Voraus geplant und man habe davon gewusst. Warum unternimmt man denn als Freund nicht etwas, bevor das Schreckliche geschieht? Na ja, vielleicht denken halt die Jungen heute anders, unromantischer, aber dafür dramatischer. Der Kommissär war der Ansicht, dass er diesem Anrufer nicht weiter nachgehen sollte. Es blieb einzig zu hoffen, dass er sich, wie versprochen, nochmals melden würde.

Was Wildbolz fehlte, war ein Gesprächspartner. Früher hatte die Polizei keinen einzigen Fall von einem Mann allein untersuchen lassen. Heute herrschte Personalmangel. Aber ohne Gesprächspartner kommt man bei der rückblickenden Konstruktion eines Falles kaum vom Fleck. Sollte er die Sache doch noch Amacher übergeben? Nein, dann würde nicht mehr recherchiert. Der Boss würde den Fall Tomi sofort als klassischen sozialen Jugendselbstmord abschließen. Und da war Wildbolz einfach zu sehr Polizist der alten Art, um Politik vor Recht gelten zu lassen.

Er wählte den Weg durchs Marzilibad, den Pfad, den im Sommer Tausende von Badenden gehen. Fritz war natürlich einverstanden; er liebte die nach Natur duftenden Aareufer mehr als die städtischen Trottoirs mit ihrem Lärm und ihrer stickigen Luft. Die Morgenstimmung berührte Wildbolz angenehm. Die Unschuld des jungen Tages stand klar im Gegensatz zu seinen momentanen Sorgen. Wattige Nebelschwaden hingen über dem Wasser. Feuchte Luft stieg aus den Eschen und Silberpappeln herunter, und über dem Fluss kreisten die Möwen, nach einem Stück essbaren Abfalls in den Fluten Ausschau haltend. Sandro wäre doch ein geeigneter Gesprächspartner. Der Junge war mit der Szene und ihren Gewohnheiten vertraut und wirkte sachlich und intelligent. Zudem gefiel ihm der Spanier auch physisch. Vielleicht könnte er sich sogar in ihn verlieben. Allerdings würde Sandro solche Gefühle wahrscheinlich nicht unbedingt erwidern. Er, Wildbolz, war doch viel zu alt für den spanischen Prinzen. Würde sich doch nur lächerlich machen, wenn er ernsthafte Annäherungsversuche unternähme. Aber eben, dieses erste sexuelle Abenteuer mit einem anderen Schwanz ließ ihn nicht in Ruhe. Immer wieder dachte er daran, immer wieder sah er das Bild vor sich, wie Sandro nackt vor ihm stand, während Gil ihm einen lutschte. Warum eigentlich hatte Gil die viel schwächere Anziehungskraft auf ihn? Wildbolz hatte keine Zeit mehr, diese Frage zu beantworten. Er war inzwischen über die Dalmazibrücke beim Restaurant ›Schwellenmätteli‹ angelangt und sah die Sanitätspolizei mit dem Transporter und einige neugierige Jogger und Morgenspaziergänger am Ufer stehen. Er ging zu einem der Polizisten und ließ sich die Leiche zeigen. Sie lag knapp am Ufer auf dem Geröll und war mit einem grauen Tuch überdeckt. Man nahm das Tuch weg, und der Kommissär sah Weils aufgedunsenen, blassblauen Kopf. Er hatte noch einen blauen Trainingsanzug an, Turnschuhe und eine Sportjacke aus Nylon. »Die Leute von der Rechtsmedizin sind schon da. Man hat in seiner Jacke einen Ausweis gefunden. Es handelt sich um einen Lehrer namens Bernhard Weil.« Soviel konnte Wildbolz selber sehen. »Was sagt der Arzt?«

»Mindestens schon zwei Tage im Wasser«, gab der Sanitäter zurück. »An beiden Handgelenken hat er einen Schnitt. Ein Selbstmord für Profis. Zuerst Blut verlieren, dann halb bewusstlos ins Wasser. Man spürt kaum etwas vom Ertrinken.«

»Hören Sie auf«, winkte Wildbolz ab. Innerhalb von Sekunden war ihm klar, was damit auf ihn zukam: grobe Vorwürfe von Amacher, eine tief greifende Antipathie vonseiten der Schwulen und noch mehr Verwirrung.

»Laden Sie den Mann auf. Lassen Sie im Labor untersuchen, was daran noch zu untersuchen ist. Ich möchte vor allem wissen, ob irgendwo Kampfspuren zu finden sind, bevor ich an Ihren Profi-Selbstmord glaube.« Und als der Sanitätspolizist etwas entgegnen wollte, fügte Wildbolz hinzu: »Der Mann steht im Zusammenhang mit einem anderen scheinbaren Selbstmord. Ich muss so viel wie möglich über seine Todesumstände wissen.« Er ging mit dem Hund ein paar Schritte weg und schaute zu, wie die Leiche zuerst auf eine Bahre gehoben und dann eingeladen wurde. Die Zuschauer tuschelten ernsthaft miteinander, mit dramatischen Blicken, wie sie es immer tun, wenn sie eine Leiche sehen. Aber Wildbolz wusste, das sie schon wenige Minuten nachher Witze darüber machen würden. Menschen sind eben nur am eigenen Schicksal beteiligt und können fremdes Leid höchstens mitfühlen, wenn es ihnen Angst um sich selber macht.

Was wird wohl Sandro dazu sagen, ging ihm durch den Kopf. Er hatte ein starkes Verlangen, sofort zu ihm zu gehen und ihm die Neuigkeit persönlich zu berichten. Aber jetzt war ja wieder dieser Ambühl da. Er lächelte, als er sich überlegte, ob er etwa eifersüchtig sei.

* * *

Vielleicht hatte er den langweiligsten Beruf. Als ungelernter Magaziner in dieser neuen, unpersönlichen Schokoladenfabrik war er meistens im Verpackungskeller ganz allein. Das Tageslicht sah er nur auf seinen Fahrten vom Tscharnergut zur etwa zwei Kilometer entfernten Fabrik außerhalb der Vorstadt. Im Winter war diese Fahrt mit dem Kleinmotorrad allerdings wenig attraktiv, weil man hinter herunter geklapptem Visier höllisch aufpassen musste, nicht zu stürzen. Ein Auto würde ihm die Mutter nicht kaufen, obwohl sie genügend Geld hatte, und er wagte nicht sie zu fragen. Er sah sie auch selten genug. Sie hatte, seit sie sich vor zehn Jahren scheiden ließ, einen Job in einer Immobilienfirma und arbeitete dort wie besessen. So wenigstens schien es Roger.

Also war er auch zu Hause meistens allein. An diesem Freitagmorgen machte es für ihn kaum einen Unterschied, dass er daheim blieb und die Grippe votäuschte. Man würde ihn in der Schokoladenfabrik kaum vermissen, einzig auf der Stempeluhrkarte. Er hatte es heute einfach nicht geschafft, die Energie zusammenzubringen, um zur Arbeit zu gehen. Zu sehr hänselte man ihn dort wegen seiner Schüchternheit. Und das konnte man, denn sein Job war einer der geringsten in der Firma. Selbst die Chauffeure hatten es viel besser. Sie kamen wenigstens in der Stadt herum, lernten Leute kennen und konnten auch mal selber entscheiden, was sie wie und in welcher Reihenfolge tun wollten. Dass er keine Lehre gemacht hatte, lag an seiner Mutter und an ihrer Scheidung. Seit der Vater nicht mehr bei ihnen war, war sie immer gereizt und hässig, und Roger war schon als Zwölfjähriger fast nur auf sich angewiesen gewesen.

Die Bekannten und Freunde der Mutter hatten ihn zwar immer als einen außergewöhnlich sensiblen, zarten Knaben angesehen, aber die Mutter selber war mit ihm umgegangen, als stünde er ihr im Weg. So war es gekommen, dass seine Leistungen in der Schule immer schlechter wurden und dass er schließlich, nach einem Jahr, auch seine kaufmännische Lehre in einer Bank aufgab. Zu dieser Zeit stellte er auch fest, dass er sich für Männer mehr interessierte als für Mädchen. Dadurch fühlte er sich ein weiteres Mal sozial zurückgestellt. Vielleicht war auch das übermäßige Onanieren daran schuld, dass er so schüchtern war. Oder vielleicht die Tatsache, dass seine Mutter ihn immer wieder daran hinderte auszugehen, zu einem Konzert oder einer Party bei Schulkollegen oder Nachbarskindern.

Ein einziges Mal hatte er einen Jungen kennen gelernt, in den er sich verliebte. Vor einem Jahr beim Tscharnergutfest. Und nun war dieser Knabe, Tomi Fehr, tot. Wenn Roger daran dachte, begann er automatisch zu weinen. Heute Morgen beim Aufstehen war ihm das passiert, und dann war ganz plötzlich klar, dass er nicht zur Arbeit gehen würde. Er fühlte sich ganz einfach zu elend. Natürlich wusste er, dass er keinen Anspruch auf Tomi gehabt hatte. Wegen dieses einzigen Mals, als er mit ihm im Bremgartenwald, eben nach dem Tscharnergutfest, Liebkosungen austauschte und sie sich schließlich einen rubbelten. Immerhin hatte ihm Tomi damals erklärt, er verkehre im ›Underground‹ und in der ›Steamshop-Sauna‹, obwohl er noch nicht einmal sechzehn wäre. Seit diesem Geständnis war auch Roger Gfeller ab und zu, in letzter Zeit sogar oft, in diese beiden Clubs gegangen, allerdings nur, um Tomi zu begegnen. Aber Tomi hatte mit ihm höchstens ein wenig geplaudert. Roger war wahrscheinlich für ihn zu scheu und zu unattraktiv gewesen. Andere Männer oder Jungen hatte Roger kaum an sich herangelassen; dazu war er einfach zu schüchtern. Die älteren, vor allem die sehr alten, versuchten zwar immer wieder, mit ihm ein Abenteuer anzuzetteln, aber Roger wusste, dass es nur um kurzen Sex ging und man ihn danach sofort wieder fallen ließ. Vielleicht hatte er zu wenig Muskeln, einen zu braven Haarschnitt oder zu wenig auffallende Kleider. Oder war seine Nase zu platt, waren seine Augen zu groß? Nein, es lag nicht daran, dass er hässlich war; eher an seiner blöden, verdammten Schüchternheit.

Er setzte sich in seinem Zimmer im Pyjama an den kleinen Schreibtisch und holte die Mappe mit dem blauen Briefpapier, das er von seinen Großeltern zum Geburtstag bekommen hatte, aus der Schublade. Natürlich hatte es keinen Wert, Tomi jetzt noch einen Abschiedsbrief zu schreiben. Aber es würde Rogers Schmerz lindern und ihm das Gefühl geben, zu Tomi zu gehören. Als Tomi noch am Leben war, hätte Roger sowieso nie gewagt, einen Brief an ihn zu schreiben, ob er ihn nun abgeschickt hätte oder nicht. Aber jetzt schien ihm Tomi viel näher zu sein; er selber war ja auch schon so etwas wie tot.

Mein lieber Tomi, schrieb er, so schön er konnte, auf den ersten blauen Bogen. *Wir werden jetzt viel zusammen sein. Zwar können wir uns nicht mehr anfassen wie damals im Wald. Ich denke noch oft daran, wie du mir gesagt hast, ich hätte einen großen … na, du weißt schon was. Immer wenn ich mich selber berühre, denke ich nur an dich, und ich stelle mir vor, du wärst dabei. Ich liebe dich seit dem Fest im vergangenen Mai, und ich werde wahrscheinlich nie mehr einen anderen Mann oder Jungen so gern haben wie dich. Wie könnte ich auch, denn keiner ist so hübsch, edel und gut wie du!* Roger kaute am Kugelschreiber, schaute durchs Fenster in den grauen Morgen hinaus und erinnerte sich daran, dass er eigentlich in Gummen auf der Arbeit sein sollte. *Heute bin ich für dich zu Hause geblieben, um ganz allein mit dir zusammen sein zu können. Als ich dich am letzten Sonntag in der Sauna zum letzten Mal sah, hattest du keine Zeit für mich. Du ranntest zu sehr Typen wie Beni, der Harten Nicole oder dem Scheich nach. Ich hätte dich vor ihnen warnen sollen. Das sind nämlich alles grobe, brutale und eigennützige Menschen, weißt du. Vielleicht magst du aber gerade solche, wie meine Mutter es auch tut, und ich muss dich, entgegen meinen innersten Gefühlen, zu verstehen versuchen.*

Roger wurde vom läutenden Telefon unterbrochen. Selbstverständlich wollte er nicht antworten. Es war sowieso der Vorarbeiter, der nach ihm suchte, oder eine dieser idiotischen Freundinnen seiner Mutter. Als das lästige Klingeln endlich aufhörte, schrieb er weiter: *Lieber Tomi, es musste so kommen. Diese Leute haben alle nur eines von dir gewollt. Keiner liebte dich, wie ich es immer noch tue und immer tun werde. Du bleibst mein Geliebter, solange ich lebe, das schwöre ich dir. Aber ob ich selber noch lange leben werde, das kann ich dir nicht versprechen. Vielleicht werde ich mir bald das Leben nehmen, um näher bei dir sein zu können.*

Der Bogen war voll geschrieben und Roger markierte oben rechts, in einem kleinen Kreis, eine Eins. Dann fuhr er auf dem zweiten Bogen fort: *Ich weiß nicht, was dir diese Typen am Sonntag angetan haben. Ich hörte dich nur einmal kurz ›Hör doch auf!‹ rufen, aber ich konnte ja nicht einfach in den Massageraum hineinkommen, denn ich wusste nicht, ob dir das recht gewesen wäre. Auf jeden Fall weiß ich, dass man dir Übles angetan hat. Ich werde es bei nächster Gelegenheit dem Direktor sagen; der hat immer ein offenes Ohr, wenn es einem von uns zu helfen gilt.*

Roger dachte an einen anderen Sonntagnachmittag in der Sauna, als der Direktor ihm ans Geschlecht gelangt hatte, und er, Roger, einen Ständer bekommen hatte. Er hatte sich so geschämt und war sofort aus dem Dampfbad gerannt, um sich kalt abzuduschen.

Mit einem unguten, verschämten Gefühl holte er jetzt seinen Penis aus der Pyjamahose und betrachtete ihn. Tomi hatte gesagt, er wäre groß. Ach, wenn nur Tomi jetzt hier wäre. Vielleicht würde er ihm den Penis küssen oder ganz in den Mund nehmen.

Mit den Fingerspitzen fuhr er sich über die Spitze des Gliedes, und dann konnte er sich nicht mehr zurückhalten. Mit hastigen Bewegungen begann er zu onanieren. Dabei konnte er keinen Gedanken mehr zu Ende denken; er keuchte bloß immer wieder. Tomi, Tomi, Tomi. Sein Sperma spritzte über die Pyjamahose auf den blauen Teppich unter seinem Schreibtisch. Roger beeilte sich, im Badezimmer Papier zu holen und Teppich und Pyjama, so gut es ging, zu reinigen. Dann setzte er sich wieder an den Schreibtisch und weinte. Hatte er Tomi verraten? Nein, sicher nicht, denn sein Geliebter hatte dies doch auch immer wieder getan. Er durfte nicht daran denken, sonst stand sein Glied gleich wieder auf.

Mein Liebster, ich hätte dir meinen Samen gerne geschenkt. Aber dort, wo du jetzt bist, liebt man nicht mit so billigen Säften. Bitte bleib mir treu, so wie ich es dir bleiben werde. In Ewigkeit. Dein Roger.

Er nummerierte auch den zweiten Bogen, faltete beide und steckte sie in einen ebenso blauen Umschlag. Was sollte er mit dem Brief tun? Eine Weile dachte er angestrengt nach. Dann beschloss er, den Brief fortan immer bei sich zu tragen, sozusagen auf seinem Herzen. Ob er wohl morgen Abend ins ›Underground‹ gehen würde? Dann könnte er dort stolz zwischen den anderen und ihren Freunden sitzen und Tomi in seiner Tasche fühlen. Dann wäre er nicht mehr der Einzige, der allein herumsitzen und allein nach Hause gehen musste. Im Gegenteil: Er hätte den schönsten aller Jungen für sich. Es war so schade, dass Tomi nicht mehr lebte. Roger war sicher, dass er jetzt den Mut hätte, ihn einzuladen, ihn anzufassen, und so. Bei diesem Gedanken musste er wieder sein Glied aus der Hose holen.

* * *

Amacher hatte Wildbolz zum Mittagessen in sein Lieblingsrestaurant eingeladen. Sie saßen an einem Ecktisch in der kleinen abgetrennten ›Aarestube‹. Außer ihnen war bloß ein Pärchen im Lokal. Eine Flasche Cabernet Sauvignon Hess Collection aus Kalifornien stand bereits auf ihrem Tisch.

»So, Hans, jetzt sind fünf Tage vergangen, seit der junge Fehr sich in der Sauna das Leben genommen hat. Ich nehme an, du hast nichts herausgefunden, das nicht auf einen Selbstmord schließen lässt.« Wildbolz wusste, dass dieses Essen keinen Freundschaftsbeweis darstellte, sondern den Rahmen für eine ausführliche Befragung.

Amacher interessierte sich nach wie vor brennend für den Fall Tomi, wie er sagte, weil er politisch brisant sein könnte. Der Kommissär begriff nicht ganz, warum ein sechzehnjähriger Junge ein so heikles politisches Thema darstellen sollte.

»Ich muss zugeben, dass ich nicht mehr weiß als am Sonntagabend. Allerdings werden die Umstände für die Aufklärung immer verworrener. Ich habe dir ja von den beiden scheinbar zusammenhanglosen anonymen Briefen erzählt. Der eine war an Weil gerichtet, kam aber zu spät an. Unterschrieben war er vom »Rächer von Tomi«. Du musst selber sagen, dass dies bei einem Selbstmord eine ungewöhnliche Signatur ist.«

Der Kellner kam und dekantierte den Wein. Amacher probierte ihn und nickte anerkennend. Als sie wieder allein waren, meinte er: »Schau, Hans, bei den Homosexuellen herrschen andere Gesetze als bei uns Normalverbrauchern. Die sind alle ein bisschen hysterisch. Und vor allem spielen Missgunst und Eifersucht eine große Rolle. Ich kann dir auch sagen warum: Liebe ist ein sicherer Wert, Sex hingegen nicht. Sexpartner, die nicht in unserem Sinne lieben, verliert man leicht an einen anderen. Sicher wurde dieser Tomi Fehr von mehreren älteren Lüstlingen begehrt. Und wenn einer glaubte, der andere hätte ihm Tomi weggeschnappt, musste er sich natürlich rächen. Dieser Brief ist doch nichts anderes als Intrige.« Sie prosteten sich zu und tranken einen Schluck; der Wein war wirklich köstlich und das richtige Beruhigungsmittel für den Kommissär. Er ließ sich nämlich nicht gerne von Amacher belehren, von dem er die Meinung hatte, er sei nicht an der Aufklärung von Fällen, sondern an seiner unbefleckten Karriere interessiert. Hier war er besonders sicher, dass sein Chef unangemessen reagierte. Auch Schwule konnten sich lieben, genauso intensiv und ehrlich wie der Rest der Welt. Vielleicht gab es zwischen ihnen und den Heteros sowieso kaum einen Unterschied außer dem, dass sie es vorzogen, mit Gleichgeschlechtlichen ins Bett zu gehen.

»Und was hast du für den ersten Brief, von dem ich dir ja erzählt habe, als Erklärung, Klaus?«

»Der mit der Bombendrohung? Das ist nochmals ganz etwas anderes. Sie wollen nicht, dass man in der Öffentlichkeit von ihrer wahren sexuellen Neigung weiß. Vielleicht, weil sie beruflich etwas zu verlieren haben, weil sie verheiratet sind, mit einer nichts ahnenden Frau, oder weil sie sich vor dem Theater fürchten, das ihre Eltern machen würden. Kaum geschieht so etwas wie Tomis Selbstmord, kommen sie schon in Panik, die Polizei würde ihr Schwulsein ans Licht zerren. Vom ersten Brief halte ich noch weniger als vom zweiten. Dass er nichts als eine Rauchwolke war, hat sich ja bereits erwiesen: die Sauna ist noch nicht in die Luft geflogen. Du kennst doch inzwischen sicher alle Namen der Besucher, die am Sonntag dort waren, oder?« »Ich glaube, ja. Sandro, der junge Freund des Saunabesitzers, hat mir etwa zehn Personen genannt.« »Kann ich die Liste mal sehen?« Wildbolz nahm sein kleines Notizbuch aus der Westentasche. Es ärgerte ihn, dass Amacher seine Nase in jede Einzelheit stecken wollte. Er gab darum sein Büchlein nicht aus der Hand, sondern las laut vor: »Max Weber, Bernhard Weil, Jürg von Feldern, Martin Lucatelli, Fredy Winterberg, Roger Gfeller, Philipp Schaer, Walter Steinmann, zwei namenlose Jugoslawen und ein Mann, den sie die Harte Nicole nennen, von dem aber keiner den richtigen Namen kennen will. Ich werde ganz sicher noch mit Steinmann sprechen, denn dessen Mitgliedsausweis wurde im Massagezimmer gefunden. Ob ich auch noch andere befragen soll, ist mir im Augenblick nicht klar. Es kommt auch darauf an, was die Laboruntersuchungen bei Weil ergeben.«

»Also, einer von denen hat den Bombendrohbrief geschrieben, weil er nicht als Homosexueller entlarvt werden will. Und einer gibt sich als Rächer von Tomi aus, weil er Weil den Knaben nicht gegönnt hat. Überlege dir doch selber mal: Geht ein Schwuler in eine Sauna und bringt dort einen hübschen Jungen um, wenn er doch genau weiß, dass er zu den Verdächtigen gehören muss, da seine Anwesenheit bekannt ist. Bitte Hans, schliesse den Fall ab. Man wird sonst sagen: Bei den Schwulen will die Kripo aus einem Selbstmord einen Mord machen, bei den Ausländern kann sie kein einziges Verbrechen aufklären.«

Sie aßen eine Weile schweigend den Salat. Dann meinte Wildbolz, innerlich sauer, weil Amacher ihn als Trottel hinstellte: »Also gut. Das Einzige, was ich noch tun werde, ist Steinmann befragen. Und wenn der auch nichts weiß, was den Mordverdacht erhärtet, gebe ich auf.« Für sich selber nahm er sich aber vor, mit allen sonntäglichen Saunabesuchern noch zu sprechen. Und vor allem, noch einmal mit Sandro zusammenzutreffen.

Amacher nickte kauend. Dann meinte er: »Sonst hast du bis am nächsten Sonntag noch mehr Leichen. Dieser Selbstmord von Weil wäre auf jeden Fall nicht nötig gewesen!« Wildbolz war klar, dass Amacher ihm am liebsten die ganze Schuld für Weils Tod in die Schuhe geschoben hätte. Man konnte dies ja auch so interpretieren. Aber er war eben ein eingefleischter Polizist und wollte seine Aufgaben, so gut er konnte, erfüllen. Und dazu gehörte nun einmal auch intensives Recherchieren. »Es könnte natürlich sein, dass Weil irgendetwas Verbotenes getan hatte und nun um die entsprechende Aufdeckung fürchtete. Für einen Sekundarlehrer gilt Sex mit einem Schüler als Unzucht mit Pflegebefohlenen, ob er nun in seiner Klasse ist oder nicht. Damit wäre ihm sein Job auf sicher verloren gegangen, und vielleicht auch ein paar Monate Freiheit. Lieber Hans, aus solchen Gründen hat schon mancher Selbstmord begangen.«

Wildbolz wollte sich nicht mehr auf weitere Diskussionen einlassen. Amacher war von seiner vorgefassten Meinung ohnehin nicht abzubringen. »Du magst recht haben«, meinte der Kommissär darum. »Gestern, kurz vor Mitternacht, hat mich ein Junge angerufen, der behauptete, Tomi hätte ihn vom Plan, Selbstmord zu begehen, ins Bild gesetzt und ihn auch gebeten, dies der Polizei nach der Beerdigung mitzuteilen. Das spricht für deine Theorie, Klaus.«

»Es spricht fast alles für meine Theorie. Schließe den Fall ab. Prost!« Das Essen wurde serviert und Wildbolz konnte sich ins Schweigen flüchten. Warum hatte er bloß die Einladung angenommen, mit Amacher zu essen?

* * *

Nach dem Mittagessen am Freitag blieben einige Jungen im Restaurant ›Schützenhaus‹, um Billard zu spielen. Sie waren entweder arbeitslos oder Bauhandwerker, die wegen des miesen Wetters das Wochenende schon jetzt begannen. Walter Steinmann wusste das und war zu dieser Zeit auch oft hier Gast. Die meisten der Jungen interessierten sich für schwere Motorräder und bewunderten seine Yamaha, die er vor der hauptsächlich von alkoholfreundlichen Arbeitern besuchten Beiz unübersehbar parkiert hatte. Er selber stand an die Wand gelehnt, an der großformatige Rockstarplakate klebten, ein Bier in der einen, einen Zigarillo in der anderen Hand, und schaute den jungen Billardspielern zu. Der eine oder andere kannte ihn bereits, die anderen schielten von Zeit zu Zeit zu ihm herüber, beurteilten das teure rote Lederkombi und seine lässige Haltung. Für seine sexuellen Abenteuer bevorzugte Steinmann handfeste Lehrlinge oder gut gebaute Hilfsarbeiter. Er verkehrte zwar regelmäßig in schwulen Kreisen, aber

Sex mit jungen Heteros war spannender und unverbindlicher. Seine Sexkameraden hatten fast ausnahmslos ein Mädchen. Mit Männern wie Steinmann ließen sie sich nur zu Schwanzgeschichten überreden, wenn etwas dabei heraussprang.

Den Breitschultrigen mit den schmalen Cowboyhüften und dem schulterlangen blonden Haar hatte Steinmann schon seit seiner Ankunft im Auge. Er war fast sicher, dass sich da etwas machen ließ. Der Junge blickte immer wieder zu ihm herüber, als suchte er Kontakt. Wahrscheinlich wusste er von einem seiner Kollegen auch, wer der fünfundvierzigjährige, aber jugendlich wirkende Motorradfahrer, der salopp an der Wand lehnte, war. Steinmann warf ihm einen langen aufmunternden Blick zu und setzte sich dann an einen freien Tisch. Er rief die dicke Serviertochter zu sich und bestellte noch ein Bier. Als die Flasche vor ihm stand und der Junge in Lederjacke und Jeans das nächste Mal zu ihm herschaute, winkte er ihn mit einer kleinen Handbewegung zu sich. Der Boy kam ohne Zögern.

»Für dich«, grinste Steinmann und schob ihm die Flasche so zu, dass der Junge aufgefordert war, sich ihm gegenüber an den Tisch zu setzen.

»Noch nie hier gesehen«, erklärte er ihm. »Kunststück, vorher hatte ich keine Zeit, am Freitagnachmittag hier herumzuhängen.« Sehr helle blaue Augen lächelten, während er den Mund spitzte.

»Und warum hast du jetzt Zeit?«, fragte Steinmann lachend. Er wusste aus Erfahrung, dass Lachen das beste Mittel war, um den Jungen die Hemmungen zu nehmen.

»Seit einer Woche arbeitslos!« Der Blonde sagte es, als wäre zwar die Welt untergegangen, aber dass solches ihn nicht zu stark zu erschüttern vermochte.

Sehr gut, dachte Steinmann. Laut meinte er: »Eine Weile stempeln ist auch nicht schlecht.«

»Du bist gut! Bis Mitte Dezember bekomme ich keinen Rappen. Und auch dann so wenig, dass ich mir die geplanten Ferien mit meinem Chick ins Kamin schreiben muss. Der Shit ist, dass ich auch noch Schulden habe.«

»Es lässt sich alles bügeln, wenn man will. Musst halt ein bisschen auf Nebenverdienst. Gibt ja genug heiße Angebote.« Der Junge trank einen langen Schluck aus der Bierflasche und fuhr fort: »Danke. Ich meine fürs Bier. Von welchen Angeboten sprichst du?« Er sah Steinmann aufmerksam, aber auch aufmunternd an. »Tja, wie gesagt, es gibt viele. Ich zum Beispiel hätte dir auch was anzubieten. Ich brauche ein Foto von meiner Maschine. Eine Tausender-Yamaha. Mit einem Typen drauf, wie du es bist. Nur so, ohne einen heißen Fahrer abgestellt, wirkt nämlich diese japanische Rakete auf dem Foto nicht. Du wärst jedenfalls ein prima Fotomodell. Machst mit?«

»Und was schaut denn da so heraus?«, erkundigte sich der Junge grinsend.

»Es ist natürlich kein Wahnsinnsjob, aber gut aussehende Fotomodelle kosten einen Lappen pro Stunde, nehme ich an.« »Und wann willst du die Aufnahmen machen?« Steinmann war sicher, dass der Boy an der Angel hing. Er atmete vor Vorfreude tief durch. »Warum nicht heute Nachmittag. Du bist ja frei, nicht wahr?«

Der Junge hob die Schultern. »Und wo?« »In meiner Werkstatt, in Hinterkappelen.« »Nicht draußen? Ich dachte, du wollest ein Foto während des Fahrens.«

»Nein, wird nie ganz scharf. Und draußen habe ich auch keine Möglichkeit, das Licht zu bestimmen. Zudem wirkt das Ganze viel intimer, wenn man es in einem Raum aufnimmt. Sei doch froh, für dich gibt das auch weniger Komplikationen.« Der Junge nahm wieder einen langen Schluck. »Einen Lappen, sagst du? Nur, um mich schnell draufzusetzen und ablichten zu lassen?« Steinmann nahm an, dass der Blonde wusste, worum es ging. Er versuchte bloß den Preis in die Höhe zu treiben.

»Also mindestens einen Lappen. Je nachdem, was wir für Aufnahmen machen, vielleicht auch hundertfünfzig oder zweihundert. Das kannst du bestimmen.«

Nach kurzem Überlegen meinte der Junge: »Gut, ich bin dabei. Warte einen Augenblick, ich informiere mal meine Kumpel.« Er ging zum Billardtisch zurück und flüsterte kurz mit den anderen. Sie schienen weder etwas dagegen zu haben noch besonders überrascht zu sein. Steinmann wusste zwar nicht, was der Junge ihnen anvertraut hatte, aber er konnte es sich lebhaft vorstellen: Freunde, ich gehe schnell mit dem alten Wichser. Hat einen Nebenverdienst von der schnellen Sorte. Bin gleich wieder da. Und die anderen hatten natürlich alle bereits vor dieser Mitteilung gewusst, worum es ging. Wahrscheinlich wäre jeder selber gerne mitgekommen. Der Junge gab Steinmann ein Zeichen mit dem Kopf und ging zur Tür. Dort fragte er ihn: »Ich setz mich hinten auf die Yamaha, oder? Du musst mich halt dann wieder hierher bringen.«

Draußen, als er das Motorrad sah, pfiff der Junge durch die Zähne: »Tolle Kiste!« Steinmann nickte bloß und gab ihm den zweiten Helm, den er für solche Begegnungen immer mit sich führte.

Mit einem rasanten Start jagte Steinmann vom Gehsteig auf die Straße und brauste in Richtung Hinterkappelen davon. Von hier bis zu seiner Werkstatt konnte man keine Worte mehr wechseln, nur noch die Nähe des anderen, das Zu- und Wegrutschen beim Bremsen und Beschleunigen und das feine Vibrieren der Maschine waren zu spüren. Sie fuhren in verbotenem Tempo durch den Dorfkern von Bümpliz, zweigten in Bethlehem nach Norden ab und rasten die frühere Rennstrecke durch den Bremgartenwald hinunter, um dort den Wohlensee zu überqueren und zum Quartier Aumatt abzuzweigen. Die Fahrt dauerte keine zehn Minuten, dann stiegen sie vor Steinmanns Einfamilienhaus vom Töff. Die Helme wurden abgehoben, und das lange, sorgfältig gepflegte Haar des Blonden kam wieder zum Vorschein. Steinmann leckte sich bei diesem Anblick die Lippen.

Er öffnete das automatische Garagentor mit einem kleinen Sendegerät und schob die Yamaha ins Innere. Der Junge folgte ihm. In der Garage stand ein alter Chevrolet. Durch eine zweite Tür kamen Steinmann, der Junge und das Motorrad in die erwähnte Werkstatt, einen großen, weiß getünchten Raum. Zwei Fotokameras auf Stativen und andere Foto- und Filmgeräte standen oder lagen benutzungsbereit herum. Die Werkstatt war eher ein Fotoatelier als ein Raum zum Werken.

Steinmann knipste das Licht an. »Wie heißt du eigentlich?« »Patrick Hug.« Wahrscheinlich gab das Bürschchen nicht den richtigen Namen an, aber das war dem Älteren egal. »Und du?« Der Junge schaute sich im Raum um. Er war wohl etwas verunsichert, jetzt, wo er allein mit einem fremden Mann in einem fremden Haus stand.

»Walter Steinmann. Aber du kannst ruhig Scheich zu mir sagen, wie es alle anderen auch tun.« Er schob die Yamaha vor eine der weißen Wände und stellte sie dort ab. Dann machte er sich an einer der Kameras zu schaffen, maß die Distanz und beurteilte das Bild durch das Objektiv. Erst jetzt wandte er sich wieder dem Jungen zu. »Also, Patrick, setz dich jetzt mal auf die Maschine.« »Hast du nicht vorher noch irgendeinen Drink oder so? So eilig habe ich es denn auch wieder nicht. Ich verrechne dir ja nicht die Stunden.«

»Einen Drink? Kann das nicht bis nachher warten? Ich bin so geil auf die Aufnahmen von dir, verstehst du?« Steinmann war jetzt ungeduldig. Er wollte den Jungen möglichst rasch aus den Klamotten bringen. »Okay, okay«, gab Patrick nach und setzte sich auf das Motorrad. Steinmann gab ihm einige Anweisungen und schoss dann kurz nacheinander einige Bilder. Diese Aufnahmen interessierten ihn noch nicht. »Also, du siehst wirklich extrem gut aus in dieser Position. Kannst du mal deine Jacke ausziehen und vielleicht den Pullover auch, so dass man deinen Arschansatz sieht?« Der Junge tat wie befohlen. Das schwarze T-Shirt gab seinen Bizeps frei. Er musste auf dem Bau gearbeitet haben, so herrlich ausgebildet war seine Armmuskulatur. Genau der Stil, der Steinmann am meisten reizte. Wieder schoss er kurz hintereinander einige Bilder, diesmal auch Nahaufnahmen von Kopf, Brust und Oberarmen. »Gut, jetzt noch ohne T-Shirt. Es ist ja warm genug hier drin.« Patrick tat wie verlangt. Seine Brust war unbehaart, auch das ein Vorzug, den Steinmann schätzte.

»Du bist wirklich zum Fotomodell geboren. Siehst super aus! Aber das weißt du sicher selber. Willst du jetzt noch weitere Aufnahmen gegen ein Zusatzhonorar machen?« Der Junge grinste. »Was meinst du damit?« »Bis hierher geb ich dir wie vereinbart einen Lappen. Aber nachdem ich dich so betrachte, möchte ich eigentlich ganz gern auch ein paar Aktaufnahmen. Bist du einverstanden?« Patrick grinste noch breiter. »Bist du schwul, oder was?«

»Ich muss zugeben, dass ich dich verdammt geil finde. Und ab und zu gefallen mir halt auch Männer. Zwar eher selten, aber bei dir würde ich bei nichts nein sagen.« »Und was bekomme ich für die Nacktaufnahmen?« »Plus fünfzig normal, plus hundert mit Ständer.« Steinmanns Mund war trocken vor Erregung. Dieser Boy war wirklich eine Sünde wert, und diese Sünde musste er begehen.

»Ich weiß doch nicht, ob ich ihn vor dir hochbringe. Hast du Pornos mit Frauen? Dann wird es wahrscheinlich schon gehen.«

»Klar, kein Problem. Also zieh dich aus und setz deinen Arsch auf meinen Sattel. Ich hole inzwischen einen Weiberporno.« Steinmann hatte auch das längst bereit, denn nicht selten verlangten seine jungen Besucher solche Hilfsmittel. Er tat, als musste er suchen, zog dann ein Magazin aus einer Schublade und reichte es dem Jungen. Dieser saß inzwischen nackt auf der Yamaha. Steinmann hielt den Atem an: das Bild vor ihm machte ihn augenblicklich von oben bis unten feucht.

Patrick blätterte im Heft, während Steinmann fotografierte. Der Sattel, der Tank, das Geschlecht des Jungen waren besonders dankbare Sujets. Noch besser wurde es, als er sah, dass Patrick, während er in das Magazin starrte, seinen Schwanz langsam zu kneten begann. »Komm!«, flüsterte Steinmann. »Ich lutsche dir besser einen, sonst geht das ja ewig.«

Der Junge blickte vom Magazin auf und meinte: »Plus zweihundert!« In dem Augenblick läutete die Hausglocke.

* * *

Aumatt 24. Es war ein Einfamilienhaus mit angebauter Garage und einem weiteren kleinen Anbau. Wildbolz parkierte vor dem Haus und ging den Plattenweg hinauf zum Hauseingang. W. Steinmann. Er klingelte. Während er wartete, sah er sich um. Die Aumatt war eine der viel gelobten neuen Siedlungen in Berns Umgebung, etwa hundert Häuser am sanften Hang über der Aare, bevor sie zum Wohlensee wurde. Wer hier wohnte, gehörte zu den Trendigen der siebziger Jahre. Steinmann war Mitbesitzer einer Videothek in der Länggasse und bis vor kurzem hauptamtlich Agent einer großen Versicherung für die Gemeinde Wohlen gewesen. An Geld konnte es ihm also nicht fehlen.

Niemand öffnete. Er klingelte noch einmal. Vielleicht war der Scheich gerade auf dem Häuschen.

Nach fünf Minuten weiterem Warten ging er zur Garage hinüber. Das Tor stand weit offen und ein alter Chevy war darin geparkt. Er liebte solche alten Amischlitten und ging bewundernd um ihn herum. Hinten in der Garage war eine Türe, die zum rückwärtigen Anbau zu führen schien. Er hörte eine Stimme durch sie hindurch. Hatte Steinmann sein Läuten nicht gehört, weil er sich in diesem Anbau befand? Er klopfte und öffnete die Türe. Vor ihm war ein großer Raum mit weiß getünchten Wänden, ausgestattet als Fotoatelier. Ein Mann um die vierzig in einem roten Lederkombi, der an einem der Stative stand, schaute mit überrascht bösem Blick zu ihm zurück. An der Wand vor diesem Mann stand eine Tausender-Yamaha, und daneben lagen auf dem Boden einige Kleidungsstücke.

»Was wollen Sie hier?«, herrschte ihn der Mann im Lederkombi an. »Sind Sie Herr Steinmann?«, erkundigte sich Wildbolz so liebenswürdig, wie es ging.

»Machen Sie, dass Sie hier rauskommen! Und zwar sofort.« Der Typ kam auf ihn zu, entnahm dem Gestell eine Metallstange und erhob diese zum Schlag.

»Keine Panik, Mann«, beruhigte ihn Wildbolz. »Wenn Sie Steinmann sind, möchte ich mit Ihnen reden.«

»Raus!«, brüllte der Mann. »Und zwar nullkommaplötzlich, sonst knallt's!«

Wildbolz sah den Grund für eine solche Reaktion nicht ein. Im Raum war sonst niemand, nur die glänzend schwarze Yamaha. Er ging dem Mann entgegen und hob beschwichtigend die Hand.

»Machen Sie, dass Sie rauskommen, habe ich gesagt«, schrie der andere außer sich und schlug mit der Metallstange auf den Kommissär ein. Wildbolz konnte im letzten Moment den Arm hochheben und den Schlag abfangen. Aber das brachte den Ledermann noch mehr aus der Fassung. Wild hieb er auf Wildbolz ein. Der Kommissär wich einen Schritt zurück und schrie ebenso laut: »Hören Sie doch zu, Sie Blödmann. Ich will ja bloß ein paar Worte ...« Aber er bekam einen Schlag, der ihn zu Boden zwang. Blitzschnell war er wieder auf den Beinen und warf sich dem Mann entgegen. Angriff ist die beste Verteidigung. Er bekam die Metallstange zu fassen, drehte sich und wand sie dem Angreifer aus der Hand. Gleichzeitig spürte er aber die Faust des Ledermannes im Gesicht. Er reagierte automatisch und jagte sein Knie in die Lenden des anderen. Vielleicht etwas zu stark, denn dieser sackte aufschreiend zu Boden und schlug den Kopf unglücklicherweise an einem Metallgestell so hart an, dass er nur noch ein Röcheln zustande brachte. Mit verdrehten Augen blieb er an das Metallgestell gelehnt liegen. Wildbolz bückte sich zu ihm hinab. Er war nur ein wenig belämmert und würde sich bald erholen. Der Kommissär zündete sich eine Zigarette an, um den Stress möglichst rasch abzubauen. Während er mitten im Raum stand und auf Steinmanns Erwachen wartete, pochte jemand von innen an die Türe des großen Schrankes, der ebenso weiß wie die Wände gestrichen war und den man darum kaum wahrnahm. Er ging zum Schrank und drehte den Schlüssel. Die Tür sprang auf und ein etwa achtzehnjähriger nackter Jüngling flog in den Raum und rang hustend nach Atem. Als er endlich stehen blieb, sah er sich nach Wildbolz um und verschämt gleich wieder weg. Dann hastete er zu den am Boden liegenden Kleidern und zog sie sich in Windeseile über. Mit einem letzten Griff kontrollierte er, ob die zwei Hunderternoten noch in seiner Jacke steckten. Dann rannte er zur Tür, die in die Garage führte.

Wildbolz kam ihm zuvor. »Sag mal, Bürschchen, ist alles in Ordnung?«

Der Junge sah in verdutzt an und nickte. Er versuchte, an Wildbolz vorbeizukommen und zu flüchten.

»Du kannst gleich gehen. Ich werde hier nach dem Rechten schauen. Aber lass mir doch bitte deinen Namen und deine Adresse da. Vielleicht brauche ich sie noch, wenn's dem Herrn da am Boden schlecht ergehen sollte. Ich bin von der Kripo.«

Eine Weile starrte ihm der Bursche ungläubig ins Gesicht. Dann sagte er rasch: »Patrick Desmarmels, Bottigenstraße 61, Bümpliz. Kann ich jetzt gehen?«

»Ja, gleich. Zeige mir noch, dass diese Adresse auch wirklich stimmt.«

Der Junge suchte in seiner Jacke und fand einen Ausweis, auf dem neben seinem Namen und seiner Adresse das Logo des Fußballclubs Bümpliz 78 stand. »Okay«, meinte Wildbolz lächelnd, »du kannst abhauen.«

Wildbolz ging zum mutmaßlichen Steinmann zurück und tätschelte ihm das Gesicht. Der Mann öffnete endlich die Augen und blinzelte den Kommissär zuerst verwirrt, dann feindselig an. »Stehen Sie auf«, riet ihm Wildbolz und zog ihn an einer Hand hoch. »Wie geht's?« Steinmann atmete tief durch. »Wer sind Sie?«, fragte er mit heiserer Stimme und so leise, dass man es fast erraten musste. »Ich bin Kommissär Wildbolz von der Sicherheits- und Kriminalpolizei der Stadt Bern«, erläuterte ihm Wildbolz langsam und deutlich. Er wusste ja nicht, ob der andere schon voll aufnahmefähig war. »Und Sie sind Walter Steinmann persönlich?« Ohne die Frage zu beantworten, fragte der Mann: »Was wollen Sie hier? Warum dringen Sie ohne Erlaubnis in mein Haus ein? Das ist Hausfriedensbruch. Ich werde Sie verklagen.« Die Stimme war schon etwas kräftiger.

»Tun Sie es nicht. Ich habe zuerst dreimal an der Türe geklingelt und dann von der Garage her angeklopft. Da niemand ›Eintreten verboten‹ rief, drückte ich auf die Türfalle. Und dann wurde ich sofort tätlich angegriffen. Ohne Grund.« »Ohne Grund? Sie haben hier nichts zu suchen. Ich lasse mir doch nicht von der Schmier in mein Privatleben pissen. Machen Sie, dass Sie wegkommen, verstanden?« Er war wieder im Besitz seiner Kräfte.

»Ich möchte Ihnen vorher noch ein paar Fragen stellen.« »Ich rufe meinen Anwalt. Sie haben mich in meinem eigenen Haus zusammengeschlagen.« Steinmann betastete mit der einen Hand seinen Hinterkopf.

»Machen Sie sich keine unnötigen Kosten. Ich habe mich verteidigen müssen, denn Sie kamen wie eine Furie auf mich los. Wahrscheinlich wollten Sie mich ermorden. Ich kann nichts dafür, dass Sie Ihren intelligenten Kopf unglücklich angeschlagen haben.«

»Wo ist Patrick?«, fragte Steinmann plötzlich mit einem Seitenblick auf die offene Schranktür.

»Er hat sich verabschiedet und lässt Ihnen adieu sagen. Haben Sie keinen gemütlicheren Ort im Haus, wo wir uns unterhalten können?«

»Er ist volljährig, und ich habe ihn nur fotografiert.« »Vergessen Sie den Jungen. Wegen dem bin ich nicht gekommen. Hier, schauen Sie sich meine Marke an und führen Sie mich an einen Ort, wo es zwei Sessel gibt.«

Steinmann warf einen kurzen Blick auf Wildbolz' Erkennungszeichen und schlurfte dann zur rückwärtigen Tür. Man kam von dort direkt in eine großzügige Küche, in deren Mitte ein langer Granittisch stand. Dann drehte er sich zu Wildbolz und betrachtete ihn eine Weile feindselig. In seinem roten Lederkombi sah er in dieser Situation lächerlich aus.

»Also gut. Was wollen Sie von mir?« Er setzte sich an den Tisch, und Wildbolz tat dasselbe.

»Am Sonntag starb Tomi Fehr in der ›Steamshop-Sauna‹. Sie waren zu dieser Zeit auch dort. Wir haben sogar Ihren Mitgliedsausweis im Massagezimmer gefunden. Haben Sie Tomi umgebracht?« Wildbolz widerstrebte das Gespräch mit diesem Typen, und er wollte es so kurz wie möglich machen.

Steinmann sah ihn eine ganze Weile lang erschrocken an. »Ich war nie im Massagezimmer«, stammelte er dann. »Und wie kommt dann Ihr Ausweis dorthin?« Der Ledermann schüttelte den Kopf. »Keine Ahnung. Es stimmt, ich vermisse den Ausweis, aber Ehrenwort, ich war am Sonntag nicht im Massageraum. Jemand muss ihn dort absichtlich hingelegt haben.« Wildbolz grinste. »Dann wollte dieser Jemand den Verdacht auf Sie lenken und Ihnen Tomis Tod in die Schuhe schieben, nicht wahr?« Steinmann nickte.

»Das Dumme ist nur«, fuhr Wildbolz fort, »dass dieser Verdacht bleibt, solange wir diesen Jemand nicht kennen.« »Ich war es nicht, das schwöre ich Ihnen.« Steinmann überlegte.

»Wahrscheinlich habe ich den Ausweis irgendwo in der Sauna liegen gelassen, jemand hat ihn gefunden und in den Massageraum gebracht.« »Aber wer?«

»Derjenige, der mit Tomi im Massageraum gewesen ist.« »Werden Sie jetzt endlich ein bisschen konkret, Herr Steinmann. Wer war denn mit Tomi im Massagezimmer?« Pause.

Dann meinte er plötzlich ganz bestimmt: »Ich weiß es nicht.« Wildbolz blies seine ganze Luft aus den Lungen. »Na gut, ich kann Sie ja trotzdem nicht verhaften. Wir wissen nicht, ob Tomi umgebracht worden ist oder ob er Selbstmord begangen hat. Welcher Ansicht sind Sie eigentlich?«

Steinmann kratzte sich unter dem Kinn. »Tomi hat nicht den Eindruck gemacht, dass er sich das Leben nehmen wollte. Ich habe mit ihm an der Bar einen Orangensaft getrunken, kurz vor drei Uhr, glaube ich. Da hat er voller Begeisterung vom Film geschwärmt, den er mit Weil zusammen machte.«

Wildbolz bewegte seinen vom kurzen Kampf immer noch brummenden Kopf auf und ab. »Wir müssen den Mörder finden, Steinmann. Und Sie sind bis jetzt einer der Hauptverdächtigen. Helfen Sie mir also; es ist zu Ihrem Nutzen.«

Nach einem bösen Blick auf den Kommissär verfiel er ins Nachdenken. Doch dann schien er sich an etwas zu erinnern. »Es gab da zwei Jugos in der Sauna. Sie wissen ja, wie die unser Land unsicher machen. Fühlen Sie doch denen mal auf den Zahn.« »Kennen Sie ihre Namen?«

»Nee. Mit solchen Typen habe ich nichts am Hut. Fragen Sie doch in der Sauna. Ich bin dort schließlich nur ein gelegentlicher Kunde.« Wildbolz stand auf. »Gut, ich werd's versuchen. Aber ich behalte Sie im Auge. Kennen Sie übrigens einen Mann, den man die Harte Nicole nennt?«

Steinmann sah ihn kurz prüfend an, dann schüttelte er den Kopf. »Gehen Sie jetzt. Sie können froh sein, wenn ich Sie nicht wegen Hausfriedensbruch und Körperverletzung verklage.«

Der Kommissär grinste: »Ja, und ich Sie nicht wegen Freiheitsberaubung nackter Jünglinge. Wiederschauen.« Frustriert verließ er das Einfamilienhaus. Er war immerhin froh, dass dieser nackte Jüngling nicht Sandro gewesen war.

• • •

»Wie nett, dass du Zeit fandest, rasch zu kommen.« Der Direktor führte Willy Ambühl in den gelben Salon, wo Boris sich mit dem Feuer im alten marmorgesäumten Kamin zu schaffen machte.

Willy trug einen petrolfarbenen Seidenanzug und eine auffallend bunte Krawatte.

Ambühl duftete wie ein Fliederbusch und meinte: »Ach weißt du, ich bin ja früher aus Thailand zurückgekommen als geplant. Wegen meiner Hand. Ich hatte einen Motorradunfall auf Phuket. Also habe ich jetzt noch ein bisschen Zeit, mich wieder in Ruhe einzuleben. Hallo Boris! Du siehst ja aus wie Schwarzenegger persönlich!« Der Direktor machte eine wegwerfende Handbewegung. »Sag ihm nicht noch solche dummen Sachen. Er ist schon jetzt so ziemlich eingebildet. Und dabei ist er nicht einmal fähig, sich sein Leben selbst zu verdienen.«

Willy Ambühl verstand den Fingerzeig. Der Direktor machte mit allen Mitteln deutlich, dass er allein Anspruch auf die Benutzung des athletischen Körpers Boris' hatte. »Keine Angst, ich will ja nicht mit ihm flirten. Ich habe selber genug Sorgen mit Sandro. Wie geht's euch beiden so? Ist Boris etwa schwanger?«

Jürg von Feldern warf Willy einen strafenden Blick zu. »Wenn einer schwanger wird, dann bin ich es. Boris ist mein Zuchtstier. Meine Kinder sollen schließlich nach etwas aussehen. Willst du Tee? Oder hast du lieber einen Whisky? Ich habe gehört, du seist eine heimliche Alkoholikerin.«

»Wer erzählt solche Frechheiten?« Diese alte Schwuchtel, dachte Willy verärgert, hört auch nie auf, ihr Gift herumzuspritzen. Eine echt frustrierte Altersheimschwester.

»Tee ist mir recht. Es ist ja erst früher Nachmittag. Mit meinen vierzig Jahren ist man noch nicht so geeicht wie du.« Der Direktor entsetzte sich: »Vierzig, sagst du. Soviel ich weiß, gehst du auf die fünfundvierzig. Und auf den zweiten Blick gibt man dir sogar fünfzig. Boris, bring der alten Dame einen Tee. Und für mich einen Wermuth. Erzähl mir ein bisschen von Thailand. Sind die Jungs dort immer noch so aufdringlich?«

Diese freche Hexe! Am liebsten wäre Willy gleich wieder gegangen. »Ich werde im Januar dreiundvierzig, um genau zu sein. Und das gibt man mir noch lange nicht.« Interessiert beobachtete er den polnischen Diener in seinem knappen T-Shirt. Sicher hatte der Direktor ihm befohlen, sich so knapp wie möglich anzuziehen, um sein bestes Stück vor Willy präsentieren zu können.

»Ich habe dich etwas gefragt«, näselte Jürg nervös. »Aber du hast natürlich deine Gedanken unter der Hose meines Butlers. Wie immer.« Willy wandte sich wieder dem Direktor zu. »Ach ja, Thailand. Im Durchschnitt sind die jungen Thai nicht besonders attraktiv. Zu klein gewachsen für mich, besonders dort, wo es darauf ankommt. Aber ich habe einige ganz tolle Boys gehabt. Oder soll ich dir vom Wetter erzählen? In deinem Alter hat man das vielleicht lieber.« Der Direktor lachte verächtlich. »Ich möchte kontrollieren, wer von uns beiden der potentere ist. Man weiß ja, dass die Modeheinis nach ihrer tiefen Midlife-Crisis alle impotent sind. Ich hingegen brauche meinen obligaten Morgen- und Abendorgasmus. Ich könnte sogar noch mehr ertragen, wenn ich, wie du, laufend zu viel fressen würde.«

Jetzt lachte Willy. »Halt dich zurück, du alte Hexe! Zwischen deinen Hämorrhoiden und deiner Prostata passiert sicher nicht mehr viel Aufregendes.«

Boris brachte den Tee und den Wermuth, stellte ein silbernes Schälchen mit Wienerkonfekt, die Zuckerdose und ein Tellerchen mit einer aufgeschnittenen Zitrone dazu. Dann setzte er sich in einen antiken Sessel – Willy kannte die genaue Stilbezeichnung nicht; ihm war dieser Großmutterramsch sowieso zuwider – zu den beiden Älteren.

Willy bediente sich mit einem Löffel Zucker und kam dann aufs gewünschte Thema zurück. »Ich blieb nur drei Tage in Bangkok. Die Stadt ist ja nicht mehr zum Aushalten, so stickige Luft hat sie. Aber die Shows sind nach wie vor einmalig. Es gibt einen neuen Club, da passiert auf der Bühne alles, was das Herz zu sehen begehrt. Analverkehr kannst du da aus nächster Nähe beobachten. Und die Jungs sind wirklich prima. Während der ganzen halben Stunde auf der Bühne steht er ihnen ununterbrochen, ich weiß nicht, was die einreiben. Dass solltest du erleben können, Jürg. Aber eben: In deinem Alter!«

»Halt deine Herpesschnauze, du Modeschwuchtel. Wenn ich auf dieses Niveau hinuntersteigen wollte, könnte ich es noch lange tun. Aber ich ziehe es vor, bei Boris zu bleiben. Da weiß ich, was ich habe und muss nicht in ständiger Angst leben, aidsverseucht zu werden. Hast du schon einen Test machen lassen?« Der Direktor nahm ein Schlückchen Wermuth und blinzelte Boris zu. Willy wehrte ab. »Ich weiß, was Safer Sex ist, meine Liebste. Aber wenn dir meine Reiseberichte zu vulgär sind, kann ich ja wieder gehen.«

»Lassen wir doch das Thema und unterhalten wir uns ein bisschen über das, was hier passiert ist. Tomi ist umgebracht worden. Und das in deiner Sauna. Es muss für dich ein schöner Schock gewesen sein, Schätzchen, als du davon hörtest. Wirst du deinen Spanier jetzt entlassen?« »Wieso?«, entsetzte sich Willy. »Sandro hat damit weder zu tun noch trägt er irgendeine Schuld. Wenn sich ein Jüngelchen das Leben nehmen will, dann ist das seine Sache.«

»Das Jüngelchen – mit dem du übrigens auch schon gefickt hast, wie ich hörte – hat sich nicht das Leben genommen, sondern es wurde von einem deiner Stammgäste zu Tode geliebt!« »Erzähle doch nicht solchen Mist, du Dreckstück! Die Polizei war da und hat alles untersucht. Es handelt sich um einen hundsgemeinen Selbstmord. Das Miese ist nur, dass sich der Baby-Stricher dazu unseren Club ausgesucht hat. Aber wahrscheinlich wollte das Bürschchen eine attraktive Umgebung für seine Himmelfahrt. *No, darling*, es ist ein klarer Selbstmord.«

Boris saß zurückgelehnt in seinem Sessel und hörte den beiden ohne eine Miene zu verziehen zu.

»Jemand hat mir gesagt, man hätte Beni Weil im Verdacht«, bemerkte der Direktor.

»Beni Weil? Weißt du nicht, dass man den heute Morgen tot aus der Aare gefischt hat? Ebenfalls ein Selbstmord.« Der Direktor brauchte eine ganze Minute, bis er sich von dieser Neuigkeit schnaubend erholt hatte. »Waaaas?«, staunte er dann laut. Selbst Boris rutschte nervös in seinem Sessel hin und her. »Ja, gemäß der Polizei sei Beni schon am Dienstag ins Wasser. Gil hat es vom Alten Max erfahren, der zufällig am frühen Morgen mit seinem Schoßhündchen spazieren ging und alles mitbekam. Eine traurige Geschichte. Dieser Beni war eine jener Schwestern, die ich respektierte. Er war sogar Kunde in meiner Boutique. Ich kann mir vorstellen, dass ihm der Selbstmord von Tomi so nahe ging, dass er es auch nicht mehr aushielt. Vielleicht hat er ja Tomi sogar irgendwie in den Tod getrieben. Zum Beispiel mit diesen Filmaufnahmen. Das war doch ein Stress für den Knaben.«

»Schon am Dienstag ging er ins Wasser?«, brachte der Direktor endlich hervor.

»Ja, ganze drei Tage muss der in der Aare gelegen haben. Wahrscheinlich ist er an einer Wurzel oder so hängengeblieben, bevor es ihn bis zur Schwelle hinuntertrieb.«

»Gottseidank!« Der Direktor warf einen langen Blick zu Boris hinüber.

»Wofür Gottseidank?«, fragte Willy fassungslos zurück. »Ich meine, dass er nicht hat ganze drei Tage leiden müssen. Er war doch sicher sofort tot. Ertrinken soll ja fast schmerzlos sein.« Willy schüttelte zuerst den Kopf, weil er Jürg nicht verstand. Dann schaute er zu Boris, der wieder mit gespreizten Beinen in den Sessel zurückgelehnt saß. Unwahrscheinlich, was der für einen Schwanz haben musste! Die Beule in der engen Trainingshose war ja fast so groß wie ein Pfund Brot. Eigentlich sollte er trotz des Direktors Abschirmerei einmal versuchen, den Polen ins Bett zu kriegen. So schwierig konnte das doch auch wieder nicht sein. Jürg war doch zu senil, um den jungen Rambo noch genügend bedienen zu können. »Schade um Beni«, murmelte er nebenbei. »Und schade um Tomi. Weißt du, er war ein Nachbarssohn von mir. Der Sohn eines Professors. Eine hochgestellte, vornehme Familie. Umso mehr bin ich überzeugt, dass er sich nicht das Leben nahm.« »Und wer sollte denn als Mörder in Frage kommen, nach deiner Meinung?« Willy hatte das Gefühl, der Direktor wolle ihm mit dieser Mordvariante nur die Sauna vermiesen. »Für mich kommen drei in Frage: der Scheich, die Harte Nicole oder das Rotkäppchen. Plötzlich waren sie alle verschwunden. Den Scheich sah ich an der Bar mit Tomi plaudern. Das Rotkäppchen sah ich, wie er dem Knaben dicht auf den Fersen von einem Ort zum anderen folgte. Und die Harte Nicole trainierte die ganze Zeit im Trainingsraum, der ja direkt an den Massageraum grenzt. Plötzlich war er verschwunden.

Ich dachte schon, er hätte genug und sei nach Hause gegangen. Aber am Schluss, als Tomi tot gefunden wurde, war er plötzlich wieder da. Man weiß ja nicht einmal, wie sie richtig heißt. Ich habe nur eine Postfachadresse von ihr. Und du?«

»Ja, das stimmt«, meinte Willy. »Der macht wirklich ein Geheimnis aus seinem Namen. In unserer Mitgliederliste hat er eine Adresse angegeben, die einen anderen Namen nennt. C/o Rohrer oder so was Ähnliches. Aber zu Tomi hat der nicht gepasst. Ich glaube, der Junge kannte ihn nur durch Beni Weil.« »Und was meinst du zum Scheich?«

Willy war jetzt fast sicher, dass Boris einen Ständer hatte. Das würde wohl heißen, dass er geil auf ihn war. Er musste wirklich mal einen Versuch wagen. »Steinmann? Schon eher. Ich finde den ziemlich brutal und irgendwie dubios. Aber ich kenne ihn eigentlich auch nicht näher. Übrigens hat mir Sandro gesagt, du seist der Einzige, der mehr über die Harte Nicole wisse.«

»Dein Spanier glaubt das, weil ich des Öftern mit ihm an der Bar eurer Sauna gequatscht habe. Er redete immer sehr vernünftig und friedlich.« Willy versuchte Boris gerade in die Augen zu schauen, aber der Pole wich ihm aus. »Ich muss jetzt gehen, meine Liebste. Danke für den Tee.« Er stand auf und lächelte Boris viel sagend an. Aber der Direktor kam dazwischen, und der Pole hatte keine Möglichkeit zurückzulächeln. Na ja, dachte Willy, die Zeit arbeitet für mich.

• • •

Wildbolz stand eine Weile neben dem Assistenten im Labor der Rechtsmedizin und betrachtete Weils Leiche. Es war kein erbauender Anblick. Er musste zuerst wegsehen, dann ging er in die andere Ecke des kühlen Raumes. Er fröstelte aber nicht wegen der Raumtemperatur. »Und«, fragte er von dort her, »was haben Sie gefunden?«

»Einiges«, meinte der Assistent. »Euer Labor drüben hat in der Jacke einen Abschiedsbrief entdeckt. Nur ein paar Worte, dafür mit Fettstift auf eine Plastikhülle gekritzelt.«

»Was für eine Plastikhülle?« Wildbolz hatte noch keine Zeit gehabt, im Ermittlungslabor nachzufragen.

»So eine transparente Hülle, wie sie die Jogger tragen, um ihre Ausweispapiere, Geld und so weiter zu schützen.« »Und was stand auf dieser Hülle?«

»*Ich bin für Tomis Selbstmord verantwortlich und ertrage es nicht.* Keine Unterschrift.«

»Mhm. Sieht aus, als hätte der Schreiber genau gewusst, dass die Schrift ein paar Tage halten muss. Also ein Selbstmord während des Joggens?«

»Ich glaube kaum«, stöhnte der Assistent. »Sehen Sie mal hier diese Spuren am Handgelenk, an den Fußgelenken, unterhalb der Knie und am untern Rand des Rückens. Dieser Mann war gefesselt, bevor er im Wasser landete.«

Trotz des Widerwillens ging Wildbolz zur Leiche zurück und sah sich an, was ihm der Assistent präsentierte. »Sind Sie sicher, dass diese Spuren nicht Kratzer sind, die erst im Wasser entstanden sind?« »Selbstverständlich. Erstens sind sie zu regelmäßig. Sie zeigen ja direkt die Abdrücke von einer dicken Schnur. Und zweitens reißt die Haut im Wasser gleich auf. Das ist sie hier nicht.« »Also ein Mord?«

»Am Hinterkopf gibt es ein Mal, die von einem Schlag eines schweren, nicht allzu harten Gegenstandes herrühren kann. Der Täter hätte also, nach meiner Theorie, den lebenden Gefesselten zur Aare transportiert, ihm hier die Adern an den Handgelenken aufgeschnitten, dann einen Schlag auf den Hinterkopf gegeben, die Fesseln losgebunden und ihn ins Wasser geworfen. Er ist vom Schlag zumindest benommen, vom Blutverlust geschwächt, widerstandslos ertrunken.« Der Assistent drehte sich zu Wildbolz und machte ein Gesicht, bei dem man nicht wusste, ob er lächelte oder weinte. »Eine gewagte Theorie«, meinte der Kommissär.

»Ja, aber eine intelligente Art, jemanden umzubringen. Wir hätten hier auch auf einen Selbstmord getippt, wenn sich ein Stückchen der Schnur nicht im Elastik der Hose verfangen hätte. Borer kam darauf, dieser Theorie nachzugehen. Man könnte sie noch erhärten, wenn man den Ort fände, wo der Mann ins Wasser geworfen wurde. Blut wäre dort sicher noch feststellbar.« »Was glauben Sie, wie weit oberhalb des ›Schwellenmättelis‹ könnte das gewesen sein?«

Wildbolz überlegte, ob er das Aareufer beidseitig absuchen lassen könnte.

»In drei Tagen kann eine Leiche von Thun bis Bern geschwemmt werden. Aber man muss ja annehmen, dass der Mann beim Joggen überfallen und gefesselt worden ist. Und es ist kaum anzunehmen, dass der Täter das Risiko auf sich nahm, den Gefesselten, der ihn ja sicher erkannt hatte, noch von Bern nach Thun zu bringen. Kann man denn nicht herausfinden, wo der Kerl normalerweise joggte? Die meisten haben da ihre Standardorte, um genau messen zu können, ob sie schneller oder langsamer werden.« »Doch, das kann ich wahrscheinlich. Und das mit dem Schlag auf den Hinterkopf? Ist das erhärtet?«

»Nun, da sind wir leider nicht ganz sicher. Wenn ein Selbstmörder beim Einspringen ins Wasser ausrutscht und auf eine nasse Wurzel fällt, könnte etwa dasselbe Mal entstehen. Immerhin ist die Wunde genau richtig platziert. Aber bleiben Sie nicht an diesem Detail hängen, Kommissär. Die Fesselspuren sind hundertprozentig.« »Danke. Sie machen das alles noch schriftlich?« »Selbstverständlich. Und viel Glück!« Wildbolz winkte mutlos ab und ging zu seinem Passat zurück. Bevor er die Neuigkeiten Amacher weitergeben wollte, musste er Andreas Schumacher, Weils jungen Wohnpartner, interviewen. Es war anzunehmen, dass der noch im Architekturbüro an der Arbeit war. Er beschloss, sofort hinzufahren.

Nach einer Viertelstunde stand er vor dem Pult einer winzigen, schnurdünnen Dame im Architekturbüro an der Rodtmattstraße. Er verlangte, ohne zu sagen, wer er sei, nach Andreas Schumacher. Sie sah ihn über ihre dicke Brille missbilligend an, verließ dann aber mit einem knappen »Moment« das Büro.

Andreas kam nach etwa fünf Minuten, etwas verschüchtert, als hätte sein Chef ihn schon in die Zange genommen. Er grüßte kaum hörbar und blieb an der Türe stehen.

»Setz dich zu mir. Ich muss dich leider nochmals belästigen. Du wirst ja vernommen haben, dass man Herrn Weil heute Morgen aus der Aare gefischt hat.«

Der Lehrling nickte und wirkte sehr bekümmert. Wildbolz verstand das. Wahrscheinlich musste er jetzt auch während der Woche wieder bei den Eltern wohnen.

»Hast du eine Ahnung, was Herr Weil am Dienstagmorgen vor Schulbeginn gemacht haben könnte?« Andreas antwortete sofort. Er hatte sich diese Frage sicher schon selber gestellt. »Am Dienstag und am Freitag ging er jeweils um sechs Uhr schon weg. Er lief eine Strecke von zehn Kilometern, zweimal rund um den Könizbergwald. Das hat er sicher am vergangenen Dienstag auch getan.« »Regelmäßig? Seit wann?« »Über ein halbes Jahr.«

»Und das wusste außer dir sonst noch jemand?« »Tomi und Heinz wussten es auch. Und ab und zu lief auch ein anderer Mann mit. Ich kenne ihn aber nicht. Tomi kannte ihn und war mit ihm per du.« »Wie sah er aus?«

»Ich habe ihn nie gesehen. Beni erwähnte nur manchmal einen Begleiter. Wie gesagt, Tomi wusste mehr, glaube ich. Er lief manchmal sogar mit, wenn er bei uns übernachtete.«

Wildbolz überlegte eine Weile. Rund um den Könizbergwald. Wenn Weil dort überfallen, gefesselt und auf dem kürzesten Weg an die Aare transportiert worden war, wo musste man dann nach Spuren suchen?

Andreas unterbrach ihn: »Gestern Nachmittag ist bei uns eingebrochen worden.« »Wo bei uns? Hier?«

»Nein, in Benis Wohnung. Es war ein wahnsinniges Durcheinander, als ich nach Hause kam. Alles lag auf dem Boden zerstreut umher. Ich hatte nicht den Mut, es der Polizei zu melden. Vielleicht hätte man geglaubt, ich hätte das alles selber angerichtet.« »Fehlte etwas?«

»Ich weiß nicht. Ich glaube nicht.« »Wurde die Türe aufgebrochen?«

»Nein. Das Schloss war noch intakt. Es sah aus, als ob jemand einen Schlüssel gehabt hätte. Ich dachte schon, vielleicht hat man Tomi den Schlüssel in der Sauna gestohlen.« »Uuh!«, stöhnte Wildbolz. »Hast du mir sonst noch was zu sagen, was mir weiterhelfen könnte?

Andreas biss sich auf die Lippen und überlegte. »Ich glaube nicht. Es fällt mir nichts mehr ein. Aber sagen Sie mir: Hat sich Beni das Leben genommen?«

»Das werden wir bald wissen. Vielleicht hat ihn auch jemand umgebracht. Könntest du dir da jemanden vorstellen?« Andreas schüttelte zuerst den Kopf. »Vielleicht auch einer aus der Sauna. Zum Beispiel jener, der mit ihm manchmal joggen ging.« »Weiß dein Freund Heinz Simon vielleicht dessen Namen?«

»Ich werde ihn fragen und Sie anrufen. Was soll ich jetzt tun wegen des Einbruchs?«

»Ich werde es der Polizeiwache in Bümpliz melden. Tue im Augenblick nichts. Am besten packst du deine Sachen und ziehst wieder zu deinen Eltern.« Der Lehrling nickte traurig.

* * *

Von der Klappe am Bibliothekgässchen ging Philipp Schaer zur Toilette am Casinoplatz. Auch hier war nichts los. Ein einzelner ungepflegter Bauer, oder etwas Ähnliches, stand allein in einer Nische und fummelte an seinem sicher ungewaschenen Schwanz. Mit gierigen Blicken schaute er zu Philipp. Aber obwohl Philipp unbedingt ein bisschen Sex benötigte – er hatte schon seit vier Tagen keinen Partner mehr gehabt –, machte ihn dieser lumpige Landwirt nicht an. Er war auch zu alt, sicher schon über sechzig. Philipp verduftete auch hier wieder und eilte die Zeughausgasse hinauf zur Toilette am Waisenhausplatz. Hier hatte es oft Lehrlinge und Schüler, die dringend auf einen Freier warteten, um das nötige Taschengeld für den Abend sicherzustellen. Aber es war noch zu früh, halb sechs. Ami stand in dieser Klappe, und das hieß: keine Chance für Philipp, denn dieser freche Fribourger würde ihm jeden Jungen wegschnappen, der als Nächster hereinkäme. Was sollte er tun? Durch den Bahnhof zum Park auf der Großen Schanze. Ja, das war das Beste. Das emsige Herumlaufen erhielt ihn wenigstens schlank, und das hatte er nötig, denn man zählte ihn nicht zu den Schönsten der Stadt. Immer noch galten rote Haare als hässlich. Er musste es eigentlich mal in England versuchen, dort war diese Haarfarbe gang und gäbe.

Im Bahnhof war um diese Zeit nichts zu machen, denn der Strom der Pendler, die am Freitagabend nach Hause fuhren, machte es den Strichern unmöglich, sich anzubieten. Philipp nahm den Lift am hintersten Ende der Perronunterführung. Dann ging es noch einige wenige Treppen hoch und er stand auf der Parkterrasse, hoch über der Stadt. Es war schon dunkel, aber kalt, so dass auch in jener Ecke des Parks, wo es einige verschlungene Wege zwischen Büschen hindurch gab, wenig los sein würde. Es müsste Sommer und elf Uhr nachts sein, dann würde es hier wimmeln. Er ging jetzt langsamer, kreuz und quer durch den Park, irgendwann würde schon ein Papa oder ein Jüngelchen erscheinen. Früher war er jeweils mit Paolo, seinem Freund, des Nachts in diesen Park gekommen, ohne etwas zu suchen, nur um einfach in der Szene zu sein und sich unter seinesgleichen zu fühlen. Sie hatten geraucht, gequatscht, gelacht, manchmal einige Flaschen Wein mitgebracht und eine kleine Party veranstaltet. Es war wunderschön gewesen, bis um drei Uhr früh auf einer Bank unter den alten Bäumen zu sitzen, von Ferien im Süden zu träumen, den Schwestern und Strichern nachzuschauen, sie mit Punkten zu bewerten. Paolo war vor einem Jahr an Aids gestorben. Das hatte Philipp ziemlich geschafft, und eine ganze Weile lang war er nicht mehr ausgegangen. Aber das Leben geht weiter, der Schwanz verlangt nach einem anderen Schwanz und die Lippen sehnen sich nach anderen Lippen. Er hatte zwar Paolo nicht vergessen, aber die Erinnerung an ihn hinderte ihn wenigstens heute nicht mehr, andere geil zu finden.

Jetzt war er fünfunddreißig. Er hoffte, dass er bald einen neuen Freund finden würde, denn das Alleinwohnen machte ihm zu schaffen. Die Katze half da auch nicht viel weiter, im Gegenteil, manchmal machte ihn das blöde Tier höchstens noch einsamer. Leider verdiente er nicht genug, um sich ständig Stricher leisten zu können. Sein Budget reichte für höchstens einen pro Woche. Bei den Drogenstrichern, die es in letzter Zeit in Hülle und Fülle gab und die meistens schon für dreißig Franken mitmachten, reichte es für drei. Zwar war bei diesen die Aidsgefahr am größten, aber das beschäftigte Philipp kaum. Irgendwann würde es ihn ohnehin treffen.

Den dort drüben, der eben angekommen war, kannte er. Schade für den, dass er auf Heroin war, und das schon so jung. Aber von den Junkies waren ja die meisten noch pubertär. Philipp musste seinen Schritt beschleunigen, sonst käme ein anderer vielleicht noch rascher an den Jungen. Schon wartete dort eine alte Diplomatenschwuchtel. Ja, Dario hieß der Fixer.

Philipp holte den Jungen ein und blieb neben ihm stehen. »Hallo, wir kennen uns. Ach, ich glaubte schon, ich sei in einem Altersheim heute Abend. Kommst du mit mir auf einen Drink in den Bahnhof?« »Sorry, ich hab's auf die Schnelle. Willst du was, oder bist du jetzt auch einer dieser unentschlossenen Stänkerer?« »Wir können ja mal mit dem Auto weg. Fünfzig?« Er wollte ihn auf keinen Fall einem anderen überlassen, und er bot darum mehr als das Minimum. Dario war zwar ein bisschen schmuddelig, aber er brauchte ihn ja nicht überall abzuküssen. »Ich muss heute einen Lappen machen, Kumpel. Drunter geht's nicht. Ich schulde einem Kollegen Kohle, und die muss ich bis um neun Uhr abliefern.«

»Okay, hundert. Aber ich muss zweimal kommen. Wie du dich vielleicht erinnerst, dauert das bei mir nicht lange. Komm, ich habe meinen Wagen nicht weit.«

»Einen Lappen, okay? Gibst du ihn mir schon mal?« »Nein. Aber ich gebe ihn dir, sobald wir im Auto sind. Vorgestern habe ich auch einen deiner Freunde im voraus bezahlt. Kaum hatte er das Geld, lief er weg. Verstehst du, auch ich trage mein Risiko.« Natürlich war dies frei erfunden.

Dario Zbinden folgte ihm. »Ach, ihr seid doch alles alte Wichser. Wenn ich sage okay, dann ist's okay!« »Bei mir gilt das Gleiche. Im Auto bekommst du den Hunderter.«

Als beide eingestiegen waren, fuhr Philipp gleich los. Gleichzeitig suchte er die beiden bereits in der Hosentasche zurechtgelegten Fünfzigernoten und gab sie Dario. Der steckte sie mit einer raschen Bewegung ein.

»Fahr nicht zu weit. Zum Beispiel in die Engehalde, da ist es cool.« Philipp befolgte den Rat seines Mitfahrers und überlegte, wo man denn in der Engehaldestraße so parkieren konnte, dass vorbeifahrende Autos nicht ins Innere seines Wagens blendeten. Ja, beim Postcheckamt vielleicht. Er hätte es sich nicht zu überlegen brauchen. Dario wies ihn schon bei einem der ersten Gebäude auf einen Parkplatz, der gänzlich im Dunkeln lag. Kaum angehalten, packte er Philipp den Schwanz aus der Hose und begann hektisch zu reiben. »Kannst du es nicht ein bisschen mit mehr Gefühl machen?«, bettelte Philipp. »Ich muss schließlich mein Geld auch sauer genug verdienen. Du tust mir weh.«

»Du bist Spitze, Rotkäppchen! Ihr jammert alle, was das Zeug hält. Weißt du, wie es mir ergeht? Lehn dich jetzt zurück und versinke in deine Träume, sonst stehen wir die ganze Nacht hier.« Philipp nuschelte an Darios Hose, aber dieser reagierte sofort: »Lass das. Ich habe heute keinen Bock auf Sex. Zudem bin ich verletzt. So ein Arschloch von einem Freier hat mir heute Morgen den Schwanz fast abgebissen. So eine miese Ratte, sag ich dir.« Philipp tat, wie ihm geheißen, und lehnte sich zurück. Es kam ihm schon nach wenigen Minuten, obwohl Dario ihn absolut ohne Gefühl bearbeitete und es kein großes Vergnügen war. »Hast du Kleenex?« fragte der Junge und hielt Philipp seine Hand hin. »Du hast mir die ganze Seife über die Pfoten gejagt.«

Philipp war im Stress. Er suchte nach den Papiertaschentüchern im Handschuhfach, gab Dario zwei und wischte sich selber dann die Hose mit einem dritten ab. Er hatte genug von dem Junkie, Hunderter hin oder her. So machte ihm Sex überhaupt keinen Spaß. »Was ist los? Ich dachte, du wollest unbedingt zweimal. Warum machst du die Hose schon zu?«

»Ich mag nicht mehr. Ich fahre dich zurück. Wohin willst du?« »Du bist wirklich ein Spinner, Rotkäppchen! Wenn ich gewusst hätte, dass eine Ladung reicht, hätte ich ein bisschen langsamer gemacht. Selber schuld. Aber ich bin kein mieser Tricker. Vor allem nicht zu meiner Stammkundschaft. Komm, wir gehen noch einen heben. Auf meine Kosten.«

Philipp wäre am liebsten nach Hause gefahren zu seiner Katze. Aber man wusste ja nie, ob man einander nicht wieder mal brauchte. »Parkiere in der Nähe der Reithalle. Wir können ja dann ins ›Shog-Dee‹«, schlug Dario vor.

Philipp fand einen Parkplatz im untern Teil der Genfergasse. Als sie an einem Tisch im Restaurant saßen und auf das bestellte Bier warteten, meinte Dario: »Gestern Nacht hatte ich einen total meschuggen Kerl. Zuerst bumste der mir den Arsch voll und dann musste ich einem Kommissär von der Kripo per Telefon erzählen, Tomi – du kennst ihn doch, das Baby – hätte Selbstmord gemacht. Ich begriff die Story überhaupt nicht. Aber immerhin schauten zwei Hunderter heraus.«

»Tomi?«, fragte Rotkäppchen aufhorchend. »Ja, der blonde, schöne Tomi. War oft in der Reithalle, aber jetzt ist er scheinbar abgekratzt.«

»Und wer hieß dich, den Kommissär anzurufen und zu behaupten, Tomi hätte Selbstmord gemacht?« Philipp zitterte leicht, so sehr machte ihn diese Geschichte von Dario nervös. »Ach, die Harte Nicole. Total gaga, dieser Typ. Eine Brutalo-Schwuchtel. Mit dem mach ich nie mehr was, das schwör ich dir!« Das Bier kam. Dario trank in einem Zug das Glas leer. Philipp nippte daran, er verspürte überhaupt keinen Durst mehr. »Die Harte Nicole? Warum ist denn der daran interessiert, dass die Polizei an Tomis Selbstmord glaubt?« »Keine Ahnung. Ist mir auch scheißegal. Es wäre Zeit, dass der selber mal ein Messer in seinen Arsch gestoßen kriegt. Ich gehe jetzt. Danke, Rotkäppchen. Ein anderes Mal wieder. Wenn du mich brauchst, ich bin auf Achse.« Der Junge stand auf. Natürlich ohne zu bezahlen und ohne noch einen Blick zurückzuwerfen, verließ er das Lokal. »Die Harte Nicole«, murmelte Philipp zu sich selber. Er legte das Geld für die beiden Biere auf den Tisch und erhob sich ebenfalls. Nach Hause wollte er noch nicht. Und für einen Beizenbummel fehlte ihm das Geld. Sollte er im Bahnhof warten, um vielleicht die Harte Nicole zu treffen? Er kannte diesen Schläger kaum, denn für den war er, Philipp, natürlich bloße Scheiße. Aber er begegnete ihm dafür umso mehr, meistens im Bahnhof vor den Klappen oder im Park. Und mit Paolo war die Harte Nicole früher mehrmals in der Pfanne gewesen.

Philipp sinnte der Aids-Epidemie nach. War wohl Dario schon HIV-positiv? Oder die Harte Nicole? Oder er selber? Einen Test würde er nicht machen, dafür reute ihn das Geld. Wahrscheinlich würde auch er, wie Paolo, eines Tages von der Seuche dahingerafft. Schon ein paar Kollegen hatten so ins Gras beissen müssen. Aber es erschreckte ihn nicht besonders. Was hatte er schon zu verlieren? Den miesen Job? Die mickrige Wohnung? Nicht einmal mehr einen Freund.

* * *

Der Nachmittagsspaziergang führte den Alten Max vom Bärengraben durch die mittelalterlichen Gassen hinauf. Er nahm sich Zeit, in die Schaufenster hineinzugucken, die Auslagen mit billigen Souvenirartikeln, wertvollen antiken Möbeln oder modernen Dekorationsgegenständen zu beurteilen und mit einem Lächeln zu verabschieden. Max Weber hatte schon längst alles, was er brauchte. Mit zweiundsiebzig Jahren baute man nicht mehr auf, sondern man genoss, was man hatte. Der Estrich war voll, der Keller war voll und die Schränke waren voll, oft mit Dingen, die man ohnehin nicht mehr brauchte und die, würde man noch in ein anderes Haus umziehen, wahrscheinlich weggeworfen würden. Die moderne Gesellschaft produzierte zu viel der Waren und zu wenig der Werte.

Max trug, wie eigentlich immer, einen grauen Anzug, ein weißes Hemd mit einer möglichst bunten Krawatte. Mit seinen wenigen weißen Haaren, die seinen alten glänzenden Schädel umgaben wie ein Silberkranz, wirkte er würdig, gepflegt und gütig. Er war es auch, und für viele aus der homophilen Szene, wie er den Kreis der ihm bekannten Schwulen nannte, war er eine Art Vater. Sein Schritt war gemächlich und aufrecht, er hatte Zeit, die Welt um sich mit interessierten, oft erstaunten Augen zu beobachten, eine Welt, die sich seit seiner Kindheit in Berlin so sehr verändert hatte.

Max kam an der ›Casa Marcello‹ vorbei, einer dunklen, etwas ungepflegten Spelunke in der Aarbergergasse. Hier pflegten sich viele Homosexuelle, vor allem junge, tagsüber zu treffen. Wie schon oft trat er ein. Eine Kaffeepause tat ihm gut; es war auch ziemlich kalt, und er hatte vergessen, sich den wollenen dunkelblauen Mantel überzuziehen. Er würde später durch den Bahnhof spazieren, da gab es immer etwas zu sehen, und mit dem Bus an die Muristraße zurückfahren, wo er immer noch die große Wohnung belegte, die er fünfzehn Jahre lang mit seiner Frau geteilt hatte. Sie war ihm schon vor zwanzig Jahren davongelaufen, wahrscheinlich, oder sicher, weil er mit ihr nicht ins Bett gegangen war. Er war homosexuell seit seiner Jugend. Aber früher musste man trotzdem heiraten, sonst war es mit der beruflichen Karriere Essig. Und das war gerade in seinem Fall, als Diplomat in der Bundesverwaltung, besonders deutlich so gewesen.

Max ging durch die lärmenden jungen Leute hindurch in den etwas ruhigeren Teil des Restaurants, ganz hinten im schmalen Raum. Er sah Gil Brands, den jungen Holländer, an einem der Tische und steuerte auf ihn zu. Der attraktive junge Mann gefiel ihm gut und war immer freundlich zu ihm, besonders in der Sauna, wo Max manchmal einen Helfer benötigte, wenn er sich verstreckte und sich danach nicht mehr bücken konnte. Natürlich hatte er es nicht mehr darauf abgesehen, mit einem Jungen Sex zu haben, aber er fühlte sich unter Söhnen der griechischen Antike nicht so einsam.

»Hallo Max«, begrüßte ihn Gil. »Setz dich. Wie geht's heute?« Die Holländer sind ein freundliches, offenes Volk, dachte Max und nahm Gil gegenüber Platz. »Grüß dich, Gilbert. Danke, ich fühle mich munter. Aber es ist kalt, und ich will mich auf meinem Spaziergang etwas erwärmen. Und dir?«

»Ach, mittelmäßig. Ich warte hier auf Heinz Simon. Vielleicht hilft der mir, die Stimmung etwas zu heben.« »Heinz Simon?« Max konnte sich nicht an einen Mann dieses Namens erinnern.

»Du hast doch Beni Weil gekannt, nicht wahr? Heinz ist einer der Jungs, die mit ihm und Tomi den Film über die Schwulen drehen wollten. Ein kaufmännischer Lehrling mit so viel dunkelbraunem Kraushaar.« Gil fuhr als Maßangabe mit beiden offenen Händen um seinen Kopf.

Vielleicht habe ich ihn schon gesehen. Ich erinnere mich im Augenblick aber nicht. Und, was willst du von ihm?« Max' Lust bestand vor allem noch aus Neugier. Er galt auch als der Mann in der Szene, der alle Zusammenhänge kannte. »Erstens will ich ihn fragen, was mit Beni Weil los war. Sandro und ich haben da einiges munkeln gehört. Und du kannst dir vorstellen, dass Willy um den Ruf seiner Sauna fürchtet. Der Direktor hat Willy gesagt, Beni sei an Tomis Tod mitschuldig und hätte darum Selbstmord begangen. Aber dieser Kommissär Hans glaubt scheinbar nicht an Tomis Selbstmord und sucht einen Mörder. Stell dir vor: ein Mord in unserer Sauna. Das wäre eine Story!« »Und zweitens?«, fragte Max schmunzelnd. »Was zweitens? Aha: Vielleicht habe ich jetzt Chancen bei Heinz. Wenn Beni tot ist, dann braucht er vielleicht einen neuen Freund. Ich finde ihn supergeil.«

Max lachte und bestellte beim schmuddeligen Kellner eine Schale Gold. Dann wandte er sich wieder Gil zu. »Ja, bei dem Annäherungsversuch kann ich dir wahrscheinlich nicht viel helfen. Und über Tomis Tod weiß ich auch nicht viel. Ich habe mir so meine Gedanken gemacht. Es stimmt, dass Beni Weil heute Morgen tot aus der Aare gezogen wurde. Ich bin zufällig dort vorbeigekommen. Aber ich kenne auch keine Einzelheiten.« Gil machte ein wichtiges Gesicht, so dass seine Stupsnase noch mehr zur Geltung kam. »Willy hat den Kommissär angerufen und geradeheraus gefragt. Es scheint, dass Beni Weil auch Selbstmord begangen hat.« »Warum auch?«

»Warum wohl? Weil Tomi es ein paar Tage zuvor tat. Ich glaube nicht, dass ihn jemand umgebracht hat. Wer hätte das schon gewollt? Alle wollten doch etwas ganz Besonderes von ihm. Gut«, überlegte Gil weiter, »es war natürlich leicht möglich, die Schlüssel zum Massagezimmer von unserem Tisch zu stehlen und sich unbemerkt dorthin zu begeben. Aber würdest du denn einen Knaben mitten in einer bevölkerten Sauna ermorden? Ich kann mir das nicht vorstellen.«

Max erhielt seinen Kaffee, schüttete Zucker dazu und rührte darin. »Vieles ist in meinem Leben schon geschehen, das ich mir vorher nicht vorstellen konnte. Vielleicht war jemand mit Tomi in diesem ominösen

Massageraum, um mit ihm ein Spielchen zu machen. Und dabei geschah ein Unfall. Oder vielleicht verweigerte Tomi sich und drohte dem anderen, ihn zu erpressen oder zu verraten. Oder vielleicht, zwar weniger wahrscheinlich, wollte Willys Erzfeind die Sauna durch einen solchen Akt zerstören. Die Menschen sind so von geheimnisvollen Mächten beherrscht, dass bei ihnen fast alles möglich ist.«

»Ach, hallo Heinz!«, rief Gil erfreut und stand auf. Heinz Simon stand hinter Max. Gil hatte nicht übertrieben: Der Lehrling hatte eine richtige Mähne von dunklem Kraushaar um sein hübsches junges Gesicht. Den Kragen seiner schwarzen Lederjacke hatte er hochgeschlagen, was ihn stolz und vorwitzig aussehen ließ. Er war kleiner als Gil, aber in den engen Jeans und mit den hochhackigen Stiefeln wirkten seine Beine außerordentlich lang. Max begriff, dass man sich in diesen Jungen verlieben konnte. Welch ein Po!

»Hallo«, begrüßte Heinz den Holländer kurz. Er hatte eine tiefe, klangvolle Stimme, die Max an Marlene Dietrich erinnerte.

»Komm, sitz ab. Das ist Max Weber. Du kennst ihn sicher vom Sehen. Er ist oft im ›Underground‹ und manchmal auch bei uns in der Sauna.« Während sich Heinz Simon einen dritten Stuhl heranzog, fuhr Gil fort: »Danke, dass du gekommen bist. Sandro hat mir gesagt, es sei gar nicht so leicht, an dich heranzukommen. Aber ich muss unbedingt eine Auskunft von dir haben.« Heinz wehrte mit einer Handbewegung ab und setzte sich zu Gil und Max.

»Soll ich gehen?«, fragte Max, blieb aber sitzen. Er wollte sich, wenn möglich, nicht entgehen lassen, was Heinz für Neuigkeiten mitbrachte.

»Du störst uns überhaupt nicht«, meldete sich Heinz nun bestimmt, eher um Hilfe bittend. Er bestellte eine Cola, öffnete den Reissverschluss der Jacke und wandte sich an Gil: »Also, worum geht's?« Gil suchte bei Max mit einem kurzen Blick Mut und erklärte dann:

»Es tut mir Leid wegen Beni. Aber Willy macht sich jetzt natürlich Sorgen um die Sauna. Er weiß nicht, was er tun soll. Irgendwie hängt das ja alles zusammen, ich meine das mit Tomi und das mit Beni. Ist es wahr, dass der Kommissär nicht an einen Selbstmord bei Tomi glaubt?«

Heinz wärmte sich die Hände, indem er sie gegeneinander rieb. »Da kommt überhaupt keine Sau mehr nach, weißt du. Dieser Kommissär war heute Nachmittag bei Andreas und wollte von ihm wissen, wo Beni am Dienstagmorgen vor der Schule gewesen sei. Ob er immer am selben Ort joggen gegangen sei und mit wem. Ob er einen Feind hatte und so. Es tönt ganz danach, als glaube der Bulle, Beni sei ermordet worden. Und Tomi auch.«

»Ich meine, vielleicht könnten ich und Sandro bei der Aufklärung helfen.«

Heinz schüttelte seine Locken. »Beni hat auf jeden Fall nichts mit Tomis Tod zu tun. Er war am Sonntagnachmittag die ganze Zeit bei mir und Andreas. Keine Sekunde hat er uns verlassen. Und dann, als man Tomi fand, ist er fast durchgedreht. Er konnte es nicht fassen. Den ganzen Abend hat er geweint und kein vernünftiges Wort gesprochen.«

Max mischte sich nicht ins Gespräch. Gil aber fragte weiter: »War eigentlich Tomi Benis *Number One*?« Heinz hob seine Schultern. »Beni war in uns alle drei verknallt. Aber Tomi war ihm besonders wichtig, weil er die Hauptrolle im Film hatte. Und Tomi hing auch sehr an Beni, obwohl er nicht in ihn verliebt war. Er war eher der untreue Typ, weißt du. Hingegen ist es ausgeschlossen, dass er sich das Leben genommen hat. Einfach unmöglich.«

»Der Kommissär war schon dreimal bei Sandro und mir. Wir haben ihm alles gesagt, was wir wissen. Über den Tod von Beni wissen wir allerdings überhaupt nichts.«

»Gestern wurde bei uns eingebrochen. Andreas wohnt noch dort, und weil er Angst hatte, er müsse sofort zu seinen Eltern zurück, hat er es der Polizei nicht gemeldet. Er glaubte auch, dass nichts gestohlen wurde. Aber wir haben jetzt festgestellt, dass die Videokassetten, die Beni schon vom Film produziert hatte, weg sind. Wer könnte wohl daran interessiert gewesen sein, diese Kassetten zu stehlen?«

Heinz bekam seine Coca-Cola und trank einen Schluck. Max war nicht sicher, ob der Junge wirklich um seine Freunde Tomi und Beni trauerte oder nicht. Anmerken ließ sich Heinz auf jeden Fall nichts. »Wen sieht man denn auf diesen Aufnahmen?«, fragte jetzt Max. »Vor allem Tomi. Aber auch mich und Andreas. Eigentlich nur uns drei.«

»Und wer weiß davon?«

»Außer uns drei? Der Kommissär hat sie gesehen, hat Andreas gesagt. Aber er hat sie ihm wieder zurückgebracht und geraten, sie zu vernichten.« Heinz überlegte eine Weile. »Es wissen natürlich viele, dass Beni einen Film über Tomi und ein Schwulenschicksal drehte. Du wolltest den Film ja sponsern, soviel ich weiß, nicht wahr, Max?

Der Scheich, die Harte Nicole und Willy Ambühl wussten auch davon. Sicher noch Weitere.«

»Ich habe keine Aufnahmen gesehen«, meinte Max. »Vielleicht suchte der Einbrecher auch etwas ganz anderes und nahm dann die Kassetten aus Neugier mit. Tomi war noch minderjährig. Man hätte damit vielleicht Beni belasten können, je nachdem, was Tomi in dem Film tut. Aber wer ist schon daran interessiert, einen Toten zu belasten.«

»Ich weiß auf jeden Fall auch nichts weiter«, erklärte Heinz. »Warten wir's ab. Es bleibt ja nichts anderes übrig.«

»Wenn wir dir oder Andreas etwas helfen können, lass es uns wissen. Willy, Sandro und ich sind für euch da.« Gil legte eine Hand auf Heinz' Schulter. Dieser schüttelte sie aber mit einer raschen Bewegung ab und grinste. »Wir kommen schon über die Runden.«

Es entstand eine kleine Pause. Max nahm an, dass Gil jetzt seinen Annäherungsversuch starten wollte. Er ließ die beiden allein und setzte seinen Spaziergang fort. Es war kurz vor fünf und begann bereits zu dunkeln. Er schritt ein bisschen schneller aus, denn es war jetzt beißend kalt geworden. Der Winter war nicht die Jahreszeit, um homophiles Glück zu genießen, dachte er. Wohl aber, um sich mit Mord und Selbstmord zu befassen. Und das wollte er heute Abend.

• • •

Gerade als Wildbolz sich auf den Weg machen wollte, das so genannte Rotkäppchen, mit richtigem Namen Philipp Schaer, in seiner Wohnung an der Jolimontstraße aufzusuchen – es war Punkt sechs –, rief ihn Amacher in sein Büro. Was wollte der Alte schon wieder? Hatte er von den Laborberichten über Weil vernommen? Wildbolz hatte sie ihm auf jeden Fall noch nicht zukommen lassen. Oder hatte er wieder ein politisches Problem? Der Kommissär war sich im Klaren, dass er nicht vom Fleck kam in dieser verworrenen Milieugeschichte. Er war von Pontius zu Pilatus gefahren, hatte eine Menge Leute, die irgendwie mit den Todesfällen in Zusammenhang standen, kennen lernen müssen und hatte noch einige kennen zu lernen. Ohne dass er mit allen Personen gesprochen hatte, die an jenem Sonntag in der Sauna gewesen waren, konnte er gar keine Zusammenhänge sehen.

Amacher saß hinter seinem Riesenpult, trommelte mit den Riesenhänden auf die dunkle Tischplatte und sah ihm mit sturem Blick entgegen. Der Alte hatte irgendeinen verrückten Entschluss gefasst, ging es Wildbolz durch den Kopf. »Gut, dass du noch im Büro warst, Hans. Ich habe Sorgen mit dir.« Das war die Begrüßung. Wildbolz wusste nichts darauf zu antworten und setzte sich stattdessen unaufgefordert auf den Holzstuhl, Amacher gegenüber. »Hier.« Der Chef gab ihm einen Bogen Papier über den Tisch. Wildbolz nahm das Blatt und las die Überschrift: Presse-Communiqué 22.11.92 NA-33.451.

Bevor er zu lesen begann, warf er nochmals einen Blick auf Amacher. Er saß in geduckter Haltung in seinem Sessel und wartete, als wollte er seinen Untergebenen demnächst anspringen.

Wildbolz führte seine Augen zurück zum Bogen Papier. *»Heute Morgen um 06.15 Uhr wurde beim Restaurant ›Schwellenmätteli‹ die Leiche des achtunddreißigjährigen ledigen Sekundarschullehrers Bernhard Weil aus Bern-Bümpliz aus der Aare geborgen. Gemäß den Untersuchungen des Institutes für Rechtsmedizin und der Kriminal- und Sicherheitspolizei der Stadt Bern war Weil schon seit Dienstag tot. Es ist offensichtlich, dass der gut beleumundete, aber als sehr sensibel geltende Lehrer Selbstmord verübt hat. Die zuständigen Behörden haben eine entsprechende Untersuchung eingeleitet.«*

Hatte Amacher also den Bericht des Labors nicht erhalten? Dieses Communiqué entsprach doch längst nicht mehr den vorliegenden Informationen.

Wildbolz lehnte sich zurück und räusperte sich. »Darf ich dir ein paar Fragen stellen, Klaus?«

»Bitte, bitte. Los von Rom.« Es war klar: Der Chef war äußerst angespannt.

»Also, erstens: Hast du den Bericht von der Rechtsmedizin nicht bekommen, der besagt, dass Weil gefesselt worden war, bevor er ins Wasser kam und ertrank?«

»Doch, habe ich. Aber die Herren dort sind nicht sicher, dass es wirklich so war. Eine Vermutung, verstehst du, kommt bei mir nicht in ein Communiqué. Bei mir nicht! Ich will mich und unsere ganze Truppe doch nicht in Verruf bringen. Solche Indianerideen! Gefesselt, geknebelt und am Marterpfahl gefoltert. Hans, du bist doch schon lange bei uns.« Amacher schüttelte seinen großen Schädel und forderte den Kommissär auf, weiter zu fragen. Wahrscheinlich gefiel er sich in dieser wichtigtuerischen Rolle auch noch. »Zweitens: Warum erwähnst du den offensichtlichen Zusammenhang zum Tod Tomi Fehrs nicht?« »Ganz einfach: Weil es keinen offensichtlichen Zusammenhang gibt. Fehr verübte vor einer Woche Selbstmord in einer Sauna, Weil zwei Tage später an oder in der Aare. Die beiden kannten einander. Aber wenn es einen Zusammenhang gäbe, hätten sie auch zusammen Selbstmord verübt. Ganz abgesehen davon, dass ich nicht erst jetzt über etwas berichten will, das vor einer Woche geschehen ist. Was würde die Presse davon halten? Du kennst ja die Herren Journalisten. Es ist einfacher zu sagen, dass wir über den Fall Fehr noch nicht berichten können, weil unsere Untersuchungen noch nicht abgeschlossen sind. Auch wenn sie es eigentlich schon sind. Und dazu kommt, dass mich Fehrs Vater, der Professor, persönlich gebeten hat, Tomis Namen in den Zeitungen unerwähnt zu lassen. Klar? Weitere Fragen?«

»Und warum erwähnst du nicht, dass Weil in homosexuellen Kreisen verkehrte? Wir sind ja schließlich auch auf Hinweise aus der Bevölkerung angewiesen.«

»Kommt nicht in Frage. Ich habe dir schon gesagt, dass ich aus politischen Gründen diese Szene nicht unnötig belasten will. Zudem, was sollte die Bevölkerung mit einer solchen Erwähnung anfangen können? Glaubst du, die würden uns dann anrufen und sagen: ›Sie, den habe ich einen jungen Mann küssen sehen. Der hatte sicher Liebeskummer.‹ Oder was erwartest du für Hinweise? Wir bekämen Hunderte von Briefen, dass es wieder einmal typisch sei, dass bei den Schwulen solche Sachen passierten. Dass man diese Kranken besser in eine Klinik täte, als sie frei herumlaufen zu lassen. Und so weiter. Nein, nur ja nichts von dem erwähnen, Hans.«

»Ist schon recht, Klaus. Gib der Presse, was du willst, aber sage ihnen wenigstens, dass wir weiter untersuchen. Wir sind ja schließlich keine Notare, sondern Polizisten.«

»Vielleicht sage ich es den Journalisten. Vielleicht auch nicht. Aber es gibt etwas, das ich dir sage, Hans: Ich entziehe dir die beiden Fälle mit sofortiger Wirkung. Von jetzt an werde ich selber weitermachen. Und ich garantiere dir, am Montag sind beide Fälle abgeschlossen und dem Staatsanwalt übergeben. Zwei Selbstmorde im Milieu, nichts Außergewöhnliches. Wir haben kein Geld, um an diesen belanglosen Fällen ein Jahr herumzunörgeln!«

»Sag das nochmals. Du entziehst mir die beiden Fälle mit sofortiger Wirkung? Wie begründest du das?« Wildbolz hatte so etwas von Amacher noch nie erlebt. Er war stinksauer, nicht nur über die arrogante Art und Weise, wie ihm der Chef seinen Entschluss vortrug, und nicht nur über den Schlag ins Gesicht, den er ihm damit verabreichte, sondern auch über die maßlose Dummheit, die darin zum Ausdruck kam.

»Wir können nicht an dem Selbstmord eines Sechzehnjährigen herumuntersuchen, bis noch zehn andere aus der Szene sich auch das Leben genommen haben. Es geht hier um besonders sensible Kreise. Einen Toten zu viel hat's schon gegeben, und das ist nicht zuletzt deine Schuld. Du hast diesem Weil das Feuer unter dem Arsch angezündet und ihn in Panik versetzt. Als du mir erzähltest, dass du ihm die Kassetten abgenommen hast, wusste ich schon, was da auf uns zukommen würde. So kann das nicht weitergehen. Meinst du, ich will in der Zeitung lesen: *Berner Polizei treibt Schwule massenhaft in den Selbstmord?* Dann kann ich sofort den Hut nehmen, und meine Pension wird um die Hälfte gekürzt. Hans, nimm es gelassen. Überlasse mir die beiden Fälle, und du bist fein raus. Wir haben soviel anderes zu tun, das genau so interessant, aber weniger heikel ist. Zum Beispiel der Raubmord an der Ladeninhaberin in der Münstergasse. Wir sind arg im Rückstand bei der Aufklärung unserer Fälle und können darum nicht aus Wehmut Monate um einen Selbstmord herum untersuchen. Meine Kollegen in Zürich und Basel lachen sich wahrscheinlich schon ins Fäustchen.«

Wildbolz war perplex. Amacher hatte ihn ja bereits mehrmals vorgewarnt, dass er mit den Untersuchungen unzufrieden war. Warum auch immer. Aber Wildbolz war sich keines Fehlers bewusst. Er überlegte sich, ob er nicht gleich kündigen sollte. »Einen anderen Fall mag ich in den nächsten Tagen sicher nicht, Klaus. Ich nehme eine Woche Urlaub und überlege mir, was ich am besten tue. Du machst einen Fehler. Aber lassen wir das für den Moment.« Amacher stützte sich mit beiden Händen auf sein Pult, beugte sich zu ihm vor und meinte beschwichtigend: »Reagiere jetzt nicht unüberlegt. Wahrscheinlich wirst du es mir noch danken, dass ich alles sofort selber in die Hände nehme und möglichst schmerzlos abschließe. Bitte übergib mir alle Unterlagen, die du inzwischen erstellt und gesammelt hast. Ich will noch heute Nacht mit der Weiterbearbeitung anfangen. Und wenn du willst, dann nimm halt eine Woche Urlaub, obwohl das auch nicht im Sinne unserer Abteilung ist. Und noch etwas: Ich zweifle nicht an deinen Fähigkeiten, bitte vermische das nicht mit dem, was ich dir als Gründe erörtert habe. Ich stehe voll und ganz hinter dir – und wenn's mal sein muss, eben auch über dir.« Wildbolz erhob sich. Was sollte er noch mit dem alten Knacker diskutieren. Eine Woche Urlaub tat ihm gut. Vielleicht sogar eine Frühpensionierung. Aber er würde ganz privat weiter beobachten, was Amacher mit den beiden Fällen machte. Ein oder zwei Morde durften nicht ungesühnt bleiben, dafür würde er sorgen. »Danke, Hans!«, rief ihm der Alte nach. Wart's ab, dachte Wildbolz.

• • •

Mit äußerst gemischten Gefühlen fuhr Wildbolz seinen Passat am Freitagabend nach Hause. Einerseits freute er sich auf die Woche Urlaub. Er würde sie nutzen, um einmal ganz privat in die schwule Welt einzutauchen und von innen zu versuchen, seine Schlüsse zu den beiden Todesfällen zu ziehen. Andererseits ärgerte er sich natürlich zutiefst über Amacher. Es war klar, was sein Chef im Sinne hatte: die beiden Fälle möglichst rasch als Selbstmorde abzutun und abzuschließen, bevor Presse und Politik sich damit zu befassen begannen. Aber das war selbstverständlich eine Schnoddrigkeit, die sich kein berufener Polizist oder Detektiv erlauben durfte. Er würde dem Chef die wenigen Unterlagen übergeben; das meiste war sowieso in seinem Kopf gespeichert.

Zu Hause zog sich Wildbolz sofort um. Er wählte eine alte schwarze Cordhose, einen roten Pullover und seine alte schwarze Lederjacke. Damit hatte er sein polizeiliches Aussehen abgelegt, was ihm in der Szene der Homosexuellen vieles erleichtern konnte. Er beschloss, trotz der Kälte, zuerst mit Fritz einen ausgedehnten Spaziergang zu machen, um sich auch psychisch vom Dienst zu befreien. Der Hund war ihm dankbar, denn meistens musste er mit dem Nachbarsmädchen immer wieder dieselbe Runde drehen. Es war schon dunkel, und Wildbolz verzichtete auf sein Vorhaben, an der Aare entlang zu spazieren und den Platz zu suchen, der dem Mörder gedient haben könnte, den Lehrer unbemerkt ins Wasser zu stoßen. In der Dunkelheit ließe sich da kaum etwas finden. Dafür führte er sich und den Hund ins Marziliquartier. Er wollte hier eine kurze Marschpause einlegen. Im Restaurant ›Marzilibrücke‹ genehmigte er sich einen Zweier Weißwein, bevor er zum Bundeshaus hinaufstieg, um von dort wieder Richtung Morillonstraße weiterzugehen. Er gab sich Mühe, an nichts Besonderes zu denken, sondern die Gedanken auf das zu konzentrieren, was er auf seinem Spaziergang sah. Als er um halb acht wieder daheim war, fühlte er sich bereits mehr oder weniger von seinen beruflichen Problemen befreit. Die zivile Welt war, gottseidank, nicht auf polizeiliche Ermittlungen und auf behördliche Hierarchie ausgerichtet.

Wildbolz ließ den Hund in die Wohnung und den Wagen auf dem Parkplatz vor dem Haus und machte sich zu Fuß in Richtung Neubrückstraße auf. Er hatte beschlossen, sich die ›Steamshop-Sauna‹ einmal als privater Gast anzusehen. Hunger hatte er noch keinen, wahrscheinlich hatte ihm Amacher den Appetit verdorben. Zudem konnte er später immer noch ins ›Lorenzini‹. Bereits in der Sulgenau endete sein Fußmarsch, und er stieg in die Tram. Immerhin hatte er ja schon einen einstündigen Spaziergang hinter sich, und so jung war er nun auch wieder nicht. Ob er zu alt war, sich in der schwulen Szene privat zu bewegen? Die Homos waren doch, so hörte man es von allen Seiten, auf junges Fleisch fixiert. Alle, die es sich leisten konnten, hielten sich einen jungen Freund oder sogar mehrere. Mit dem Bus erreichte Wildbolz die Neubrückstraße, ging die Garageneinfahrt des neu renovierten Hauses Nummer elf hinunter und drückte die Klingel. Wie schon zweimal vorher öffnete ihm ein Summer die Türe. Er ging den Gang hinunter, der zum Empfangstisch führte. Die warme, feuchte und mit Kräutern parfümierte Luft strömte ihm entgegen. Am Tisch saß Gil. Er grinste Wildbolz mit einem lang gezogenen »Hallo« an. »Musst du schon wieder das Dampfbad inspizieren?«, fragte der Holländer frech.

»Gib mir einen Mitgliedsausweis, Gil«, verlangte Wildbolz statt einer Antwort. Der Junge sah ihn verblüfft an. »Die Polente braucht nichts zu bezahlen.«

»Ich komme privat. Ein Saunabad wird mir gut tun, bei diesem miesen Wetter.«

Gil sah ihn misstrauisch an und meinte dann: »Wie du willst. Eine Karte für einen Monat kostet fünfzig Franken. Du kannst dann so oft kommen, wie du willst.« Gleichzeitig begann er den Ausweis auszustellen. »Ich brauche deinen ganzen Namen und die Adresse.« Wildbolz gab ihm die nötigen Angaben und fragte dann: »Ist Sandro auch da?«

»Ja. Er macht heute die Bar. Es hat einige Leute dort. Er wird kaum Zeit haben, mit dir in eine Kabine zu kommen.« »Frechdachs! Ich möchte lieber eine Massage. Ihr habt doch da einen Masseur, nicht wahr?«

Gil nickte lächelnd. »Sonny. Ich werde dich einschreiben. Aber du musst etwa eine Stunde warten. Er ist noch besetzt. Wir dürfen doch den Massageraum wieder benützen, oder?« Gil übergab Wildbolz den Schlüssel für den Kleiderkasten und zwei Badetücher. Den Ausweis übertrug er fein säuberlich in eine Mitgliederkartei, jene offensichtlich, von der der Kommissär eine Kopie erhalten hatte. »Ja. Unsere Ermittlungen hier drin sind abgeschlossen.« Wildbolz nahm seine Sachen und ging in die Garderobe. Als wäre sein heutiger Besuch die genaue Wiederholung des letzten, fönte sich hier der hässliche Rothaarige sein schütteres Haar und warf ihm einen schamlosen Blick zu. Wildbolz brummte einen Gruß; er wusste noch nicht, wie man sich hier unter Badegästen benahm. Mit Hemmungen zog er sich aus. Er war es zwar vom früheren Dienst her gewohnt, mit anderen Männern zusammen zu duschen, aber hier drin machte ihn seine Nacktheit unsicher. Es war ihm klar, dass man seinen Körper genau bewerten würde. Für seine einundfünfzig Jahre sah er noch gut aus, ohne Spitzbauch und graue Haare auf der Brust. Aber er würde sicher nicht zu denen gehören, die man von Raum zu Raum verfolgte, um sich bei erster passender Gelegenheit anzubiedern.

Ohne sich seine Hemmungen anmerken zu lassen, ging Wildbolz zu den Duschen. Unterwegs begegneten ihm zwei etwa gleichaltrige verklemmte Badegäste und warfen ihm einen kurzen prüfenden Blick zu. Wahrscheinlich kannten sich hier die meisten Besucher, zumindest vom Sehen. Er war ein neuer Alter, und darum würde er kaum mit großer Sympathie empfangen werden. Es war ihm klar, dass in der Sauna so etwas ablief wie bei einer Auktion. Die Jungen wurden von den Alten gejagt und schließlich dem meistbietenden zugesprochen. Vielleicht irrte er sich auch. Er würde es nach diesem Besuch besser wissen.

Im Schwitzbad setzte er sich in eine Ecke. Drei Männer saßen drin, schienen aber nicht miteinander zu plaudern, wie er dies von anderen Saunabädern gewohnt war. Es blieb auch keiner über drei Minuten drin. Während sich Wildbolz eine Viertelstunde lang ausschwitzte, beobachtete er ein ständiges Kommen und Gehen. Nur ganz selten wurde ein Wort gewechselt. Kam ein Junge herein und setzte sich eine Minute auf die unterste Holzpritsche, folgten ihm alle Alten, wenn er den kleinen heißen Raum wieder verließ.

Wildbolz verhielt sich in den Augen der anderen sicher sonderbar. Er wollte das Saunabad aber nach den empfohlenen Regeln genießen und hätte auch nicht gewusst, was er tun sollte, wenn er einem Jungen gefolgt wäre. Es musste ganz klare Gepflogenheiten geben. Da er sie noch nicht kannte, verhielt er sich so unauffällig wie möglich.

Nach dem ersten Schwitzbad und einer erneuten Dusche ging er in die Bar. Sandro war hinter dem Tresen und reinigte Gläser und Tassen. Als er den Kommissär erblickte, lächelte er freundlich. Wildbolz hatte das Gefühl, in seinem Blick sogar einen gewissen Respekt für ihn zu erkennen. Er setzte sich auf einen der freien Barstühle und bestellte ein Mineralwasser. Auch in der Bar fiel ihm das hektische Kommen und Gehen auf. Niemand verweilte längere Zeit hier. Man war ständig auf der Suche nach einem jungen Gott, vielleicht auch nur nach einem vergnügungswilligen anderen Körper. Als er nach einer Weile allein an der Theke saß, sprach er Sandro an. »Wie geht's dir, mein Junge?« Vielleicht war diese Anrede zu verbindlich, aber es war ihm nichts anderes in den Sinn gekommen. »Hallo, Hans. Gil hat mir gesagt, du seist nicht dienstlich hier. Super, wenn dir unsere Sauna so gut gefällt.«

War dies ironisch gemeint? Er betrachtete den jungen Spanier, der in seinen Shorts und im verwaschenen T-Shirt neben den Badegästen in ihren Tüchern auffallend anständig aussah. Anständig? Wildbolz überlegte, warum er die anderen unanständig fand. Es musste an ihrer Emsigkeit und an den gierigen, suchenden Blicken liegen. »Ich bin jetzt ein ganz gewöhnliches Mitglied. Dir zuliebe.« Das war anzüglich. Aber der Junge gefiel Wildbolz nach wie vor. Seine großen dunkelbraunen Augen hatten das Gierige der anderen nicht. Mag sein, dass er, Wildbolz, bereits verliebt und verblendet war. War er das?

Sandro lächelte ihn an. »Danke. Und wie weit bist du in Sachen Tomi vorangekommen?«

Wildbolz entschloss sich, dem hübschen Barman die Wahrheit zu sagen. »Ich habe den Fall abgeben müssen. Anscheinend, weil ich nicht rasch genug feststellen konnte, dass es sich um einen Selbstmord handelte.«

Sandro stand ihm jetzt gegenüber und runzelte die Stirn. »Glaubst du nun, dass es ein Selbstmord war?« »Ehrlich gesagt: nein. Aber ich habe ja nichts mehr damit zu tun. Mein Chef führt jetzt die Ermittlungen. Aber er wird kaum hier auftauchen. Für ihn ist die Sache klar. Lassen wir das. Ich hätte lieber, ich könnte dich mal privat treffen.«

»Warum auch nicht? Willy will mich ja sowieso entlassen.« Er musste einen anderen Gast bedienen, darum fügte er kurz hinzu: »Ich gehe morgen Abend in den ›Underground‹. Wir können ja dort einen zusammen trinken.«

Gil kam an die Bar und rief Wildbolz zu: »Du kannst jetzt schon zur Massage, Hans. Sonny erwartet dich.« Wildbolz trank sein Wasser aus. »Du bezahlst alles erst, wenn du gehst«, erklärte Sandro, während er dem anderen Gast einen Kaffee zubereitete. Wildbolz verließ die Bar, ging quer durch den Trainingsraum, der heute Abend leer war, zum Massageraum. Die Türe stand offen. Drinnen stand ein schätzungsweise fünfundzwanzigjähriger Muskelprotz und wusch sich am kleinen Spülbecken die Hände.

»Bist du Hans?«

»Ja. Guten Abend. Gil hat mir gesagt, ich sei schon dran.« »Ja, komm nur. Leg dich auf den Schragen, ich bin gleich so weit. Willst du eine Sportmassage oder eine Feinmassage?« Sonny hatte kurze Locken, einen fast viereckigen Kopf, der von zwei hellen blauen Sternchenaugen und von einem großen Mund mit fast negroiden, fleischigen Lippen geziert wurde. Er sprach langsam, aber mit hoher Stimme, wie ein Emmentaler Bauer. Wildbolz wusste mit dem Angebot nichts anzufangen. »Machen Sie einen Mix.«

»Du kannst mich ruhig duzen, ich tue auf jeden Fall, als wären wir alte Kumpel. Das macht vieles leichter. Gesehen habe ich dich aber noch nie.« Scheinbar hatte ihm Gil nicht verraten, wer Wildbolz war.

Sonny kam mit einem kleinen Fläschchen vom Spülbecken. »Okay, ich mache dir einen Mix. Kostet dann allerdings 'nen Fünfziger. Leg dich auf den Bauch. Wir fangen hinten an und hören vorne in der Mitte auf.« Er lachte noch höher, als er sprach.

Als erstes riss Sonny dem Kommissär das Badetuch weg, das der immer noch schamhaft um die Hüfte geschlungen hatte. Dann träufelte er ihm eine kalte schmierige Flüssigkeit auf den Rücken und die Beine. Sachte, fast zärtlich, rieb er das Öl in Wildbolz' Fleisch. Als nächstes setzte er sich, nur mit einem kleinen Slip bekleidet, der im Schritt einen Reissverschluss mit einem großen Metallring hatte, auf Wildbolz' Hintern. Die Massage am Rücken war hart, und manchmal hatte Wildbolz Lust, unter den Schmerzen, die ihm Sonny zufügte, aufzuschreien. Am Schluss schlug er mit den Fäusten auf Wildbolz' Rücken ein, als sei er mit ihm in eine Schlägerei verwickelt. Auch die Beine wurden nicht sanfter behandelt, nur wenn Sonny mit seinen von Fett triefenden Händen an der Innenseite der Oberschenkel entlang fuhr, wurde er so zärtlich, dass Wildbolz das Gefühl hatte, er berühre die Haut kaum. Natürlich erregte das, und der Kommissär hoffte, dass er sich nicht gleich umdrehen musste.

Die Massage ging jetzt etwas weniger grob vor sich. Wildbolz' Arme wurden kreisförmig gedreht, dann gebogen, dann geknetet. Auf die Schultern wurde mit den Handkanten gehämmert. Dann begann eine feinfühlige Kneterei die Beine hinauf, nachdem die Fußsohlen eine Weile abgetastet und die Zehen gerieben worden waren. Jetzt musste der Kommissär seine Beine zur Decke strecken, und Sonny massierte seinen Hintern und die Stelle zwischen den Beinen. Er führte dabei einen seiner Finger leicht durch Wildbolz' Arschspalte. Der Kommissär ließ alles lustvoll geschehen. Er kam nicht dazu, sich auf diesem Schragen noch Gedanken zu machen. Auch als die Kneterei vorne weiter ging. Und als dann sein Schwanz von einem wohlriechenden Öl überstrichen und gerieben wurde, dauerte es keine zwanzig Sekunden, bis er sein Sperma auf dem Bauch verstreut hatte. Sonny rieb das Glied etwa fünf Minuten lang langsam weiter, bis ihm Wildbolz, der schon längst befriedigt war, die Hand wegschob.

»So, das wär's«, lächelte Sonny. »Du kannst dich jetzt duschen gehen. Bist du mit mir zufrieden?« Der Muskelprotz ging zum Spülbecken und begann seine lange Händewaschzeremonie. »Prima.« Wildbolz wusste nicht, was er sagen sollte. Wahrscheinlich erwartete Sonny aber Komplimente, denn er fragte nach: »Nur prima, oder habe ich ein kleines Trinkgeld verdient?« Der Kommissär kam sich vor wie ein kleines Kind, als er sich sagen hörte: »Ganz prima, Sonny!«

* * *

Philipp Schaer, genannt das Rotkäppchen, war zwar nicht der Schönste, aber auch nicht der Dümmste. Auf dem Weg in den Park betrachtete er sich im Rückspiegel. Sollte er den Schnurrbart wegschneiden? Die Haare, rot, aber üppig, wachsen lassen? Vielleicht musste er sich verrückter kleiden, richtig auffallend. Oder gepflegter? Irgendetwas sollte er auf jeden Fall unternehmen, um bei jungen Männern besser anzukommen.

Drei junge Burschen kamen von der Schanzenstraße her in den Park. Philipp war gerade angekommen. Er hörte sie erst, als sie schon in eines der Weglein zwischen den Büschen eingebogen waren. Sie redeten zwar miteinander, aber es hörte sich sehr verhalten, fast wie ein Flüstern an. Er lehnte sich an die Stange eines Lattenzauns und wartete. Sie würden auf der Suche nach einem Freier bei ihm vorbeikommen. Aber als sie knapp neben ihm hinter den Büschen hervortraten, zweifelte er, dass es sich um Stricher aus der Drogenszene handelte. Sie sahen aus wie Skinheads oder Rocker, mit kahl geschnittenem Haar und metallgeschmückten Lederjacken. Er würde sie besser ungeachtet vorbeiziehen lassen.

Die drei hielten vor ihm an. »Hallo! Soll ich dir einen lutschen?«, fragte einer. Schon sein Tonfall verriet, dass er streitsüchtig war und keinesfalls ein Sexabenteuer suchte. Philipp antwortete nicht. Er zog nervös an seiner Zigarette und schaute weg.

»Oder möchtest du lieber einen Arschfick?«, fragte jetzt der Zweite. Und der Dritte fügte hinzu: »Ja, wir können ihn ja alle drei mal schnell in den Büschen vernaschen.«

»Ohne mich«, erklärte der Erste. »Diese Sau ist sowieso verseucht.«

»Aber bezahlen kann er doch trotzdem, der warme Bruder«, meinte wieder der Dritte und riss Philipp an der Lederjacke. »Komm, pack aus und zeig uns deine Brieftasche.« Er riss ihm den Reissverschluss der Jacke herunter und begann nach der Brieftasche zu suchen. Philipp stieß ihn weg und wollte sich davonmachen. Aber die beiden anderen versperrten ihm den Weg, und plötzlich spürte er einen Fausthieb im Gesicht. Gleichzeitig gab ihm einer einen Tritt in die Lendengegend, so dass er am Zaun entlang zu Boden sank. Er wollte um Hilfe schreien, brachte aber keinen Ton hervor. Die drei traktierten ihn nun mit Fußtritten. Als er wimmernd liegen blieb, suchten sie ihn eilig nach Geld ab und rannten dann davon.

Er versuchte sich aufzurichten, aber es gelang ihm nicht. Und er bemerkte jetzt auch, dass er mit einer Schnur um den Hals an den Zaun gefesselt worden war. Er musste etwas unternehmen, sonst würde er noch verbluten.

Mehrere Männer tauchten plötzlich vor ihm auf, und Philipp machte sich schon auf weitere Fußtritte gefasst. Er konnte sie nicht sehen, denn ein Auge war von Blut verklebt und das andere schien zugeschwollen.

»Der hat sich ja erhängen wollen«, rief einer der Männer. Die Schnur wurde zerschnitten und weggenommen. »Ach Quatsch«, warf ein anderer ein, »der ist zusammengeschlagen worden.« War das nicht die Stimme der Harten Nicole? fragte sich Philipp. Er sah nochmals hin, aber er erkannte nur eine verschwommene Gestalt.

»Setzt ihn auf. Ich gehe den Notfalldienst anrufen.« Wieder die Stimme der Harten Nicole.

• • •

Am Samstagmorgen stand Wildbolz um halb sechs auf, machte sich einen Pulverkaffee und zog seinen aus der Mode gekommenen Trainingsanzug an. Er fand Jogging etwas Idiotisches, eine künstliche körperliche Angsttherapie gegen zu frühes Sterben für Menschen, die sonst nicht viel zu leisten im Stande waren. Darum war er auch nie auf den Gedanken gekommen, sich als Jogger zu betätigen. Aber heute wollte er möglichst dasselbe tun, was Weil am vergangenen Dienstagmorgen getan hatte. Er hoffte, dass er dabei herausfinden würde, wo man Weil überfallen und wo man ihn in die Aare geworfen hatte. Schon oft hatte er bei verworrenen Fällen die Aufklärung dadurch beschleunigt oder möglich machen können, dass er die Situation des Opfers nacherlebte. Er nahm auch Fritz mit. Der Hund würde den Waldlauf genießen und ihm vielleicht sogar dienlich sein können.

So stieg er in der für ihn ungewohnten Aufmachung um sechs Uhr in den Passat und fuhr nach Bümpliz. Er parkierte seinen Wagen und begann seinen Lauf rund um den Wald. Oben führte ein ausgetretener Pfad in Richtung Fischermätteli. Sicher hatte Weil die breite Straße der Autobahnausfahrt nicht überquert, sondern den Weg gewählt, der im Waldinneren nach Köniz hinüber führte. Dann ging es den Waldrand entlang Richtung Liebistorf. An einer Waldecke entdeckte er eine Wegeinfahrt ins Waldinnere. Hier hätte der Täter seinen Wagen parkieren können, ohne dass er vom Sträßchen her sichtbar gewesen wäre. Büsche und Unterholz bildeten eine undurchsichtige Tarnung. Auf jeden Fall gab es auf dem von Wildbolz bisher gelaufenen Stück keine günstigere Stelle für einen Überfall, denn entweder war der Baumbestand zu wenig dicht oder es waren Häuser, und damit auch Menschen, in der Nähe.

Wildbolz war gut in Form, aber natürlich kein trainierter Langstreckenläufer. Er ging von hier an in zügigem Schritt weiter.

Das schien auch Fritz recht zu sein, der ab und zu an einem Baum Zeit zum Schnüffeln haben wollte. Er kam an dem Brunnen vorbei, den man Taubentränke nannte. Auch das wäre ein idealer Ort zum Überfallen gewesen, jedoch gab es hier weit und breit keine Straße, über die man mit dem Wagen heranfahren konnte. Dann, an seiner südwestlichen Ecke, grenzte der Wald wieder dicht an Häuser. Wildbolz marschierte also zurück zu seinem Passat und fuhr mit dem Wagen rund um den Könizberg zur versteckten Waldeinfahrt. Inzwischen war es zwanzig Minuten vor sieben. Weit und breit war keine Menschenseele zu sehen, selbst am Samstagmorgen. Der Verkehr auf dem

Sträßchen war spärlich; nur ab und zu hörte Wildbolz ein Auto in hohem Tempo vorbeifahren. Er war sicher, dass das die Stelle sein musste, wo man Weil überfallen und gefesselt hatte. Einen Hilfeschrei hätte keiner gehört, Häuser waren keine in der Nähe. Wildbolz suchte den Platz ab, fand aber keine verdächtigen Spuren. Es war auch schon vier Tage her, und selbst wenn ein harter Kampf stattgefunden hätte, ließ sich das nach dem regnerischen Wetter nur schwer feststellen.

Der Kommissär war auch sicher, dass sich der eher intellektuelle Lehrer kaum zur Wehr gesetzt hatte. Als Nächstes überlegte sich der Kommissär, wie man von hier am schnellsten an eine ebenso geschützte wie menschenleere Stelle am Aareufer gelangen konnte. Fuhr man über Belp hinaus, führte die Hauptstraße über eine neue, breite Brücke über die Aare. Und soweit sich Wildbolz von früheren Spaziergängen mit Fritz daran erinnern konnte, gab es unter dieser Brücke ideale Ausladeplätze. Ja, dort musste die Stelle sein, wo man Weil entfesselt, den Puls aufgeschnitten und ins Wasser geworfen hatte!

Wildbolz rief Fritz herbei und ließ ihn hinten in den Wagen. Dann fuhr er geradewegs zur Hunzikerbrücke. Kurz nach sieben parkierte er das Auto auf dem Auweg, etwas unterhalb der Brücke, direkt am Flussufer. Von der Straße her sah man nicht bis hier hin. Auch für zufällige Spaziergänger am gegenüberliegenden Ufer war der Wagen hinter Büschen versteckt. Hier musste es passiert sein.

Der oder die Täter hatten überlegen müssen wie Wildbolz jetzt. Näher an der Stadt wäre die Gefahr zu groß gewesen, von Frühspaziergängern und anderen Joggern gesehen zu werden, weiter weg zu fahren, war unnötig. Der Kommissär im Urlaub ließ seinen Hund aus dem Wagen. »Such«, munterte er ihn auf. Aber er konnte ihm auch nicht genau sagen, wonach er suchen sollte. Blutspuren? Auf den Steinen und dem Laub der Uferböschung? Nach so langer Zeit? Teile der Schnur, mit der Weil gefesselt worden war? Fetzen von Kleidungsstücken? Wildbolz zündete sich eine Zigarette an und schaute dem Hund zu, der seine Nase knapp über dem Boden wandern ließ.

Seine Uhr zeigte drei Minuten nach sieben. Weit und breit keine Zeichen von Menschen zu sehen oder zu hören, nur die pfeifenden Geräusche der Autos, die über die nahe Brücke rasten, hinter hohen Tannen versteckt.

Er ging ein Stück den Fluss entlang abwärts, folgte dem Hund. Plötzlich entdeckte er etwas Rotes in den Wurzeln eines Strauches, dessen Ästchen teilweise die Wasseroberfläche berührten. Er hielt sich an einer jungen Buche fest und zog den roten Fetzen aus den Wurzeln. Es war ein großes Taschentuch, rot und weiß kariert und so zusammengefaltet, dass es ohne weiteres als Knebel für den Gefesselten hätte dienen können. Wildbolz trug es zwischen zwei Fingerspitzen zum Auto und legte es in eine Einkaufstasche aus Plastik, die er im Kofferraum des Wagens fand. Vielleicht war es ein Beweisstück dafür, dass Weil hier dem Wasser übergeben worden war.

Er hoffte es, denn er musste Amacher zwingen, den Fall ordnungsgemäß aufzuklären. Politik hin oder her. Aber er war beurlaubt, und das hieß, dass er das Tuch heimlich dem Labor übergeben musste.

Er ging zurück und sah sich nach weiteren Spuren um. Fritz schnupperte zwar ziemlich lange etwas oberhalb des Busches, in dem das Taschentuch hängen geblieben war, aber Blutspuren waren von bloßem Auge keine festzustellen. Man musste die Leute von der Spurensicherung herschicken. Er würde dem Labor die nötigen Tips geben. Amacher durfte davon nichts erfahren; er würde die Übung als totalen Blödsinn sofort abblasen. War der Chef einmal einer fixen Idee erlegen, wich er nicht mehr davon ab, selbst wenn genügend gegenteilige Beweise es erforderten. Politiker sollten sich eben nicht mit Aufklärung befassen; sie waren nie objektiv und unbelastet genug. Warum wollte Amacher den Fall Fehr bloß zu den Akten legen? Wildbolz grübelte. Hatte Amacher selber jemanden in Verdacht, eine hochgestellte Persönlichkeit, jemanden, der ihn protegieren sollte, und den Amacher deswegen schützen wollte? Oder ein privater Freund? Wusste Amacher mehr, als er Wildbolz sagen wollte?

Die einzige Person von der Wildbolz wusste, dass Amacher sie kannte und die mit dem Fall irgendwie zu tun hatte, war der alte Fehr, der Vater des Jungen. – Aber ein Mord war weniger ehrenrührig als ein Selbstmord im Denken dieser guten Bürger. Fehr hatte kein Interesse daran, dass ein Mord vertuscht wurde. – Es sei denn, ihr Söhnchen war ermordet worden, weil er Dreck am Stecken hatte, und es war dieser Dreck, den der alte Fehr unter den Teppich gekehrt wissen wollte.

Wildbolz gab auf und fuhr mit Fritz nach Hause zurück. Immerhin war er sicher, dass er den Ablauf von Weils Ermordung jetzt in etwa kannte. Und das würde ihm in anderer Hinsicht weiterhelfen.

Auf der Rückfahrt dachte er an den gestrigen Abend in der Sauna. Während der vergangenen Woche hatte er dreimal mit Männern Sex oder so etwas Ähnliches gehabt. Was bedeutete diese späte Entdeckung für ihn? Gehörte er von jetzt an einer diffamierten Minderheit an? Vielleicht war aber alles auch nur ein Zeichen für die viel gefürchtete Midlife-Crisis. Angst machten ihm die jüngsten sexuellen Erfahrungen nicht. Plötzlich sehnte er sich nach anderen, ganz normalen Menschen. Er wäre jetzt gerne in die Stadt gefahren und hätte in einem Kaffeehaus in Ruhe gefrühstückt. Aber erstens hatte er den Hund bei sich, und in den meisten dieser früh öffnenden *Tea Rooms* war das Mitnehmen von Hunden verboten. Und zweitens war sein Jogginganzug eine Aufmachung, derer er sich schämte. Nein, er würde nach Hause gehen, duschen und erst nachher einen Bummel durch die Marktstände zum ›Treff‹, einem populären Kaffeehaus, hinunter machen. Ins Bett zurück wollte er jedenfalls nicht, Urlaub hin oder her.

• • •

»Ich will dich nie mehr sehen«, erklärte Willy Ambühl dem Jungen, der trotzig im großen Salon stand. Er riss sich zusammen, um ruhig zu bleiben, aber es fiel ihm schwer. Er wusste, dass er wieder allein und einsam war, wenn er Sandro zum Teufel schickte. Aber genau dorthin gehörte der undankbare Mistkerl. »Und kannst du mir nochmals erklären, wieso?« Sandros Augen funkelten jähzornig.

»Erstens, weil du diesem Bullen die Mitgliederliste überreicht hast, obschon der anonyme Drohbrief … ach, das ist weniger wichtig. Aber dass Gil jede Nacht hier mit dir geschlafen hat, während ich in den Ferien war, das reicht eigentlich schon. Ich habe dich von der Straße aufgelesen und dir einen guten Job vermittelt, du konntest hier gratis wohnen, du hattest überhaupt alles, was du wolltest. Und nun betrügst du mich auf die gemeinste Art.« Willy kam sich noch mehr als betrogen vor. Sandro ist seine Zukunft gewesen. Er hatte geglaubt, endlich einen vertrauenswürdigen Jungen gefunden zu haben, den er verwöhnen konnte. Aber es gab wahrscheinlich keine vertrauenswürdigen schwulen Jungen.

»Und du? Was hast du unterdessen in Thailand gemacht?« »Ich hatte nicht ein dauerndes Verhältnis mit jemandem. Und zudem bezahlte ich meine Reise selber. Du aber bumst in meinem Bett, mit meinem Geld, mit meinem anderen Mitarbeiter. Das ist doch gar nicht zu vergleichen.«

Sandro zuckte die Achseln. »Dann gehe ich halt. Auf jeden Fall will ich nicht dein Sklave sein. Ich glaubte, du seist alt genug um zu verstehen, dass ich nicht jede Nacht allein hier schlafen wollte. Ich bin erst dreiundzwanzig. Ich kann doch nicht leben wie ein Mönch!«

»Dann brauchst du auch nicht auf meine Kosten zu leben wie ein Pascha. Geh jetzt endlich. Ich will dich hier nicht mehr sehen. Deine Sachen stelle ich vor die Tür.« Seine Worte taten Willy mehr weh als dem Jungen. Er hatte diesen Kerl geliebt, liebte ihn immer noch. Und gerade darum war es für ihn unerträglich zu wissen, dass er betrogen worden war. Betrogen um seine Liebe. Das wurde er eigentlich schon von seiner Mutter. Er erinnerte sich noch, als wäre es erst gestern gewesen, wie sie ihn als Kind oft allein gelassen hatte. Und dabei war sie für ihn die einzige Bezugsperson gewesen, sein Ein und Alles.

Seine drei früheren Freunde, alles Jungen um die zwanzig, hatten sich genau gleich benommen wie Sandro. Es gab für ihn keine Hoffnung mehr, dass er jemals einen Knaben finden würde, der hielt, was er versprach. Am liebsten hätte er sich erhängt! Oder gleich jetzt an Sandros Schultern gelehnt und sich von Herzen ausgeweint. Aber das durfte er auf keinen Fall: Er war aufs Schändlichste betrogen worden. Das wollte er nicht vergessen!

»Worauf wartest du noch?«, fragte er giftig zur Tür hin und biss sich in einen Finger.

»Ich gehe ja schon. Aber ruf mich nicht zurück. Auch in der Sauna werde ich nicht mehr erscheinen.« Sandro drehte sich brüsk um und verließ die Wohnung.

Kaum war er draußen, wurde Willy von einem wilden Schluchzen geschüttelt. Jetzt hatte er alles verloren, seine ganze Hoffnung. Sollte er aufstehen und dem Jungen nachrennen, ihn um Entschuldigung bitten? Nein, nein und nochmals nein!

Er würde sich ja lächerlich machen. Wer war er denn? Auf die Betrügereien eines kindischen Spaniers angewiesen? Er hatte ja seinen Beruf, seine Boutiquen, die Sauna und Geld. Und einiges würde er dazu noch von Mama erben. Der Junge hingegen hatte jetzt keine Wohnung und keinen Job mehr. Er stand vor dem Nichts. Auf der anderen Seite würde er schon bald in einem fremden Bett schlafen. Dieser Gedanke tat Willy besonders weh. Oh Gott, hilf mir!

Er setzte sich in den langen Sofateil und zündete sich eine Zigarette an. Sandro. Hoffentlich würde er bald einsehen, dass er nur bei ihm, Willy, so ein gutes Leben führen konnte. Wer würde ihm sonst so viele Möglichkeiten und Freiheiten gewähren, soviel Geld zur Verfügung stellen? Wer hätte sonst alle die Kleider bezahlt, das Kleinmotorrad, den Schmuck? Nein, Sandro musste doch einfach einsehen, dass er es nirgendwo schöner haben konnte als hier bei ihm. Er war ein Realist. Darum würde er morgen oder übermorgen oder vielleicht noch heute reumütig zurückkommen. Wenn er sich für seine Quasi-Flitterwochen mit Gil entschuldigen und versprechen würde, dass es nicht mehr vorkomme, dann nähme ihn Willy wieder auf.

Die Wohnung empfand er jetzt schon als leer, und dabei war Sandro erst fünf Minuten weg. Wie würde das erst heute Abend sein? Auf jeden Fall konnte er nach der Schließung der Sauna nicht ins ›Underground‹, denn er musste zu Hause bleiben, jederzeit bereit, Sandro die Türe wieder zu öffnen. Hatte der Junge den Schlüssel überhaupt hier gelassen? Willy schaute überall nach. Nein, er hatte ihn mitgenommen. Ein gutes Zeichen. Überhaupt, sie hatten ja schon oft gestritten, und immer wieder hatten sie sich versöhnt. Allerdings hatte Willy ihn noch nie so endgültig aus der Wohnung geworfen.

Sollte er Jürg von Feldern anrufen und ihm seinen Liebeskummer klagen? Er sah davon ab: Jürg würde höchstens Schadenfreude empfinden und sich so rasch wie möglich an den verwaisten Sandro heranmachen. Auf jeden Fall stand der Direktor furchtbar auf Sandro; das hatte er schon oft in der Sauna beobachtet. Nicht nur der Direktor, eigentlich alle Saunagäste. Aber er, Willy, war der Einzige, der es bisher bei Sandro geschafft hatte. Irgendetwas musste er sofort unternehmen, damit dies auch so blieb.

Warum hatte bloß dieser blödsinnige Streit wieder begonnen? Sandro hatte behauptet, er wisse null und nichts über Tomis Tod. Er hatte es immer wieder beteuert, sogar verdächtig oft. Wusste er etwa mehr? Dass er selber direkt damit zu tun gehabt hatte, nahm Willy nicht an. Dafür kannte er seinen Jungen zu gut. Aber vielleicht Gil? Dem Holländer war alles zuzutrauen. Der war zu jedem Sexabenteuer bereit, mit wem auch immer. Es könnte doch sein, dass Sandro Gil schützte.

Willy spürte plötzlich eine Wut auf Gil in sich aufsteigen. Diese miese Schwuchtel war doch an allem schuld. Er war ja auch der eigentliche Grund für den Streit. Seit Sandro ihm diesen miesen Nestbeschmutzer vorgeschlagen, ja aufgezwungen hatte, gab es im ›Steamshop‹ nur noch Scherereien. Willy ballte die Faust. Er hätte den Holländer umbringen können. Viel lieber wäre es ihm aber noch gewesen, dieser wäre statt Tomi ums Leben gekommen. Er nahm sich vor, Sandro bei nächster Gelegenheit über die wahre Natur Gils aufzuklären. Und Gil würde er natürlich sofort fristlos entlassen.

Er ging ans Telefon. Manfred hatte heute Nachmittagsdienst. Ob Gil Bardienst hatte, wusste er nicht genau. »Ist Gil da?«, fragte er, als sich Manfred meldete. »Nein? Gut, sag ihm, falls er noch kommt, er könne gleich wieder gehen. Ich würde ihn nicht mehr brauchen. Warum? Weil er ein niederträchtiger Verräter ist. Er kann mich ja anrufen, wenn er will. Oder am besten komme ich gleich vorbei.« Willy hängte auf.

Er war froh, dass er etwas für die Freundschaft zwischen sich und Sandro getan hatte, auch wenn's nur diese Kündigung war. Immerhin würde das Sandro zeigen, dass er Gil als Intrigenschwester ansah. Und sollte etwas an der Idee, Gil habe mit Tomis Tod mehr zu tun, als ihm Sandro gesagt hatte, wahr sein, war es umso besser, diese zerstörerische Bumstrude war nicht mehr Mitarbeiter im Club.

Sandro, mein Ein und Alles, stöhnte er in sich hinein. Wenn du bloß wüsstest, was du mir bedeutest.

* * *

Es war halb drei. Er würde heute nicht in die Stadt gehen, um sich unter den Samstageinkäufern zu tummeln, wie er es sich eigentlich angewöhnt hatte. Am Samstag waren immer viele Auswärtige in der Stadt, und die Stimmung war unpersönlich und unbeschwert. Der Sonntag stand bevor, ein Tag, der, so langweilig er auch sein mochte, sein Gutes hatte, weil er ihn von dem miesen Job in der Schokoladenfabrik befreite. Jetzt hätte er diese Stimmung besonders nötig gehabt, denn seit Donnerstagabend war er nicht mehr aus der Wohnung gekommen.

Roger holte sich den Massagestab aus der untersten Schublade seiner Kommode und überprüfte die Batterien. Dann salbte er ihn mit einer Gleitcreme, die er bei ›Loveland‹ gekauft hatte, gehörig ein. Sich in normaler Form einen herunterholen wollte er nicht, denn sein großer Schwanz tat ihm vom vielen Wichsen weh. Gestern hatte er sogar leicht an der Vorhaut geblutet. Und trotzdem war er geiler denn je, eine Geilheit allerdings, die im ganzen Körper gleichmäßig und undefinierbar verteilt war. Sicher kam sie von seiner unausgesprochenen Liebe zu Tomi. Auch jetzt war dieser Knabe das wichtigste Thema seiner Gedanken.

Roger zog sich den Slip etwas herunter und führte den Massagestab langsam in seinen Anus. Dann setzte er die Batterie in Betrieb. Ein wohltuendes Zittern erfüllte seine Lenden und kribbelte seinen Rücken hinauf. Er setzte sich auf den Holzstuhl vor seinem Schreibtisch. Der vibrierende Stab erzeugte ein ulkiges Geräusch auf dem Holz des Stuhls.

Die Telefonnummer hatte er bereits vor sich auf einem Zettel liegen. Nachdem er gewählt hatte, hörte er dem Summton zu und befühlte seinen Schwanz, der trotz der Geilheit nicht steif werden wollte.

»Luzi Fehr«, meldete sich eine junge Stimme am anderen Ende der Leitung.

Luzifer, dachte Roger, aber er wusste nicht genau, wo er diesen Namen schon gehört hatte. »Hier spricht ein Freund von Tomi.« Er wartete auf die Stimme von Tomis Bruder, denn sie war für ihn die pure Wollust.

»Was wollen Sie?«, fragte der andere, etwas befremdet. »Tomi ist jetzt bei mir«, erklärte Roger. »Wer ist am Apparat?«

Roger gab keine Antwort mehr. Gerade als er hörte, dass Tomis Bruder auflegte, kam es ihm. Er schüttelte sich und schaute mit glasigen Augen in den Spiegel vor sich. Tomis Gesicht erschien darin. Es lächelte ihm zu, etwas traurig zwar, aber verliebt. Roger wischte mit einem Zipfel seines Slips das kleine Spermatröpfchen von seiner Eichel und stand langsam auf. Vorsichtig zog er den Massagestab aus seinem Anus. Er hielt ihn mit den Fingerspitzen, während er seine Zimmertür leise öffnete und lauschte, ob seine Mutter im Hause war. Er hörte nichts und ging zur Toilette hinüber, wo er seinen Hintern und das Gerät mit Papier reinigte.

Als er wieder in seinem Zimmer war, versteckte er den Stab in der Schublade, wo sich eine ganze Sammlung an Onanierhilfen befand. »Ja, Tomi ist jetzt bei mir«, murmelte er und setzte sich wieder an den Schreibtisch. Er wählte auch die zweite Nummer, die auf seinem Zettel stand.

»›Steamshop Club‹, Ambühl«, antwortete die Leitung. Aha, Willy war selber dort. Umso besser. »Hier spricht Tomis einziger Freund.«

»Und wer ist das?«, wollte Ambühl wissen. Er schien sehr verärgert zu sein und sprach noch mit jemand anderem, während er die Hand auf die Muschel legte.

»Das spielt keine Rolle. Hören Sie zu: Ich weiß, dass Tomi in Ihrer Sauna ermordet worden ist. Dafür werden Sie bezahlen!« »Haben Sie den anonymen Brief geschrieben?«, fragte Ambühl nach einer kurzen Überlegungspause.

Roger war verblüfft. Was sollte das heißen? Plötzlich bekam er es mit der Angst zu tun und legte auf.

Er saß eine Weile auf seinem Holzstuhl. Dann holte er die Dose mit der Niveacreme vom Badezimmer und strich sich den Schwanz damit ein, damit seine Wunde rascher heilte.

Diese zärtlich ausgeführte Arbeit machte ihn wieder geil. Er sollte doch seinen Schulkollegen Raimond anrufen. Wenn er den über seine Sexabenteuer ausfragen konnte, würde ihn das extrem reizen. Zwar hatte er mit ihm schon lange keinen Kontakt mehr, aber Raimond hatte ihm in der Schule immer am besten gefallen. Er überlegte es sich anders.

In der Küche holte er einen alten *Blick*, den die Mutter immer von vorn bis hinten las. Er suchte sich eine schwule Sexnummer und rief dort an. Aber die flüsternde, seufzende Stimme, die ihn fragte, ob er es auch eben mache, war ihm zu alt, und so hängte er auch hier wieder auf.

Jetzt wusste er, was er tun wollte. Er würde zu Tomi auf den Friedhof gehen und ihm einen riesigen Blumenstrauß aufs Grab legen. Ja, das war eine gute Idee. So konnte er etwas für seinen Allerliebsten tun. Er streifte sich den kleinsten Cockring um, den er hatte, so dass sich sein Schwanz sofort mit Blut füllte und noch größer wurde als sonst. Auch die Hoden traten als glänzendes, pralles Säcklein übernatürlich hervor. Dann stopfte er sich vorsichtig eine Kugelschnur in den Anus, die ihn beim Gehen mit jedem Schritt angenehm reizen sollte. Er wählte die engsten Jeans aus und verzichtete auf Unterhosen. Der Spiegel bestätigte ihm, dass er eine riesige Beule in der Hose hatte, aber es sah trotzdem nicht nach einem Ständer aus. Die geilen Jungs sollten ihn im Bus und im Bähnchen nach Muri nur anstarren, das würde ihm wohl tun bis ins Innerste. Die rote Daunenjacke ließ den Blick auf seine Hüfte frei. Mit einem wonnigen Gefühl machte sich Roger auf den Weg.

War er krank, fragte er sich, als er zwischen den Wohnhäusern des Tscharnerguts durchschritt. Verwendeten alle Gleichaltrigen so viele Gedanken auf die sexuelle Lust? Oder war er in dieser Hinsicht ein Extrem, das eigentlich einen Psychiater aufsuchen müsste?

Er wurde abgelenkt: An der Bushaltestelle wartete ein älterer Schüler, der ihn sofort erregte. Roger gaffte wie elektrisiert auf den prallen Po in den abgegriffenen schwarzen Jeans. Der Schüler schien ein Mischling zu sein, er hatte etwas Asiatisches an sich. Wie sah wohl der unter seiner Hose aus?

Der Bus kam, und Roger stieg hinter dem Asiaten ein. Er setzte sich so, dass er den anderen im Auge behalten konnte. Seine Hose drückte ihn, und sein Schwanz tat ihm plötzlich weh. Er musste aufstehen. Trotz der Schmerzen nutzte er die Gelegenheit, langsam am Schüler vorbeizugehen. Gerne hätte er ihm zugezwinkert, aber er wagte es nicht. Also gaffte er ihn einfach an.

»Ist was nicht klar?«, fragte der Schüler überlaut. Roger wurde knallrot und ging in den Vorderteil des Busses. Er zitterte, und gleichzeitig hatte er einen schmerzhaften Orgasmus.

Ängstlich schaute er sich um, ob jemand seinen Zustand mitbekam, aber die Leute beachteten ihn nicht. Er setzte sich auf einem leeren Zweiersitz auf die äußerste Kante, damit der raue Denim der Jeans nicht an seinen Schwanz drückte.

Da bemerkte er, das Tomi neben ihm saß. »Ach, da bist du ja endlich, mein Liebling«, jammerte er laut. Jetzt drehten sich mehrere Passagiere zu ihm um und sahen ihn kopfschüttelnd an. Warum bloß war er so anders als alle anderen? Er wäre doch besser zu Hause geblieben und hätte sich selber einen abgelutscht. Oder hätte in seinem Album geblättert, einem Fotoalbum, in dem statt Fotos unzählige Papierchen eingeklebt waren, auf denen man die Flecken seines eingetrockneten Spermas deutlich sehen konnte. Mit dem Datum des dazugehörenden Orgasmus versehen.

* * *

Wildbolz holte eine Ladung Wäsche aus der Miele und stopfte eine neue hinein. Er hatte sich den Waschturm erst vor einem halben Jahr gekauft, nach dem endgültigen Entschluss, zukünftig selber für die Wäsche zu sorgen und sie nicht mehr seiner alten Mutter aufzubürden. Seitdem reservierte er am Samstagnachmittag zwei Stunden dafür.

Er hörte das Telefon klingeln und schaute routinemäßig gleichzeitig auf seine alte Omega. Es war ziemlich genau vier Uhr. Er ging ohne Hast in sein Wohnzimmer und nahm den Hörer ab, danach brummte er seinen Namen in die Muschel. »Ambühl vom ›Steamshop Club‹. Spreche ich mit Herrn Kommissär Wildbolz persönlich?« Die Stimme war fest, aber etwas hoch. Ein weicher Geschäftsmann mit harten Geschäftsmethoden, taxierte Wildbolz und trocknete seine Hände an seiner Kordhose. »Ja«, antwortete er knapp. Es musste sich um Sandros reichen Freund handeln.

»Sehr gut. Ich habe soeben einen Anruf von einem Erpresser erhalten. Er sagte, er wisse, dass Tomi bei uns ermordet worden sei. Und dafür würde ich bezahlen.« Ambühl schien sich gut zu beherrschen; er wirkte nicht besonders nervös. »So? Dann müssen Sie das am besten der Polizei melden.« »Aber Sie sind doch die Polizei. Sie befassen sich doch mit dem Tod von Tomi Fehr. Ich muss Ihnen gleich sagen, ich war zur Unfallzeit in den Ferien. Als ich zurückkam und von der Sache erfuhr, war ich natürlich geschockt. Sie können sich vorstellen, was so eine Affäre für ein Geschäft bedeuten kann.«

»Hören Sie, Herr Ambühl. Ich habe im Augenblick Urlaub. Mit dem Fall Tomi Fehr und allem, was damit zusammenhängt, beschäftigt sich der Chef der Kriminal- und Sicherheitspolizei persönlich: Herr Niklaus Amacher. Wenden Sie sich am besten an ihn. Übrigens, wo haben Sie meine private Nummer her?« »Sandro Jimenez, ein Mitarbeiter, hat sie mir gegeben. Er hat mir auch erklärt, dass Sie zuständig seien. Es tut mir Leid, wenn ich Sie irrtümlich gestört habe. Aber sicher werde ich Herrn Amacher jetzt übers Wochenende nicht erreichen können. Was soll ich bloß tun? So eine Erpressungsgeschichte kann man doch nicht auf die leichte Schulter nehmen, vor allem, wenn man vorher schon eine anonyme Bombendrohung erhalten hat.«

»Hat der Anrufer von Ihnen Geld verlangt?« Das berufliche Pflichtbewusstsein war stärker als Wildbolz' Trotz. »Nein, er hat nur gesagt, dass ich bezahlen müsse. Aber nicht, wie viel und wann.«

»Also, dann warten Sie doch ruhig den nächsten Anruf ab. Dass er nochmals anrufen wird, ist fast sicher. Das ist so bei Erpressungen: man muss zuerst das Opfer weich machen. Aber auch beim nächsten Anruf müssen Sie nicht gleich in Panik geraten. Der Fall Tomi Fehr ist ja als Selbstmord geklärt. Wer will Sie da noch erpressen?« »Ist er das?«, fragte Ambühl kleinlaut. »Na ja, dann kann mich wirklich keiner mehr erpressen, stimmt.«

»Glauben Sie nicht an einen Selbstmord?«, forschte Wildbolz als Reaktion auf Ambühls Nachdenklichkeit im Tonfall. »Ich hoffe, dass es ein Selbstmord war.« Er kicherte nervös. »Also, verstehen Sie mich bitte richtig. Aber wie gesagt, ich war ja nicht in der Schweiz, als es geschah.«

»Schon gut. Wissen Sie was, ich gebe Ihnen die private Nummer von Amacher. Dann können Sie ihm vom Erpresser sofort erzählen.« Wildbolz lachte sich ins Fäustchen. Er freute sich, es Amacher auf diese Art ein bisschen für die Beurlaubung zurückzuzahlen. Er holte sein kleines Notizbuch hervor und gab die Nummer Ambühl durch. »Herzlichen Dank, Herr Kommissär. Danke, danke.« Ambühl legte auf, ohne einen Abschiedsgruß. Amacher würde in zehn Sekunden sein Telefon klingeln hören. Nur schade, dass er, Wildbolz, nicht mithören konnte, wie der Alte den Ambühl abputzen würde.

Er ging zurück ins Badezimmer, wo der Waschturm stand, und legte die gewaschene Wäsche in den Tumbler. Eine Erpressung? Er schüttelte den Kopf. Wieso sollte jemand Ambühl erpressen wollen, der zur Tatzeit ja außer Landes war? Entweder war dieser Anrufer überhaupt nicht im Bild, oder aber die Sauna-Belegschaft musste irgendwie doch an Tomis Tod mitschuldig sein. Sandro? Nein. Gil? Möglich. Er schloss den Tumblerdeckel. Da klingelte das Telefon erneut.

»Ja«, meldete er sich diesmal kurz an. »Herr Kommissär Wildbolz?«, Es war nochmals Ambühl. Wildbolz bejahte trocken.

»Entschuldigen Sie. Aber vielleicht haben Sie mir die falsche Nummer gegeben. Es ist auf jeden Fall sonderbar. Der Hauptkommissär nahm ab und nannte mir seinen Namen: Amacher. Dann fragte ich höflich, ob er sich mit dem Fall Tomi Fehr befasse. Er sagte nein und hängte auf.« Ambühl wiederholte Amachers private Nummer. Sie war korrekt.

Wildbolz musste lachen. Das war typisch für den Boss. Am Samstag ließ sich der Herr Chefbeamte einfach nicht stören. »Sagen Sie«, fragte er Ambühl, »haben Sie die Stimme des Erpressers eigentlich erkannt?«

»Nein. Das heißt, irgendwie kam sie mir bekannt vor.« »Also könnte es jemand sein, den Sie kennen? Der bei Ihnen in der Sauna verkehrt?«

Ambühl überlegte eine Weile, dann meinte er: »Ja, eventuell. Es war eine junge Stimme. Gekünstelt tief, fand ich. Aber ich konnte mir trotzdem niemanden dahinter vorstellen.« »Sagen Sie dem Anrufer beim nächsten Mal, Sie hätten der Polizei von seiner Erpressung erzählt, und er solle sich direkt an mich wenden. Mehr kann ich im Augenblick auch nicht für Sie tun. Ich glaube aber nicht, dass Sie den Anruf ernst nehmen müssen.« »Und den Drohbrief?«

»Den auch nicht. Man will Sie wahrscheinlich nur ein bisschen verängstigen. Haben Sie Feinde?«

»Ich weiß nicht. Vielleicht war es einer meiner Mitarbeiter, dem ich heute gekündigt habe.«

»Gut möglich. Warten Sie's ab. Wenn eine Geldforderung kommt, melden Sie es auf der Hauptwache. Wenden Sie sich an Leutnant Wälti, der hat übers Wochenende Dienst.« Wildbolz legte auf.

Das also war Sandros Freund und Gönner. Wem hatte er wohl gekündigt? Gil? Oder Sonny? Reich war er sicher genügend, um als Erpressungsobjekt in Frage zu kommen. Hingegen war es unwahrscheinlich, dass die Erpressung mit den beiden Fällen etwas zu tun hatte. So würde nur ein blutiger Anfänger zu erpressen versuchen. Während er begann, gewaschene Hemden zu bügeln, versuchte er, sich die Ergebnisse der Woche möglichst klar und einfach durch den Kopf gehen zu lassen. Da starb also dieser Tomi im Massagezimmer, halb erhängt auf dem Massageschragen. Ein Unfall bei Orgie oder ein Mord, der als Selbstmord getarnt wurde. Dann das Verschwinden Weils. Dieser hätte natürlich aus Angst vor den Untersuchungen, die Wildbolz eingeleitet hatte, Selbstmord begehen können, denn er war erwiesenermaßen in Unzuchtsfälle mit Minderjährigen verwickelt. Dann aber hätte er bestimmt seinen jungen Freunden Schumacher und Simon eine Nachricht hinterlassen. Es war auch möglich, dass Weil den Mörder Tomis kannte und darum verschwinden musste. Immerhin war der Lehrer eine Person, die mit sich kaum einen miesen Deal hätte machen lassen: Ich bezahle dir soviel, dafür schweigst du. Aber natürlich musste auch Weils Tod als Selbstmord getarnt werden, was scheinbar sehr geschickt erreicht wurde.

War einer allein genug, um Weil zu überfallen, zu fesseln und ins Wasser zu werfen? Ja, wenn es sich um einen kräftigen Kerl handelte, der Weil persönlich kannte und ihn so überraschen konnte. Wer kam da von den sonntäglichen Saunabesuchern in Frage? Steinmann? Die Harte Nicole oder das Rotkäppchen, Roger Gfeller oder der Direktor, Fredy soundso oder dessen Freund Martin? Den Alten Max schloss er aus, ohne genau zu wissen warum. Mit dem Alter nahm bei den Menschen der Kriminalitätsfaktor ab. Es war für ihn also wichtig, die fehlenden Bekanntschaften noch zu machen. Er hoffte, dass ihm der Besuch von heute Abend im ›Underground Club‹ dabei helfen würde.

Dann diese anonymen Briefe an die Sauna und an Weil, die nicht vom selben Absender zu stammen schienen. Und schließlich der naive Anrufer heute Nachmittag. Der Mörder erpresste nicht selber. Meistens war es ein gewissenloser Wissender, der seinerseits den Mörder erpresste. Aber gerade zwei zu erpressen, Weil und den Saunabesitzer, das war wiederum etwas Neues.

Es mussten mehrere des Milieus in dieses Gestricke verwickelt sein. Und das hieß, dass mehrere aus der Szene etwas wussten, was sie ihm nicht sagten. Sicher keine eigentliche Verschwörung, aber eben dieses typische missgünstige Zusammenhalten einer Ghettogruppe. Es gab keine andere Wahl, als auch hineinzutauchen und dabei zu sein, wollte er den Knoten lösen können.

Schließlich die Laborberichte und die Ergebnisse der Rechtsmedizin. Bei Tomi Fehr sozusagen keine Anhaltspunkte, außer Steinmanns Mitgliedsausweis. Bei Weil deutliche Hinweise auf einen brutalen, kühl geplanten Mord. Es war klar: Um einen Selbstmord eines Knaben wurde doch nicht soviel Aufhebens gemacht. Da war weit mehr dahinter. Und weit mehr bedeutete: zwei Morde. Amacher konnte da behaupten, was er wollte. Auch wenn er die beiden Fälle nun als Selbstmord abschließen würde, musste er, Wildbolz, aus Treu und Glauben gegenüber seinem Beruf die oder den Mörder finden. Trotz der Beurlaubung. Eigentlich, grinste er, war er ihm schon auf der Spur.

Seine weißen, hellblauen und grauen Hemden waren nicht kompliziert zu bügeln. Er liebte unauffällige Kleidung. Für heute Abend war dies vielleicht aber ein Problem. Was sollte er anziehen, um in diesem Club nicht aufzufallen? Die Jeans, die er jetzt anhatte, konnte er anbehalten. Dann den roten Pulli, ohne Hemd. Und die schwarze Lederjacke darüber? Ja, so musste es gehen. Er würde zwar nicht wie eine Modeschwuchtel aussehen, aber immerhin auch nicht als das Gegenteil auffallen.

Nachdem er mit Bügeln fertig war und Hemden und Wäsche in den Schränken versorgt hatte, kam Ines mit dem Hund zurück. Er gab ihr wie üblich eine Zehnernote, und sie verschwand so schnell wie möglich. Spürte die Kleine instinktiv, dass er sexuell nicht zu definieren war? Oder vielleicht hatte ihr die Mutter gesagt: Sei dann kurz angebunden bei Herrn Wildbolz; der ist nämlich ein Polizist und kann dich ins Kittchen nehmen.

Er setzte sich in seinen Ohrensessel und drehte den Fernseher an. Dann stand er wieder auf und holte sich in der Küche ein Bier. Auf dem Küchentisch lag die Quittung des ›Steamshop Clubs‹ von gestern mit der groß notierten Telefonnummer von Sandros Zuhause bei Ambühl.

Was reizte ihn denn an diesem kleinen Spanier so sehr? Machte ihn das Älterwerden pervers? Oder verliebte er sich beruflich, wie ein Arzt manchmal in seine schöne Patientin? Er schaute durchs Fenster zum

Gurten hinauf, dessen Gipfel unter der Hochnebeldecke versteckt war. Es schien, dass auch sein Kopf unter einer Nebeldecke steckte und der Körper darunter die Gelegenheit des Versecktseins für unkontrollierte Emotionen und Phantasien nutzte.

* * *

Nimm Kochbutter und nicht die normale«, riet Fredy Winterberg. »Ich habe im ›Kassensturz‹ gesehen, dass die billigere Kochbutter qualitativ sogar besser ist als die andere. Aber eigentlich sollte ich dir den Zopf sowieso mit Margarine backen, sonst wirst du noch zu fett.«

Martin Lucatelli gab ihm einen Klaps auf den Po. »Ich bin nicht dicker als du, mein Liebster, dafür einen Kopf größer.« Er wählte, wie ihm sein Freund geraten hatte, die billigere Kochbutter und legte sie sorgfältig in den Einkaufswagen. Es war Samstagnachmittag, kurz vor vier Uhr. Der Migros-Markt würde in wenigen Minuten schließen.

»So, und jetzt noch sechs Eier und die Hefe. Den Rest habe ich zu Hause. Schau mal diese dicke Schwuchtel dort. Die hat ja ihren Wagen richtig überladen.«

Martin schaute hin. »Die war auch schon im ›Underground‹. Ich habe mal kurz mit ihr geschwatzt. Ich glaube, sie ist in den Scheich verliebt. Aber der hat ja am liebsten junge Heteros.« Er winkte dem dicklichen Vierziger in den roten Jeans und einem schwarzen Manchesterveston kurz zu. »Wo könnte die Hefe sein?« »Hab sie schon. Hier.«

Sie stießen den Wagen bei den Eiern vorbei, achteten auf den Hinweis *Freilandeier* und steuerten dann zur Kasse. Der Dicke kam knapp hinter ihnen in die Schlange. »Hello Boys«, grunzte er mit einer Stimme, die einer älteren Engländerin hätte gehören können. Dann spitzte er seinen Mund und sandte zwei Küsse durch die Luft. »Ciaò«, grüßte Martin. »Kommst du heute Abend?« »In den Club? Na klar, Baby. Die Zora darf nicht fehlen, es warten zu viele heiße Liebhaber auf sie.« Er lachte glucksend. Fredy legte die eingekauften Waren auf das Fließband der Kasse, während Martin den Dicken fragte: »Stimmt es, dass gestern Nacht das Rotkäppchen überfallen und zusammengeschlagen wurde? Man hat es in der ›Casa Marcello‹ erzählt.«

»Ooooch, das weiß ich doch nicht, mein süßer Junge. Diese hässliche Bahnhofschwester graust mir. Wenn sie mal ein paar über die abstehenden Ohren gekriegt hat, soll sie dankbar sein. Das hält sie vielleicht ein bisschen zurück, meinste nicht auch?« Der Dicke hatte wasserstoffblondes Haar, hochtoupiert, als wäre er eine nicht gelungene Mischung zwischen einem Punk und einer französischen Seniordirne.

»Ich habe nichts gegen das Rotkäppchen«, gab Martin zurück. »Ich finde es nur grauenvoll, dass man unsereinen immer noch wie Wilde jagt und zusammenschlägt.«

»Man soll eben nicht nachts um zwei oder drei noch in den Pärken herumlungern«, grinste der Dicke. »Die Freier werden je später desto stinkiger.« Er lachte wieder sein Glucksen. Fredy hatte inzwischen bezahlt und das Eingekaufte in einer Tragetasche versorgt. »Komm jetzt, die wollen schließen«, trieb er seinen Freund an. Sicher ist er schon wieder ein bisschen eifersüchtig, schmunzelte Martin in sich hinein. Er liebte es, wenn er spürte, dass Fredy ihn für sich allein haben wollte. Als sie in ihrer Wohnung ankamen, klingelte das Telefon. Martin stellte die Einkaufstasche rasch in die Küche und wollte zum Apparat eilen. »Warte«, kam ihm Fredy zuvor und griff zum Hörer. Seiner Eifersucht wegen wollte er die Gespräche immer als erster empfangen.

»Winterberg«, rief er in die Muschel.

»Bei Lucatelli«, ergänzte Martin, der ihn von hinten umschlungen hielt. Fredy drehte sich halbwegs um und flüsterte: »Hör doch auf!« Aber Martin fuhr ihm mit der einen Hand zwischen die Beine, so dass er den Hörer fallen ließ. Martin hob ihn blitzschnell auf und antwortete ins Telefon: »Lucatelli. Wer ist am Apparat, bitte?« »Ihr seid mir zwei lustige Witwen!« Es war der Direktor. »Ich wollte euch fragen, ob ihr heute Abend auch in den Club kommt. Als reifer Gentleman muss ich mich versichern, dass auch noch ein paar anständige junge Leute da sein werden.« Martin hielt die Muschel mit der Hand zu und flüsterte: »Der Direktor.« Dann sagte er laut: »Klar, wir kommen. Allerdings sind wir beide fest versprochen.« Dann übergab er den Hörer Fredy. »Hallo Jürg. Hier spricht Fredy. Wenn du schon am Telefon bist, möchte ich die Gelegenheit nutzen, um dir etwas zu sagen, was mich schon lange beschäftigt.«

»Schieß los«, meinte der Direktor.

»Letzten Sonntag in der Sauna, du weißt ja, als Tomi erhängt im Massagezimmer gefunden wurde, weißt du, wen wir kurz vorher aus diesem Raum herauskommen sahen?« »Nein. Sag's mir. Schnell. Ich möchte schon lange wissen, wer dieses Schwein war, der Tomi mit dem Kabel erdrosselt hat.« Jürg tönte aufgeregt.

»Die Harte Nicole!« Der Direktor ließ einen langen arienähnlichen Singsang hören. »Hab ich mir doch gedacht. Und ihr seid sicher, dass es kurz vor der Entdeckung Tomis war?«

»Ganz sicher.« Fredy sah sich nach Martin um, der stumm nickte. »Nanana! Gut, wir können ja heute Abend besprechen, was wir unternehmen wollen. Ihr kennt ja meine Einstellung. Mutter Gottes, was habt ihr mir da anvertraut, Kinderchen! Endlich eine heiße Spur! Und die führt geradewegs zu dem, den ich in unseren Kreisen am meisten hasse.« Weder Fredy noch der Direktor wussten mehr zu sagen. Sie verabschiedeten sich mit dem nochmaligen Versprechen, heute Abend im ›Underground‹ zu erscheinen.

»Der hat ganz schön gewürgt«, meinte Fredy zu seinem Freund. »Es ist gut, dass du es ihm gesagt hast. Jetzt wird die Maschine in Betrieb gesetzt, das kann ich dir schwören.« »Schwöre mir auch etwas anderes, Schätzchen.« Fredy zog Martin den Pullover über den Kopf. »Bedienen Sie sich, mein Prinz«, lächelte Martin verliebt.

* * *

Mit einem Taxi fuhr Philipp Schaer, das Rotkäppchen, von der Notfallstation des Inselspitals zurück zu seiner kleinen Wohnung an der Jolimontstraße. Die Nacht und den Tag darauf bis zum späten Nachmittag hatte er dort verbracht und war verarztet worden. Eines seiner Augen war mit einer schwarzen Binde verklebt, das andere immer noch etwas angeschwollen und blau unterlaufen. Etwa in der Gegend des Blinddarms hatte man eine Wunde dick verkleben müssen. Quetschungen hatte er am Unterleib und an den Oberschenkeln. Der Arzt hatte ihm Schmerzmittel mitgegeben, denn bei jeder Bewegung tat Körper ihm weh.

Er würde bei der Polizei keine Anzeige wegen Raubüberfalls erstatten, obwohl sein ganzes Taschengeld und seine Rado gestohlen worden waren. Was würde es nützen? Die Beamten würden ihn nur mit Spott übersäen und lüstern ausfragen, heimlich aber wären sie den Skinheads dankbar, einen Schwulen verprügelt zu haben. Nein, von der Polizei konnte er keine Hilfe und kein Verständnis erwarten, höchstens, dass er registriert wurde. Wenn er Hilfe brauchte, müsste er sich an die Homosexuelle Arbeitsgruppe wenden. Gottseidank gab es diese von Schwulen selbst organisierte gemeinnützige Institution.

Als er seine Wohnungstüre öffnete, kam ihm die kleine getigerte Katze entgegen. Schnurrli hatte seit gestern nichs mehr zu fressen bekommen, die Arme. Und jetzt war vier Uhr vorbei und er konnte nicht einmal einkaufen gehen. Einen kleinen Vorrat an Knusperli hatte er noch, und Milch müsste er auch noch im Kühlschrank haben. Im schlimmsten Fall könnte er der Katze auch seinen Thunfisch servieren. Er selber würde halt aufs Essen über das Wochenende verzichten. Im Kühlschrank hatte er irgendwo zwar noch eine Zwanzigernote versteckt, aber die würde er lieber für heute Abend im ›Underground‹ reservieren.

* * *

Um sieben Uhr abends verließ Wildbolz seine Wohnung. Er wollte zuerst noch rasch beim Labor vorbei. Merz oder Willner würden sicher noch da sein; sie arbeiteten nach einem fließenden Arbeitsplan, der auch zwölf Stunden am Samstag einschloss. Zum Nachtessen wollte er sich mit Markus Rosenbaum im Landhaus treffen. Dieser Psychiater war ein Kollege aus Wildbolz' Gymnasialzeit und sollte dem Kommissär über seine Erkenntnisse und Erfahrungen rund um die Homosexualität berichten. Nicht nur bezüglich der aktuellen Untersuchungen, sondern auch ganz privat würde es ihm nützlich sein, von einem seriösen Arzt etwas über die Liebe unter Männern zu vernehmen.

Fritz musste zu Hause bleiben. Er hatte heute schon genug Ausgang gehabt.

Es war neblig und drohte, eine kalte Nacht zu werden. Willner war, wie Wildbolz geahnt hatte, noch im Labor. Er schien eine Menge zu tun zu haben. Der Kommissär übergab ihm das Taschentuch, das er bei der Hunzikerbrücke gefunden hatte, und erklärte ihm seine Vermutungen. Der alte, erfahrene Laborbeamte teilte ihm mit, dass sie von der Rechtsmedizin die Kleidungsstücke und das andere Material, das Weil auf sich getragen hatte, erhalten hätten. Spuren am Jogginganzug ließen vermuten, dass Weil gefesselt und über den Waldboden geschleift worden war. Da man ihn also nicht getragen habe, sei wahrscheinlich nur ein Täter beteiligt gewesen. Zudem sei die Hose an der Knöchelgegend ziemlich zerrissen, vielleicht weil Weil versucht habe, sich aus den Fesseln zu befreien. Sie seien allerdings noch nicht ganz mit den Untersuchungen fertig. Aber zusammen mit der Rechtsmedizin seien sie einer Meinung, nämlich, dass eine Gewaltanwendung und eine Fesselung angenommen werden konnten.

Wildbolz bat Willner, seinen Besuch dem Boss nicht mitzuteilen, da er für eine Woche beurlaubt worden sei und Amacher den Fall jetzt selber übernommen habe.

Um acht war Wildbolz im Restaurant ›Landhaus‹, ein paar Schritte unter dem Bärengraben. Markus Rosenbaum war schon dort, am Zweiertisch, den Wildbolz für sie im hintern Teil des Lokals reserviert hatte. Markus war ein schlaksiger, gertenschlanker und über einen Meter achtzig großer Jude mit mehrfach geschliffenen Brillengläsern. Er war schon im Gymnasium schlank und rank gewesen, hatte damals aber keine Brille benötigt. Wildbolz konnte den Gedanken nicht verwehren, dass Psychiater alle kurzsichtig werden. Eine *deformation professionnelle* sozusagen.

»Guten Abend, Mark. Eine Ewigkeit seit dem letzten Mal, nicht wahr?«, begrüßte ihn der Kommissär. Obwohl sie ein ungleiches, aber markantes Paar abgaben, fielen sie in diesem Restaurant keinem der Gäste besonders auf. Wildbolz hatte dennoch das Gefühl, man könnte denken, sie wären ein schwules Gespann. Seit dem Fall Tomi Fehr geisterten immer wieder homosexuelle Bezüge in seinem Kopf herum.

»Grüß dich, Hans«, freute sich Rosenbaum. Bevor Wildbolz auf sein Anliegen zu sprechen kam, bestellten sie bei einer dicken Kellnerin das Essen und eine gute Flasche Wein. »Ich kann dir keine persönlichen Erfahrungen schildern«, begann der Arzt, nachdem Wildbolz ihm sein Anliegen geschildert hatte. »Man muss auch eingestehen, dass wenig über die Homosexualität geforscht worden ist. Es scheint, dass a priori genetisch biologisch bestimmt wird, wer so werden kann und wer nicht. Sicher ist jedenfalls, dass sie in etwa gleichem Verhältnis in jeder sozialen Gemeinschaft vorkommt, in Großstädten wie in ländlichen Gebieten, in Afrika wie in Nordeuropa. Diese Tatsache verändert sich auch nicht über die Generationen. Das heißt, es hat immer etwa fünf bis acht Prozent Aktive bei den Männern und drei bis fünf Prozent bei den Frauen gegeben. Was die latente Quantität betrifft, ist es natürlich eine Frage der öffentlichen Akzeptanz. Es gab und gibt Gesellschaften, die Homosexualität als Sexualitätsform akzeptieren, und es gibt solche, bei denen das Thema tabu ist oder wo die Homosexuellen sogar verfolgt werden.«

»In dem Fall«, erklärte Wildbolz, »den ich untersuchen muss, fällt mir auf, dass die Homosexuellen, wenigstens die aktiven, die Tendenz haben, sich als Gruppe vom Rest der Welt zu isolieren.«

»Das ist bei allen Minderheiten so«, meinte der Arzt. »Einerseits drängt man sich enger zusammen, um für den Angreifer imposanter und für sich selber stärker zu wirken, und andererseits ist die soziale Zellenbildung immer die Basis für die kulturelle Entwicklung. Man stellt dasselbe auch bei allen Tiergruppen fest. Neben der Rudelbildung gibt es natürlich auch immer Einzelgänger. Schau, selbst die Appenzeller haben hier in Bern einen relativ aktiven Verein, weil sie eben eine Minderheit bilden. Bedenke, dass alle Lebewesen neben dem Trieb zur Fortpflanzung auch den ebenso starken Trieb zur Erhaltung ihrer Identität aufweisen. Und die Erhaltung der Identität ist in der Gruppe vorherrschend.«

Die ihnen servierte Entenbrust schmeckte köstlich. Wegen ihres Gesprächs aßen sie nur langsam, dafür tranken sie umso mehr Wein. Wildbolz spürte die Wirkung bereits, doch hinsichtlich seines bevorstehenden Besuches im ›Underground‹, den er dem Psychiater verschwieg, war es ihm gerade recht, sich ein bisschen Mut anzutrinken.

»Freud behauptete, dass die Homosexualität konstruiert werde, und zwar durch Komplexe wie den berühmten Ödipus. Das wird schon dadurch widerlegt, dass das Mengenverhältnis sich nie verändert. Es scheint, dass die Homosexualität bei den Tieren, wo sie nicht tabuisiert ist, in etwa gleichem Rahmen besteht wie bei uns. Der Übergang von der Heterosexualität zur Homosexualität ist übrigens fließend.«

»Wie verstehst du das?«, erkundigte sich Wildbolz alarmiert. »Wahrscheinlich hat die Hälfte aller Menschen diskrete homosexuelle Neigungen. Wir haben ja schließlich alle weibliche und männliche Komponenten in uns, die in ihrer Komposition uns erst lebensfähig machen. Vor allem erlebensfähig.« »Markus, es interessiert mich auch noch eine andere Frage: Stimmt es, dass bei den Schwulen ein viel kurzfristigerer Partnerwechsel stattfindet?«

Der Arzt hielt die Gabel mit einem Stück Fleisch vor seinem Mund und überlegte. »Bei den Männern sicher. Aber das liegt natürlich in der Bindungsnatur der Männer. Sie sind beim Partnerwechsel viel flexibler als die Frau. Keine Menstruation, keine Schwangerschaft. Zudem sind sie in unserer Gesellschaft auch beruflich, familiär und sozial anders disponiert, was ihnen mehr Gelegenheiten zum Partnerwechsel bietet. Ich glaube aber, dass noch eine weitere Begründung möglich ist. Der Homosexuelle vertraut seinem Liebespartner weniger. Und das kommt erstens daher, dass er unter den Mitgliedern einer kleinen Minderheit seinen Partner mühsamer suchen muss. Im weiteren ist der Partner als Gleichgeschlechtlicher auch ein interner Konkurrent. Mann und Frau haben da viel größere Ergänzungsleistungen. Ich kann dir immer wieder nur sagen, es gibt bis heute keine verlässlichen Forschungen darüber. Man schwimmt.«

»Und welchen Einfluss hat das Gesetz?« wollte Wildbolz vom Arzt wissen.

»Wie überall und immer: einen verheerenden und einen ordnenden. Gesetze erlassen alle sozialen Gruppen aus Angst. Und auf strenge Gesetze bestehen vor allem die Etablierten. Das heißt, dass die Minderheiten in jedem Fall zu kurz kommen, denn die Gesetze haben zum Ziel, dass sich die Gesellschaftsstrukturen nicht verändern. Die Reichen wollen schließlich reich bleiben, die Etablierten etabliert, die Mehrheit maßgebend. Bei einem derart starken Trieb wie dem Sexualtrieb sind Gesetze von vornherein gefährlich. Dass man gewisse harmlose Verhaltensweisen, wie zum Beispiel die Homosexualität unter Erwachsenen, gesetzlich einschränkt, ist an sich ein humanistisches Verbrechen.« Rosenbaum lächelte tiefsinnig und aß seinen Teller endlich leer. Wildbolz war damit längst fertig. Er fragte: »Hast du noch Zeit für einen Kaffee?«

»Ja, klar«, freute sich Rosenbaum. »Meine Frau ist heute Abend in der Synagoge. Es ist gut, dass sie nicht alles hört, was ich dir erzähle.«

Beide lachten. »Und du hast dich nicht nochmals verheiratet?« Der Kommissär winkte ab. »Ich habe nicht mehr viel zu bieten. Ich glaube, ich bereite mich auf ein einsames Alter vor.« »Das musst du sowieso«, lächelte der Arzt. »Die wenigsten haben das Glück, dass sie gleichzeitig mit ihrem Partner sterben, wenn er im Alter überhaupt noch da ist. Aber nach dem Tod soll's ja dann wieder besser werden.«

Sie plauderten bis um elf, dann wollte Rosenbaum nach Hause. Wildbolz dankte ihm für die Mühe, die er auf sich genommen hatte, um einem dummen Polizeibeamten ein bisschen Wissen beizubringen. Und Rosenbaum entschuldigte sich, dass er so wenig wusste. Lachend und mit dem Versprechen, in Zukunft öfter zusammen essen zu gehen, verabschiedeten sie sich um halb zwölf bei der Busstation Bärengraben.

* * *

Nachdem Wildbolz sich von Rosenbaum verabschiedet hatte, spazierte er langsam über die Nydeckbrücke. Es war noch kälter geworden, und er fror in seiner Lederjacke. Bald aber würde er in der Hitze des ›Undergrounds‹ das Gegenteil empfinden, darum war es ihm gerade recht, sich noch etwas abzukühlen.

Es war ihm jetzt einiges klar. Die schwule Welt war also nicht anders als die heterosexuelle, mit Mitgliedern jeder Schattierung. Aktiviert wurde sie ebenfalls vom Fortpflanzungstrieb, der aber hier irrational war. Trotzdem, da war er sicher, gab es auch echte Liebesbindungen, die dauerhaft und edel sein konnten.

Als er beim ›Underground‹ angekommen war, blieb er auf der anderen Straßenseite des Clubs ein paar Minuten stehen. Er wollte beobachten, welche Art Männer in diesen Keller hinunterstiegen. Aber nur wenige Passanten wandten sich dem Arkadentor zu, das in das Ziel seiner Neugier hinunter führte. Trotzdem dünkte es den Kommissär, er könne sie von weitem erkennen. Sie waren alle etwas affektierter oder nervöser als die anderen Passanten. Hingegen befanden sich modern gekleidete Jungs genauso unter ihnen wie bauernhafte ältere, schicke Direktorentypen und Jünglinge, die sich fast wie Frauen aufgetakelt hatten. Auch äußerlich schien es keine deutlichen Grenzen zwischen Heteros und Schwulen zu geben, wie das früher noch der Fall gewesen war.

Um zehn vor zwölf stieg Wildbolz die Treppe zum Clubeingang hinunter. Der Abgang war nur spärlich beleuchtet. Am Fuße der Treppe kam er zu einer Art Kasse. »Sind Sie Mitglied?«, erkundigte sich ein Mann in den Fünfzigern mit dünnem Schnurrbart. »Nein. Kann ich trotzdem eintreten?«

»Sind Sie Gast von einem Mitglied?«, forschte der Dünnschnäuzige weiter.

»Ich habe mich hier mit Sandro Jimenez verabredet. Der ist Mitglied.« »Gut, dann kostet ein Eintritt, ohne Getränke, zwölf Franken. Wollen Sie Ihre Jacke an der Garderobe lassen? Es ist sehr heiß da drin«, klärte ihn der Mann auf. Wildbolz verzichtete. Er käme sich im Pullover schon zu nackt vor. Es war lange her, dass er irgendwo hingekommen war, wo er Hemmungen hatte wie ein Apothekerlehrling.

Man ließ ihn in einen Raum mit Tischen, die noch fast unbesetzt waren. Ein weit gezogener Gewölbebogen als Decke gab dem Raum einen antiken Anstrich. Der Kommissär erinnerte sich an die Geschichten über das alte Rom, wo das Halten eines oder mehrerer Lustknaben für jeden wohlhabenden Mann eine Selbstverständlichkeit gewesen war.

Er ging zwischen den Tischen durch, an einer Treppe vorbei, die noch ein Stockwerk tiefer hinab in die Diskothek führte. Dort unten musste die Musik so laut sein, dass man sich nicht mehr verständigen konnte. Das war sicher für viele Gäste eine angenehme Tatsache, denn Worte gab es nicht viele zu wechseln, wenn ein Mann mit einem Mann tanzte. Hier oben allerdings war die Geräuschkulisse gedämpft.

Er kam zu einer langen Bar, an der etwa zehn Männer gemischter Schattierungen standen. Wahrscheinlich war er noch zu früh. Sandro hatte ihm jedenfalls gesagt, dass der Höhepunkt des Spektakels erst nach Mitternacht losgehe. Zwei schlanke, stark geschminkte junge Männer in Damenblusen bedienten die Gäste. Ihr Blick wanderte jeweils ruckartig von einem Gast zur Kasse, von einer Flasche zu den Tischen hinüber, von einem Gegenstand zum anderen. Auch dies interpretierte der Kommissär als eine Art Affektiertheit.

»Eine Stange«, bestellte er, als sich ein solcher Blick einen Sekundenbruchteil lang auf ihn richtete.

»Gurten, Feldschlösschen, Heineken, Carlsberg, Budweiser?«, fragte ihn der Barman vorwurfsvoll, weil Wildbolz den Bestellvorgang durch sein Nichtwissen unnötig verlängerte. Wildbolz fühlte sich so verunsichert, dass er rasch die erste Marke wiederholte. In zehn Sekunden stand das schlanke Bier vor ihm, und der Barman rief ihm ein blitzschnelles »Fünf Franken« über die Theke zu. Man kassierte gleich ein. Man war hier im Geschäft. Man wollte Geld verdienen, auch an den Mitgliedern der eigenen Minderheit. Geld ist wirklich überall zum Gott geworden. Selbst bei der Polizei, musste Wildbolz zugeben.

Er bezahlte und ging dann mit dem Glas in der Hand an der Bar vorbei, weiter in einen Hinterraum. Es war wahrscheinlich seine *déformation professionnelle*, die ihn dazu trieb, zuerst die gesamte Örtlichkeit auszukundschaften.

Im großen Hinterraum gab es nochmals eine Bar, allerdings war hier alles ein bisschen schicker. Der Barman war blutjung, kaum achtzehn, und attraktiv. Vereinzelte Gäste saßen an niedrigen Clubtischen und plauderten überlaut und überschnell. Sie warfen ihm fragende Blick zu, die er nicht zu beantworten wusste. Hätte er das Bier hier bestellen sollen?

So rasch wie möglich setzte er sich an einen freien Tisch. Erst nach einer Weile schaute er sich um, aber so, dass ein Beobachter nicht merken sollte, dass er zum ersten Mal da drin war. Wie man sich hier am besten verhielt, musste ihm Sandro noch beibringen.

An den Wänden hingen Bilder von nackten Männern neben Fotografien von Michelangelos David und den Gebrüdern Kennedy. Auf den Tischchen hatte es einen Steller mit der Getränkekarte. Er studierte sie, weil er nichts Besseres zu tun wusste. Etwa zehn verschiedene Whiskys waren zu haben, ebenso viele Biere und Wodkas. Es fehlte an nichts, und er bemerkte ohne besondere Überraschung, dass die Schwulen dasselbe zu trinken beliebten wie die Heteros. Warum eigentlich auch nicht? Über diese lapidare Feststellung musste er lächeln, was einen vorübergehenden, weibischen älteren Kerl veranlasste, ihm »Prost, Baby« zuzuflüstern. Der Kommissär gab keine Antwort. Er wollte zuerst warten, bis Sandro kam, bevor er sich hier drin auf ein Gespräch einließ. Bisher hatte er kein bekanntes Gesicht entdeckt.

Langsam füllte sich der Club, der zu Recht ›Underground‹ hieß. Man fühlte sich hier hundert Meter unter dem Boden, in einer Art Mischung zwischen Metrostation und Bierkeller. Dabei zogen die verschiedenartigsten Düfte am Kommissär vorbei. Zeitweise roch es stark nach Marihuana, dann wieder nahmen ihm Parfumwolken fast den Atem. Jungs, die von der Disco im tieferen Geschoss wie aus der Dusche nass heraufkamen, hinterließen nuancierte Schweißbouquets. Und ab und zu wanderten auch Knoblauchdüfte an seiner Nase vorbei. Während er diese duftenden Abwechslungen genoss, setzte sich plötzlich Sandro zu ihm.

• • •

Sandro sah adrett aus; ein anderes Wort kam Wildbolz für die kecke Frisur – das dunkle Kraushaar war von zwei afrikanisch anmutenden Zöpfchen durchsetzt – und die malerische Bekleidung – auch hier fehlten dem Kommissär die richtigen Worte – nicht in den Sinn. Das schwarze Satinhemd war von allen möglichen bunten Früchten übersät. Die Jeans hatten mehrere, absichtlich angebrachte Löcher. Wahrscheinlich hatte sich der Junge auch die Augen geschminkt. Wildbolz war zu wenig Experte, um das mit Sicherheit sagen zu können.

»Gil wird auch bald kommen«, begann der Spanier nach einem Begrüßungskuss, der den Kommissär erröten ließ. »Weißt du das Neuste? Er und ich sind entlassen worden. Willy spinnt. Er ist maßlos eifersüchtig. Er glaubt, Gil und ich hätten ein Mega-Liebesverhältnis. Ach, das Leben!« Er machte eine wegwerfende Handbewegung und grinste, allerdings nicht gerade glücklich.

»Du bist auch entlassen worden?«, fragte Wildbolz fürsorglich nach. »Claro. Nicht nur den Job habe ich verloren, ich darf auch nicht mehr bei Willy wohnen. Ich stehe auf der Straße, verstehst du? Wäre ich mit Willy verheiratet, wie es bei einem Hetero-Pärchen sicher der Fall wäre, hätte ich wenigstens das Anrecht auf Unterstützung. Ich habe ja schließlich meinen Job als Kellner seinetwegen aufgegeben.«

Ein etwa Vierzigjähriger mit Schnurrbart und Perücke legte Sandro im Vorbeigehen die Hand auf die Schulter und warf ihm symbolisch einen Kuss zu. »Hallo Pädu«, grüßte der Junge kurz und wandte sich wieder Wildbolz zu. »Ich werde wahrscheinlich zu Gil ziehen. Aber der hat nur ein winziges Zimmer bei einem holländischen Pärchen, zwei totale Schwuchteln. Natürlich hat Willy auch wegen des Todesfalls von Tomi geflucht und gesagt, ich hätte nicht genügend aufgepasst. So ein Blödsinn! Ich habe doch nicht hundert Augen im Kopf.« Sandros volle Lippen zeigten halb offen ein sehr verführerisches Lächeln.

»Das tut mir aber Leid«, kommentierte Wildbolz engagiert. Er könnte ja dem Jungen ein Angebot machen. »Höre, ich bin für eine Woche beurlaubt, möchte aber trotzdem weiter die Todesfälle von Tomi und Weil recherchieren. Du könntest mir doch helfen. Ich brauche nämlich unbedingt einen Mitarbeiter, auch wenn es nur darum geht, dass ich alles mit ihm besprechen kann. Ich bezahle dir einen bescheidenen Lohn. Abgemacht?« Sandro sah ihn kopfschüttelnd an.

»Ich stelle dich privat an. Wie gesagt, ich bin für eine Woche beurlaubt; das weißt du ja. Also kann ich tun und lassen, was ich will. Mehr oder weniger, zumindest. Du kennst das Milieu aus dem Effeff und wärest mir sehr nützlich.«

»Und was zahlst du dafür?« Der Junge schaute Wildbolz jetzt aufmerksam an und schien sich für das Angebot zu interessieren. »Sagen wir: hundert Franken pro Tag plus Spesen, Kost und Logis.« »Was heißt denn ›Kost und Logis‹? Soll ich bei dir wohnen?« Der Kommissär nickte unsicher. Vielleicht machte er sich mit diesem Angebot zum Trottel. Aber nach kurzem Schweigen meinte Sandro: »Nicht schlecht. Vor allem im jetzigen Augenblick. Bis in einer Woche hat sich Willy wahrscheinlich auch wieder beruhigt. Meinst du das wirklich ernst?«

»Natürlich. Ich will meine Arbeit zu Ende führen und den oder die Täter überführen. Das ist nichts als recht; Tomi hat das, wie jeder andere Sterbliche, verdient. Ich würde es auch für dich tun, verstehst du. Und du kannst mir echt Unterstützung bieten. Du kennst Krethi und Plethi in diesen Kreisen.« Und nach einer Weile fügte er väterlich hinzu: »Und danach brauchen wir was Festes für Dich. Das geht ja so nicht weiter. Du brauchst eine solide Ausbildung, damit du Sicherheit hast.«

»Okay, ich helfe Dir. Aber ich möchte nicht zum Polizisten werden. Die Schwestern würden mir das nie verzeihen.« »Ich will ja auch nicht, dass du den einen oder den anderen verrätst oder ihn an mich auslieferst. Ich möchte nur, dass du mir hilfst, Tomis und Weils Mörder zu bestrafen. Damit hilfst du auch den Schwulen ganz allgemein. Sie haben doch genau das gleiche Recht, dass ihre Mordfälle gesühnt werden.« Wildbolz hatte eindringlich gesprochen, vielleicht machte er dem Jungen damit nur Angst. »Weißt du, dass der Scheich mich gestern in der Sauna angerufen hat und mich auszählte. Er fluchte, ich hätte seine Adresse den Cops gegeben, und diese seien ihm nun auf die Haube gestiegen. So geht das in der Familie, weißt du. Die Schwestern haben alle Krieg untereinander, aber wenn es um die Polente geht, halten sie zusammen.« Sandro stand auf und umarmte einen affektiert gekleideten jungen Mann. »Hallo, mein Dornröschen,« hörte Wildbolz den ihm unbekannten Gigolo blöken, »warum zeigst du dich nicht mehr bei mir? Ich möchte doch so gern ein Kind von dir, du Lausbub. Und du tust abschätzig, als wäre ich eine Loebverkäuferin.« Sandro lachte nur, wimmelte den Modeheini ab und wandte sich wieder an den Kommissär. »Gut, ich mache mit, aber ich möchte es vermeiden, dass ich gegen einen Kollegen etwas tun muss, das man mir dann ein Leben lang vorhält. Man ist nachtragend unter den Zwetschgen.«

»Keine Angst. Du kannst ja von Fall zu Fall entscheiden. Ich erwarte von dir eigentlich nur drei Dinge: Erstens sollst du mein Gesprächspartner sein. Ich möchte mich möglichst viel mit dir über das unterhalten, was ich bis heute über die beiden Fälle weiß, und vernehmen, was du persönlich vermutest. Zweitens bitte ich dich, mir alle die Sauna-Besucher vom letzten Sonntag vorzustellen. Am besten heute Nacht, wenn sie hierher kommen. Das ist doch nicht zu viel verlangt, oder?«

Sandro grinste wieder in der ihm eigenen, verführerischen Weise. »Und drittens?«

»Das sag ich dir, wenn wir beide allein zu Hause sind. Abgemacht?«

»Abgemacht«, bestätigte der Junge und klopfte mit einem Finger auf seine üppigen Lippen. »Aber unter dem Vorbehalt: Auch bei drittens darf ich nein sagen, wenn ich keinen Bock auf einen Bock habe, okay?«

Wildbolz machte ein weinerliches und bittendes Gesicht, um Sandro zu zeigen, wie sehr ihm auch daran lag, ihn anzufassen und zu liebkosen. Er fühlte sich hier drin, in diesem Club, nicht so gehemmt was Anzüglichkeiten anging, wie anderswo. Das lag sicher daran, dass rings um ihn die verrücktesten Szenen abliefen. An der Bar öffnete gerade ein alter Dicker einem Jungen, der schielte, die Hose. An einem Tischchen an der Rückwand schminkte sich ein sehr männlicher Muskelprotz in einem zerrissenen Leibchen die Lippen erdbeerrot. Und knapp vor ihnen hatte ein Junge eine Bierflasche zwischen die Oberschenkel geklemmt, und ein zweiter lutschte schmatzend daran.

Der Kommissär stand auf und ging zur Theke, um für sich und Sandro ein Bier zu holen. »Sie trinkt kein Bier. Du musst sie schon mit Glenfiddich füttern, die Kleine, sonst bekommt sie Durchfall«, beriet ihn der schlaksige, schnurdünne Barjunge. »Also gut, dann gib mir aber auch einen«, willigte Wildbolz ein. Ein starkes Getränk mochte er in dieser eigenwilligen Umgebung vertragen. Als er wieder zum Tisch kam, war Gil da. Er hatte sich auf den Sessel neben Wildbolz gesetzt und erzählte Sandro eben: »... alles selber machen. Er hat mich davongejagt wie ein kleines Kind und mir den Lohn für heute nicht mehr ausbezahlt. Was hast du nur mit Schwesterchen Willy gemacht? Ich wusste gar nicht, dass der so mies sein kann!«

Wildbolz hoffte, dass Sandro seinem Freund nicht verraten würde, dass er mit ihm zusammenarbeiten wolle. Gil war aufreizend gekleidet, mit einer ganz engen schwarzen und dünnen Lederhose, die jeden Muskel abzeichnete, und einem samtenen Pullover, der die Oberarme freiließ. Der Kommissär erinnerte sich an sein kleines Abenteuer mit dem Holländer in der Sauna. Aber Gil war jetzt für ihn nicht mehr attraktiv; seine ganzen Wünsche richteten sich auf Sandro.

»Aha, Tante Bulle ist auch da. Welch eine Überraschung«, begrüßte ihn Gil. »Wenn er so weitermacht, wird er noch die Königin der Bundesstadt.«

»Hallo, *Dutchman*«, lächelte ihm Wildbolz zu. »Ich habe mich mit Sandro hier verabredet. Ob es mir in dieser Lusthöhle gefällt, weiß ich noch nicht. Auf jeden Fall treffe ich auf bekannte Gesichter.« Wenn du mich meinst, Sherlock Holmes, dann hoffe ich, du erinnerst dich nicht nur an mein Gesicht. Ich habe noch andere Körperteile anzubieten.«

»Hör doch auf«, rügte ihn Sandro. »Hans ist meine neue Schlummermutter. Dank ihm brauche ich nicht in deine Stinkbude zu kommen.«

»Moment mal«, ereiferte sich Gil. »Du willst doch nicht sagen, dass du jetzt im Polizeibunker übernachtest, oder?« »Nein, ich werde bei Hans privat wohnen. Schon allein um Willy das heimzuzahlen, was er heute mit mir gemacht hat. So schlecht sieht nun mein Kommissärchen auch nicht aus. Ich glaube, der Neid spricht aus dir!« Sandro blinzelte Wildbolz verschwörerisch zu, und das machte ihn umso begehrlicher.

»Ich helfe deinem Freund aus der Patsche. Das ist alles«, kommentierte Wildbolz. »Schließlich haben wir ja schon eine Art Pakt geschlossen.«

»Es hat dich gepackt, hm?«, grinste Gil spöttisch. »Unsere Bodies sind eben noch knusprig. Hoffentlich bezahlst du ihn auch gut, damit er mir ab und zu einen Drink offerieren kann. Ich bin nämlich jetzt auch auf dem Trockenen.«

In diesem Augenblick wurden sie von einer Polonaise unterbrochen, die laut singend durch den Hinterraum des Clubs kam. Die Männer, zwischen achtzehn und siebzig, hielten sich mit beiden Händen an den Hüften, wippten wie Huren und kreischten weibisch. Ein wahrscheinlich noch minderjähriger aufgetakelter Kerl griff Wildbolz in die Haare und schrie: »Heute Nacht oder nie, Papa!« Der Kommissär fühlte sich in eine andere Welt versetzt und überlegte sich, wie sich Amacher hier verhalten würde. Der politische Ehrgeiz des Chefs müsste zur sofortigen Flucht mit groben Drohungen führen.

Als die Schlange der knapp bekleideten Männer vorbei war und sich wieder in die Diskothek zurückzog, meinte Gil: »Wie gefällt dir das, Derrick? Ich habe bemerkt, dass du den Schwestern nur auf den Arsch geguckt hast. Möchtest du mal zwischen zwei Knabenbacken rein? Ich stelle mich zur Verfügung, aber ich habe meinen Preis. Unter dreihundert öffne ich meine Pforte nicht. Und natürlich nur mit Gummi.«

»Jetzt schweig aber mal«, ärgerte sich Sandro. »Hilf uns besser, herauszufinden, wer bei Tomi im Massageraum war. Du wirst ja wohl außer dem Arsch noch einen Kopf haben.« Wildbolz musste plötzlich lachen. In was für einen Zirkus war er denn hier geraten? Es ging um zwei Tote, aber im ›Underground‹ ging das Leben weiter, als wäre nichts geschehen. Nur der Augenblick schien zu zählen. Wenn man schwul ist, vergisst man besser jede Perspektive, dachte er. Sandro unterbrach seine Gedanken. »Schau, da kommt der Direktor mit seinem Butler. Soll ich sie an unseren Tisch rufen?« Der Direktor trug ein dunkelblaues Hemd, das sein silbergraues Haar sehr gut zur Geltung brachte. Auch seine helle graue Flanellhose trug dazu bei, dass er unter den Clubbesuchern sehr nobel aussah. Boris daneben wirkte in seinen schwarzen Jeans und dem ebenso schwarzen Hemd zwar viel jugendlicher, aber auch viel nebensächlicher. Selbst seine stolzen Muskeln schienen eher überflüssig. Als Sandro die beiden dem Kommissär vorstellte, verneigte sich der Direktor höflich: »Ich habe Sie bereits bei der Beerdigung des jungen Fehr gesehen, nicht wahr? Eine sehr traurige Geschichte, die mir nachhaltend zu schaffen macht. Kommen Sie in den Ermittlungen vorwärts?« Der Herr und sein Butler setzten sich zu Wildbolz und den beiden Jungen an den Tisch. »Hol mir einen Remy Martin, Boris.« Und zum Kommissär gewandt fügte er bei: »Boris ist mein Butler und Leibwächter, mein Schachpartner und Gärtner.« Der Direktor sah gut gelaunt und freundlich aus. »Guten Abend, Herr von Feldern«, grüßte ihn Wildbolz. Boris war bereits in Richtung Bar verschwunden. »Bitte nennen Sie mich hier Jürg. Wir sind in einem Privatclub, wo Landadel nichts gilt.« Der Direktor strahlte. »Und ich kann Ihnen versichern: mir ist es am wohlsten so. Ich möchte nicht zurück ins Mittelalter. Aber ich muss schon sagen: es überrascht mich, Sie hier anzutreffen.«

»Das glaube ich Ihnen«, grinste Wildbolz. »Mich selber eigentlich auch. Ich heiße Hans und möchte auch geduzt werden, damit wir uns in der hier herrschenden Atmosphäre unterhalten können.« Gil räusperte sich und sagte dann: »Ich gehe mal ein bisschen tanzen.«

Als er weg war, fragte der Direktor Sandro: »Hat der Liegende Holländer neuerdings etwas gegen mich?«

»Ach nein«, wehrte der Angesprochene ab. »Gil ist ein Disco-Fan, das solltest du wissen, Jürg.«

»So? Sollte ich? Wie auch immer: Er ist ein hübscher Junge, und ich hoffe, er kommt wirklich an unseren Tisch zurück.« Dann wandte er sich wieder an Wildbolz. »Sehen Sie, Hans, ich habe mir vorgenommen, den Randgruppen in diesem Umfeld zu helfen, wo immer ich kann. Tomi gehörte auch dazu, denn er war eigentlich zu jung, um in diesen Kreisen zu verkehren. Auch Gil, als Ausländer, hat es schwer. Boris, einen Polen, habe ich nicht zuletzt deswegen bei mir aufgenommen. Er kam vor drei Jahren als Flüchtling nach Berlin, wo ich ihn aufgelesen habe. Jeder macht seine ihm eigene Art von Entwicklungshilfe. Meine richtet sich immer direkt an die leidenden Personen, die mir nebenbei noch gefallen.« Er kicherte diskret.

»Ich bin auch schon fast so weit«, meinte Wildbolz und schielte zu Sandro, der in seinen Stuhl zurückgelehnt das Gespräch aufmerksam verfolgte. »Um auf Ihre … oder deine Frage zurückzukommen: Ich bin noch nicht sehr weit in meinen Untersuchungen, aber inzwischen sicher, dass es sich bei Tomi und bei Bernhard Weil nicht um Selbstmord handelte.«

»Es freut mich, das zu hören. Bitte verstehen Sie mich nicht falsch, Hans. Aber ich hatte schon befürchtet, die Polizei mache sich bei Homosexuellen die Arbeit so leicht wie möglich. Gerade Minderheiten sind auf eine rechtmäßige Behandlung, auch nach dem Tod, angewiesen. Wenn ich Ihnen … oder dir irgendwie behilflich sein kann, tue ich es gern.«

Der Kommissär fand von Feldern sympathisch, darum antwortete er: »Danke, ich kann wahrscheinlich jede Hilfe brauchen. Die Sache ist nämlich ziemlich verworren, und mein Chef hat mich bereits gerügt, weil ich nicht vom Fleck komme. Ehrlich gesagt: Er hat mir die Leitung der Ermittlungen entzogen.« »Waas?«, staunte der Direktor. »Das tut mir Leid, nicht nur für Sie, Hans, sondern auch für uns alle. Wie will es denn dein Chef einrichten, dass er schneller zu einem Resultat kommt?« »Indem er es bei zwei Selbstmorden bleiben lässt.« Wildbolz tat es wohl, diesen Satz mit Geringschätzung auszusprechen. Der Direktor sah ihn eine kurze Weile nachdenklich an. Dann sagte er schneidend: »Das darf nicht geschehen. Es waren keine Selbstmorde! Wenigstens bei Tomi nicht. Was Weil angeht, bin ich natürlich nicht auf dem Laufenden. Du darfst das nicht hinnehmen!« Boris kam mit drei Cognacs und einer Cola zurück. Der Direktor hatte ihm scheinbar heimlich die Anweisung gegeben, auch für den Kommissär und Sandro einen Remy zu bringen. Auch der Butler verneigte sich leicht vor Wildbolz, bevor er sorgfältig Platz nahm. »Ich muss! Es sei denn, ich könnte handfeste Beweise für einen Mord auf den Tisch legen«, erklärte Wildbolz.

Wieder überlegte der alte Herr. »Es war nicht Mord, aber es war fahrlässige Tötung.«

Wildbolz zog überrascht seine Brauen zusammen. »Wie kommst du denn darauf?«

»Schau, Hans: Es gibt in einigen homosexuellen Kreisen eine Technik, die beim Geschlechtsverkehr den Orgasmus verlängern und intensivieren soll. Man nennt sie *breathtaking*, was eigentlich atemberaubend bedeutet. Ich kenne das nicht etwa aus eigener Erfahrung. Es wäre mir zu gefährlich.« Er lächelte, dabei abschätzend, ob der Kommissär ihm glaube.

Man lernt bei den Schwulen nie aus, dachte Wildbolz. Laut fragte er: »*Breathtaking*? Und wie geht das zu und her?« »Man legt sich ein Seil oder ein Kabel um den Hals, als wollte man sich erhängen. Die Atemnot, der Sauerstoffmangel im Kopf, die einen logischerweise dabei überfällt, erhöht die Lust des Orgasmus! Je mutiger man mit Atemholen zuwartet, desto größer ist der Lustgewinn. Diese Art von sexueller Manipulation ist vor allem in den USA bekannt.«

»Und das soll Tomi getan haben?«, erkundigte sich Wildbolz ungläubig.

»Man hat ihn dazu angehalten. Wenn man einen Jungen anal missbraucht, kann einen seine Ekstase ganz schön auf Vordermann bringen. Vielleicht half er ganz gerne mit, wenn man ihn dafür gut bezahlt.«

Wildbolz merkte, dass auch der Direktor dieses Spiel abscheulich fand, denn der alte Mann machte eine entsprechende Grimasse. »Und du glaubst, Jürg, dass dies am vergangenen Sonntag jemand mit Tomi getan hat?«

»Ich bin sicher. Das Kabel um Tomis Hals und seine Position auf dem Schragen, so wie ich ihn dort gesehen habe, sind für mich eindeutige Beweise.«

»Und wer hat das mit dem Knaben getan?« Der Direktor schüttelte den Kopf. »Das weiß ich leider auch noch nicht.«

»Und dann hat das Spiel nicht geklappt und Tomi ist erstickt?« »So sehe ich es. Sein Freier oder wie ich das nennen soll, war zu egoistisch und wollte seinen bestmöglichen Genuss. In seiner eigenen Ekstase hat er nicht bemerkt, dass der Knabe erstickte oder an seinem Todeszappeln Freude gehabt. Solche Fälle gibt's in Amerika des Öftern, auch wenn es für dich jetzt unwahrscheinlich klingt.«

»Und dann ist der Täter erschrocken und hat sich ganz heimlich aus dem Staub gemacht?«

»Aber sicher!«, beteuerte der Direktor. »Wenn einer schon zu solchen Spielchen mit einem Sechzehnjährigen fähig ist, dann will er sicher auch nicht die Schuld auf sich nehmen, wenn's zum Schlimmsten kommt. Ich bin zwar kein Detektiv, aber ich habe über diesen Todesfall intensiv nachgedacht. Der junge Fehr war ein Nachbar von mir, ein sehr liebenswürdiger Kerl, immer freundlich und hilfsbereit. Ich möchte wirklich, dass es ans Tageslicht kommt, dass er von einem maßlosen Egoisten fahrlässig in den Tod geschickt wurde. Und ich glaube nicht, dass jemand dort in der Sauna, wo er leicht zu registrieren war, einen absichtlichen Mord beging. Wir Schwulen sind zwar lustbesessen, aber keine designierten Mörder.« Wildbolz nickte in sich hinein. Die Erklärung des von Feldern klang logisch, aber man konnte ja nur darauf kommen, wenn man von solchen übertriebenen Sexpraktiken Kenntnis hatte. Wie hätte er das als sexuell unerfahrener und bisher nur in landläufigen heterosexuellen Praktiken erfahrener Blödmann konstruieren können? »Du kannst dir vorstellen, wer es gewesen ist, nicht wahr?« Der Direktor sah ihn eine Weile lang unschlüssig an. Dann meinte er: »Nicht besser als Sandro oder Gil. Aber komm mit, ich möchte dir etwas zeigen.« Er stand auf und ging in den vorderen Barraum, ohne sich umzusehen, ob Wildbolz ihm folgte. Wahrscheinlich war er gewohnt, dass man seine Aufforderungen als Befehle akzeptierte.

Auf der Toilette wusch sich von Feldern die Hände mit kaltem Wasser. Als Wildbolz hinter ihm stand, murmelte er: »Steinmann, die Harte Nicole oder Weil. Gehen wir zurück.« Er trocknete sich die Hände und tat, als würde er den Kommissär nicht kennen.

Als sie wieder am Tischchen saßen, beteuerte der Direktor: »Ich kann dir wirklich nicht weiterhelfen. Zudem darf ich mir nicht anmaßen, leichtsinnig einen anderen zu beschuldigen.« Er machte eine Cognac-Pause und fuhr dann fort: »Hast du von den anonymen Briefen gehört, die Weil und Sandro erhalten haben? Wahrscheinlich ja. Wie ich sehe, kommst du mit Sandro ja bereits prima aus.« Er grinste zweideutig.

»Ja, das habe ich«, bestätigte der Kommissär. »Hast du auch hier eine Theorie?«

Der Direktor schaute spitzbübisch zu Boris und meinte dazu: »Ich sag's ihm. Vergiss diese Briefe! Mein Butler hat sie in meinem Auftrag geschrieben. Ich hatte Angst, dass die Polizei schnoddrig untersuchen und rasch auf Selbstmord abschließen würde. Was deinen Chef betrifft, hatte ich mich ja nicht geirrt.« »Ihr beide habt sie geschrieben?« Der alte Mann überraschte Wildbolz immer mehr.

Von Feldern nickte. »Kannst du es vergessen? Ich fühlte mich nämlich nicht ganz wohl dabei. Ich hoffe, Hans, du verstehst meine Beweggründe.« Jetzt sah er unschuldiger aus als Albert Einstein. »Hilfst du mit, Sandro?«, fragte Wildbolz seinen Tischnachbarn. Dieser schaute kurz zum Direktor und meinte dann: »Jürg, du hast mir mit diesem Brief einen schönen Schrecken eingejagt!« »Ich tat es nicht, um etwas gegen dich zu tun. Ich schenke dir was dafür. Ein Flugbillett, wenn du willst.«

»Also, abgemacht«, lachte Sandro. »Mensch, bin ich erleichtert. Wenn das Willy erfährt!«

»Um Gottes willen, sag das diesem Hysteriker nicht!«, bat ihn der Direktor. »Es muss unter uns bleiben, sei so nett.«

»Und was weißt du über den Tod von Bernhard Weil?«, forschte Wildbolz, der dem alten Mann bereits zutraute, alles aufklären zu können.

»Nicht viel. Als ich hörte, dass er aus dem Fluss gezogen worden war, überraschte es mich gar nicht so sehr. Weil liebte ganz junge Knaben, er war ein Pädophiler. Und das brachte ihn natürlich stets in Konflikt mit seinem Beruf. Er hatte wahrscheinlich Tag und Nacht Angst, er würde irgendwann ans Kreuz geschlagen. Darum verkehrte er auch ziemlich intensiv mit der Harten Nicole, die gleichartige Neigungen hat, allerdings brutaler ans Werk geht, aber sonst nicht zu ihm passte. Meistens war Weil gegenüber den Erwachsenen eher zurückhaltend. War es nach euren Ermittlungen Selbstmord oder Mord?«

»Die Rechtsmedizin und unser Labor haben ihre Untersuchungen noch nicht ganz abgeschlossen«, erwiderte der Kommissär. »Aber es scheint, dass Weil überfallen und so traktiert worden ist, dass er automatisch ertrank, wenn man ihn ins Wasser warf. Ich dürfte eigentlich keine Einzelheiten an Zivilpersonen weitergeben. Aber von dir erwarte ich mir eine Hilfe.«

»Wenn Weil ermordet worden ist, dann muss die Sache mit Tomis Tod in Zusammenhang stehen. Vielleicht wusste er zu viel. Vielleicht kannte er Tomis fahrlässigen Freier und drohte mit der Weiterleitung seines Wissens. Persönlich tippe ich auch nicht auf Selbstmord. Weil war ein Mensch, der sehr am Leben hing und noch viele Projekte hatte.«

»Und wenn er es gewesen wäre, der Tomi das Kabel um den Hals gelegt hat?«

Der Direktor schüttelte den Kopf. »Ich glaube es jetzt nicht mehr. Tomi war ja sein heiß geliebtes Modell für den Film. Aber eben, ich kann mir vorstellen, dass der Knabe ihn bei allem ins Vertrauen zog, auch beispielsweise, mit wem er ins Massagezimmer gehen wollte.« Gil kam zurück. Er hatte seinen Samtpullover ausgezogen und trug nur noch die hautenge Lederhose. Sein Oberkörper glänzte von Schweiß, und auch seine Stirn war rot und feucht. Er sah aufreizend sexy aus in dieser Aufmachung. »Ah, mein Liegender Holländer ist vom Hexenkessel zurück«, hieß ihn der Direktor begeistert willkommen. »Höre, Gil, kommst du mit uns auf eine Partie Schach? Es soll dich nicht reuen.«

Der Junge wiegte den Kopf hin und her und schaute kurz zu Sandro. »Gehst du zu Sherlock?« Sandro nickte, und Gil wandte sich an den Direktor. »Gut, ich komme. Ich hoffe, das Frühstück ist inbegriffen. Ich bin nämlich seit heute arbeitslos. »Oh du Ärmster! Na, dann müssen wir dir unter die Arme oder zwischen die Beine greifen. Ich gebe dir eine Arbeit, und zwar eine anspruchsvolle. Dafür ist das Salär auch entsprechend.« Der Direktor lächelte, wie es Wildbolz schien, gutmütig. An ihn gerichtet ergänzte der alte Mann: »Weißt du, Hans, ich komme jeweils nur auf einen Sprung hierher. Wenn ich einen jungen, hübschen Schachspieler gefunden habe, fahre ich mit Boris wieder nach Hause. Ich bin zu alt, um in einer rauchgeschwängerten, lärmigen Disco noch Freinächte zu verbringen. Ich genieße meine diskreten Lüste lieber in aller Ruhe zu Hause. Es hat mich gefreut, dich wiederzusehen, und ich hoffe, dass ich dir helfen konnte vorwärtszukommen. Es liegt mir viel an der umfassenden Aufdeckung der Umstände um den Tod des Jungen. Weil hingegen lässt mich eher kühl. Er hat nie viel für mich übrig gehabt. Gute Nacht.« Würdevoll stand er auf und ging in Richtung Ausgang. Gil zwinkerte Sandro zu und folgte dem Alten, gedrängt vom athletisch wirkenden Butler. Ein sonderbares Gespann, mit einem eigenartigen gemeinsamen Ziel, das ein jeder der drei ganz anders interpretierte.

• • •

»Trinken wir noch was?«, schlug der Kommissär vor. »Der Cognac, den uns der Direktor spendiert hat, ist ja längst drunten. Ich habe vergessen, ihm zu danken.«

»Wie findest du ihn?« Sandros Augen glänzten. Zweifellos hatte ihn das Detektivfieber ergriffen. Für Wildbolz sah der Junge mit jedem Tag liebenswerter aus.

»Den Herrn von Feldern? Ein netter Kerl. Wahrscheinlich ein wenig herrschsüchtig. Aber auf jeden Fall ist es ihm wichtig, dass die schwule Szene nicht degeneriert und mindestens so korrekt lebt wie wir Heteros.« »Ihr Heteros?«, lächelte Sandro. »So ein stubenreiner Hetero scheinst du nun auch nicht zu sein.«

»Ich glaubte wenigstens, dass ich einer sei«, gab der Kommissär zu. »Warte, ich hole noch zwei Whiskys. Morgen werden wir dann sicher Kopfweh haben.« Er ging zur Bar und drängte sich an die Theke. Der schlaksige Barjunge nahm die Bestellung sofort entgegen und stellte dem Neuen im Club die zwei Gläser hin. »Ich offeriere dir die zwei, Schwester«, erklärte er mit singender Stimme. »Damit du dich rascher an uns gewöhnst.«

Wildbolz schnaubte durch die Nase und ging zu Sandro zurück. Er ließ sich nicht gern Schwester nennen, schließlich war er immer noch Polizist. »Kennst du dieses Spiel, von dem der Direktor sprach?«

Sandro zeigte mit seinem Finger an die Stirn. »Spinnst du? Oder meinst du, ich sei pervers? Ich habe davon gehört, aber für mich ist das sado-maso.«

»Was glaubst du, wer könnte es mit Tomi gemacht haben? Der Scheich? Die Harte Nicole? Weil? Rotkäppchen?« Wildbolz freute sich insgeheim darüber, dass der Spanier solche degenerierten Spiele nicht mochte.

»Keine Ahnung. Doch für mich kommt Beni Weil nicht in Frage. Einfach so vom Typ her. Die Harte Nicole, der Scheich oder Rotkäppchen schon eher.«

»Ich schließe Weil auch aus. Für mich ist es klar, dass er ermordet wurde, und zwar im Zusammenhang mit Tomi. Also wusste er etwas und drohte vielleicht mit einer Anzeige. Ich hoffe, dass alle Saunabesucher vom Sonntag heute Abend hierher kommen. Du kennst sie und kannst sie mir vorstellen. Du bist ja jetzt mein Assistent.«

Sandro lachte, schien aber stolz zu sein. »Jawohl, Herr Kommissär. Am Samstag kommen fast alle hierher. Die Harte Nicole und Rotkäppchen meistens aber erst spät. Wir werden also noch etwas Geduld haben müssen. Was ist, wenn du – oder wir – den Täter schon in dieser Nacht entlarven? Ist es dann vorbei mit meinem Wochenlohn?«

Wildbolz schüttelte den Kopf. »Du denkst nur an deinen eigenen Vorteil. Aber mach dir keine Sorgen: Dein Lohn für sieben Tage ist dir sicher. Prost.«

Während der Kommissär seine Nase ans erhobene Glas hielt, legte ihm Sandro eine Hand auf den Arm. »Da kommt der Scheich! Er hat uns noch nicht gesehen.«

Ohne hinzuschauen wies ihn Wildbolz an: »Geh ihm entgegen, begrüße ihn und führe ihn dann wie zufällig zu mir. Er hasst mich und wird sich kaum freiwillig zu mir setzen. Sage ihm also nicht, dass ich ihn erwarte.«

Sandro stand auf und drängte sich durch die Masse zur vorderen Bar. Wildbolz hielt sich so weit hinter einem Wandvorsprung versteckt, dass man sein Gesicht von dort vorn nicht sehen konnte. Er musste Steinmann dazu bringen, sich an seinen Tisch zu setzen, um mit ihm möglichst unauffällig plaudern zu können. Als Sandro mit ihm zusammen in die hintere Bar kam, begrüßte Wildbolz aus seiner Nische heraus den Scheich freundlich. »Guten Abend, Herr Steinmann. Gut, dass ich Sie wiedersehe. Ich habe Ihnen nämlich etwas Wichtiges zu sagen.« Der Scheich war zu überrascht, um sofort zu antworten. »Setzen Sie sich zu uns, Herr Steinmann. Und hören Sie mir zu.« »Schon wieder dieser verdammte Bulle!«, stöhnte der Scheich. Er trug diesmal ein schwarzes Lederkombi, das mit unzähligen chromglänzenden Nieten beschlagen war.

»Hören Sie damit auf, Steinmann. Was ich Ihnen zu sagen habe, ist für Sie nützlicher als für mich. Ich bin nämlich der Einzige, der Sie von dem Mordverdacht befreien kann. Aber dazu brauche ich Auskünfte von Ihnen.«

»Hast du diesen elenden Kerl hierher gebracht?«, wandte sich der Scheich an Sandro. »Du warst es ja schon, der ihm meine Adresse verraten hat. Ich werde dich …« »Werden Sie jetzt endlich vernünftig, Walter Steinmann. Sonst sind Sie morgen hinter Gittern. Setzen Sie sich zu uns und machen Sie nicht den ganzen Club auf uns aufmerksam.« Die Warnung war angebracht, denn bereits blieben einige der von einem Raum zum anderen zirkulierenden Gäste an ihrem Tisch stehen. Das stellte auch der Scheich mit Unbehagen fest und setzte sich widerwillig an den Tisch.

»Was trinken Sie? Sandro, hol dem Herrn ein Bier.« Der Scheich presste seine Lippen zusammen und fixierte Wildbolz mit finsterem Blick. Dieser versuchte weiter, ihn zu beruhigen. »Sehen Sie, wenn Sie mir helfen können, den Verdacht wieder von Ihnen zu wenden, tun Sie sich selber einen großen Gefallen. Ich hab Ihnen ja gesagt:

Man hat Ihren Ausweis im Massageraum gefunden. Meine Kollegen sehen in Ihnen den einzigen Verdächtigen. Ich hingegen glaube, dass Sie nichts mit der Sache zu tun haben. Helfen Sie mir bitte, dies zu beweisen.« Und nach einer Pause fügte er hinzu:

»Und wegen unseres Streits bei Ihnen zu Hause, na ja, es tut mir Leid, dass es so gekommen ist. Wir hätten uns schon dort gescheiter ausgiebiger unterhalten.«

Sandro brachte ein Bier und stellte es vor den Scheich auf den Tisch. »Ich glaube nicht, dass er es war«, meinte er zum Kommissär. »Ich auch nicht«, brummte dieser. »Aber wie zum Donner soll ich das beweisen, wenn dieser Mann mir nicht hilft?« »Wie soll ich Ihnen denn helfen?«, fragte jetzt Steinmann verunsichert. »Ich habe Ihnen ja gesagt, dass ich mit Tomi an der Bar war und einen Orangensaft getrunken habe. Um drei Uhr war das etwa. Und danach habe ich ihn nicht mehr gesehen, bis man uns von dem Unglück berichtete und wir alle durch die Türe den Knaben tot liegen sahen. Ehrenwort: Ich war am Sonntag mit keinem Fuß im Massagezimmer.«

Wildbolz flüsterte: »Wer dann, um Gottes willen? Haben Sie nichts beobachtet?«

Steinmann überlegte. Dann nahm er einen Schluck Bier. »Danke für den Drink. Genau der erinnert mich nämlich an etwas. Ich weiß zwar nicht, ob es überhaupt weiterhilft. Ich hatte Tomi zum Orangensaft eingeladen. Er war plötzlich von der Bar verschwunden, ohne sich zu bedanken. Ich machte gegenüber Gil eine entsprechende Bemerkung. Und da antwortete dieser, Tomi werde sich beim Rotkäppchen bedanken; das habe nämlich unbedingt seinen Drink bezahlen wollen. Und dabei war der Philipp gar nicht an die Bar gekommen. Verstehen Sie, was ich meine?« »Wollen Sie sagen, Tomi sei vom Rotkäppchen von der Bar weggerufen worden?«

Steinmann nickte. »Wenn ich genau überlege, muss Tomi von jemandem wegbeordert worden sein. Er verschwand urplötzlich, ohne sich von mir zu verabschieden. Ließ sogar den halben Saft stehen.Und fragen Sie Gil: Das Rotkäppchen hat diesen Drink bezahlt. Nur …!«

Wildbolz zweifelte an der Wahrheit dieser Schilderung. Es klang eher, als wolle Steinmann vom wahren Sachverhalt ablenken.

»Was nur?«

Steinmann schüttelte langsam den Kopf. »Wie meine Karte dort hinein gekommen ist, das kann ich mir einfach nicht vorstellen.« »Nun gut, lassen wir mal das Rotkäppchen. Kommen Sie mit der Harten Nicole gut aus? Kennen Sie seinen Namen?« »Wir haben nicht dieselben Interessen. Er sucht nur ganz junges Fleisch, verstehen Sie. Wie eben Tomi es war, solche Bübchen reizen mich nicht im Geringsten. Und was seinen Namen angeht: den kenne ich sowenig wie jeder andere. Vielleicht weiß der Direktor mehr.«

Stimmt: Wildbolz hatte vergessen, von Feldern danach zu fragen. Das würde er noch nachholen.

»Glauben Sie wirklich«, fragte der Scheich, »dass man meine Karte bei der Durchsuchung des Massageraumes am Sonntag nicht gefunden hätte, wenn sie damals schon dort gewesen wäre? Ihre Leute haben doch sicher alles genau untersucht. Und dann plötzlich, drei Tage später, liegt sie dort drinnen am Boden. So haben Sie es mir doch erklärt, oder?«

Ja, so hatte es der Kommissär ihm erklärt. Auch er war ein wenig überrascht gewesen, dass die Spurensicherung den Ausweis zuerst hatte übersehen können. Steinmann hatte Recht: es sah so aus, als hätte jemand den Ausweis nachträglich, und natürlich mit klarer Absicht, in den Massageraum gebracht.

Die anderen Gäste beachteten sie nicht mehr. Man war auf anderes aus, als einen kurzen Streit zu begaffen. Wildbolz richtete sich an Sandro: »Kannst du dir vorstellen, dass zwischen Sonntagabend und Dienstagabend jemand Zutritt zum Massageraum hatte?« Sandro hatte nicht zugehört. Sein Blick war zur Bar fixiert. »Dort steht das Rotkäppchen.«

Wildbolz wiederholte seine Frage: »Das ist gut möglich«, antwortete Sandro jetzt. »Am Montagmorgen waren nochmals Leute von der Polizei da. Und dann ab Dienstag wieder Gäste. Ich habe dir ja schon gesagt, dass jeder Stammgast weiß, wo sich der Schlüssel befindet. Und als Sonny seine Arbeit wieder aufnahm, war der Raum auch nicht mehr abgeschlossen.«

»Gibt es sexuelle Praktiken, bei denen man ein Kabel oder ein Seil braucht?«, erkundigte sich der Kommissär bei Steinmann. Dieser hob die Schultern. »Ich kenne jedenfalls keine solchen, außer ich wollte jemanden fesseln. Aber das ist nicht meine Tour. Das würde schon eher zur Harten Nicole passen, was man so hört.« »Was hört man denn?«

»Man sagt, der sei ein Sado-Maso-Fan. Wie gesagt, ich verkehre privat nicht mehr mit dem Typen. Ich begegne ihm in den Saunen und den Clubs. Er ist mir auch nicht sympathisch.«

Wildbolz biss sich auf die Lippen. Er hatte einfach das Gefühl, dass der Scheich log.

»Glauben Sie immer noch, ich hätte Tomi erdrosselt? Ich bin zwar jähzornig, aber so etwas könnte ich nie tun. Sie haben's ja gesehen: Ich fotografiere lieber.« Er machte einen niedergeschlagenen, aber nicht mehr aggressiven Eindruck. Nach der Erfahrung des Kommissärs sprach dies für ihn. Immer mehr schienen die Umstände die Harte Nicole oder das Rotkäppchen zu belasten. Hoffentlich würde auch noch der letzte Gesuchte heute Abend hier erscheinen. »Hast du gehört? Rotkäppchen steht dort an der Bar.« Sandro wies mit dem Kinn auf den hässlichen Rothaarigen, den Wildbolz zweimal in der Sauna gesehen hatte.

»Gibt es hier nur einen Ausgang, die Treppe dort vorn?«, erkundigte er sich bei Sandro. »Ja, nur den.«

»Also, komm, dann gehen wir etwas frische Luft schnappen. Ich halte es in diesem Dunst kaum noch aus. Und es ist gut, wenn wir das Rotkäppchen nicht auch noch an diesem Tisch interviewen. Die Leute hier drin werden langsam misstrauisch.« Zu Steinmann meinte er: »Sie haben mir zwar kaum weiterhelfen können, aber sprechen Sie mit niemandem über das, was wir hier behandelt haben. Ich möchte nicht, dass alle, die ich noch zu befragen habe, vorgewarnt sind. Sandro und ich gehen ein bisschen hinaus. Auf Wiedersehen, Herr Steinmann.«

»Auf Wiedersehen, Herr … Ich weiß nicht, wie ich Sie anreden soll.«

»Wildbolz, ganz einfach«, lachte der Kommissär. Er ging Sandro voran. Sie drängten sich nur mit Mühe an der vorderen Bar vorbei. Wildbolz kam seines Alters wegen relativ ungeschoren voran, während Sandro sich manche anzüglichen Sprüche und einige noch anzüglichere Griffe gefallen lassen musste. Beim Eingang erhielten sie einen Stempel in Penisform auf den Handrücken.

Als sie endlich in der Nähe der Eingangstreppe im Freien standen, erkundigte sich Sandro zögernd: »Glaubst du, es ist das Rotkäppchen gewesen? Und es hätte mit Tomi *breathtaking* gemacht und nicht früh genug gestoppt?« Wildbolz ließ sich vom Jungen Feuer geben und genoss die frische Luft, vermischt mit dem Rauch der Zigarette. »Nein, ich glaube, dass es die Harte Nicole war.«

»Und weiter? Ich meine, was war mit Beni Weil?« »Ich bin noch nicht ganz so weit. Ich weiß aber, dass Weil dem Tomi von all den Freaks am Nächsten stand. Obwohl ihn der scheinbar erpresste.«

»Waaas? Tomi erpresste Weil? Das ist doch nicht möglich?« Sandro drehte den Kopf langsam hin und her. Wildbolz schaute ihn lange an, dann meinte er: »Es lag ein Brief von Weil an die Harte Nicole auf dem Schreibtisch, als ich die Wohnung durchsuchte. Dort stand es schwarz auf weiß.« »Hast du den Brief noch?«

Wildbolz bejahte. »Er ist bei uns im Labor. Warum interessiert dich das so sehr?«

»Ich glaub's einfach nicht. Es scheint mir gänzlich unmöglich, dass Tomi Beni erpresste. Beni gab ihm ja alles, was er wollte. Und die beiden kamen wirklich prima miteinander aus. Ich war sogar neidisch auf ihre Freundschaft und beobachtete sie darum umso mehr. Nein, Old Surehand, das kannst du vergessen. Es ist einfach nicht möglich, dass Tomi Weil erpresste.«

»Und was ist denn mit dem Brief?«

»Gefälscht!«, behauptete Sandro vorwitzig. »Jemand wollte Weil ein Motiv für den Mord an Tomi in die Schuhe schieben.« »Bitte, nicht das auch noch«, stöhnte Wildbolz. »Warum bringt denn dieser Jemand Weil später um?«

»Weil wusste wahrscheinlich genau Bescheid über den Tathergang, war aber selber nicht dabei. Er drohte damit, das Ganze der Polizei auszusagen, war sichtbar wütend auf den Täter, denn er liebte Tomi, und so kam es zum Drama.«

»Danke«, lächelte der Kommissär. »Ich wusste gar nicht, dass du als Assistent so gut brauchbar bist. Aber ich möchte dir eines auch noch gestehen, Sandro: Ich liebe dich auch, genau so wie Weil den Tomi. Aber ich hoffe natürlich, dass es bei uns nicht auch zum Drama kommt.« Er zog den Jungen an sich und umarmte ihn kurz. Einen Kuss wagte er ihm aber nicht zu geben. Sandro ließ sich die Umarmung mit lächelnden Augen gefallen und schaute ihn aufmerksam an. Es war für Wildbolz ein Gefühl zum Verrücktwerden.

• • •

»In eine Schlägerei warst du verwickelt?«, fragte der schlaksige Barkeeper, den man hier im ›Underground‹ Ghandi nannte. »Hast du dich mit einem anderen Freier um ein leichtes Mädchen geschlagen?« Er lachte hustend und kassierte den Gin Tonic ab, an dem Rotkäppchen bereits nippte.

»So etwas Ähnliches. Auf jeden Fall habe ich die blöde alte Heterotunte zusammengestaucht.« Rotkäppchen, dessen eines Auge, wie bei Moshe Dajan, hinter einer schwarzen Binde verborgen war und dessen anderes einen dunklen blauen Rahmen aufwies, schaute den Barkeeper voller Stolz an.

»Das kennen wir von dir noch nicht, Rotkäppchen. Gar nicht gewusst, dass du eine kriegerische Schwuchtel bist.«

»Möchtest du etwa auch eine Probe?«, bluffte Philipp unsicher und wandte sich von der Bar ab. Darauf ankommen lassen wollte er es auf jeden Fall nicht. Er war wirklich kein Draufgänger in Sachen Schlägereien, dazu hatte er zu sehr Angst vor den meisten anderen. Nur beim Aufreissen von Strichern ging er bewusst ein Risiko ein. Man hörte ja oft genug, dass schwule Freier in eine dunkle Ecke gelockt und dort verhauen und ausgeraubt wurden. Aber wenn er dieses Risiko nicht einging, hatte er überhaupt keine Chance mehr, mal einen fremden Schwanz in die Hände zu bekommen.

Er schaute sich im hinteren Barraum um und musste feststellen, dass er mit seinen Verletzungen nicht gerade auf begehrliche Blicke stieß.

Plötzlich legte sich eine Hand auf seinen Arm. Es war Sandro, der Hübsche von der Sauna. Ein knackiger, leckerer und junger Spanier, den er längst gern einmal gehabt hätte. »Rotkäppchen, hör mir mal rasch zu«, flüsterte ihm der Junge ins Ohr, und Philipp spürte eine warme Welle über seinen ganzen Körper fahren. Wenn sich dieser Boy für ihn auch nur ein bisschen interessierte, würde er alles tun, was in seiner Macht lag, um ihn rumzukriegen. »Sandro! Wie schön, dich zu sehen.« »Kommst du mal rasch mit mir raus? Ich möchte dir jemanden vorstellen.« Sandro sah ihn erwartungsvoll, aber freundlich an. »Klar, *let's go.*« Er folgte dem Jungen durch das Dickicht von halbnackten, schwitzenden und stark parfümierten Männern. Viele von ihnen würdigten ihn keines Blickes, andere sahen ihn kurz mitleidvoll an. Philipp war klar, dass die meisten ahnten, was ihm wirklich passiert war. »Ich komme gleich wieder rein«, rief er dem Schnauzbärtigen an der Kasse zu.

Oben an der Treppe, unter den Laubenbögen der Junkerngasse, drehte sich Sandro zu ihm um. »Du musst uns helfen. Es ist wichtig.«

»Wem helfen? Und was ist wichtig?«, erkundigte sich Philipp nervös. Er hatte zumindest erwartet, dass Sandro ihm einen Jungen vorstellen würde, der dringend etwas Geld brauchte. Wenn der Spanier schon nicht selber von seiner uneingeschränkten Bereitschaft für ein Höpperchen oder ein Geknutsche profitieren wollte. »Es geht um Tomis Tod. Es ist uns allen sehr wichtig, dass wir die Umstände, die dazu führten, aufklären können.« Sandro führte das Rotkäppchen zu einem gut aussehenden, sportlichen Mann Mitte vierzig. Rotkäppchen hatte ihn schon irgendwo einmal gesehen. Aha, er erinnerte sich: im ›Steamshop‹. Was hatte denn der mit Tomi zu tun? Sein Vater etwa?

»Hans, das ist Philipp Schaer, das Rotkäppchen. Und Philipp, das ist Hans Wildbolz, ein Kommissär der Polizei. Er möchte dich etwas fragen.« Sandro sah ihn an, als würde er ihn bitten, ihm einen zu – lutschen.

»Guten Abend, Herr Schaer. Hatten Sie einen Unfall?« Die Stimme des Polizisten klang freundlich und jung. »Gewissermaßen. Man hat mir eine runtergehauen. Aber es ist schon fast wieder gut.«

»Zeigen Sie den Mann doch an. Das ist ja die reinste Körperverletzung. So profitieren Sie wenigstens von der Krankenkasse.« Der Rat des Kommissärs war Philipp unangenehm. Er wollte nicht mehr von diesem Überfall sprechen. Eigentlich schämte er sich, dass er sich nicht hatte wehren können. Er lachte nervös. »Nein, es lohnt sich wirklich nicht. Es waren zwei betrunkene Kollegen, wissen Sie. Sie haben sich schon genügend entschuldigt.« »Wie Sie wünschen. Es ist auch nicht das, was ich Sie fragen wollte. Es geht um Tomis Tod. Rauchen Sie?« Der Polizist hielt ihm eine Zigarettenpackung entgegen und Philipp klaubte sich einen Glimmstängel daraus und ließ sich vom Bullen Feuer geben. Er hatte nicht den Mut, anders zu reagieren, obwohl er eigentlich Polizisten nicht mochte.

»Sie waren letzten Sonntag auch in der ›Steamshop-Sauna‹, als Tomi starb. Haben Sie irgendeine Beobachtung gemacht, die erklären könnte, wer mit Tomi im Massagezimmer gewesen war?« Philipp überlegte fieberhaft, was er antworten sollte. Er war es jedenfalls nicht gewesen, also musste er es auch so sagen und sich schützen. Sonst lochten die ihn womöglich noch ein. Dass immer er der Prügelknabe sein musste, daran hatte er sich ja gewöhnt. »Am Sonntag? Warten Sie mal. Ich habe den Scheich mit Tomi an der Bar getroffen. Und ich habe die Harte Nicole im Trainingsraum kurz mit ihm zusammen gesehen. Doch da fällt mir etwas anderes ein.« Er zögerte.

Sandro legte ihm die Hand auf die Schulter und bat ihn inbrünstig: »Sag Hans alles, was du weißt, Rotkäppchen. Er ist auf unserer Seite. Und wer weiß, vielleicht brauchst du seine Hilfe auch einmal. Wir müssen jetzt alle zusammenhalten.« »Ja, ich weiß. Das war so: Ich traf zufälligerweise einen Jungen, und der hat mir erzählt, er hätte vorgestern oder so einen Kommissär mitten in der Nacht anrufen müssen, um ihm zu sagen, Tomi hätte einen geplanten Selbstmord verübt. Obwohl der Junge, von dem ich spreche, natürlich gar nichts darüber wusste und mit Tomi nie darüber gesprochen hatte.« Philipp zog gierig an seiner Zigarette. Irgendwie war ihm bei diesem Verrat nicht ganz wohl.

»Und wer hat diesen Jungen gezwungen, dem Kommissär zu telefonieren und ihm diese falsche Aussage zu machen?« Der Kommissär sah ihm direkt, aber freundlich in die Augen. Philipp sah sich um. Außer Sandro und dem Bullen war gerade niemand in der Nähe. Oder versteckte sich die Harte Nicole hinter einer Laubensäule? Er ging einige Meter auf und ab und kam dann zurück. »Die Harte Nicole. Aber wenn Sie mich verraten, bin ich wahrscheinlich wieder im Spital. Zudem ist es unfair: Die Harte Nicole war dabei, als man für mich den Notfalldienst rief. Ich habe sie zwar nicht gesehen, aber ich glaubte ihre Stimme zu erkennen.« Der Kommissär nickte ernst.

»Wie heißt der Junge, der mit mir telefonieren musste?« »Ihnen? Aha, Sie waren das!« Philipp war es unbehaglich. Jetzt war er mitten in einer Verbrechergeschichte drin. Wenn das für ihn nur gut enden würde! »Er heißt Dario. Dario Zbinden, glaube ich. Ein Junkie, der sich auf dem Strich etwas Geld verdient.« »Können Sie den nicht mal bei mir vorbeischicken?« »Nein, um Gottes willen! Ich will nicht, dass der erfährt, dass ich die Harte Nicole verraten habe.«

»Kennst du ihn?«, wandte sich der Kommissär an Sandro. Dieser fragte das Rotkäppchen: »Ist es dieser verlauste Junge mit den langen dunkelbraunen Haaren, der immer im Bahnhof steht?« Philipp nickte. »Könnten Sie es nicht mit dem bewenden lassen, was ich Ihnen gesagt habe? Dario hat mich sicher nicht angelogen. »Wenn wir ihn befragen«, versprach der Kommissär, »werden wir nichts von Ihnen sagen. Machen Sie sich keine Sorgen: In diesem verworrenen Netz von unlogischen Zusammenhängen weiß ohnehin niemand mehr, wer was gesagt oder gesehen hat. Haben Sie sonst noch eine Erfahrung gemacht?« Philipp überlegte. »Ich glaube nicht. Auf jeden Fall hätte die Harte Nicole ohne weiteres ins Massagezimmer verschwinden können, ohne dass ihn jemand beobachten konnte. Er war die meiste Zeit im Trainingsraum, und der grenzt direkt an den Massageraum.« »Noch eine Frage, Herr Schaer: Wissen Sie, ob die Harte Nicole *breathtaking* macht?«

»*Breathtaking?* Was ist das? Atemnot?« Er wusste es wirklich nicht. »Das ist eine Stranguliertechnik beim Sex, um den Orgasmus zu verlängern. Natürlich eine sadistische«, erklärte ihm der Kommissär, der sich auszukennen schien.

»Aha, Drosselsex. Fragen Sie wegen des Kabels, das man bei Tomi gefunden hat? Schon möglich, dass die Harte Nicole so was liebt. Auf jeden Fall höre ich oft, dass er Sadist sei. Er liebt es, seine Jungs ans Bettgestell zu fesseln und widerstandslos zu machen. Vor einem halben Jahr hat ein Stricher sich so das Handgelenk gebrochen.« »Wie heißt die Harte Nicole richtig? Und wo wohnt sie?« »Nicolas heißt er. Aber wie sein Familienname ist, weiß ich auch nicht. Er hat irgendwo in der Länggasse eine Einzimmerwohnung. Das weiß ich auch von Dario. Aber wo genau, das habe ich noch nicht erfahren. Er spricht zwar berndeutsch, aber ich hatte immer das Gefühl, dass er von anderswo kommt. Aus Deutschland oder so. Der tut so zackig und von oben herab wie ein Nazi, wenn Sie verstehen, was ich meine.«

»Gut, wenden wir uns an Dario Zbinden. Sandro kennt ihn ja vom Sehen. Wir werden ihn schon finden. Ich danke Ihnen, Herr Schaer.«

Philipp verabschiedete sich und stieg wieder die Treppe hinunter. Hatte er das Richtige getan? Oder hätte er die Harte Nicole nicht verraten sollen? Eine Schweinerei wäre das schon, wenn dieser alte Nazi den schönen Knaben erdrosselt hätte. Eine zehnmal miesere Schweinerei als mit einem Junkie ein bisschen zu wichsen.

* * *

Der Besuch auf dem Friedhof in Muri hatte Roger verzweifelt gemacht. Er hatte am Grab von Tomi gestanden und geweint. Dass ihn einige Leute dort erstaunt beobachtet hatten, war ihm gleichgültig. Warum waren die überhaupt erstaunt gewesen? Auf dem Friedhof waren doch Tränen um den besten Freund erlaubt. Aber Roger hatte es natürlich auch genossen, dass man seine Tränen um Tomi zur Kenntnis nahm. Eine Weile hatte er sich als Mittelpunkt des Friedhofs gefühlt, als junger Gott der Traurigkeit.

Auf dem Weg zurück nach Hause hatte er Madonna angetroffen. Sie war jetzt operiert und sah sexy aus. Er hatte sie schon gekannt, als sie noch Thomas Buchmüller hieß und ein Junge war. In der *Schweizer Illustrierten* war einmal ein ausführlicher Bericht über sie erschienen, mit Fotos vor und nach der Operation. Roger war von Madonnas Verwandlung zwar fasziniert, aber er könnte sich das für sich selber nicht vorstellen. Er ließe sich seinen Pimmel doch nicht abhauen! Den brauchte er dringend jeden Tag, um sich selber lieben zu können, um mit sich selber zärtlich zu sein, wie es seine Mutter mit ihm nie gewesen war.

Dann, als er endlich wieder in seinem Zimmer war, schluckte er vier Schlaftabletten aus Mutters Vorrat. Er musste unbedingt schlafen, um den Friedhof und Tomi für ein paar Stunden vergessen zu können. Seine Liebe zu diesem toten Knaben wurde von Tag zu Tag intensiver. Oder steigerte er sich nur künstlich in sie hinein? Nein, nein, das war echte Liebe, sonst würde sie ihn nicht so kaputt machen. Er konnte trotz der Tabletten nicht einschlafen. Tomis Bild kreiste vor seinen Augen. Er sah tagträumerisch, wie er mit ihm durch den Wald spazierte, seinen Arm über Tomis Schultern gelegt, von Zeit zu Zeit lange Zungenküsse austauschend. Rogers Penis regte sich, und er griff automatisch unter der Decke danach. Die Bilder von Tomi wurden gewagter, nackt stand der Knabe jetzt an einen Baum gelehnt, sein steifes Glied Roger entgegengestreckt. Und dann begannen sie ein überschäumendes Liebesspiel. Roger rieb sein Glied dazu so langsam er konnte, aber die Bilder seines toten, jetzt nackt vor ihm erscheinenden Freundes waren so aufreizend, dass es ihm nach wenigen Minuten kam. Er massierte seine wenigen Spermatropfen in seinen Bauch und fiel endlich in einen flachen Schlaf.

Über fünf Stunden lang schlief er, von Angstträumen immer wieder schwitzend. Als er erwachte, war es schon fast Mitternacht. Er fühlte ein starkes Bedürfnis, jetzt noch unter Leute zu gehen. Irgendwie hatten ihn die Träume einsam gemacht. Das ›Underground‹ würde bis um drei Uhr offen sein; er hatte also noch alle Zeit. Trotzdem zog er sich hektisch an und nahm sich auch nicht mehr Zeit, den Cockring wieder überzustreifen. In den roten Jeans und der dunkelblauen Fliegerjacke sah er jünger aus, als er war. Man hätte meinen können, er ginge noch zur Schule. Das gefiel ihm jetzt ausgezeichnet, denn diese Kindlichkeit rückte ihn näher an Tomi. Und sie ließ ihn auch sich selbst intensiver spüren. Kinder, dachte er, haben eben noch nicht Geschlechtsverkehr mit anderen wie die Erwachsenen, nein, sie müssen sich noch ganz unschuldig selber befriedigen.

Es war kalt draußen, und er fröstelte, als er auf den Bus wartete. Der letzte sollte um Mitternacht im Gäbelbach abfahren, und es war kurz davor. Außer ihm stand niemand an der Haltestelle. Um diese Zeit fuhr man vom Stadtzentrum heim und nicht umgekehrt. Aber er hatte Glück: Es kam noch ein Bus und nahm ihn mit auf eine endlos scheinende schaukelnde Fahrt hinter undurchsichtigen beschlagenen Fensterscheiben. Roger nahm sich vor, kurz durch den Bahnhof zu gehen, bevor er sich auf den Weg die alten Gassen hinab zum ›Underground‹ machte.

In der Bahnhofsgegend war nicht viel los. Vor allem jüngere Ausländer standen herum und debattierten laut. Roger stieg die Treppe zur Bahnhofshalle hinunter und fühlte sich ein wenig unsicher. Man hörte ja oft genug von Raubüberfällen hier drunten in der Nacht. Und er war nicht der Typ, der sich zu wehren wusste. Den Streitigkeiten, auch in der Schokoladenfabrik oder mit seiner Mutter, ging er frühzeitig aus dem Weg. Das war auch ein Grund dafür, dass er gerne allein war und die Geselligkeit eigentlich hasste.

Am Stein, einem Stück alter Ruine, die man beim Neubau des Bahnhofs als Erinnerung an die mittelalterliche Stadtmauer hatte stehen lassen, saßen drei dunkelhaarige Jungen. Alle drei sicher nicht über fünfzehn. Es konnten Rumänen oder Jugoslawen sein, Asylanten, die mit dem Vater, dem Onkel oder dem älteren Bruder in die Schweiz geflüchtet waren, um ein besseres Leben beginnen zu können. Nun saßen sie mitten in der Nacht in der Bahnhofsunterführung, warteten auf einen Freier und froren.

Roger ging langsam an ihnen vorbei und schaute sie sich an. Sie waren hübsch, wirkten aber müde und schmutzig. Ihre Unterhosen waren wahrscheinlich seit dem Aufbruch in Sarajewo oder Bukarest noch nicht gewaschen worden. Im Vergleich zu Tomi waren sie Wilde, dachte Roger. Aber während diese Wilden das Überleben auch in einem fremden Land schafften, war der edle, schöne Tomi im Kreis seiner Kumpel kaum erwachsen geworden, bevor er hatte das Leben lassen müssen. Auch er selber, Roger, hatte es da weitergebracht: Er hatte trotz dieser bösen Welt, trotz Aids, schon zweiundzwanzig Jahre überlebt. Das war eine Leistung!

Vorn, in der Nähe der Restaurants und der großen Bahnhoftoilette standen noch vereinzelte Stricher herum. Aber es war zu spät, um noch ein gutes Geschäft zu machen. Die gut zahlenden Freier, so hatte es Roger wenigstens von Madonna gehört, kamen am Samstag oder am Sonntag tagsüber. Darum mussten die Jungen, die hier jetzt noch herumstanden, Drogenabhängige sein. Roger hatte sich schon des Öftern überlegt, ob er es nicht auch mal mit Kokain oder Heroin versuchen sollte. Plötzlich sprach ihn jemand von hinten an. »Hallo, Roger! Du bist auch noch spät unterwegs.« Roger machte zuerst einen schnellen Schritt vorwärts, als wollte er davonrennen, und drehte sich dann um. Es war die Harte Nicole, in verbeulten Jeans und einer massigen, schwarzen Lederjacke. Auch hohe schwarze Stiefel trug sie. Mit einer undurchschaubaren Fratze lächelte sie auf Roger herunter. Er mochte sie nicht. Sie war ihm zu grobschlächtig, zu groß, zu alt. Und sie war, in seinen Augen, für den Tod Tomis mitverantwortlich, denn sie war dem Knaben immer auf den Fersen gewesen. »Hallo, Nicole«, gab Roger unentschlossen zurück. Sollte er weitergehen, oder musste er stehen bleiben und mit dem Typen schwatzen? »Gehen wir noch einen heben? Die ›Frisco‹ ist noch bis um drei offen.« Die Harte Nicole kam auf ihn zu, als wollte sie ihn verhaften.

»Nein, ich will noch ins ›Underground‹.« »Okay. Aber ich möchte dir ganz gerne mal etwas zeigen, das dich sicher brennend interessiert.«

»Mich? Was sollte denn das sein?« Was konnte die Harte Nicole schon zu zeigen haben, was ihn, Roger, interessieren würde? »Den Film, den Beni Weil von Tomi gemacht hat. Tomi hat mir seinerzeit eine Kopie gegeben. Einfach so zum Beurteilen.«

Roger war überrascht, ja, perplex. Wie kam dieser miese Typ zu den Kassetten? Und Tomi sollte sie ihm auch noch persönlich gegeben haben. Er konnte das nicht glauben. Wortlos stand er da und schaute Nicole mit großen Augen an.

»Ich möchte sie dir rasch vorführen. Und wenn sie dir gefallen, kannst du sie behalten.«

Wau, diese Kassetten musste Roger haben! Sie gehörten eigentlich schon ihm, denn er war Tomis einziger echter Freund. Sein Tomi wäre sicher auch dieser Ansicht. »Und wo willst du sie mir denn zeigen?«

»Ich wohne nicht weit von hier, an der Zähringerstraße. Komm, wir fahren rasch hin! Mein Wagen steht auf der Parkterrasse. Du wirst sehen, Roger, es wird sich für dich lohnen.« »Okay. Aber ich habe höchstens eine halbe Stunde Zeit. Ich will unbedingt noch ins ›Underground‹. Du kannst sie mir ja auch einfach geben. Ich schaue sie mir dann zu Hause an.« Er folgte der Harten Nicole über die Rolltreppe hinauf zum Kurzparking. »Mindestens einige Teile musst du dir anschauen. Du weißt ja gar nicht, ob dich die Filme interessieren, so wie sie Weil gedreht hat. Und ich möchte sie nicht jemandem in die Hände geben, der sie nachher in den Kehricht wirft.«

Der alte schwarze Volvo stand auf einem Parkverbot. Die Harte Nicole schien sich nicht um die Parkordnung zu kümmern. Er öffnete Tomi die Türe und setzte sich dann ans Steuer. »Verdienst du eigentlich gut in deiner Schokoladenbude?« »Es geht.« Warum wollte dieser alte Lüstling das wissen? »Du könntest doch sicher von Zeit zu Zeit einen kleinen Nebenverdienst gut gebrauchen, oder?« Sie fuhren zur Länggasse und zweigten etwas später in die Mittelstraße ab. Roger kannte sich hier nicht aus. Die Straßen schienen ihm alle ähnlich. »Welchen Nebenverdienst meinst du?« Die Harte Nicole grinste ihn an. »Wenn du einem älteren Mann wie mir ein bisschen Freude machst, springt eine Hundertpfundnote heraus.«

Roger wusste nicht genau, was die Muskelschwester mit *Freude machen* meinte. Hatte er es auf Sex abgesehen? Obwohl ihm dieser brutale Protz überhaupt nicht gefiel, erregte es ihn. Er fühlte, dass er plötzlich einen Ständer hatte. »Welche Freude soll ich dir denn machen, Nicole?«

»Na ja, welche denn? Lass mich dir einen runterholen. Und vielleicht auch du mir. Das wäre mir schon einen Hunderter wert.« Sie hielten gegenüber dem Restaurant ›Seidenhof‹ und stiegen aus. »Heute komme ich nur wegen der Kassetten, ist das klar?!«, betonte Roger. Und trotzdem reizte ihn das Angebot dermaßen, dass er nicht mehr wusste, ob er mitmachen wollte oder nicht. Noch nie hatte die Harte Nicole sich in dieser Weise an ihn gewandt. Immer war sie nur Tomi nachgestiegen. Und jetzt plötzlich war er das begehrte Objekt. Bei einem so viel älteren Typen hatte er überhaupt noch nie diese Aufmerksamkeit gespürt. Sollte er Tomis Stelle einnehmen? Aber er konnte ja gar nicht mitmachen: sein Schwanz war wund gerieben, und die Harte Nicole würde ihn sicher nicht sanft anfassen.

Als sie in der kleinen Einzimmerwohnung standen, war Roger überrascht, wie karg sich Nicole eingerichtet hatte. Bett, Fernseher, Kühlschrank, eine Art Büchergestell. Und dieses Bett: an der Kopf- und an der Fußseite hatte es hohe Gitterstäbe, als käme es direkt aus einem uralten Schloss.

»Setz dich. Willst du ein Bier?« Die Harte Nicole hatte bereits zwei Dosen aus dem Kühlschrank geholt und setzte sich neben ihn aufs Bett. Das Metallgestell gab ächzende Laute von sich. »Danke.« Roger nahm die Dose entgegen. Er mochte Bier nicht und erst recht nicht direkt aus der Dose. Aber er wollte keinen kindischen Eindruck machen. Er nahm einen kleinen Schluck und sah unsicher an die leere Wand ihm gegenüber. »So, Roger, komm, wir machen zuerst ein bisschen auf Orgasmus. Dann schauen wir die Kassetten an. Und schließlich bekommst du sie und hundert Franken obendrauf. Ist doch ein

Wunderangebot, oder?« Während ihm die Nicole dies leckend in die Ohren flüsterte, versuchte sie, Rogers Hosenschlitz zu öffnen. Roger schob die fremde Hand weg.

»Ich weiß nicht, ob ich das heute kann. Wollen wir nicht lieber ein anderes Mal probieren?«

»Ach, du bist doch kein kleines Mädchen! Komm schon, jetzt verdienen wir den Lappen. Oder möchtest du lieber hundertfünfzig für einen guten, sauberen Arschfick?« Die Nicole stellte ihre Bierdose auf den Boden und öffnete Rogers Hose nun zielbewusst mit beiden Händen. Roger wusste nicht, ob ihm dies alles gefiel oder nicht.

Sein Ständer zuckte und ermunterte ihn mitzumachen. Sein Kopf hingegen wollte mit diesem alten Lustmolch nichts zu tun haben. Aber bevor er es realisiert hatte, lagen seine Hose und seine Jacke auf dem Boden und die Nicole knetete seinen Ständer. Sonderbarerweise tat ihm sein Schwanz nicht weh, im Gegenteil, er war schon nass vor zu erwartender Lust.

Mit drei, vier kundigen Griffen hatte die Nicole ihm auch den Pullover und das Hemd abgestreift und sich selber der Hose entledigt. Und jetzt ging alles sehr schnell. Mit harten Griffen wurde Rogers Kopf durch die Metallstäbe des Bettes gedrückt, die Hände ebenfalls hindurchgezogen und mit einem Taschentuch zusammengebunden. Dann schlug ihm die Harte Nicole mit der flachen Hand auf den Arsch, dass es schmerzte. »Hör doch auf!«, rief er dem Grobian in Panik zu.

»Warte nur Bürschchen, jetzt kommst du mal richtig dran. Ich bohre jetzt meinen Pfosten in dich hinein, dass dir das Schreien vergeht!« Und was er sagte, tat er auch. Zuerst tat es Roger so weh, dass er verzweifelt Atem holen musste und zu schwitzen begann. Es brannte ihn richtig im Innern. Und die Harte Nicole presste ihre Lenden in kraftvollen Stößen gegen seinen Hintern, dass er längst vom Bett gefallen wäre, hätte sein Kopf nicht zwischen den Gitterstäben gesteckt. Und wie der Alte keuchte und krächzte! Roger war sicher, dass er längst aus seinem Anus blutete. Gleichzeitig spürte er seinen Durchfall. Er wimmerte nur noch, zum Sprechen hatte er keine Kraft mehr. Dafür umso größere Angst.

Dann, als die Nicole ihre Bewegungen verlangsamte, spürte Roger plötzlich eine ihm bisher unbekannte Lust. Es war eine Art Geborgenheit. Er war mit diesem starken Mann aufs engste zusammengeklebt. Er war nicht mehr allein, im Gegenteil, er war zum begehrten

Besitz eines Stärkeren geworden, der mit ihm machen durfte, was er wollte. Wie dieser es wahrscheinlich schon mit Tomi gemacht hatte. Und etwa gleichzeitig wie der laut stöhnenden Nicole kam es auch ihm. Die Lust schien endlos und wollte fast nicht mehr weichen. Rogers Verlangen nach mehr war stärker als vor dem Orgasmus. Auch das hatte er noch nie erlebt.

Die Harte Nicole band ihm die Hände wieder los und gab ihm einen Klaps auf den Hintern. »Trink ein bisschen Bier, das bringt dich wieder zu Kräften, Bürschchen. Und putz deinen Arsch.« Roger setzte sich auf und war im Begriff, den anderen zu umarmen und zu küssen. Aber als er die Fratze der Nicole sah und sich plötzlich des ätzenden Geruchs bewusst wurde, der vom Alten ausging, stand er auf und schlüpfte in die Kleider. »Was ist los?«, fragte ihn die Nicole grob, »bist du nur einmal zu gebrauchen?«

»Ich muss gehen, Nicole. Ich hab's dir ja schon im voraus gesagt. Gibst du mir jetzt die Kassetten?«

»Aha, meinst du! Wenn du nur ein einziges Mal deinen verwöhnten Arsch hinstreckst, bekommst du sie nicht. Zieh dich wieder aus und leg dich diesmal auf den Rücken. Ich stoße dir meine Faust in den Arsch und dann bumse ich dich die ganze Nacht lang. Beim zweiten Mal kommt es mir nämlich unendlich lange nicht.« »Nein, es tut mir alles weh. Bitte, Nicole, ich muss jetzt gehen.« Roger nahm die Jacke und schielte zur Türe. Der Schlüssel steckte von innen im Schloss.

»Kommt nicht in Frage. Jetzt wird gevögelt. Und bist du nicht willig, so brauch ich Gewalt!« Er lachte und holte sich ein zweites Bier.

Roger nutzte den Moment, rannte zur Türe, drehte den Schlüssel und war draußen. Hierher würde er nie mehr zurückkommen, auch wenn er auf die Kassetten verzichten musste. Vielleicht hatte die Harte Nicole ja gar keine und bluffte nur. Als er auf der Straße war, rannte er in die Richtung, aus der sie angekommen waren. Irgendwann würde er sich schon zurechtfinden in diesem blöden Viertel. Er schaute zurück, aber es sah nicht so aus, als ob die Harte Nicole ihn verfolgen würde. Dieser miese Kerl, ihn mit den vermeintlichen Kassetten in seine Lusthöhle zu locken! Und die hundert Franken hatte Roger auch nicht bekommen. So ein niederträchtiges Schwein! Nach etwa zehn Minuten sah Roger die Leitungsdrähte eines Trolleybusses. Er brauchte jetzt diesen nur noch in der Richtung zu folgen, die ihm der beleuchtete Himmel über dem Stadtzentrum wies. Sollte er zuerst nach Hause, um sich zu duschen? Nein, er würde direkt ins ›Underground‹ gehen. Er musste jetzt unbedingt unter Menschen sein, die nicht die grobe Art der Nicole hatten. Unter seinesgleichen. Vielleicht würde er Martin und Fredy dort treffen, oder den Direktor. Und vielleicht würde er ihnen sogar anvertrauen, was er eben erlebt hatte.

* * *

Wildbolz stand ohne Sandro bereits eine halbe Stunde lang an der vorderen Bar. Der Junge schwitzte sich unten in der Disco zum Rhythmus lauter, monotoner Karibikmusik von oben bis unten nass. Sein wuscheliger Haarschopf bewegte sich dabei lustig hin und her, wie der Kommissär gesehen hatte, als er einen Blick in die transpirierende Tiefe warf. Zwei- oder dreimal hatte er eine Antwort auf eine belanglose Frage gegeben, die jemand neben oder hinter ihm gestellt hatte. Er fühlte sich nicht am richtigen Ort. Diese Stimmung hier war eigentlich langweilig, nur eine Begleitmusik zum Aufreißen oder eine Zeittotschlägerei unter verunsicherten Gleichgesinnten. Sollte er zum überzeugten Schwulen werden, würde er selten hierherkommen.

Dann, auf einmal war Sandro wieder neben ihm, im Schweiße seines Angesichts, selbst das rote T-Shirt – das Hemd lag auf einem Stuhl in der hintern Bar – hatte dunkle, nasse Flecken. »Ich habe Durst. Kannst du mir eine Cola bestellen?«

Wildbolz tat, was von ihm gewünscht wurde, und zog sich dann mit dem Jungen ans Tischchen im hinteren Raum zurück. »Ich sage dir«, erklärte ihm Sandro, »das ist Hochleistungssport. Ich bin total geschafft. Aha, dort sitzen Fredy und Martin, auch zwei der Saunabesucher vom letzten Sonntag. Die hast du noch nicht getroffen. Soll ich sie dir vorstellen?«

Die zwei jungen Männer, auf die Sandro wies, schienen sehr verliebt zu sein. Sie saßen auf einem einzigen Stuhl, der kleinere auf dem Schoss des anderen. »Ja, gehe zu ihnen und sage, dass ich mit ihnen kurz plaudern möchte. Vielleicht wissen sie ja auch noch etwas, das die Harte Nicole belastet. Aber es scheint allerdings, dass sie kaum Augen für das haben, was um sie herum geschieht.« Wildbolz musste lächeln, als er zusah, wie sich die beiden knapp Dreißigjährigen beschmusten.

»Hallo, ich bin Martin«, begrüßte ihn eine halbe Minute später ein schlanker Dunkelhäutiger mit milden Mandelaugen. Er trug schwarze alte Jeans und ein schwarzes glänzendes Hemd. »Setzt euch zu uns«, lud sie Wildbolz ein. »Wenn wir Glück haben, holt uns Sandro etwas zu trinken.«

Der andere hatte auffallend leuchtende grüne Augen und gerades hellblondes Haar, zu dem seine fein geschwungenen dunklen Augenbrauen nicht passen wollten. »Fredy«, stellte er sich kurz vor. »Wir haben gehört, Sie seien ein echter Kommissär. Ich glaube, so einer war noch nie hier unten. Derrick in der Lasterhöhle.« Martin grinste. »Bring uns zwei Limelite, Sandy.« »Lasst euch bloß nicht verwirren«, riet ihnen Wildbolz. »Ich bin eigentlich privat hier. Sandro wollte mir diesen Club zeigen. Und dabei freut es mich natürlich, auch euch beide kennen zu lernen. Ich habe ja schon von euch gehört, ich meine, ihr wart ja am vergangenen Sonntag auch in der ›Steamshop Sauna‹, nicht wahr?« »Stimmt«, bestätigte Martin kurz und fixierte Wildbolz mit seinen grünen Augen verträumt.

»Ja, wir waren da«, wiederholte Fredy und drückte Martins Hand. »Haben Sie eigentlich schon herausgefunden, wer mit Tomi in der Massagezelle war?«

»Ich bin noch am Ermitteln. Niemand scheint ja etwas Genaues festgestellt zu haben. Nicht einmal Sandro oder Gil.« »Wir schon, nicht wahr, Fredy?«, entgegnete der Grünäugige. »Wir sahen die Harte Nicole aus der Massagezelle kommen, etwa eine Viertelstunde, bevor man Tomi entdeckte. Das können wir beide bezeugen, nicht wahr, Martin?« Der andere nickte übermäßig. »Mögt Ihr die Harte Nicole nicht so gerne?«, erkundigte sich Wildbolz. Fredy zuckte die Achseln. »Sie ist nicht unser Typ. Aber wir sind nicht auf der Suche nach einem Hans-Dampf-in-allen-Knaben. Wir sind seit fünf Jahren zusammen, wissen Sie. Eine mustergültige Ehe. Die Harte Nicole hingegen scheint ununterbrochen hinter neuen Märchenprinzen her zu sein. Je jünger, desto besser.« »Wir haben Tomi gewarnt, sich mit ihr einzulassen«, ergänzte Martin.

»An diesem Nachmittag?«

»Nein, etwa zwei Wochen früher.« Fredy kraulte jetzt den Grünäugigen am Nacken. »Die Harte Nicole ist ihm nämlich hier im ›Underground‹ schon nachgestiegen.« »Und? Wie hat er reagiert?«, fragte Wildbolz. »Es war ihm wurscht, glaube ich«, erinnerte sich Fredy. »Tomi liebte es, der Mittelpunkt zu sein. Und ich glaube, er war auch nicht abgeneigt, etwas gegen Bezahlung zu tun. Er sprach immer von einer Reise, die er über Weihnachten machen wollte, nach Amsterdam, glaube ich, und für die er noch Geld zusammensparen müsse.

Wir haben uns danach nicht mehr eingemischt. Jeder ist seines eignen Glückes Glied.«

»Kennt ihr den richtigen Namen der Harten Nicole? Oder seine Adresse?«

Beide schüttelten simultan den Kopf. »Nein, keine Ahnung«, meinte dann Fredy. »Warum sollten wir auch. Aber Sandro weiß das doch. Die Harte Nicole ist ja Mitglied des ›Steamshops‹. Ich habe schon einmal gehört, der sei gar nicht aus Bern. Ein Zürcher oder so.«

»Am besten fragen Sie ihn selbst«, ergänzte Martin. »Der kommt vielleicht noch hierher. Auf jeden Fall taucht er an allen *Gay Meetings* auf.«

Sandro brachte die Getränke und fragte Wildbolz: »Haben sie dir weiterhelfen können? Sie haben nämlich die Harte Nicole im Verdacht.«

»Im Verdacht?«, grinste Fredy. »Du weißt doch selber, dass nur sie in Frage kommt, wenn es um Brutalo-Maschen geht. Sie hat dir ja auch mal fast die Eier abgedreht!« Wildbolz schaute Sandro verblüfft an. »Warst du mit dem schon im Bett?«

Sandro winkte mit einer Hand ab. »Nein, denkste! Er hat mich unter der Dusche im ›Steamshop‹ vergewaltigen wollen, dieser Bock. Und weil ich ihm auswich, bekam er nur noch meinen Sack zu fassen. Und an dem schleppte er mich in die Duschkabine zurück. Ich rief laut um Hilfe, und Fredy und Martin kamen angerannt. Da ließ die Nicole mich los. Aber ich sage dir: Es tut mir heute noch weh, wenn ich daran denke.« Sandro lachte: »Macht dich das eifersüchtig, Hans? Bist du etwa auch so einer wie Willy? Das möchte ich nicht hoffen!«

»Der hatte einen geschwollenen Sack, sage ich Ihnen«, grinste Fredy. »Sah aus wie ein Tennisball!«

Martin zwickte seinen Ehemann in die Wange. »Du begeilst dich immer noch daran. Kannst du deine Lüste nicht endlich auf mich konzentrieren?«

Alle lachten, und Sandro strich Wildbolz sachte über die Oberschenkel. Der Kommissär freute sich darauf, mit Sandro bald nach Hause zu gehen. Aber er hatte auch Bedenken, ob er sich dann so benehmen könne, wie es dem Jungen gefiel. »Also, ich danke euch beiden. Ihr würdet doch, wenn nötig, zu Protokoll geben, dass ihr die Harte Nicole aus dem Massageraum kommen gesehen habt?« »Ja, klar. Es geht ja darum, für Tomi noch ein bisschen Gerechtigkeit walten zu lassen«, bestätigte Fredy. Und an Sandro gerichtet fügte er bei:

»Kommt doch mal wieder zu uns. Am Sonntagnachmittag gibt's Kuchen und Tee. Und ich sage euch, den Kuchen von Martin müsst ihr versuchen. Er glasiert die Früchte mit Eiweiß aus eigener Produktion. Mmh!«

»Blöde Kuh!«, schalt ihn Martin. »Komm jetzt noch ein wenig tanzen.«

Die beiden verabschiedeten sich und verschwanden dann in der lautstarken Menge. Es war fast ein Uhr, und der Club war voller denn je. »Komm, wir gehen jetzt zu mir«, schlug Wildbolz Sandro vor. »Ich habe genug von diesem lauten Lokal mit seiner stickigen Luft.«

»Willst du nicht warten und schauen, ob die Harte Nicole noch kommt?«

»Ich werde sie schon finden. Alles zu seiner Zeit. Heute Nacht bin ich nicht mehr in der Lage, sie zu überführen. Und vergiss nicht: Ich habe ja Urlaub. Ich darf meine Zeit einteilen, wie ich will. Komm, wir gehen.« Wildbolz zog Sandro vom Sessel hoch und ging ihm voran, dem Ausgang entgegen. Er hatte plötzlich Lust, den Jungen anzufassen und zu liebkosen. Und diese Lust war ungeduldig und schob das Interesse an seinen beruflichen Anliegen bedenkenlos weg. Als Sandro vor Wildbolz die Treppe zur Junkerngasse hinaufstieg, stieß er an einen eilig herankommenden Jungen. »Roger!«, begrüßte ihn der Spanier überrascht. »Warum hast du es so eilig? Bist du auf der Flucht vor deiner Mama?« Rogers Haarsträhnen waren ihm ins Gesicht gefallen, seine Wangen waren rot und seine Kleider in Unordnung. »Oh, Sandro, ich sage dir! Was ich jetzt erlebt habe! Am liebsten würde ich gleich zur Schmier gehen.«

»Komm hinauf und sprich dich aus. Übrigens ist die Schmier gleich hier. Das ist Hans, mein Freund. Er ist Kommissär bei der Kripo. Erzähle doch ihm, was passiert ist.« Sandro zog den atemlosen Roger wieder mit hinauf in die Laube. Dort wandte er sich an Wildbolz: »Das ist Roger Gfeller. Auch einer der Saunabesucher vom Sonntag. Jetzt hast du dann bald alle kennen gelernt.« Wildbolz nickte dem verstört wirkenden Jungen zu. »Los, erzähle«, forderte Sandro von Roger. »Ich habe die Harte Nicole im Bahnhof getroffen.« Er machte eine Pause. »Stimmt das mit der Polizei bei Hans?« »Ja, klar«, bestätigte ihm Sandro. »Du kannst offen sprechen. Ich glaube, nichts kann ihn noch schockieren. Weißt du, er ermittelt im Fall Tomi.«

»Im Fall Tomi? Wenn das so ist, dann muss er hören, was ich erlebt habe. Also, ich traf die Harte Nicole im Bahnhof, und das Schwein machte mich an. Aber nicht einfach so. Er sagte, er habe Videokassetten von Tomi zu Hause, und ich solle die anschauen kommen. Er würde sie mir dann schenken, wenn sie mir gefielen. Du weißt ja, Sandro, ich liebe Tomi. Immer noch. Für mich wird er immer leben. Ich bleibe sein bester Freund in Ewigkeit.« Sandro lachte. »Das hättest du ihm früher sagen sollen.« Roger warf ihm einen vorwurfsvollen Blick zu und fuhr dann fort:

»Ich ging also mit der Harten Nicole in diese miese, billige Einzimmerwohnung, und dort fesselte er mich ans Bett und vergewaltigte mich. Mich! Kannst du dir das vorstellen?« Wildbolz hatte bis jetzt wortlos zugehört. Jetzt wollte er wissen:

»Hast du diese Kassetten gesehen?«

»Nein. Das Schwein wollte sie mir nur zeigen, wenn er mich noch einmal stoßen konnte. Und das ließ ich natürlich nicht zu. Was meinst du denn, Hans, wer ich bin!«

»Und wo wohnt diese Harte Nicole?«

»In der Zähringerstraße 45, im Parterre. Ich weiß zwar nicht, ob ich diese Straße noch finden würde. Ich bin von dort bis hierher alles gerannt. Diese Sau, mich so reinzulegen. Bist du wirklich der Kommissär, der den Fall Tomi untersucht, Hans? Dann bin ich ja genau zur richtigen Zeit gekommen. Sicher hat mich Tomi geführt, mein lieber Schutzengel. Oh, ich könnte weinen!«

»Weißt du, wie die Harte Nicole richtig heißt? Hatte es ein Schild an der Türe?«

Roger griff sich an die Nase. »An der Türe steht *Studio A.* Aber Namen hat es keinen. Ich kenne nicht den ganzen Namen dieser Brutaloschwester. Aber sie heißt Nicolas. Ich habe schon mal gehört, wie jemand sie mit diesem Namen ansprach. Sie fährt einen alten schwarzen Volvo, weißt du, den, der hinten rund abfällt. Volvo Sport, glaub ich. Die Autonummer weiß ich auch nicht. Ich habe nicht darauf geachtet. Aber du kannst sie nicht verfehlen: Zähringerstraße 45, das ist sicher.«

»Prima.« Wildbolz klopfte dem verängstigten Jungen auf die Schulter. »Sandro kennt dich ja. Wenn ich dich noch brauchen sollte, lassen wir es dich wissen. Halte dich bitte bereit. Und nun geh und relaxe bei einem Tänzchen.«

»Ich habe der Harten Nicole gesagt, dass ich noch in den ›Underground‹ gehen werde. Hoffentlich wartet der hier nicht auf mich, um mich zu kidnappen.«

Sandro lachte. »Ach Roger, komm! Mach doch nicht gleich auf Drama total. Die Harte Nicole hat noch andere Eisen im Feuer.« »Aber ich weiß jetzt, dass er die Kassetten hat, wo er wohnt und so. Vielleicht bringt der mich um, wie er Tomi umgebracht hat. Ich bin für ihn jetzt eine Gefahr!«

»Hier, nimm ein Taxi, wenn du nach Hause gehst.« Wildbolz steckte ihm eine Zwanzigfrankennote zu. »Und lächle dir einen knackigen Freund an. Du hast auf jeden Fall Recht, wenn du vorsichtig bist.« Sie verabschiedeten sich von Roger. Wildbolz wollte jetzt nicht auch noch Babysitter sein. Er sehnte sich danach, mit Sandro endlich knutschen zu können.

• • •

»Mach es dir in einem Sessel bequem«, offerierte der Direktor und amüsierte sich über Gils Unsicherheit, während Boris damit beschäftigt war, Eis, Gläser und eine Flasche Chivas Regal aufzutragen. Für den Direktor brachte er einen alten Armagnac aus der Bar auf das Tischchen. »Wie schön, dich mal hier zu haben, Gil. Normalerweise sehe ich dich bloß in der Sauna. Wenn man einmal so alt geworden ist wie ich, ist man bestrebt, einen immer engeren Kontakt zu den Menschen zu haben, die die eigene Welt ausmachen. Verstehst du das?«

Gil wusste nicht, was er antworten sollte. Er war hierher gekommen, weil er sich eine Aufwertung seiner Persönlichkeit versprach. Immerhin galt der Direktor unter seinesgleichen etwas. Er hatte Geld, war von nobler Herkunft und zeigte Würde. Und wenn bei einem Spielchen auch noch etwas Geld heraussprang, konnte das Gil, arbeitslos wie er jetzt war, nur nützlich sein. Er ließ sich einen üppigen Whisky einschenken und prostete seinem sozial überlegenen Gastgeber zu. Zwar war auch der Pole nicht viel mehr als er selber. Aber er war in diesem Hause daheim, hatte es geschafft, zum Adel zu gehören, obwohl er kaum etwas dazu beitrug. Den Seinen gibt's der Herr im Beischlaf. Mit gemischten Gefühlen besah er sich all die teuren Sachen. Die Möbel, wohl über hundert Jahre alt, die Bilder, die aussahen, als würden sie Millionen wert sein, die Teppiche, auf denen man ging, als federte man über die Wolken.

»Mach's dir gemütlich, junger Mann«, meinte der Direktor in gutmütigem Ton. »Fühle dich wie zu Hause.« Doch wie hätte Gil das gekonnt? Seine Familie in Hilversum lebte in einer vorfabrizierten Vierzimmerwohnung; die Miete wurde vom Fürsorgeamt bezahlt. »Auf dein Wohl!«, prostete ihm der Direktor zu und nahm einen Schluck aus seinem Cognacglas. Gil verbeugte sich unwillkürlich, bevor er den Whisky kostete. Er war ein Bierliebhaber und an starke Getränke nicht gewöhnt. Aber natürlich durfte er sich hier keine Blöße geben. Warum war er nur mitgegangen? Zusammen mit Sandro wäre es ja noch erträglich gewesen; aber allein mit diesen Mumien, das war ein bisschen viel.

»Ich muss den Kommissär anrufen«, sagte der Direktor und schien sehr ernst. »Ich habe ihm das mit dem Mitgliedsausweises des Scheichs vorenthalten. Das entspricht nicht meiner Gesinnung.«

Boris stand wortlos auf und suchte nach der Nummer in einem ledernen Telefonverzeichnis. Während der Pole auf eine Antwort wartete, spielte der Direktor mit seinen wulstigen Lippen. Gil saß ihm gegenüber und wagte nichts zu sagen, obwohl er gerne gefragt hätte, was dieses Haus samt Inhalt wert sei. Boris hielt seine mächtige Hand auf die Muschel des Telefons und deutete dem Direktor, an den Apparat zu kommen.

»Von Feldern«, meldete sich der Direktor mit wichtig leiser Stimme. »Ist der Herr Kommissär Wildbolz noch da?« Man wartete eine Weile. »Gut, ich werde mich bei ihm zu Hause melden.« Er legte auf. »Ich muss dir etwas beichten, Gil. Ich habe nämlich dem Kommissär etwas verschwiegen, das für die Aufklärung des Falles Tomi von Wichtigkeit ist.«

Boris glättete sich seine dunkelgraue Hose. »Gil, wir haben dich zu unserem wöchentlichen Tanz eingeladen.« Er verzog seine ernste Miene zu einer Art Lächeln. »Der Direktor schätzt den Lärm und die vielen Leute im ›Underground‹ eigentlich nicht. So laden wir jeden Samstag einen uns angenehmen Jungen ein, bei uns zu Hause zu tanzen. Natürlich gegen ein fürstliches Honorar. Ich lege jetzt eine Platte auf, Boccherini. Es soll etwas Fröhliches sein. Trinke vorerst einmal ein bisschen und entspanne dich. Wir haben ja Zeit.« Gil runzelte seine unter den blonden Wellen versteckte Stirn. »Ich kann aber nicht tanzen.«

Der Direktor kam vom Telefon zum Clubtisch zurück. »Wir erwarten kein Ballett. Was ich vor dem Einschlafen gerne mag, ist ein einfacher Strip. Boris, gib ihm das Geld.« Der Pole ging zu einer antiken Kommode und entnahm ihr zwei Hunderternoten. »Das ist das

Grundgehalt«, flüsterte er lächelnd, »Wir hatten Jungs hier, die haben es bis zu fünfhundert gebracht. Du kannst dich glücklich schätzen, auserwählt zu sein. Mein Boss lädt nur die Besten der Besten ein. Und es ist ihnen überlassen, ihr Honorar zu bestimmen. Aber diese zweihundert sind dir gewiss, selbst wenn du nichts anderes bietest, als dich im Rhythmus der Musik auszuziehen.«

Natürlich war Gil nicht so blöd, nicht zu wissen, worum es ging. Er kannte die schwule Szene aus dem Effeff. Und er rechnete sich auch rasch aus, dass es für ihn lohnenswert war, den Wünschen des Direktors nachzukommen. Von Feldern würde nichts Außergewöhnliches von ihm verlangen. Der noble Herr war ein Ästhet, das wusste Gil vom Hörensagen. Also war es für ihn klar, dass er bei diesem Spiel nicht klemmen würde. Von zweihundert Franken konnte er immerhin eine ganze Woche leben.

»Deine Kleider kannst du, Stück um Stück, auf diesen Louis-Quinze-Sessel werfen. Ich werde sie dir abkaufen. Mit Samenflecken, versteht sich.« Der Direktor lächelte in sich hinein und lehnte sich erwartungsvoll in seinen Sessel zurück. Sollte Gil da wirklich mitmachen? Das ganze Spiel schien ihm ziemlich kindisch. Aber er hatte die zweihundert Franken schon einkassiert und konnte scheinbar noch mehr verdienen. Wie denn? Indem er sich einen herunterholte? Er würde versuchen, sein Bestes zu geben. Geld war ihm jetzt, ohne sicheren Job, wichtiger als die Eitelkeit. Und einfach so auf den Strich zu gehen, dafür war er sich zu schade.

Er stand auf und begann auf dem teuren Perserteppich zu tanzen. Die Musik war zwar für ihn fremd, aber nicht unangenehm. Einen Bewegungsrhythmus dazu zu finden, war ihm allerdings unmöglich. Aber er wusste, dass es dem Direktor nicht darauf ankam. Je unbeholfener er sich benahm, desto geiler würde es den Alten machen. Der Gastgeber saß zurückgelehnt auf seinem Sessel und winkte Boris zu sich. Dieser kniete vor ihm nieder und schob den Hausmantel beiseite, den der Alte, wie auch sein Butler, sofort angezogen hatte, als sie nach Hause gekommen waren. Gil knöpfte sein Hemd auf, streifte es ab und warf es auf den angewiesenen Sessel. Dann zog er das T-Shirt über den Kopf und winkte damit beim Tanzen wie mit einer Flagge. Er hatte zwar noch nie gestrippt, aber in Filmen hatte er es schon mehrmals beobachten können. Irgendwie freute es ihn, dass er der Mittelpunkt der Szene war und dass die beiden anderen seinen Körper bewunderten. Sein Oberkörper war von glatter rötlicher Haut überzogen und glänzte ein wenig. Er sah, dass Boris jetzt dem Direktor einen lutschte. Er kniete geduckt vor seinem Chef und konnte so Gils Strip nicht beobachten. Bloß von Zeit zu Zeit machte er eine Pause und schaute mit halb offenen Augen zurück. Gil öffnete die Jeans und machte sich lange damit zu schaffen, sie während des Tanzens abzustreifen. Als er in der Unterhose seinen schlanken Körper wiegte, konnte der Direktor sehen, dass der Junge nicht erregt war. Dem wollte Gil abhelfen, und er begann seine Unterhose zu kneten. Aber obwohl ihm die Vorstellung gefiel, machte sie ihn nicht sonderlich geil, und er hatte Mühe, seinen Pimmel hochzukriegen. Erst als der Direktor zu stöhnen begann, hob sich sein Schwanz. Langsam zog er ihn aus der Unterhose und schüttelte ihn stolz.

»Reibe, reibe«, bat ihn der Direktor mit fast erstickter Stimme. Gil gehorchte und blieb mit gespreizten Beinen stehen, um sich auf das Onanieren konzentrieren zu können. Er ging einige Schritte näher zu den beiden anderen und ließ den Direktor seinen Schwanz bewundern. Wie viel würde er ihm wohl für den Strip geben? Vielleicht war es gar nicht nötig, dass er selber kam. »Ich bin so weit«, hüstelte der Direktor, und sein Butler beendete die Massage von Hand. Jürg schrie, als er kam, wie in Todesängsten. Gil hatte noch nie etwas Ähnliches gehört. Er musste lächeln. So ein eleganter reicher und alter Mann mit einem dermaßen tierischen Gestöhn! Im Orgasmus sind alle gleich, folgerte Gil. Während der Butler den Schoß seines Brötchengebers reinigte, tanzte Gil weiter. Er schaute nicht mehr zu seinen Gastgebern rüber, und sein Schwanz wurde wieder schlaff. Doch als er sich wieder anziehen wollte, kam Boris nackt auf ihn zu. Welch ein muskulöser Kerl! Fast hätte man Angst haben können. Aber Boris hatte traurige slawische Augen, die ihn ungefährlich erscheinen ließen.

* * *

Wildbolz ging Sandro voran in seine Wohnung hinauf. Während der Fahrt im Taxi hatte ihn der Junge gefragt: »Bist du jetzt davon überzeugt, dass es die Harte Nicole war, die Tomi erdrosselt hat?« Der Kommissär hatte lange mit der Antwort gezögert, dann hatte er erklärt: »Die Harte Nicole hat mit Tomi im Massagezimmer Sex gehabt. Und wahrscheinlich auf jene brutale Art, die uns der Direktor schilderte. Tomi erstickte, ohne dass der lustgierige Brutalo es merkte.

Das ist allerhöchstens eine fahrlässige Tötung. Erst was nachher kam, machte die Harte Nicole zum vorsätzlichen Mörder.« »Und was kam nachher?«

»Weil war der Einzige, dem dieser Sachverhalt klar war. Er ließ es die Harte Nicole auch wissen. Darum wollte diese den Lehrer aus der Welt schaffen. Er überfiel ihn beim Jogging und fesselte ihn, schleppte ihn an die Aare, schnitt ihm die Handgelenke auf und warf ihn in den Fluss. Danach brach er in Weils Wohnung ein und versuchte, alle Spuren zu verwischen. Wahrscheinlich ist er es gewesen, der den Brief wegen der Erpressung an sich selber geschrieben hat.« »Und was tust du jetzt?«, hatte Sandro weiter gefragt.

Wildbolz hatte sehr leise gesprochen. Der Taxichauffeur brauchte nicht alles mitzubekommen. »Ich warte alle Resultate unseres Labors ab und werde dann meinen Untersuchungsbericht trotz der Beurlaubung meinem Chef abgeben. Ich freue mich schon darauf, obwohl das eigentlich nicht von viel Pietät zeugt. Aber Amacher will ohne Zweifel beide Todesfälle als Selbstmord abtun. Und das ist nicht im Sinne der Schwulen, finde ich.« Nach einer Pause hatte Sandro zu bedenken gegeben: »Vielleicht wäre die Selbstmordvariante für die Schwulen besser. Die Öffentlichkeit wird sagen, dass die Homos sowieso am Rande der Kriminalität lebten, während sie bei einem Selbstmord eher Mitleid hätte. Du kannst jetzt Tomi und Weil auch nicht mehr lebendig machen.«

»Die Gerechtigkeit und die Wahrheit sind keine Ermessensfragen«, hatte Wildbolz geantwortet. Und für den Rest der Fahrt hatten beide geschwiegen.

»Voilà, das ist mein Zuhause«, meinte der Kommissär, als er vor Sandro in seine Wohnung trat. »Es ist bescheidener hier als bei deinem Freund Willy. Ich verdiene halt nur einen Polizistenlohn.«

Sandro schaute sich um. Dann kam Fritz aus seinem Korb und beschnupperte den Jungen. »Meine Großeltern in Spanien haben auch einen Hund. In den Ferien bin ich immer mit ihm stundenlang spazieren gegangen. Ich mag Hunde, aber Polizeihunde sind mir zu sehr abgerichtet.«

Wildbolz musste lachen. »Fritz ist kein Polizeihund. Er lebt hier mit mir ganz privat, damit ich nicht so allein bin. Befehle beachtet er nicht, und Drogen weiß er auch nicht aufzuspüren. Ich bin seit mehreren Jahren geschieden, weißt du. Der Hund ist mir zum Freund geworden. Hast du keine Angst vor ihm?«

Sandro kraulte Fritz hinter den Ohren. »Nein. Mit Tieren habe ich gute Erfahrungen gemacht. Bessere als mit Menschen. Aber ohne eigene Wohnung kann ich natürlich kein Haustier halten, obwohl ich gerne eine Katze hätte. Willy findet alle Haustiere stinkend und dreckig.« Er ließ sich in Wildbolz' Ohrensessel fallen und beobachtete den Kommissär, als dieser sich aus Jacke und Schuhen befreite. »Fühlst du dich einsam?«, fragte er unvermittelt.

Wildbolz überlegte. »Ja, ich bin einsam. Als Polizeibeamter ist man das fast immer, wenn man keinen Berufskollegen um sich hat. Und als Homosexueller, der sich selbst nicht kennt, genauso.« »Ich bin ja jetzt bei dir«, tröstete ihn Sandro mit kindlicher Stimme. Wildbolz nickte lächelnd. »Wenigstens bis morgen, Einsamkeit ist keine momentane Angelegenheit. Sie entsteht als Perspektive. Allein ist man, wenn niemand anderes bei einem ist. Einsam ist man, wenn man keine Hoffnung hat, dass jemand zu einem kommt. Willst du einen Kaffee?«

»Hast du etwas Stärkeres, zum Beispiel einen Whisky? Ich bin zwar schon fast betrunken, aber ich möchte unser Zusammensein ein bisschen feiern. Nicht weil ich in dich verliebt bin, Hans. Aber ich fühle mich bei dir sicher. Ich habe nicht das Gefühl, dass du mich nur des Einen wegen magst.«

Wildbolz wusste keine Antwort. Er ging in die Küche und holte Gläser und Eis. Dann schenke er beiden einen großzügigen Whisky ein. »Na, dann Prost. Vergiss nicht, dass ich doppelt so alt bin wie du und keine Erfahrung mit Jungen habe. Ich weiß nicht einmal, ob und wie weit ich schwul bin. Heute Nacht bin ich auf deine Hilfe angewiesen. Du musst das Zepter in die Hand nehmen. Ob dich das sicher macht?«

Sandro prostete ihm zu und nahm einen Schluck. Das Eis klingelte im Glas und machte die Stimmung feierlich. »Schade, du hast Tomi nicht gekannt. Du hättest ihn sicher sehr gemocht. Er war sehr vorwitzig und hemmungslos. Er hätte dich die Knabenliebe lehren können. Ich hingegen bin viel unsicherer, auch wenn ich den Eindruck mache, als wäre ich mit allen Wassern gewaschen.«

Wildbolz hatte plötzlich gar keine Lust mehr, mit Sandro ins Bett zu gehen. Umso mehr spürte er eine freundschaftliche Liebe zu diesem Jungen. Es war, als säße er mit seinem Sohn zusammen, den er ein paar Jahre nicht mehr gesehen hätte. Vielleicht würde der Alkohol ihm die Hemmungen nehmen. Er leerte den Whisky in einem Zug und schenkte sich nach. »Tut mir Leid, aber ich muss ein bisschen trinken, sonst habe ich Angst vor dir.«

Sandro lachte glucksend. »Aber, aber, Herr Kommissär!« Er stand aus dem Sessel auf und kam zu Wildbolz, der sich auf den Boden gesetzt hatte, und umarmte ihn. »Ich habe mir die Polizisten ganz anders vorgestellt. Irgendwie gefühllos und unmenschlich. Vor mir braucht niemand Angst zu haben, nicht einmal Willy, der mich brutal vor die Türe gesetzt hat. Trink noch ein bisschen, dann gehen wir zusammen ins Bett. Vielleicht kann ich Ihnen da die Hemmungen nehmen, Herr Kommissär.«

• • •

Um zehn Uhr holte das Telefon Wildbolz aus dem Bett. »Hier spricht Jürg von Feldern«, meldete sich der Direktor räuspernd. »Ich hoffe, dass ich Sie nicht geweckt habe, Herr Kommissär. Aber etwas liegt mir schwer im Magen.«

»Guten Tag, Jürg. Wir haben uns gestern doch geduzt, oder?« »Ich hab's vergessen. Das ist mein Alter. Also gut: Darf ich dir mein Problem erklären?«

»Na klar. Schieß los.« Wildbolz' Laune war versöhnlich, denn die Nacht mit Sandro erfüllte ihn noch immer mit einem Glücksgefühl.

»Ich habe vergessen, dir noch eine wichtige Einzelheit zu beichten. Man hat doch im Massagezimmer der Sauna Walter Steinmanns Mitgliedsausweis gefunden, nicht wahr? Das ist so: Boris hat ihn absichtlich dort hingelegt. Eigentlich nicht, um Steinmann zu belasten, sondern um die Polizei von der ungerechtfertigten Selbstmordtheorie abzubringen. Genauso wie bei den anonymen Briefen, weißt du. Ich hoffe, wir haben dir mit diesem dummen Streich nicht zusätzliche Probleme geschaffen. Aber Steinmann darfst du auf jeden Fall nicht wegen dieses Ausweises verdächtigen.«

Wildbolz schüttelte den Kopf. Diese Gesellschaft hatte wirklich Talent, alles so zu verwirren, dass man vor lauter Kleinaktionären den Hauptaktionär übersah. »Dumm war es auf jeden Fall, Jürg. Man kann mit Todesfällen nicht herumspielen. Aber es ist gut, dass du's mir noch mitgeteilt hast. Ich verzichte darauf, dich wegen Irreführung einer Amtsperson anzuzeigen.«

»Ich weiß, es war dumm. Aber glaube mir, dass ein edler Gedanke dahinter steckt. Ich wollte einfach nicht, dass man Tomis Mörder ungeschoren seines Weges ziehen lässt. Ich muss mich für die Gerechtigkeit für den jungen Fehr einsetzen.«

»Schon recht. Am besten überlässt man das der Polizei. Denn nur so ist es möglich, einen Mörder zu finden, verstehst du. Aber vergessen wir es. Ich kann also davon ausgehen, dass Steinmann seinen Ausweis nicht im Massageraum, sondern anderswo verloren hat?« »Ja. Ich fand ihn in der Garderobe der Sauna. Er lag herrenlos auf dem Frisiertischchen. Eigentlich wollte ich ihn dem Scheich auch zurückgeben. Aber dann kam mir diese dumme Idee, ihn von Boris an den Tatort schmuggeln zu lassen. Kannst du mir verzeihen?« Die Stimme des Direktors klang bettelnd und kindisch.

»Ja, hab's doch gesagt. Vergessen wir's. Also, ich wünsche euch noch einen schönen Sonntag.« Wildbolz hängte auf und ging zum Bett zurück. Sandro lag, auf die Ellbogen gestützt, darin wie ein Märchenprinz. Am liebsten hätte Wildbolz ihn gleich wieder vernascht. Aber er fühlte sich für solches Draufgängertum zu alt und sagte stattdessen: »Ich gehe jetzt in die Küche und mache uns einen feinen Kaffee. Du kannst bis dahin im Bett bleiben und dir überlegen, ob du wirklich die ganze Woche bei mir wohnen willst.« Sandro schaute ihn mit lachenden Augen an, antwortete aber nichts. Wildbolz konnte sich von diesem Blick kaum lösen. Aber er war als Polizist Disziplin gewohnt, riss sich los und ging in die Küche. Während er Wasser in einen Caldor füllte, diesen auf den Herd stellte und die Kaffeebüchse aus dem Küchenschrank holte, ließ er die vergangene Nacht vor seinem geistigen Auge vorbeifließen. Wahrscheinlich war er genügend betrunken gewesen, um den Mut zu finden, den Jungen wie die erste Geliebte im Leben zu behandeln. Er hatte das Spiel sehr lange ausgehalten und mitgemacht, als wäre er ein alter Profi in den Männerbetten. Dass es ihm so viel Spaß gemacht hatte und dass er sich sogar richtiggehend in Sandro verliebt hatte, war ein Zeichen, dass er bis jetzt sein Liebesglück am falschen Ort gesucht hatte. Er konnte sich nun auch erklären, warum seine Mädchen und Frauen immer wie Knaben ausgesehen hatten.

* * *

Das schönste Wochenende in seinem Leben war vorbei. Es war Montagmorgen, und Wildbolz war auf dem Weg ins Labor, wo er den Bericht über das Taschentuch und andere Neuigkeiten in den Fällen Fehr und Weil abholen wollte. Wenn Amacher von seiner sturen Selbstmordtheorie nicht abwich, würde Wildbolz persönlich zum

Staatsanwalt gehen und ihm seine Ermittlungsergebnisse und die Zeugen zuführen.

Er hatte den Passat zu Hause gelassen und es vorgezogen, den Bus zu nehmen. Er wollte nicht, dass Amacher oder ein anderer Kollege der Fahndung sein Auto in der Tiefgarage zu sehen bekam. Man musste ja keinem auf die Nase binden, dass der beurlaubte Kommissär seine Ermittlungen weiterführte. Vielleicht würde zudem Sandro das Auto benützen wollen, um an die Zähringerstraße auf seinen Beobachtungsposten zu gehen. Wildbolz hatte ihm aufgetragen, die Wohnung der Harten Nicole zu überwachen und ihm zu melden, wenn der mutmaßliche Mörder auftauchte. Sandro, dieser Schatz! Wie schön war es gewesen, den Sonntag mit dem Jungen zu verbringen, gemeinsam mit Fritz der Aare entlang zu spazieren, bis hinauf nach Hunziken, wo Wildbolz die Stelle vermutete, an der die Harte Nicole Weil ins Wasser geworfen hatte. Ja, jetzt war er verliebt, das musste er sich eingestehen. Er würde jetzt eine Vaterrolle übernehmen, das wusste er genau, der Schutzpatron sein für Sandro, der familiäre Berater in allen Lebenslagen. Diese Überlegungen brachten Wildbolz zum Lächeln. Eigentlich hatte er nie für jemanden sorgen müssen. Da war seine knabenhafte, selbständige Frau gewesen. Aber für sie hatte er keine sozialen Gefühle aufgebracht. Eine Vernunftheirat war das gewesen, damit er und Lotti nicht allein leben mussten, einen gemeinsamen Haushalt führen konnten, der rationeller war als zwei einzelne. Und Lotti hatte sich mit ihren Freundinnen verglichen, die alle dem Tor der Ehe entgegenstrebten, also hatte auch sie heiraten, nicht die arme Ledige bleiben wollen. Und er? Für ihn war es ebenfalls günstig gewesen, als Verheirateter vor den Berufskollegen zu erscheinen, an Festen und Feierlichkeiten eine Frau zu haben, die man mitführen und vorstellen konnte.

Aber so wie jetzt Sandro gegenüber hatte er sich während des Zusammenlebens mit Lotti nie gefühlt. So verantwortungsbewusst, liebevoll besorgt, immer nach neuen Möglichkeiten Ausschau haltend, zu helfen oder zu schenken.

Der Bus war fast leer. Wildbolz saß im hinteren Teil und schaute an den leeren Sitzbänken vorbei zum Buschauffeur. Ein Beamter in Uniform, vom gleichen Brötchengeber angestellt wie der Kommissär. Der eine im Dienste der öffentlichen Bewegungsfreiheit, der andere im Solde der öffentlich garantierten Sicherheit der Einwohner. Kompliziert, diese sozialen Kulturen, die sich die Menschen aus Angst aufbauten, der eine könnte sich auf Kosten des anderen ein größeres Stück vom Kuchen nehmen. Wenn man verliebt war, schaute man all diese Vorkehrungen als unnützen Mist an, denn die Liebe gab einem das Gefühl, dass man selber für sich sorgen konnte und dass einen alle anderen, außer dem Geliebten, ohnehin nichts angingen. Sandro, dieser hübsche, liebe, begehrenswerte, trickreiche, raffinierte, wollüstige, unbeschwerte Schatz!

Mit Lotti hatte Wildbolz in einem Monat weniger Orgasmen gehabt als mit Sandro an einem Wochenende. Wenn das so weiterging, würde er Ende des Jahres in eine Erholungskur gehen müssen. Immer wieder hatte es ihn, Wildbolz, dazu getrieben, den Jungen überall anzufassen, seinen ganzen Körper mit dem Mund zu berühren und daran zu lutschen, mit dem eigenen Blick in des anderen Augen tief einzudringen und ihn ununterbrochen erregt zu machen. Es war klar: Das war purer Besitzanspruch. Die Liebe war erst nachträglich daraus gewachsen.

Im Labor fand Wildbolz Merz, den Fotografen, und Willner, einen Laboranten älteren Jahrgangs. Sie schienen bereits von seiner Beurlaubung zu wissen und schüttelten den Kopf über Amacher. »Das Taschentuch, das du uns am Samstag gebracht hast, haben wir nochmals untersucht. Es weist eindeutig Spuren von Speichel auf, sogar einige Blutspuren. Es wurde fast sicher als Knebel benutzt, so wie es zusammengefaltet war. Auf jeden Fall nicht einfach zum Mundabwischen.« Willner setzte sich auf den Tisch und zündete sich eine Zigarette an. »Wir haben auch von der Rechtsmedizin weitere Bestätigungen erhalten, dass der Tote aus dem Wasser gefesselt gewesen sein muss. Du musst mit einem Mord rechnen, auch wenn die Beweise dafür allein nicht genügen. Der Alte spinnt, mit seiner Selbstmordtheorie.«

Nach einem kurzen Schwatz verließ Wildbolz das Labor wieder. Er wollte sich nicht länger als nötig auf der Hauptwache aufhalten. Die Kollegen von der Spurensicherung würden ihm, wie sie versprochen hatten, einen ausführlichen Bericht liefern. Wenn er die Harte Nicole auch noch befragt hatte, wollte er zu Amacher – oder eben direkt zum Staatsanwalt – und seine Resultate vorlegen.

Er schlenderte die Genfergasse hinauf und setzte sich etwas später in eine Ecke der ›Arcady Bar‹ im ›Hotel Schweizerhof‹. Bei einem im Silberkännchen servierten Kaffee blätterte er den *Bund* und die *Berner Zeitung* durch. In letzterer fand er eine Todesanzeige:

Jeder sucht auf seine Weise den Sinn in seiner Lebensreise, um schließlich einen Weg zu finden, der das Herz befreit, statt es zu binden.

Unser Sohn, Bruder, Schwager und Freund Bernhard Weil hat uns in seinem 38. Lebensjahr überraschend verlassen. Wir werden ihn vermissen und ihm ein liebendes Andenken bewahren.

Die Trauerfeier findet in der Kirche Bümpliz am Dienstag, dem 30. November, um 11.00 Uhr statt. Anstelle von Blumenspenden gedenke man der Terre des Hommes.

Die Trauernden

Man würde die Trauerfeier wahrscheinlich ohne Leichnam durchführen, überlegte Wildbolz, denn mit großer Wahrscheinlichkeit wurde der Körper Weils von der Rechtsmedizin noch nicht freigegeben. Oder hatte Amacher dies absichtlich anders angeordnet, um alle Möglichkeiten, die seiner Selbstmordtheorie widersprachen, rasch zu beseitigen?

Weder in der einen noch in der anderen Zeitung fand der Kommissär ein Communiqué der Polizei. Und der Wortlaut der Todesanzeige ließ eher vermuten, dass man Weils Familie mitgeteilt hatte, es handle sich klar um einen Selbstmord. Das Gedicht am Anfang der Anzeige musste eines von Weil selber sein.

Wo mochte Sandro jetzt sein? Hatte er den Passat genommen und sich irgendwo in einer Parklücke postiert, von der aus er den Eingang zum Studio der Harten Nicole überwachen konnte? Oder lag er noch im Bett und dachte über das Wochenende nach, das er mit einem viel älteren, sexuell eher unbeholfenen Polizisten verbracht hatte? Oder war er zu Ambühl gegangen, um seine Sachen abzuholen? Hoffentlich nicht das Letztere, denn Ambühl würde ihn vielleicht überzeugen können, wieder zu ihm zurückzukommen. Nein, das hätte Wildbolz gar nicht gern. Der Junge konnte doch für immer bei ihm wohnen. Und wenn das Probleme mit der Polizeidirektion oder dem Gemeinderat geben würde, musste er halt die Stelle an den Nagel hängen und Privatdetektiv oder etwas anderes werden. Das wäre gar nicht so dumm, denn man sollte im Leben nicht nur einen Beruf ausüben. Das würde doch zwangsläufig zu einem engen Horizont führen, zu einer einseitigen Lebenshaltung.

Einer plötzlichen Eingebung folgend, ging Wildbolz zur Hotelrezeption und verlangte eine Telefonlinie. Er wartete einen Augenblick sinnend in der Kabine, bevor er wählte. »Wildbolz. Bitte geben Sie mir Klaus Amacher.« Die Kollegin an der Zentrale erkannte ihn nicht, was ihm angenehm war.

»Ja, Amacher. Bist du's, Hans?« Die Stimme des Chefs klang freundlich, fast aufgekratzt. »Ich bin mitten in einer Besprechung und habe nur wenig Zeit. Aber für meinen lieben Ferientechniker bin ich natürlich rasch zu sprechen.«

Wildbolz lachte und bewunderte die Art, wie sich sein Vorgesetzter über alle schwierigen Probleme mit Leichtigkeit hinwegsetzen konnte. »Danke, Klaus. Ich liege hier an der Côte d'Azur bei einem Ricard und habe mich eben gefragt, wie weit du in meinen beiden Todesfällen schon gekommen bist. Darum rufe ich dich schnell an. Man ist ja schließlich ein verantwortungsbewusster Untergebener.« Amacher lachte laut, bevor er feierlich antwortete: »Alles geklärt. Ich habe die Familien Fehr und Weil benachrichtigt, dass sich ihre Söhne leider das Leben genommen haben und dass man die Leichen zur Bestattung führen kann. Ein Interview mit diesem Ambühl, dem Saunabesitzer, machte es klar. Er kannte die beiden Burschen gut genug.«

Amacher hatte sich an den unzuverlässigsten Zeugen gewandt. Natürlich war das auch das Einfachste gewesen, denn Ambühl war ja in einem seiner Geschäfte leicht erreichbar. Aber gerade dieser Willy war selber an der Selbstmordtheorie interessiert, um seine Sauna nicht in Verruf zu bringen. Wie sich die Menschen mit denselben Interessen doch immer rasch zusammenfanden! »Und ist da die Rechtsmedizin einverstanden? Die Untersuchungen sind doch noch gar nicht abgeschlossen.« »Mach dir keine Sorgen, Hans. Es hat keinen Sinn, Leichen zu untersuchen, an denen nichts Neues mehr zu finden ist. Das wäre ja Leichenschändung. Man muss die Toten in Frieden ruhen lassen, nicht wahr? Genieße jetzt deinen Urlaub. Wo, hast du gesagt, bist du gerade?«

»An der französischen Riviera«, lachte Wildbolz absichtlich, um seine Lüge nicht verbindlich zu machen. »Sehr gut. Bleibe dort noch ein paar Tage und erhole dich. Nächste Woche brauchen wir dich aber wieder, denn hier ist der Teufel los. Letzte Nacht wurde eine Nutte erstochen, ein Asylantenheim angezündet, mit zwei Toten notabene, und ein Schalterbeamter der Bundesbahn angeschossen. Wir haben Hochsaison, im Gegensatz zu deiner französischen Riviera.« Amacher lachte hustend und fügte hinzu: »Ich muss wieder zurück, Hans. Bitte entschuldige mich. Und sei großzügig zu den Französinnen.«

• • •

Als Wildbolz an seinen Tisch im hintern Teil der Bar zurückging, sah er, dass ein alter Mann – er war sicher über siebzig – seinem Platz gegenüber saß. Der gepflegte Mann trug einen grauen Flanellanzug mit einer giftgrünen Krawatte und hatte eine glänzende, sonnengebräunte Glatze mit Leberflecken, die von einem Kranz weißer Haare umgeben war. Eigentlich ein typischer Gast für die ›Arcady-Bar‹, in der neben den internationalen Hotelgästen vor allem Aristokraten und gut situierte ältere Damen und Herren verkehrten.

»Guten Tag«, grüßte Wildbolz den Alten. Dieser lächelte ihm freundlich und friedlich entgegen und erwiderte den Gruß. »Ich glaube, ich kenne Sie. Habe ich Sie nicht auf der Beerdigung des jungen Fehr gesehen?« »Doch, das ist möglich«, gab der Kommissär zu. Er glaubte, sich jetzt auch an den Mann erinnern zu können. »Sind Sie nicht der mit dem Fall beauftragte Detektiv der Polizei?«, forschte der Glatzköpfige weiter. »Jürg von Feldern hat mich jedenfalls so informiert.« Und als Wildbolz bejahte, fuhr der andere fort: »Mein Name ist Max Weber. Sie nennen mich den Alten Max.« Er lächelte nachsichtig. »Ich bin zweiundsiebzig und gehöre wohl zum alten Eisen.«

»Dann sind Sie auch einer der Saunabesucher vom vergangenen Sonntag?« Wildbolz studierte sein Gegenüber genauer. Weber sah harmlos und gutmütig aus, wenn auch ein bisschen arrogant. »Wenn Sie den ›Steamshop Club‹ meinen, dann ist das richtig. Aber leider weiß ich Ihnen nicht viel vom letzten Sonntag zu berichten, das im Zusammenhang mit Tomi Fehr stehen könnte. Höchstens, dass ich mit Bernhard Weil zusammen war und keine Ahnung habe, was der Knabe während dieser Zeit tat.« Wildbolz bestellte noch einen Kaffee, während der Alte Max sich einen Manhattan bringen ließ. »Das ist immerhin schon etwas«, gab er zu. »Haben Sie Tomi gut gekannt?« »Eigentlich nicht besonders. Ich habe ihn zwei- oder dreimal gesehen, immer in einschlägigen Lokalen. Hingegen kannte ich Beni Weil näher. Er wollte einen Gedichtband herausgeben und einen Film produzieren, und bei beidem habe ich ihm versprochen, ihn zu unterstützen. Ich war früher in einer höheren Bundesstelle und habe immer noch gute Beziehungen, wissen Sie.« »Und? Was sagen Sie zum plötzlichen

Tod Ihres Freundes?« Weber machte ein ernstes Gesicht und schaute dem Kommissär in die Augen. »Ein Verbrechen. Auf jeden Fall hatte Beni nicht die Absicht, sich das Leben zu nehmen, auch nicht, nachdem Tomi umgekommen war. Ich habe am Montagabend noch mit ihm telefoniert, denn ich konnte ihm angenehme Neuigkeiten des Verlegers mitteilen. Weil war zwar niedergeschlagen, aber er versicherte mir, dass er den Tod Tomis aufklären werde. Er schien Genaueres darüber zu wissen und wollte damit auch zu seinem Anwalt. Er sagte, er würde noch einige Beweise zusammenstellen. Aber leider hat er mir nicht verraten, wie er sich den Tod Tomis erklärte. Ich muss sagen, ich habe seine Vermutungen damals eher als eine Art Fluchtversuch aus dem Leid angesehen und sie nicht sonderlich ernst genommen.« »Haben Sie mich eigentlich hier, in dieser Bar, absichtlich getroffen?«

Der Alte schüttelte unwirsch den Kopf. »Nein, ich ahnte nicht einmal, dass ich an Ihrem Tisch sitzen würde. Sie waren ja auf der Toilette, als ich hereinkam.« »Ich war telefonieren«, korrigierte ihn Wildbolz. »Aber sagen Sie: Glauben Sie denn bei Tomis Tod an einen Selbstmord?« Max zuckte mit den Schultern. »Am Anfang schon, aber jetzt nicht mehr. Nachdem auch Beni sterben musste, bin ich überzeugt, dass Tomi nicht eines natürlichen Todes gestorben ist, wie man so schön sagt. Beni wusste etwas, das dem Täter hätte gefährlich werden können, und darum musste er beseitigt werden. Eine miserable Welt ist das heutzutage. Wer einem nicht in den Kram passt, wird umgebracht.«

»Und Sie haben wirklich keine Ahnung, was Weil zu viel gewusst haben konnte?«, fragte Wildbolz nach. »Oder glauben Sie, dass der erwähnte Anwalt etwas weiß?«

Der Alte Max fuhr sich mit seiner von Leberflecken übersäten Hand über sein sauber rasiertes Kinn. »Ich weiß leider gar nichts. Er hat mir nichts verraten, wahrscheinlich, weil er mich nicht damit belasten wollte. Beni war ein sehr rücksichtsvoller, sensibler Mann. Und dem Anwalt wollte er sich nicht anvertrauen, bevor er etwas Konkretes in den Händen hatte. Ich weiß leider nicht, wen er als seinen Anwalt ansah. Ich glaube nicht, dass er jemals einen benötigt hatte. Sie müssen wissen, dass er neben seiner Vorliebe für junge Männer – oder sagen wir: Knaben – sehr pflichtbewusst und anständig lebte. Gerade die Knabenliebe lässt ja vermuten, dass er dem Unschuldigen und Kindlichen zugetan war.«

»Ich habe einige Kassetten der Filmaufnahmen gesehen, die er von Tomi und anderen Jungen gedreht hat«, warf Wildbolz ein. »So harmlos sind diese Szenen auch wieder nicht.«

»Ach«, wehrte der Alte Max ab, »schweinisch sind sie auch nicht. Beni hat sie mir auch gezeigt. Ich wehre mich dagegen, dass Sex mit einem geschlechtsreifen Jungen etwas Böses oder Schmutziges sein soll. Wahrscheinlich ist es sogar viel weniger schmutzig als das, was die gutbürgerlichen, verklemmten Erwachsenen machen.«

Wildbolz schaute den alten Mann nachdenklich an. Er konnte nichts Unanständiges in dessen Gesicht entdecken, kein lüsternes Flackern in den Augen, keine gemeine Ecke an seinem Mund. Was sollte er darauf antworten? Ihn störte die Liebe gewisser Männer zu kleinen Burschen nicht. Aber weil er sich ein Leben lang an das gängige Gesetz gehalten hatte, schien ihm solches Verhalten eben unerlaubt. »Ich habe einen Zettel auf Herrn Weils Arbeitstisch in dieser Richtung gefunden. Das heißt: Weil wollte an die Harte Nicole – oder zumindest an eine Nicole – schreiben, dass Tomi ihn erpresste.«

Weber bewegte ganz langsam und ungläubig den Kopf hin und her. »Sind Sie sicher, dass Weil das selber geschrieben hat? Es könnte doch auch sein, dass sein Mörder gewisse falsche Spuren hinterlassen wollte. Herr – ich weiß noch gar nicht, wie Sie heißen – das ist einfach unmöglich. Haben Sie den Zettel noch? Ich kenne Benis Handschrift genau. Auf jeden Fall müssen Sie sich aus dem Kopf schlagen, dass Tomi Beni Weil erpressen wollte. Auch nicht zum Spaß. Unmöglich, unmöglich!«, murmelte Max in sich hinein.

»Wissen Sie«, unterbrach der Kommissär nach einer Weile ein längeres Schweigen, »ich habe jetzt mit allen gesprochen, die am letzten Sonntag in der Sauna waren. Mit einer Ausnahme: die Harte Nicole habe ich noch nicht finden können. Ich weiß nicht einmal ihren Namen. Und übrigens: meiner ist Hans Wildbolz. Hier haben Sie meine Karte.« Wildbolz schämte sich vor diesem Mann ein wenig, dass er sich nicht einmal vorgestellt hatte. Diese Unterlassung stempelte ihn einmal mehr zum typischen, ungebildeten Polizisten. Der Alte Max studierte die Karte nachdenklich und meinte dann: »Es scheint, dass keiner den Namen dieses sonderbaren Kerls weiß. Ich auch nicht, obwohl ich einige Male mit ihm geschwatzt habe. Ins ›Underground‹ kommt er selten, und wenn, dann immer erst sehr spät. Im ›Steamshop‹ hingegen verkehrt er eigentlich regelmäßig. Dort gehört er auch zu jenen, die geradewegs auf die jungen Boys losgehen. Dort müssten

Sie ihn früher oder später treffen. Oder im ›Banana Boat‹. Ich habe von ihm eine Postadresse irgendwo. Aber sie lautet, glaub ich, auf postlagernd. Das hilft Ihnen auch nicht weiter.«

Der Kellner kam, und Wildbolz bezahlte für beide, obwohl der Alte sich zuerst dagegen wehrte. Der Kommissär erinnerte sich einmal mehr an Sandro, der vielleicht vor der Wohnung der Harten Nicole wartete. »Ich habe eine Wohnadresse von ihm. Aber Sie haben da noch ein ›Banana Boat‹ erwähnt. Was ist das, und wo finde ich es?«

»Nun«, lächelte der Alte Max, »das ist eine Art Begleitagentur. Eigentlich mehr ein Bordell. Man kann dort einen Strichjungen holen und mit nach Hause nehmen, oder man kann auch gleich ein Zimmer mieten und das Geschäft dort erledigen. Die Harte Nicole scheint ein Stammkunde zu sein. Es handelt sich um zwei alte Wohnungen über einem Lagerhaus, an der Konsumstraße. Am Briefkasten steht *Gerber Electronics*. Ich war ein einziges Mal dort und werde nie wieder hingehen. Das ist eine brutale Abreißerbande!« »Gut. Sollte ich diesen mysteriösen Typen nicht in seiner Wohnung finden, werde ich mir diese Begleitagentur mal ansehen. Und nun muss ich leider nach Hause. Ich danke Ihnen, Herr Weber. Sie haben mir doch einige interessante Hinweise geben können. Haben Sie eigentlich keinen Verdacht, wer der Mörder Weils sein könnte?«

Wildbolz stand auf und holte seinen Mantel. Dann ging er zum Tisch zurück und schaute Weber fragend an.

»Doch, ich habe einen Verdacht«, meinte dieser langsam und leise.

»Vielleicht werden Sie ihn mit mir teilen, wenn Sie die Harte Nicole gesehen haben.«

Der Kommissär nickte und streckte dem alten Mann die Hand hin.

»Sie werden doch sicher zur Verfügung stehen, wenn ich Sie als Zeugen brauchen sollte?«

»Ja, das werde ich. Gerne sogar. Beni Weil war ein flotter Kerl, und ich wünsche mir, dass sein Mörder gefasst wird.«

»Ich werde mein Möglichstes tun«, versprach ihm Wildbolz.

* * *

Obwohl Hans ihm den Wagen anvertraut hatte, zog es Sandro vor, den Bus zu nehmen. Kurz nachdem sein neuer alter Freund das Haus verlassen hatte, war auch er aufgestanden und hatte sich geduscht. Es war wie überall, fremde Männerwohnungen war er gewohnt. Die einen waren ein bisschen sauberer, die anderen ein bisschen unordentlicher. Hans schien wert auf ein sauberes Zuhause zu legen, obwohl der Hund das Seine dagegen unternahm. Fritz schlief auf einem dicken kleinen Teppich in der Küche, und als Sandro dorthin ging, um ein Glas Milch zu trinken, rührte sich der Hund kaum.

Der Kühlschrank war voll. Es gab alles, was ein Junggeselle so zwischendurch zu naschen liebte. Während Sandro in seinen winzig kleinen Unterhosen ein Glas Milch leerte, schaute ihm Fritz aufmerksam, aber friedlich zu. Er hatte gut geschlafen. Hans schnarchte scheinbar kaum und rutschte auch nicht die ganze Nacht im Bett hin und her. Das Wochenende mit ihm hatte Sandro gefallen, trotzdem konnte er Willy nicht vergessen. Sollte er heute anrufen? Wer weiß, Willy war sicher schon reumütig und wünschte ihn zurück. Aber nein: Er würde nicht die Initiative ergreifen. Schließlich war der Stolz der Spanier berühmt.

Etwa um halb zehn zog er sich an, schüttete dem Hund eine Handvoll Trockenfutter ins Tellerchen – man musste Tiere von wichtigen Personen immer rasch für sich gewinnen – und verließ das Haus. Als er an der Bushaltestelle Zieglerspital wartete, kam ihm seine Umgebung erst richtig zu Bewusstsein. Hier war er noch nie eingestiegen, hierhin hatte er noch nie einen Kumpel begleitet, hier wohnte keiner seiner Bekannten. Nur Hans. Und dieser, das musste der Junge zugeben, sah für sein Alter prima aus. Im Gegensatz zu den meisten Schwulen liebte Sandro stark behaarte Männer. Auch das war wahrscheinlich spanisch. Wichtiger war ihm, dass der Partner nicht zu viel und nicht zu wenig Muskeln hatte. Hans passte in sein Konzept. Allerdings, das musste auch gesagt sein, war er im Bett schüchtern und rasch zufrieden. Dafür umso zärtlicher.

Endlich kam der Bus und führte ihn zum Bahnhof. Hier stieg er sofort in den Trolley nach der Länggasse um. Es hatte wenig Leute in der Stadt. Der Montagmorgen leitete das Leben einer neuen Woche nur träge und zurückhaltend ein. Das gab Sandro ein Gefühl, dass ihm diese Stadt ein bisschen gehörte.

Vom Bus ging er geradewegs zur Zähringerstraße. Hans hatte ihn beauftragt, herauszufinden, ob die Harte Nicole in ihrer Wohnung war und wenn möglich ihren Namen zu erfahren.

Jetzt hatte er also einen Polizisten als Freund. Eigentlich hatte er nichts für die Bullen übrig, aber da er noch kaum mit ihnen in Berührung gekommen war, hasste er sie auch nicht. Und er tat es eher

Tomi und Beni zuliebe als der Polizei. Dazu kam, dass er die Harte Nicole nicht sonderlich mochte, und wenn sie ein Mörder war, gerne ins Kittchen schicken würde. Alles was recht ist.

Der Eingang zur Zähringerstraße 45 war ein dunkler, enger Gang, der in ein Treppenhaus mündete. Links hatte es einen alten Lift. Das Haus, ein fünfstöckiges Mietshaus aus den vierziger Jahren, wirkte vernachlässigt. Neben dem Lift gab es eine Türe mit einem Schild *Studio A.* Es hatte auch eine Glocke, und Sandro betätigte sie. Es roch nach Blumenkohl und Bier.

Als nach drei Minuten das Licht automatisch ausging, drückte er noch einmal auf den Knopf. Im Innern des Studios bewegte sich nichts. Da er sich in dem dunklen Gang nicht sehr sicher fühlte, verließ er den Hausflur wieder. An der Ausgangstüre stieß er mit einer älteren Frau zusammen, die in beiden Händen eine Einkaufstasche trug. Er wagte, sie zu fragen: »Entschuldigen Sie, ich wollte zum Herrn im Studio A, im Erdgeschoss. Wissen Sie, ob er da ist oder wann ich ihn am besten treffen kann?«

Die Frau schaute ihn misstrauisch an. Dann stellte sie die beiden Einkaufstaschen ab und runzelte ihre Stirn. »Tagsüber sicher nicht. Der arbeitet, wie jeder andere anständige Mensch auch.« Es klang wie ein Vorwurf.

»Ich weiß nicht einmal genau, wie er heißt. Er hat mich hergebeten. Kennen Sie seinen Namen?«

Die Frau schnalzte mit der Zunge. »Ach, Sie sind auch so einer. Der hat, glaub ich, nur Herrenbesuch. Und manchmal sind es verwahrloste Typen. Nein, ich weiß nicht, wie er heißt. Die Wohnung gehört eigentlich Herrn Steinmann, von der Videothek da drüben. Und der wohnt in Hinterkappelen, soviel ich weiß. Ich muss Ihnen gleich sagen, dass wir hier im Hause lieber hätten, wenn jemand anderer dieses Studio mieten würde. Dieser Prügel von einem Mann flösst einem ja Angst ein.« Nach einer kurzen Pause ergänzte sie: »Ich habe gehofft, Sie selber wüssten etwas über diesen arroganten Kraftmeier.«

»Leider nein«, entschuldigte sich Sandro und verließ sie mit einem kurzen Abschiedsgruß.

»Das geht zu wie in einem Bienenhaus«, fluchte sie ihm nach. Als er auf der Straße stand, fiel ihm wieder ein, was die Frau eben gesagt hatte: Die Wohnung war von einem Herrn Steinmann gemietet, der eine Videothek hatte. War das nicht der Scheich? Er ging die Straße hinauf und schaute sich nach der Videothek um. Nach wenigen

Schritten sah er den Laden auf der anderen Straßenseite. Sollte er hineingehen?

Aber als er zum Laden kam, stand dort: *Nur am Nachmittag geöffnet.* Über dem kleinen Schaufenster las er in großen Lettern *Mean Screen Video Center.* Plakate von Brutalo- und Kriegsfilmen versperrten den Blick ins Ladeninnere. Vielleicht würde er am Nachmittag selber hingehen. Immerhin war Sandro froh, dass er dem Kommissär etwas zu berichten wusste; wenn es auch nicht der richtige Name der Harten Nicole war. Dann fiel ihm wieder Willy ein. Sicher wusste der mehr über den Scheich. Aber trotzdem wollte er ihn jetzt nicht anrufen und den Anschein erwecken, als würde er gerne wieder zu ihm zurückkommen. Die eifersüchtige, eigensinnige Schwester sollte nur ein bisschen allein sein und leiden.

In Gedanken versunken merkte er erst im letzten Moment, dass jemand neben ihm ging. Erschrocken drehte er sich um, lächelte aber erleichtert, als er Martin Lucatelli neben sich sah. »Hallo, Tinu! Du hast mich wirklich erschreckt. Ich war in Gedanken ganz anderswo.«

»Ich weiß, wo«, grinste Martin. »Bei deinem neuen Freund, dem Polizisten.«

Sandro blieb stehen und sah den anderen böse an. »Du blöde Gans! Wer sagt, dass der Kommissär mein neuer Freund sei?« Er hasste diese bei den Schwestern beliebte Sensationshungrigkeit. Martin legte ihm eine Hand auf die Schulter und meinte versöhnlich: »Niemand hat das gesagt, beruhige dich. Aber so, wie ihr beide am Samstag im ›Underground‹ geflirtet habt, könnte man es meinen. Und wenn auch: Jeder macht, was er kann, mit dem, was er hat. Ist was mit Willy?«

Sie gingen weiter, und Sandro sagte sich, dass er und Willy bei den Schwestern nach wie vor als Paar galten. Im Ghetto kommt man nicht so rasch voneinander los. Die Umwelt will ihre Mitglieder so behalten, wie sie sie immer kannte. Veränderungen würden da nur Unsicherheiten erzeugen.

»Ach nein. Der spinnt einfach von Zeit zu Zeit. Und ich lasse mir seine Eifersuchtstiraden nicht mehr so sang- und klanglos bieten.« »Kommst du schnell auf einen Kaffee? Fredy und ich wohnen nur ein paar Schritte von hier, oben in der Hochfeldstraße. Er ist übrigens jetzt zu Hause. Jeden zweiten Montag hat er frei. Sicher würde er sich über deinen ersten Besuch bei uns sehr freuen.« Martins Mandelaugen schauten bittend auf ihn herab. Sandro sagte zu, bevor er sich klargemacht hatte, ob Hans ihn vor Mittag noch erwartete.

»Uh, das war ein Morgen«, beklagte sich Martin. »Ich war bei einer Familie zu Hause, wie es sie nur bei den Heteros gibt. Die Mutter eine faule Schlampe, der Vater ein arbeitsloser Alki. Fünf Kinder. Nur der älteste Sohn war daheim, weil er – wie hätte es anders sein können – seine Verkäuferlehre abgebrochen hat. Sieben Familienmitglieder und keines verdient Geld. Natürlich muss alles, was die brauchen, die Fürsorge berappen. Bei den Heteros ist das ja gang und gäbe. Wenn wir Schwulen auch dermaßen dem Steuerzahler zur Last fallen würden, wären wir längst verboten.« Sandro lachte. »Reg dich nicht so auf, Martin. Sei froh, dass wir nicht auf die öffentliche Fürsorge angewiesen sind. Sonst käme da auch immer wieder so ein Sozialarbeiter und würde in unseren Sachen herumschnüffeln.«

»Halt deine Lutschspalte! Wir schnüffeln nicht herum; wir versuchen zu helfen. Und zwar oft so engagiert, dass wir selber depressiv werden.«

»Ist ja gut. Und wie war denn dieser ältere Sohn? Du hättest ihn ja mit zum Kaffee einladen können.«

»Ach, den! Lieber nicht. Er sieht zwar nicht schlecht aus, aber vollkommen abgelöscht. Ich bin sicher, dass er auf Heroin ist, aber er behauptet natürlich das Gegenteil. Er arbeitet, scheint's, ab nächster Woche in der miesen Videothek da drüben. Weißt du, dass die dem Scheich gehört?«

»Also doch. Ich war mir nicht ganz sicher. Na gut, dann wird ja das Bürschchen schon auseinander genommen werden.« »Worauf du dich verlassen kannst. Hier sind wir.« Martin ging Sandro voran in ein neueres Mietshaus an der Hochfeldstraße zwölf und führte ihn ein paar Treppen hoch in eine kleine, mit verschiedenen Möbeln und Nippsachen voll gestopfte Wohnung. Fredy Winterberg kam ihnen aus der Küche entgegen. »Sandro? Was um Gottes willen bringt dich zu uns? Die Überraschung ist gelungen. Willy hat dich doch nicht etwa rausgeworfen?« »Sei nett zu ihm«, ermahnte ihn Martin. »Er hat im Augenblick Probleme mit dem alten Gigolo.«

»He!«, begehrte Sandro auf. »So alt ist Willy denn auch wieder nicht! Ich verbitte mir solche Verleumdungen!« Das selbstgerechte Pärchen regte ihn auf. Vor ihnen würde er Willy immer in Schutz nehmen. Immerhin konnte er sich eine Wohnung leisten, die sich sehen lassen konnte, und musste nicht in einer derartig kleinen Puppenstube hausen wie diese beiden Klatschtunten. »Über vierzig«, kommentierte Fredy.

»Lass ihn jetzt in Ruhe«, befahl Martin, »und mach uns lieber einen Kaffee.«

»Jetzt, so kurz vor dem Mittagessen? Ich bin nicht euer Diener.« Fredy wandte sich affektiert von ihnen ab und ging ins Wohnzimmer.

»Gut, dann mach ich den Kaffee halt selber, wenn diese hysterische Serviertochter sich dafür zu schade ist.« »Schweig doch, du Dreckfotze«, rief Fredy vom Wohnzimmer her. »Geht doch euren Verlobungskaffee auswärts trinken. Ihr braucht mir gar nicht die Küche zu verdrecken und die Laune zu verderben.« Er knallte die Wohnzimmertüre zu und drehte das Radio voll auf.

»Mensch«, seufzte Sandro. »Ich habe euch nicht den Streit ins Haus bringen wollen.« Es war wie mit Willy. Sicher war Fredy wütend aus Eifersucht, weil Martin ihn, Sandro, mit heimgebracht hatte. Und ebenso sicher würde sich Fredy die wildesten Phantasiestorys ausdenken, warum sie zusammen hierher gekommen waren. »Ich gehe besser wieder«, meinte Sandro.

Er küsste Martin rasch dreimal auf die Wange und flüchtete aus der Wohnung. Es war kurz vor Mittag, und er würde jetzt zu Hans nach Hause gehen. Dieser hatte nämlich versprochen, Spaghetti alla Polizia zu kochen.

• • •

Nach dem Mittagessen trug Wildbolz den jungen Spanier auf den Händen ins Bett. Er hatte sich bereits bei Tisch so wohl gefühlt wie schon lange nicht mehr. Doppelt daheim. Und es hatte ihn glücklich gestimmt, wie Sandro mit großem Appetit seine Spaghetti herunterschlang und ihn zwischendurch immer wieder mit seinen hellbraunen Augen, die unter dem Kraushaar hervorleuchteten, ebenso glücklich ansah. Fritz lag in einer Ecke auf seinem Teppich und schien die Welt nicht mehr zu begreifen.

Auf dem Bett zog Wildbolz dem Jungen die Turnschuhe, dann den dunkelgrünen Pullover und das Sweatshirt darunter aus. Dann zog er ihm sanft die Jeans herunter. Er freute sich, dass Sandro unter der roten Unterhose bereits erregt war. Auch diese zog er ihm weg und küsste die Spitze seines Geschlechts. Der Anblick des nackten Jünglings auf der roten Bettdecke machte ihn schwindlig. Er drückte seine Nase in das schwarze, drahtige Schamhaarbüschel, begann die Haut ringsherum abzulecken und lutschte schließlich an Sandros Eiern.

Mit einem Ruck riss er sich vom Jungenkörper los und entkleidete sich selber. Hose, Hemd und Leibchen, Socken und Unterhose warf er achtlos hinter sich. Dann stürzte er sich auf den schlanken Jungen und füllte diesem den Mund mit seiner hektisch herumfahrenden Zunge, so dass Sandro wild durch die Nase atmen musste. Weil er einen Kopf größer war als der Spanier, kam sein Schwanz zwischen dessen Oberschenkel zu stehen. Sandro presste ihn immer wieder zusammen, als wollte er ihn so deutlich wie möglich spüren. Der Junge rollte sich ein bisschen rückwärts über den Kopf, und Wildbolz' Glied kam unabsichtlich vor das Loch, mitten in des Jungen kleinen, aber wohlgeformten Hintern. Als er spürte, wie seine Eichel im Loch verschwand, ohne dass er dazu vom Kopf aus einen Befehl gegeben hatte, ihn wahrscheinlich nie gegeben hätte, stöhnte er laut auf.

Das Telefon klingelte, und Wildbolz entfuhr ein böses »Gottverdammich!« Er schaute einen Augenblick lang auf den Jungen hinunter, sah Sandros offenen, von Lust und Schmerz verzerrten Mund, der ganz anderes auszudrücken schien als die liebevoll träumerischen Augen. Dann zog er sein Glied aus dem Jungen und streckte den Arm aus, um den Hörer abzuheben. »Wildbolz?« meldete er sich, und man konnte den Ärger in seiner Stimme nicht überhören. »Ambühl«, sagte eine atemlose Stimme am anderen Ende der Leitung.

»Ist Sandro bei Ihnen?«

»Ja.« Hatte dieser Anruf wirklich ausgerechnet jetzt kommen müssen? Scheißtelepathie.

Wildbolz reichte den Hörer dem Jungen, ohne zu überlegen, ob dieser das auch wollte. Aber Polizisten lügen nicht, und darum handelte er automatisch.

»Sandro Jimenez«, flüsterte der Junge in den Hörer. Willy musste auf der Stelle wissen, in welcher Situation und in welchem Zustand Sandro gerade war.

Wildbolz hörte Ambühls Stimme, als hätte er den Hörer am eigenen Ohr. Sandros erzürnter Exfreund schrie in die Muschel. »Komm sofort heim. Ich habe gehört, du würdest dich im Nest dieses Bullen tummeln. Bist du eigentlich total übergeschnappt? Hopp, komm sofort. Sonst bringe ich diesen Scheißschroter um!«

Sandro schüttelte den Kopf, aber brachte kein Wort hervor. »Bist du noch da?«, fuhr Willy zu schreien fort. »Wenn du in einer halben Stunde nicht bei mir bist, wirst du es bereuen, das schwöre ich dir. Mit diesem Polizistenarsch herumzuhuren, du, mein Sandro, mein

Schätzchen!« Willy begann lauthals zu schluchzen. Sandro schaute Wildbolz ratlos an. Dann hauchte er »Willy?« in den Hörer.

»Bitte, komm sofort«, weinte dieser.

»Ich komme«, sagte Sandro bestimmt, »aber nicht sofort. Ich werde mit dir reden. Aber vergiss nicht, dass du mich am Samstag rausgeworfen hast.«

Lautstarkes Weinen, dann: »Ich hab's doch nicht so gemeint. Ich kann ohne dich nicht leben. Und dass du gerade zu diesem hundsmiserablen Schnüffler gegangen bist, macht mich total fertig. Oder hat er dich gezwungen? Vergewaltigt?« »Nein, nein«, wehrte Sandro ab. »Nichts dergleichen. Hans ist ein prima Kerl.«

»Ooooh«, wimmerte Ambühl, immer noch laut genug, dass Wildbolz mithören konnte. »Liebst du ihn etwa auch noch? Nein, nein, nein. Ich bringe ihn um. Ich will dich zurück. Hänge nicht auf, warte, warte, Sandroschätzchen. Ich schenke dir alles, was ich habe. Ich nehme auch Gil wieder in die Sauna. Ich tue alles, was du sagst. Aber bitte komm jetzt sofort zu mir.« »Ich habe dir gesagt: Ich werde kommen. Aber heute nicht mehr. Später irgendwann. Und dann werden wir darüber diskutieren, was in Zukunft geschehen soll.« »Aber ...«

»Willy, hab jetzt ein paar Tage Geduld. Tschau.« Sandro gab Wildbolz den Hörer, und dieser legte ihn auf die Gabel zurück. Der Junge erhob sich, stieg vom Bett und begann sich anzukleiden. »Ich kann jetzt nicht mehr, bitte verstehe mich.« Wildbolz blieb auf dem Bett sitzen und schaute Sandro beim Ankleiden unzufrieden zu. »Willst du denn gleich zu ihm?« Der Junge schüttelte den Kopf. »Nein, natürlich nicht. Der soll nur noch ein bisschen warten. Das hab ich ihm ja gesagt.« Wildbolz schluckte leer. »Soll ein bisschen warten? Und dann verlässt du mich und gehst wieder definitiv zu ihm zurück?« Er versuchte seiner Stimme keinen verzweifelten oder bittenden Ton zugeben.

Sandro setzte sich, wieder vollständig angezogen, neben ihn aufs Bett und strich ihm mit der Hand übers Knie. »Ich weiß doch nicht! Ich habe mehr als zwei Jahre bei Willy gelebt, und ich begreife, dass er mich nicht von einem Tag auf den anderen vergessen kann. Aber ich habe eigentlich genug von diesen Eifersüchteleien. Ich bin sicher, dass es genauso weitergehen würde wie bisher. Willy ändert sich nicht. Dafür ist er zu verwöhnt, zu überheblich, weißt du. Ich weiß nicht mal, ob sich irgendjemand überhaupt ändern kann. Ich möchte zudem gar keinen festen Freund mehr. Das heißt aber nicht, Hans, dass ich dich nicht mehr zur Seite haben will. Aber ich kann einfach nicht schon wie verheiratet sein, verstehst du?« Das Telefon läutete wieder. Nach einem kurzen Zögern nahm Wildbolz den Hörer wieder ab. »Ja?«, fragte er missmutig. »Ich bring dich um, du brutales Polizistenschwein!« Es war wieder Willy. Sandro machte erschrockene Augen. Wildbolz legte wortlos wieder auf.

»So hab ich ihn noch nie gehört«, konstatierte der Junge. »Vielleicht meint er es ernst. Sollte ich doch nicht besser sofort zu ihm fahren?« Wildbolz winkte mit der Hand ab. »Nein, bleib heute bei mir. Du wirst nichts ändern, wenn du jetzt zu ihm gehst, wie du selber gesagt hast. Vielleicht bringt er sogar etwas mit seinem Anfall ins Rollen, das uns hilft, die Harte Nicole rascher überführen zu können.« »Was meinst du genau?«, wollte Sandro wissen. Er wirkte jetzt wie ein hübsches, unbeholfenes und unschuldiges Kind. Seine Augen suchten Rat bei einer zuverlässigen Vaterfigur. Wildbolz begann sich anzukleiden. Statt zu antworten, meinte er:

»Schade, dass dieser blöde Anruf kam. Ich war gerade dabei, etwas Neues in meinem Leben zu entdecken. Ich glaube, ich liebe dich, junger Mann.«

Jetzt flog endlich ein Lächeln über Sandros Gesicht. »Das können wir sicher noch nachholen. Nur, im Augenblick geht es einfach nicht. Willy macht mich ganz kribbelig mit seiner Hysterie. Es wäre gut möglich, dass er versucht, dich umzubringen. Pass nur auf!« Wildbolz war wieder angekleidet und zog den Jungen an einer Hand vom Bett an sich. »Wenn man einen so schönen Jungen haben will wie dich, muss man mit gefährlichen Konkurrenten rechnen.« Er küsste Sandro auf die sanften, dicken Lippen, die ihn immer an einen Neger erinnerten. »Spaß beiseite. Ich glaube nicht, dass er etwas in dieser Richtung versuchen wird. Wäre ich vorhin in seiner Griffnähe gewesen, dann vielleicht. Aber wenn er mich jetzt noch erschießen will, muss er ziemlich viel dafür unternehmen, so viel, dass er sich dabei wieder abkühlt. Aber ich werde trotzdem aufpassen.« Er fasste Sandro mit Daumen und Zeigefinger unter dem Kinn und strich dann zärtlich um seine Lippen. »Ich liebe dich! Ich will dich nicht zurückgeben!« »Da habe ich auch etwas dazu zu sagen«, lächelte Sandro. »Und mein Entscheid ist ganz klar: Ich will nur mit jemandem zusammen sein, der nicht eifersüchtig ist. Und gehören will ich niemandem!«

* * *

Nach einem ausgedehnten Spaziergang der Aare entlang, hinab bis zum Felsenaustauwehr und von dort über die Engehalbinsel nach Bremgarten, waren Wildbolz und Sandro mit dem Bus in die Stadt zurück gefahren. Zuerst hatten sie Fritz nach Hause gebracht und waren dann getrennt ausgeschwärmt. Während Sandro die Videothek an der Zähringerstraße besuchen wollte, um herauszufinden, ob der Scheich wirklich gelogen hatte und die Harte Nicole besser kannte, als er zugab, machte sich Wildbolz auf die Suche nach Dario Zbinden. Wenn der ihn in dieser Nacht wahrhaftig unter Zwang angerufen hatte, war er ein brauchbarer Zeuge gegen die Harte Nicole.

Sandro hatte ihm sonderbare Neuigkeiten mitgeteilt. Die Wohnung der Harten Nicole war von Walter Steinmann gemietet! Dann müsste doch der Scheich den wahren Namen der Nicole kennen! Ja, mit ihm einen engeren Kontakt haben? Und wenn das so wäre, dann hätte ihm der Scheich auch nicht die Wahrheit gesagt. Wer einmal lügt, dem glaubt man nicht. Aber warum sollte Steinmann lügen? Steckte er mit der Nicole unter einer Decke, oder hasste er ihn, den Kommissär, seit dem handfesten Zwischenfall in Hinterkappelen? Wildbolz hatte Sandro beauftragt, die Videothek zu besuchen und zu versuchen, etwas über Steinmann und seine Beziehung zum Mieter des Studios A herauszufinden. War das für seinen geliebten Jungen eine zu gefährliche Aufgabe? Kaum, denn Sandro war ein fixes Kerlchen.

Es war schon dunkel, als er in die Bahnhofsunterführung kam. Wahrscheinlich war die Zeit ungünstig, um im Feierabendverkehr nach einem Freier zu suchen. Sandro hatte aber gemeint, dass Drogenstricher den ganzen Nachmittag über bereits nach Geld Ausschau hielten. Wildbolz spazierte langsam durch die Halle, hinunter zu den Perrons der Vorortsbahnen, dann wieder bis ans Ende der Unterführung der Fernzüge. Er sah verschiedene Jungen und Mädchen an Ecken stehen, für die Prostitution sicher kein Fremdwort war. Aber Dario war nicht dabei. Schließlich stellte er sich an die Wand, von der aus man den Zugang zu den Toiletten beobachten konnte. Er war nicht allein: verschiedene ältere Herren taten dasselbe, wenn auch nicht aus demselben Grund. Von ihnen wurde er sofort misstrauisch unter die Lupe genommen. Nach etwa zwanzig Minuten hatte er Glück. Ein Junge, auf den die Beschreibung für Dario passte, verabschiedete sich eben von einem ärmlich gekleideten Alten und setzte sich dann allein auf die breite Treppe, die mitten in der Halle ins obere

Geschoss führte. Das lange braune Haar war strähnig und fettig, die hautengen schmutzigen Jeans unterstrichen die Dünne der Beine. Das Gesicht war einmal hübsch gewesen, jetzt wirkte es schwammig, blass und verlebt. Wer wollte mit so einem Wesen etwas haben? Wildbolz glaubte den abgestandenen Schweiß und Dreck bis zu sich herüber zu riechen. Als er sich von der Wand löste, schauten ihm die älteren Herren wie Geier nach. Darum war es ihm peinlich, zum verwahrlosten Jungen hinüber zu gehen und ihn anzusprechen. Aber er war aus diesem Grund hierher gekommen und hatte deswegen eine halbe Stunde lang in der staubigen, kalten Luft dieser Unterwelt ausgeharrt. »Hallo. Bist du Dario?«

Der Junge drehte seinen Kopf langsam in seine Richtung und spickte ihm mit zwei Fingern den Rest einer Zigarette entgegen. »Brauchste was?« Die Frage war abweisend, wenn nicht giftig.

»Kann ich mal mit dir reden? Kommst du mit auf ein Bier?« Wahrscheinlich hatte er die falschen Worte gewählt. »Bist du ein Bulle?«, wollte der Junge wissen und gab deutlich zum Ausdruck, dass er sich nicht von seinem Sitzplatz wegbewegen würde.

»Menschenskind«, verzweifelte Wildbolz, »sieht man mir das denn so rasch an?« »Hau ab!«

»Ich bin der Kommissär, den du kürzlich um Mitternacht angerufen hast.« Der Junge schaute ihn endlich voll an, aber Sympathie war weniger als keine in seinen Augen zu erkennen. »Rotkäppchen hat mir von dir erzählt. Beunruhige dich nicht; ich will eigentlich nichts von dir als ein paar Auskünfte über die Harte Nicole. Komm mit zu einem Bier.« Wildbolz war es schon peinlich, unter der Beobachtung der Freier so lange um den Jungen anzuhalten. »Ich zahl dir einen Fünfziger als Lohnausfall, abgemacht?« Endlich erhob sich der Junge langsam. Gleichzeitig flüsterte er:

»Geh ins ›Christoffel‹. Ich folge dir in fünf Minuten. Wenn man mich hier mit einem Bullen sieht, bin ich ab sofort arbeitslos.« Und laut sagte er: »Hau jetzt endlich ab!«

Wildbolz hatte keine Möglichkeit ihm zu folgen, ohne dass die halbe Bahnhofshalle ihn mit unverständlichen, missbilligenden Blicken daran zu hindern versucht hätte. Aber wahrscheinlich wollte sich der Junge wahrhaftig nicht mit einem Polizisten sehen lassen.

Wildbolz setzte sich im hässlichen Unterführungs-Café an einen der hintersten Tische. Er bestellte einen Kaffee, nahm eine Zeitung und wartete. Heute war die Beerdigung von Beni Weil gewesen, wenn vielleicht auch ohne Körper. War Amacher wohl dieses Mal selber hingegangen? Dario ließ Wildbolz nicht lange warten. Bevor die Kellnerin seinen Kaffee gebracht hatte, war der krank aussehende Junge schon an seinem Tisch. »Ich kann nicht mit der Schmier zusammen verschwinden, he!«, entschuldigte er sich. »Schon recht«, empfing ihn Wildbolz seinerseits. »Was trinkst du?« »Eine warme Ovo. Klappt das mit dem Fünfziger?« Darios Gesicht zuckte regelmäßig nervös. Wildbolz bestellte die Ovomaltine, als er seinen Kaffee bekam.

»Schön der Reihe nach. Bist du Dario Zbinden?« »Das weißt du ja, sonst kämest du mit deiner Scheiße nicht zu mir.« »Also gut. Erzähle mir bitte mal, was die Harte Nicole von dir wollte, als sie dir befahl, mich mitten in der Nacht anzurufen.« Dario erzählte, was ihm passiert war. Dann meinte er unter ständigem Gesichtszucken: »Warum ich dir am Telefon beteuern musste, Tomi habe sich selber umbringen wollen und so fort, ist mir immer noch nicht klar. Die Harte Nicole hat, glaube ich, nicht ganz alle Tassen im Schrank. Auf jeden Fall will ich mit diesem Rambo nichts mehr zu tun haben, das kannst du mir glauben. Und mit der Schmier übrigens auch nicht.«

»Hast du einen Ausweis da? Bevor ich dir den Fünfziger gebe, muss ich sicher sein, wer du bist, und wissen, wo du wohnst. Ich brauche dich nämlich später vielleicht als Zeugen.« »Typisch Schroterei!«, fluchte Dario und warf Wildbolz seine Identitätskarte auf den Tisch. »Ich wohne bei einem Kumpel beim Park-and-Ride draußen. Am besten triffst du mich aber hier. Und wenn du mich am Bahnhof nicht findest, frage mal bei deinen Scheißkollegen. Von Zeit zu Zeit lochen die mich nämlich ein, wegen nichts und wieder nichts.«

Wildbolz gab ihm den Fünfziger. Dario packte ihn mit einer katzenartigen Bewegung, trank seine Ovomaltine aus, stand auf und ging. Nach einigen Metern drehte er sich halbwegs um und meinte: »Mir recht, wenn ihr die Harte Nicole einbalsamiert. Tschüss.«

Wildbolz blieb noch eine Viertelstunde im ›Christoffel‹. Er hatte jetzt verschiedene Zeugen: Dario und seinen Telefonanruf, Fredy und Martin, die die Harte Nicole aus dem Massagezimmer hatten kommen sehen, der Scheich und Gil, die beobachtet hatten, dass die Nicole Tomis Orangensaft bezahlte. Und dazu kamen einige Indizien, zum Beispiel der Klagebrief, den Tomi an Weil geschrieben haben sollte, dessen Handschrift noch zu untersuchen war, das Taschentuch mit den Speichelspuren, die von der Nicole gestohlenen Kassetten. Es gab keinen Zweifel mehr, wer Tomi hatte sterben lassen und wer Weil ermordet hatte. Bereits morgen würde er mit diesem Belastungsmaterial zu Amacher gehen und die Fahndung nach dem Täter erzwingen. Der Boss wird Augen machen, freute sich der Kommissär.

Als er das Lokal verließ, war es halb sieben.

Er steuerte auf die Ecke der Parkanlage zu, die als Treffpunkt der Schwulen bekannt war. Wenn er schon hier vorübergehen musste, konnte er geradeso gut noch schnell einen Abstecher dorthin machen. Vielleicht würde er ja sogar ein bekanntes Gesicht treffen, oder zumindest konnte er in den schwulen Kontaktpraktiken etwas hinzulernen. Aber die kleinen Weglein, die zwischen den auch im Winter undurchsichtigen Büschen hindurch führten, waren leer. Und doch: Bewegte sich da nicht etwas? Hörte er da nicht ein Klicken, als würde jemand einen Revolver entsichern? Er duckte sich automatisch, aus langjähriger Gewohnheit, so zu reagieren, immer wenn dieses Geräusch an seine Ohren kam. Zum Glück! Denn im gleichen Augenblick hörte er zweierlei: einen dunklen, gedämpften Knall und das Pfeifen einer Kugel neben sich. Er übersprang einen Zaun und kroch durch einen Busch. Auch die zweite Kugel verfehlte ihn. Er rannte, immer Deckung suchend, von einem Baum zum anderen, bis er unten auf dem Trottoir der Schanzenbrücke stand. Hier hatte es Passanten, die ihn zwar verwundert anguckten, aber auch seine Rettung waren. Keuchend blieb er stehen.

Was sollte er tun? Zurück in den Park, nach dem Täter suchen? Nein, er hatte keine Lust, sich dort oben in der dunklen Einsamkeit abknallen zu lassen. Besser war, er würde hinter dem Gebäude der Bundesbahngeneraldirektion hindurch vor den Eingang der Universität gehen. Von dort konnte er die buschige Ecke des Parks aus sicherer Distanz beobachten. Es war aber kaum anzunehmen, dass sich der Heckenschütze solange in seinem Revier verstecken würde. Ja, der war sicher längst davon, in den Bahnhof hinunter oder in den Straßen des Länggassquartiers verschwunden. Er war es also gewesen, der ihm vorher das Gefühl vermittelt hatte, es folge ihm jemand. Auf Gefühle konnte man sich verlassen, wenn sie nicht im Kopf, sondern im Bauch entstanden.

Wahrscheinlich war es das Beste, von einer Verfolgung abzusehen und glücklich zu sein, dass er unverletzt war. Wäre er nur in Begleitung eines Kollegen gewesen! Dann hätte er dem Schützen auf den Fersen bleiben und ihn entlarven können. Jetzt hatte er keine Ahnung, wer ihn umbringen wollte, und das war keine angenehme Situation.

War es die Harte Nicole gewesen? Ein Motiv hätte sie mit Bestimmtheit, wenn sie vernommen hat, was er von ihr wusste und was er mit ihr zu machen gedachte. Oder Willy Ambühl, der ihm am Telefon bereits gedroht hatte, er würde ihn umlegen? Oder kam sonst noch jemand in Frage? Der Scheich? Es galt jetzt, möglichst sofort abzuklären, wo diese drei sich zum Zeitpunkt der Schießerei aufgehalten hatten. Einer dieser drei musste es doch gewesen sein!

Wildbolz machte sich Vorwürfe. Er war selber schuld, dass man ihn so leicht hätte in den Himmel schicken können. Er war ganz allein hinter der Harten Nicole her und hatte nicht, wie es sonst üblich und auch Vorschrift war, einen Kollegen zur Seite genommen.

Er atmete tief durch. Auch nach zwanzig Dienstjahren schockte es einen, wenn auf einen geschossen wurde. Es war also ernst. Wenn die Harte Nicole es gewesen war, musste sich der Kommissär von jetzt an doppelt in Acht nehmen. Dieser Kerl schien ein ausgesprochen gefährlicher Gegner zu sein, das hatte schon sein Mord an Weil bewiesen. Eile war nun geboten, den Mann hinter Schloss und Riegel zu bringen. Sollte er noch heute Nacht zur Hauptwache gehen und die Verhaftung ohne Amacher inszenieren? Besser nicht. Er war noch immer beurlaubt. Und zudem war es ihm peinlich, den Kollegen zu sagen, wo man auf ihn geschossen hatte. »Warst du gerade beim Arschficken?«, würde man ihn lachend fragen.

Wildbolz hatte plötzlich das Bedürfnis, mit einem Vertrauten zu sprechen, bei einem Freund zu sein. Er machte sich darum mit raschen Schritten auf den Weg zum ›Seidenhof‹. Sandro war sicher schon dort und allein in dieser Beiz nicht allzu glücklich. Ja, auf seine Anteilnahme und sein Interesse freute sich der Kommissär. Was wäre geschehen, wenn ihn der Schütze getroffen hätte? Die Harte Nicole wäre ungestraft davongekommen. Und Sandro? Hätte er um ihn geweint, oder war ihre Freundschaft noch zu jung? Sicher. Ein Wochenende genügt nicht, um ein Teil des anderen zu werden, ein Teil, der einem fehlt, wenn man ihn nicht mehr hat. Als wär's ein Stück von mir.

• • •

Um halb sechs klingelte Sandro zum zweiten Mal an der Tür des Studios A. Genau wie vorher öffnete aber niemand. Nach kurzem Warten ging er auf die andere Straßenseite, zur Videothek. Sich selber mit einem beherzten Drücken der Türklinke Mut machend, trat er ein. An einem Ladentisch stand ein etwa dreißigjähriger, leicht schielender Muskelmann. Er verpackte Kassetten unsorgfältig in ihre Plastikhüllen und hustete. »Was kann ich für Sie tun?«, fragte er mit belegter Stimme. Er hatte Oberarme, so dick wie Telefonstangen.

»Ist Herr Steinmann da?«, erkundigte sich Sandro seinerseits.

Steinmann kam hinter dem Vorhang hervor und öffnete seine Arme, als gälte es, seine lange nicht mehr gesehene Mutter zu begrüßen. »Sandro, mein Lieber!« Er trug ein dunkelblaues Lederkombi mit einer großen Kawasaki-Aufschrift. Es gab ein unangenehm reibendes Geräusch von sich, als der Scheich rasch auf Sandro zuschritt. »So eine Überraschung! Sag mal, warst du etwa auf der Beerdigung von Beni Weil?« Als er beim Jungen angelangt war, nahm er dessen Kopf in beide Hände und gab ihm einen väterlichen Kuss auf die Stirn.

Sandro löste sich, so schnell er konnte, von ihm und antwortete: »Nein. Ich befürchtete, dort Willy anzutrefffen. Du weißt: Ich habe im Augenblick keinen Kontakt zu meinem Alten. Er ist so eifersüchtig, dass er mich am liebsten umbringen würde.«

Der Scheich grinste schadenfroh. »So schlimm wird das auch wieder nicht sein. Ich war auch nicht an der Beerdigung, muss ich gestehen. Ich wollte nämlich diesen Scheißbullen nicht schon wieder treffen. Und zudem kannte ich Beni ja kaum. Komm, wir gehen nach hinten. Dort können wir in Ruhe reden.« Er zog Sandro wie ein kleines Kind an der Hand vom Ladentisch weg. Der Muskulöse sah ihnen blöd, aber unbeteiligt nach.

Hinter dem Vorhang standen Gestelle voller Pornovideos. Die Umschläge zeigten bunte Bilder für jeden Geschmack. »Hier durch«, führte ihn der Scheich in eine Art Büro. An einer Wand stand ein Bett, und Sandro stellte sich vor, dass der Scheich hier vielleicht den Muskulösen vernaschte.

»Ich hoffe, du bist nicht mehr mit dem lausigen Derrick zusammen!« Der Scheich zog für Sandro einen Stuhl an den kleinen Tisch und setzte sich seinerseits auf die Tischkante, so dass Sandros Kopf keine dreißig Zentimeter von seinem Geschlecht entfernt war. Der Junge rutschte automatisch zurück. »Hans, meinst du? Der ist nicht so schlimm.«

»Hast du eine Ahnung! Der hat mich ja in meinem eigenen Haus fast umgebracht.«

»Ich bin nicht zu dir gekommen, um über den Detektiv zu sprechen. Ich suche dringend die Harte Nicole. Weißt du, wo sie ist?«

»Aha, wegen der bist du da. Schade!« Lüstern zwinkerte er Sandro zu und griff ihm gleichzeitig zwischen die Beine.

»Hör auf, bitte.« Sandro schob seine Hände weg und rutschte mit seinem Stuhl ein bisschen weiter zurück. »Sage mir besser, wo ich die Harte Nicole finden kann.«

»Jede Auskunft hat ihren Preis«, grinste der Scheich. »Mache mir doch ein wenig Freude, wenn's auch nur achtzehn Zentimeter sind.« »Scheich, du weißt doch, dass ich verheiratet bin!«

»Aha, bist du eher der Typ von diesem Bullen?« »Komm, wir lassen das«, schlug Sandro ihm vor. »Wie heißt die Harte Nicole mit richtigem Namen?« Der Scheich kratzte sich provokativ an seiner Lederhose. »Ich sag es dir, wenn du mir versprichst, dass ich dich mal fotografieren darf. Du weißt, ich bin ein Meister der Fotografie und könnte auch von dir Bilder aus der Kamera zaubern, die dich zum Adonis machen. Abgemacht?« »Also gut, aber nicht heute und morgen. Sag jetzt, wo wohnt die Nicole?«

»Das da drüben, das Studio in der Nummer 45, ist nur seine Absteige. Hier führt er seine Jugendtreffs durch, verstehst du. Aber er hat eine Frau, ist verheiratet, und seine Gemahlin weiß natürlich von seiner schwulen Seite nichts. Darum darf man auch nicht wissen, wo er mit ihr wohnt, begreifst du? Die Harte Nicole führt ein Doppelleben. Die schwule Post lässt er auf mein Postfach kommen, und die Wohnung da drüben ist auch auf meinen Namen gemietet.

Sogar der schwarze alte Volvo gehört mir! Dafür stehen ich und meine Videothek unter seinem besonderen Schutz.« »Finde ich ihn heute Abend also da drüben?« Der Scheich stand vom Tisch auf und ging zur Türe, öffnete sie einen Spalt breit und guckte in den Laden hinaus. »Ich glaube nicht. Heute Abend ist er im ›Banana Boat‹.« »Was ist denn das?«, erkundigte sich Sandro. »Ach, das kennst du doch. Das ›Banana Boat‹ ist die Begleitagentur von Joe Herbst. Du kannst dich ja mal anstellen lassen. Der hat etwa ein halbes Dutzend von deiner Größe.«

Der Scheich schloss die Türe wieder, drehte sich zu Sandro, öffnete seine Hose und nahm seinen Ständer heraus. Wippend streckte er ihn Sandro entgegen.

»Hör auf, Scheich! Ich habe weder Lust noch Laune. Ich muss jetzt die Nicole suchen gehen. Pack das Zeug ein. Verstehe doch, dass es auch Situationen gibt, in denen man Sex nicht mag.« Beleidigt und enttäuscht schaute der Scheich den Jungen an. Dann packte er seinen

Schwanz in das Lederkombi zurück. »Prüder Spanier, was du bist! Aber beim Fotografieren kommst du mir nicht ungeschoren davon.«

»Wo liegt dieses ›Banana Boat‹?«, fragte Sandro hartnäckig. »An der Konsumstraße, im alten Coop-Lagerhaus. Im dritten Stock hat es zwei Wohnungen, die hat Joe Herbst für sein Business gemietet. Ich glaube, es ist die Nummer 17. Du wirst es schon finden. Unten hat's ein Schild, das auf Gerber Electronics lautet. Es sind die einzigen bewohnbaren Räume des alten Lagerhauses.« »Danke, Scheich. Ich muss die Harte Nicole wirklich noch heute sprechen. Es ist wichtig. Wie kommst du übrigens mit ihr aus?«

Steinmann hob die Schultern und ließ sie dann mit einem Seufzer fallen. »Wieso? Mit der Harten Nicole bin ich immer prima ausgekommen. Sie hat mir auch schon diesen oder jenen Boy vermittelt. Eine Hand wäscht die andere. Sag ihr einen schönen Gruß, wenn du sie findest. Aber verrate diesem Bullenschwein nichts von der Wohnung da drüben oder vom ›Banana Boat‹. Ich mag diese Mistkerle nicht noch unterstützen.«

»Warum? Glaubst du, die Harte Nicole sei der Schuldige an Tomis Tod?« Der Scheich kam an Sandro vorbei und der Ledergeruch stieg dem Jungen unangenehm in die Nase. »Ach, weiß ich doch nicht. Ist mir auch egal. Mir war dieser verwöhnte Zwerg sowieso schnuppe. Zudem: Der Harten Nicole können sie ja gleichwohl nichts anhängen. Der ist zu kompetent.«

Sandro lachte laut auf. »Bewunderst du ihn etwa auch noch, seiner Muskeln wegen? Für mich ist die Nicole eine alte, dämliche und selbstgerechte Zwetschge.«

Der Scheich drehte sich von dort, wo er stand, zu Sandro um und kaute an seinem Zeigefinger. »Ich habe eine Idee, Kleiner. Wie wär's, wenn du hier in die Videothek arbeiten kommst? Hm? Ich zahle dir für den Halbtagsjob zweitausend im Monat. Manchmal machst du auch noch Trinkgeld. Wenn du schon nicht mehr bei Willy wohnen willst, bist du ja auch den Job in der Sauna los, nicht wahr? Du kannst drüben im Studio B wohnen, neben der Nicole. Ach, das freut mich jetzt, dass mir diese Idee gekommen ist. Abgemacht?« Der Scheich trat von einem Bein aufs andere, wie ein Junge, und gab sich total begeistert.

Sandro schnaubte abschätzig. »Ich komme gut durchs Leben, Scheich.« Und um ihn nicht zu verärgern, fügte er hinzu: »Aber ich werd's mir überlegen.«

Der Scheich wollte gerade auf ihn zukommen, da klingelte das Telefon. Er ging mit zwei raschen Schritten zum Apparat. »Mean Screen Videothek? – Ja, ich bin's selber. – Was zum Teufel ... – gut, ich komme. Bis gleich.« Er hängte auf und sah Sandro mit verstörtem Gesicht an. »Ich muss sofort weg. Melde dich wegen des Jobs!«

Und fort war er. Mit Hans hatte Sandro erst in einer halben Stunde im ›Seidenhof‹ abgemacht, aber er zog es vor, schon jetzt ins Restaurant zu gehen und in der Wärme zu warten.

• • •

Wildbolz erreichte das Restaurant ›Seidenhof‹ verschwitzt und zerknirscht. Es kam selten vor, dass man einem Kommissär nach dem Leben trachtete, selbst wenn er einem Verbrecher durch sein Wissen persönlich gefährlich wurde. Sicher war das nicht so, weil man der Polizei immer noch entsprechenden Respekt zollte, sondern weil man sich bewusst war, dass es meistens kaum half, einen Polizisten aus der Welt zu schaffen. Hinter ihm wartete ja eine ganze Organisation mit demselben Ordnungsziel. Aber hier schien der Fall etwas anders zu liegen, denn der Chef der Organisation, Amacher, war ja nicht gleicher Meinung wie er, der Kommissär.

Sandro saß hinter einer Stange Bier allein an einem kleinen runden Tisch und las im *Blick.* Als er Wildbolz entdeckte, schien er sichtlich froh, dass das langweilige Warten ein Ende hatte. Er legte die Zeitung beiseite und empfing den Kommissär mit einem fröhlichen Lächeln. »Endlich. Ich bin schon beinahe eine Stunde hier. Das ist mein drittes Bier. Aber, Hans, du siehst aus, als hättest du einen Marathon hinter dir.«

Wildbolz zog sich die Jacke aus und legte sie über die Stuhllehne. Dann setzte er sich seufzend zum Jungen und kam sich alt vor. »Etwas Ähnliches ist mir auch geschehen. Ich werde es dir gleich erzählen. Zuerst muss ich einen Kaffee bestellen und ein bisschen verschnaufen. Wie ist es dir ergangen?« Sandro grinste. »Der Scheich wollte mich anstellen. Wenn es so weitergeht, werde ich kaum arbeitslos. Die Harte Nicole hingegen habe ich nicht zu Gesicht bekommen. Sie war nicht in ihrer Absteige.« »Wieso Absteige? Wohnt sie nicht dort?« »Der Scheich hat das gesagt. Er erklärte mir, die Nicole sei verheiratet und wohne irgendwo am Stadtrand in einem bürgerlichen Rahmen. Kannst du dir das vorstellen?«

Wildbolz wischte sich mit einem Papiertaschentuch die Nase. »Ohne weiteres. Es gibt genug Schwule, die ein Doppelleben führen, verheiratet sind und Kinder haben. Aber diese Absteige: lautet der Mietvertrag wirklich auf den Scheich?« »Ja, scheinbar. Der Scheich sagte, die Nicole helfe ihm auch irgendwie. Er hat mir übrigens verraten, wo wir sie zur Zeit finden können: im ›Banana Boat‹, einem Escort Service oder so was Ähnlichem. Und gegen dich hat er geflucht wie ein Donnerwetter. Der würde dich kalten Arsches umbringen, wenn er die Gelegenheit dazu fände.«

»So? War er die ganze Zeit in seiner Videothek? Ich wurde nämlich etwa um sieben wirklich fast umgebracht. Jemand hat auf mich geschossen.«

Sandro runzelte die Stirn unter seinem Lockenkopf. »Was? Welcher Verrückte wollte das tun? Wo denn?« »An der peinlichsten Stelle, an der meine Leiche hätte gefunden werden können: im Park auf der Großen Schanze.« »Wieso? Hast du jemanden angemacht?« Der Junge sah ihn aufmerksam an.

»Du spinnst wohl. Ich habe im Bahnhof Dario Zbinden getroffen und bin auf dem Weg zu dir beim Park vorbeigekommen. Aus reiner Neugier schaute ich mal zwischen die Büsche. Und da hat's geknallt.«

Eine kleine Pause entstand. Sandro schien leer zu schlucken und nachzudenken. »Um sieben, sagst du? Dann wäre es wohl möglich, dass Steinmann seine Drohung wahr machen wollte. Etwa um sechs musste er plötzlich nach einem Anruf eilends weg. Eine Waffe trägt der sowieso immer bei sich, wie ich den einschätze. Wie bist du denn lebend davongekommen?«

Wildbolz erzählte dem Jungen die Geschichte ausführlich. Sandro freute sich, dass sein neuer Freund noch am Leben war, und berichtete ihm seinerseits, was er vom Scheich gehört hatte. Sie aßen eine Kleinigkeit und machten sich dann auf, um das ›Banana Boat‹ zu suchen.

Wildbolz wollte aber zuerst rasch nach Hause, denn nach der Schießerei im Park riskierte er es nicht mehr, ohne Waffe der Harten Nicole zu folgen. Im Urlaub trug er normalerweise keine bei sich. Es würde ihnen beiden auch nützlich sein, wenn sie den Wagen bei sich hatten. Während der Busfahrt sprachen sie wenig miteinander. Der Kommissär hoffte, dass er diesen Fall bald vergessen und sich dann ganz Sandro und seiner immer deutlicher spürbaren Leidenschaft für diesen Jungen widmen konnte. Die Fahndung nach einem Mörder und die Liebe zu einem Jungen ließen sich schlecht kombinieren. Aber vielleicht würde das gemeinsame Abenteuer rund um Tomi Fehr und Beni Weil die Bindung zwischen ihm und dem jungen Lockenkopf vertiefen. Dennoch wäre er bereits jetzt am liebsten mit seinem Freund zu Hause geblieben.

Von Wildbolz' Wohnung erreichten sie die Konsumstraße rasch, suchten aber eine Weile nach dem Lagerhaus und dem Eingang Nummer 17. Die Straße war verhältnismäßig finster. Nur am Anfang hatte es Wohnungen, der obere Teil war beidseitig von Gewerberäumen eingefasst. Wildbolz und Sandro parkierten den Wagen mitten vor dem Lagerhaus und fanden dort auch das Schild mit dem Namen *Gerber Electronics.* Die Türe daneben war allerdings abgeschlossen, und sie mussten eine alte Klingel betätigen und lange warten, ehe ihnen ein struppiger junger Mann öffnete. Er trug grünschwarze Armyhosen und einen dicken schwarzen Rollkragenpullover, der überall ausfranste. »Was wollen Sie?«, grüßte er zackig.

»Wir sind hier mit der Harten Nicole verabredet«, erklärte Wildbolz, ohne sicher zu sein, dass dies der richtige Weg war, um eingelassen zu werden.

Der struppige Mann betrachtete sie eine Weile prüfend, dann meinte er: »Wer seid ihr überhaupt?« »Ein Liebespaar. Siehst du das nicht?«, antwortete der Kommissär ungeduldig. »Und wir sind Freunde der Nicole. Wenn du uns nicht raufkommen lassen willst, dann sage ihr bitte, sie solle herunterkommen. Sandro warte auf sie.« Der Struppige war noch immer unentschlossen. »Normalerweise sind Liebespaare nicht unsere Kunden. Aber den Jungen kenne ich von irgendwoher, es fällt mir nur nicht ein, von wo. Na gut, kommt rauf. Aber die Drinks müsst ihr bezahlen.« Er ließ sie an sich vorbei durch die Türe und schloss dann hinter ihnen wieder ab. Wildbolz fasste Sandro um die Schultern, nicht nur, um zu demonstrieren, dass sie wahrhaftig ein Liebespaar waren, sondern auch, um den Jungen zu beruhigen.

Die Steintreppen waren ausgelatscht, die Tapeten an den Wänden des Treppenhauses blätterten überall ab. Im dritten Stockwerk endete das Treppenhaus. Je eine Türe links und rechts trugen das gleiche Schild, wie sie es unten gesehen hatten. Der Struppige öffnete die linke Türe mit einem Schlüssel und ging voraus. Wildbolz und Sandro kamen in einen Vorraum, in dem ein fleckiges Sofa und zwei alte Polstersessel standen. Eine offene Türe führte weiter zu einer kleinen Küche. Wahrscheinlich hatte hier früher der Hauswart gewohnt, als das Lagerhaus noch eine Großbäckerei gewesen war, wie sich Wildbolz zu erinnern glaubte. Irgendwie roch auch noch alles nach Mehl, Salz und Hefe.

»Ihr könnt die Nicole noch nicht gleich sehen. Sie ist noch in der Massage. Aber ich serviere euch einen Drink. Ein Schampus ist zwanzig, ein Whisky fünfzehn. Was Billigeres haben wir nicht.« Der Struppige schaute sie von der Küchentür her verärgert an.

»Die Nicole hat uns gesagt, das sei eine Begleitagentur und kein Massagesalon«, kommentierte Wildbolz.

»Ist es auch«, näselte der Struppige. »Aber die Boys sind im Augenblick alle draußen. Wir arbeiten nur auf Voranmeldung. Klar?« »Gib mir einen Whisky«, willigte Wildbolz ein. »Mir auch«, doppelte Sandro nach. »Setzt euch«, befahl der andere und ging dann in die Küche, wo er sich grob an den Küchenschranktüren zu schaffen machte. Da das Licht in der Küche viel heller war, konnte man ihn vom Empfangsraum her genau beobachten. Wildbolz wollte sich ein zweites Mal nicht von einem plötzlichen Angriff überraschen lassen. Er überlegte gleichzeitig, ob er nicht besser den Hund statt des Jungen mitgenommen hätte. Der Struppige brachte die Whiskys. Seine dicken Finger sahen aus wie die eines Bauarbeiters.

»Trinken Sie einen mit«, schlug Wildbolz vor. Der andere sah ihn überrascht an, meinte aber nach konzentriertem Nachdenken: »Keine blöde Idee. Aber du lädst mich ein.« Er ging zurück in die Küche und hantierte wieder wie ein Metallschlosser. Sandro saß inzwischen in einem der staubigen alten Sessel und betrachtete die Bilder, die die Wände rings um ihn schmückten. Es waren herausgeschnittene Farbdrucke von Jungen. Wahrscheinlich stammten sie aus Pornomagazinen billigster Klasse. Wildbolz war froh, als er das abschätzige Gesicht Sandros dabei feststellen konnte.

»So, da bin ich wieder. Also, dann Prost!« Der Struppige schien plötzlich anderer Laune zu sein.

»Müssen wir lange auf die Nicole warten?«, erkundigte sich Wildbolz. »Er hat uns doch auf neun hierher bestellt.« »Ach, er hat euch herbestellt? Davon hat er mir nichts gesagt. Heute scheint ja sowieso Aufregung unter der Clique zu herrschen. Du, ich weiß nicht, wann die wieder rauskommen. Sie sind drüben in der Wohnung.«

Wildbolz hörte mit Genugtuung, dass er jetzt geduzt wurde. »Wer ist denn noch bei ihm?« Er wagte einen weiteren Bluff: »Der Scheich, nicht wahr?«

Sandro schaute ihn verdutzt an und schien die Welt nicht mehr zu verstehen.

»Ja, genau«, gab der Struppige zurück. »Aber er ist noch nervöser als die Nicole.«

Er hatte sich mindestens einen Doppelten eingeschenkt und nahm nun einen langen Zug.

»Dass die uns hierher bestellt haben!«, meinte Wildbolz, den Erstaunten spielend. »Ich habe gar nicht gewusst, dass dieses ›Banana Boat‹ existiert. Und ich weiß auch jetzt noch nicht genau, was man hier kaufen kann. Und wie teuer.« Die Anspielung auf das verdienbare Geld hatte die gewünschte Wirkung. »Hier kannst du die feinsten Jungs kaufen, zum Mitnehmen oder zum hier Auskosten. Eine S/M-Massage, wie es die Nicole liebt, kostet dreihundert. Ein Drink wird dir dazu gratis serviert.« Der Struppige war jetzt sichtlich stolz auf sein Etablissement. »Aha. Und die Nicole ist jetzt drüben in der anderen Wohnung und hat eine S/M-Massage gekauft? Und was ist mit Steinmann?« Der Gastgeber nahm wieder einen langen Schluck. »Darf ich mir noch einen holen?«

Wildbolz nickte, und Sandro saß unsicher in seinem Sessel. Es war dem Jungen hier ganz und gar nicht geheuer. Es schien, als mache er sich sprungbereit, wie eine Katze vor dem Angriff. »Die Nicole und der Scheich kaufen sich jeweils zwei der Jungen und machen gemeinsames Spiel.«

Er kam mit dem neuen Drink von der Küche zurück und ließ sich in das Sofa fallen. Dann meinte er nachdenklich: »Also ein Liebespaar seid ihr, he? Wollt ihr ein drittes Bein kaufen, oder macht ihr total auf Treue?« Er lachte pfeifend. »Dass es das überhaupt noch gibt! Ein Liebespaar. Hab ich schon lange nicht mehr gesehen.«

Wildbolz lächelte mit. »Wir sind eben noch ein bisschen altmodisch, Kumpel. Verdient ihr hier gut?«

Der andere nahm einen seiner langen Schlucke. »Es hat nachgelassen. Seit dem Aids-Problem. Und jetzt auch noch die Krise. Aber Jungs hätten wir zum Versauen. Die wollen doch heute alle auf die Schnelle zu ihrem Geld kommen.«

»Aber die Nicole und der Scheich kommen dafür regelmäßig?«
»Klar. Die Nicole will allerdings privat mit keinem der Boys etwas zu tun haben. Und dazu verlangt der ständig was Neues, verstehst du. Natürlich mache ich ihm auch einen Freundschaftspreis. Bei soviel Kundentreue.« Ein Summer unterbrach ihn. »Augenblick!« Er stand

auf und ging zu einer Gegensprechanlage, die an der Wand befestigt war.

»Bringst du uns eine Flasche Pommery und Gläser, Micky?« Die Stimme war von kreischenden Geräuschen umrahmt, so dass es nicht möglich war festzustellen, ob es jene von Steinmann war. Aber es konnte sie dem Tonfall nach ohne weiteres sein. Unwillkürlich fuhr Wildbolz' Hand über die Jacke, dort, wo er seine SIG-Pistole trug. »Seid ihr fertig?«, wollte der Struppige wissen. »Nein, wir machen noch eine Runde. Aber wir brauchen etwas zum Saufen.«

»Okay, ich komme.« Er ging in die Küche und rief von dort: »Ich muss schnell Schampus rüberbringen. Soll ich euch bei dieser Gelegenheit anmelden?«

»Nein. Es ist besser, wir kommen gleich mit.« Wildbolz stand auf und flüsterte Sandro zu: »Folge uns, aber mit Abstand.«

* * *

Der Struppige, in der einen Hand eine Flasche Champagner, in der anderen vier hochstielige Gläser, schaute überrascht zu Wildbolz. Er betrachtete zuerst eine Weile die Pistole, die ihm auf den Rücken zielte, dann das entschlossene Gesicht des Kommissärs. »Hopp, gehen Sie!« befahl ihm Wildbolz, ohne den anderen zu duzen. Der Struppige ging durch die Tür in den Hausflur hinaus, stellte dort die Flasche auf den Boden und öffnete mit einem Schlüssel die gegenüberliegende Tür.

Der Struppige trat in einen zweiten Vorraum. Er stellte Gläser und Flasche auf ein Tischchen und klopfte laut an eine verschlossene Zimmertüre. »Komm rein«, tönte es von drinnen. Wildbolz stand mit der Pistole an der Wohnungstüre, die zum Flur noch offen stand. Dort beobachtete Sandro, was vor ihm passierte. Der Struppige öffnete die Zimmertüre und blieb davor stehen. »Was ist los? Hast du den Schampus? Bring ihn rein.« Es musste die Stimme Steinmanns sein.

Mit drei raschen Schritten stand der Kommissär neben dem Struppigen und richtete seine Waffe ins Innere des Zimmers. »Polizei«, erklärte er mit trockenem Mund, denn was er da vor sich sah, war mehr als eine Überraschung. Steinmann stand keine zwei Meter vor ihm, nur mit einem Badetuch bekleidet. Vor ihm kniete ein etwa sechzehnjähriger Junge mit rotem Gesicht und wässrigen Augen. Im Zimmer standen überall sonderbare Geräte herum, ähnlich wie in einer

Schmiede oder bei einem Sattler. Das Verrückteste aber saß auf einem Bett, splitternackt: Amacher! Sein Chef!

Neben ihm lag ein Knabe, in Ketten gefesselt, mit einem Lederriemen um den Hals.

»Hans!«, schnaubte Amacher. Die Ader auf seiner Stirn war angeschwollen wie bei einem Rennpferd. An der Brustwarze war er verletzt; ein Blutrinnsal lief etwa zehn Zentimeter durch die Brusthaare hinunter. Rasch stand er vom Bett auf und riss ein Badetuch von einem Stuhl, schwang es sich nervös um die Lenden. »Was suchst du denn hier?« Er musste niesen.

»Klaus!« Endlich brachte Wildbolz ein Wort hervor. »Bist du die Harte Nicole?«

Amacher senkte den Blick und presste die Lippen zusammen. »Ja.« Nach einer halben Minute, während der keiner ein weiteres Wort zu sagen wusste und sich auch keiner bewegte, fragte Wildbolz:

»Hast du heute Abend auf mich geschossen?« Amacher bewegte sich langsam in Richtung seiner Kleider, die in einer von der Türe entfernten Ecke an der Wand hingen. Er antwortete aber nicht, sondern stierte seine Kleider an. Dann langte er plötzlich mit einer schnellen Bewegung in seine Jacke, zog seine Dienstpistole hervor und schoss sich in den Kopf.

Es ging alles so blitzschnell, dass Wildbolz erst begriff, was geschah, als Amacher bereits auf die Knie gefallen war und von dort seitlich auf den Boden kippte. Sein Riesenschädel war auf der sichtbaren Seite zerschmettert. Blut floss auf den billigen Nadelfilzteppich. Das Badetuch um seine Hüfte hatte sich gelöst; man sah sein eingeöltes Geschlecht.

Wildbolz kontrollierte mit einem Blick, ob der Scheich dasselbe vorhatte. Aber dieser hatte sich entsetzt zu einem der Knaben aufs Bett gesetzt. Es schienen alle drei Nackten gelähmt zu sein.

»Haben Sie ein Telefon?«, fragte der Kommissär den Struppigen unsanft. »Telefonieren Sie sofort einem Krankenwagen. Wählen Sie die 117. Hopp, los! Und versuchen Sie nicht davonzurennen!«

Er kniete bei Amacher nieder. Das Blut floss aus der breiten Wunde und Teile des Gehirns waren sichtbar. Es sah schrecklich aus, und wahrscheinlich war der Boss nicht mehr zu retten. Wildbolz zog ein Bettlaken unter einem sitzenden Knaben hervor und deckte Amacher zu. Er konnte den leblosen Körper nicht mehr ansehen. Klaus, Niklaus, Nicole. Dass er nie daran gedacht hatte!

»Das ist ja furchtbar«, stöhnte Steinmann, der ehrlich entsetzt schien und nichts anderes tat, als seinen toten Kumpel anzustarren. »Kommen Sie raus«, riet ihm Wildbolz und ging voran in das Empfangszimmer. Der Scheich und die Knaben nahmen ihre Kleider von einem Haken und folgten ihm eingeschüchtert. Einen Toten aus der Nähe anzustarrren, den man Sekunden zuvor noch quicklebendig erlebt hatte, war eine besondere Sache. Das Gedächtnis, das die Zusammenhänge schuf, funktionierte etwas langsamer als die Realität. Im Vorzimmer zogen sich die drei Spielkameraden an. Dann setzten sie sich alle drei in die billigen Kunstledersessel, die um ein hässliches Tischchen standen.

»Bleiben Sie hier sitzen!«, befahl ihnen der Kommissär. Es war ihm fast übel. Sein toter Chef mit dem offenen Kopf, die drei würdelosen Gespielen und das, was hier im ›Banana Boat‹ vorgegangen war, drückten seine Stimmung auf Null und machten seinen Mund sauer. Er fühlte sich für den Tod seines Chefs verantwortlich.

»Schau, dass niemand weggeht«, bat er Sandro, der mit entsetzten Augen an der Wohnungstüre stand. »Ich gehe rasch telefonieren.«

Wildbolz rief die Hauptwache an und verlangte nach Wälti. Aber der war dienstfrei. Burger kam an den Apparat. Während der Kommissär kurz das Debakel schilderte, schaute er sich durch die offene Tür in der Küche um, ohne aber einen einzigen Gegenstand in seinem Bewusstsein festhalten zu können.

Amacher war die Harte Nicole, ging es ihm immer wieder durch den Kopf. Und die Harte Nicole war der Mörder Beni Weils, der Schuldige am Tod von Tomi Fehr, der brutale Sadist, ein perverser Heuchler von der schlimmsten Sorte. Amacher, der eine Frau zu Hause hatte, der einen Bombenjob hatte, der sich immer als Prophet der Gerechtigkeit ausgegeben hatte. Es konnte einfach nicht wahr sein! Was tut man in einer solchen Situation? Dasselbe wie in jedem anderen Fall, prägte sich Wildbolz immer wieder ein.

Er ging ins Vorzimmer der anderen Wohnung zurück. Es widerte ihn an, die drei in den verbeulten Sesseln hilflos sitzen zu sehen. Sandro stand immer noch mit demselben entsetzten Blick an der Türe. Plötzlich rief der Struppige laut und wütend: »An allem bist du schuld, du himmelherrgottverdammter Schmierlappen. Wenn du nicht gekommen wärest, würde die Nicole noch leben. Du hast unser Geschäft ruiniert. Du hast alles kaputt gemacht, du elende Polizistensau!«

Der Scheich und die Knaben sahen den Schreier teilnahmslos an. Ihre Gedanken waren scheinbar ganz woanders. Amachers Tod oder der Niedergang des ›Banana Boats‹ war ihnen so lang wie breit. Sie machten sich, schockiert vom Miterlebten, Gedanken um ihre eigene Situation. Aber zu sprechen wagte von diesen drei keiner.

Da dem Struppigen also keiner Antwort gab und auch keiner ihm beipflichtete, zog er es vor, auch nichts mehr zu sagen. Aber er behielt seinen Blick hasserfüllt auf Wildbolz gerichtet und wandte ihn nicht mehr ab.

Die beiden Knaben saßen vornübergebeugt in ihren Sesseln, und der Scheich kaute an seinen Fingernägeln. Wildbolz machte sich plötzlich Sorgen um seine Beziehung zu Sandro. Würde der Junge nach dem hier Erlebten nicht vor jedem Polizisten Ekel verspüren?

Etwa nach zehn Minuten traf Burger mit mehreren Leuten ein. Er grüßte den Kommissär mit einem ernsten Nicken und schaute sich in der ganzen Wohnung um. Dann wies er die Männer von der Spurensicherung an, ihre Arbeit zu tun. Merz fotografierte. »Wer ist hier was?«, fragte Burger seinen ranghöheren Kollegen. Wildbolz stellte ihm die Leute der Reihe nach vor, hielt aber seinen Kommentar so kurz wie möglich. Bei Sandro meinte er: »Das ist mein Begleiter. Er hat mit der Sache nichts zu tun.«

Burger schüttelte vor Bestürzung immer wieder den Kopf. »Das ist ja unfassbar: Amacher in so einem Milieu! Haben Sie das gewusst?« Wildbolz verneinte. »Ich werde Ihnen erzählen, wer für mich die Harte Nicole war. Dass es sich dabei um Klaus handelte, erfuhr ich erst vor einer halben Stunde. Hier drin.« »Okay. Ich nehme diese Leute mit. Vielleicht können Sie morgen mal vorbeikommen und mich ein bisschen über die Umstände aufklären. Ich würde gerne auch Ihren jungen Begleiter befragen, wenn Sie nichts dagegen haben.«

Wildbolz und Sandro verabschiedeten sich von Burger und den anderen Beamten und stiegen die dunkle Treppe hinunter. Ihr Wagen war von Polizeifahrzeugen umgeben. Ein Uniformierter musste ihnen den Weg zuerst frei machen, bevor sie wegfahren konnten. »Die Harte Nicole war dein Chef?«, fragte Sandro ungläubig. »Das gibt's ja nicht. Ist denn die ganze Polizei schwul?« »Frag mich nicht so einen Blödsinn«, wehrte sich Wildbolz.

Fast zwanzig Jahre lang hatte er Amacher gekannt und auch respektiert. Und jetzt lag er dort oben nackt in einer Blutlache und wurde von seinen Untergebenen, wahrscheinlich mit viel Schadenfreude, untersucht, fotografiert und abtransportiert. Alle Würde war auf einen Schlag verloren, alle Kompetenz und Macht weggeblasen.

»Bist du sauer auf mich?«, erkundigte sich Sandro vorsichtig. »Ach nein, natürlich nicht. Ich weiß nur nicht, was ich überhaupt denken und fühlen soll. Wenn man einen Menschen achtet, ist es wahrscheinlich nur einer Fiktion wegen. Wir gehören alle zum selben Dreck.«

»Das finde ich aber nicht«, entgegnete Sandro ernst. »Aber man sollte eben Menschen nicht ihrer Stellung in der Gesellschaft wegen achten.«

»Und weswegen denn?«

»Ihrer ... ihrer Herzen wegen.«

Wildbolz fuhr zur Morillonstraße zurück. Er hatte keine Ahnung, ob ihm Sandros Anwesenheit gerade angenehm war.

* * *

»Steinmann Walter, geboren am 16. August 1959, aus Signau.« Leutnant Burger lehnte sich im unbequemen Bürostuhl zurück. Einmal würde man ihm einen neuen bewilligen müssen, Sparprogramm hin oder her! »Wir machen jetzt ein Protokoll. Sie wissen, dass alles, was sie darin aussagen, gegen Sie verwendet werden kann. Sie waren also am Sonntag, den 14. November, in der Sauna ›Steamshop Club‹. Erzählen Sie mir, was dort geschah.«

Der Scheich saß ihm gegenüber auf einem noch unbequemeren Holzstuhl und kaute an den Fingernägeln. »Die Harte Nicole war mit Tomi schon im Massageraum, als ich hereinkam. Er hatte den Knaben an einem Kabel um den Hals gefesselt und ...« Burger tippte mit zwei Fingern. Als er Steinmanns Worte endlich eingegeben hatte, forderte er: »Und?«

»Die Harte Nicole bumste den Knaben. Tomi gab keinen Laut von sich, machte aber ein schmerzverzerrtes Gesicht.« »Nennen Sie diese Harte Nicole in Zukunft Amacher«, wünschte Burger.

»Ich kam also dazu, und Amacher forderte mich auf, das Kabel zuzuziehen.« »Sie taten dies?«

Der Scheich biss sich in den Zeigfinger und ließ ein lautes »Au!« hören. Dann gab er zu: »Ja, ich ... Amacher war ... Ich meine, er hatte mir versprochen, eine Sonderbewilligung für die Videothek auszustellen. Ich wollte einen Privatclub einrichten, der bis halb vier Uhr früh offen sein konnte.« Burger tippte. »Und dann? Was geschah dann?« »Die Harte Nicole, eh, Amacher geriet total in Ekstase, denn der Knabe stöhnte, blau im Gesicht, und bewegte sich rhythmisch zu Amachers Stößen. Sie wissen schon, was ich meine.« »Nein, keine Ahnung«, murrte Burger. »Erzählen Sie weiter.« Der Scheich rieb sich mit seinen fleischigen Fingern die Nase. »Als Amacher kam, stöhnte er so laut, dass ich dachte, es sei ihm etwas geschehen. Ich achtete nicht mehr auf Tomi, bis dessen Oberkörper plötzlich schwer in das Kabel fiel. Und da merkte ich, dass er am Ersticken war. Ich löste das Kabel, aber es war schon zu spät.« »Moment«, bat Burger und tippte mühsam weiter. Steinmann wartete eine Weile, dann fuhr er fort: »Ich sagte zu Amacher: ›Tomi ist erstickt!‹ Er wischte sich seinen Schwanz an Tomis Arsch ab und gab keine Antwort. Muss ich das wirklich alles so genau erklären?«

Als Burger auch das getippt hatte, bestätigte er: »Ja, natürlich. Sie sind da nicht bei einem Teekränzchen mit Tante Ida. Fahren Sie fort.« »Ich versuchte festzustellen, was mit Tomi passiert war. Und als ich sicher war, dass er nicht mehr lebte, schrie ich Amacher an, man müsse sofort einen Arzt holen. Aber der schlug mich ins Gesicht und tobte: ›Vergiss diesen Schwachsinn. Was wir müssen, ist hier raus, ohne dass uns jemand sieht.‹ Er überschüttete mich mit Vorwürfen, dass ich zu fest am Kabel gezogen hätte, ein Idiot sei und so weiter. Aber ich hörte nicht auf ihn und wollte aus dem Raum, zum Telefon, um einen Arzt zu rufen. Amacher nahm mich in den Schwitzkasten und befahl mir, Ruhe zu bewahren. Wenn ich dies nicht täte, wäre es mit meiner Bewilligung Essig. Ich ließ mich mit der Zeit überreden. Ja, und dann versuchten wir, alle Spuren zu verwischen. Amacher wickelte sich sein Badetuch um und verließ den Raum. Mich ließ er einfach stehen. Ich kontrollierte nochmals, ob Tomi wirklich nicht mehr lebte. Ich wollte ihm eigentlich eine Mund-zu-Mund-Beatmung verabreichen, aber das wagte ich nicht. Es hätte ja jederzeit jemand hereinkommen können. Als ich feststellte, dass er mausetot war, befiel mich eine extreme Panik. Ich verließ das Massagezimmer ebenfalls und ging direkt ins Dampfbad, um mich in der Dunkelheit zu verstecken. Die Harte Nicole sah ich nicht mehr, bis etwa eine halbe Stunde danach Tomis Leiche entdeckt wurde.«

Als Burger mit Schreiben so weit war, kommentierte er dumpf: »Ihr seid mir zwei Schweine, Gottverdammich. Weiter!« »Fertig«, flüsterte Steinmann. »Wir verließen die Sauna mit allen anderen. Am Abend haben wir uns dann getroffen und besprochen, wie wir den Unfall am besten vertuschen konnten. Amacher beruhigte mich und sagte, er werde alles ins rechte Licht rücken.«

»Gut, das habe ich. Und dann Weil? Was geschah mit ihm?« »Weil rief mich an und fragte mich nach Amachers Adresse. Er behauptete, er wisse Bescheid, was im Massageraum geschehen sei. Er werde es der Polizei melden, wenn wir es nicht selber täten.« »Mhm«, brummte Burger. »Und darum musste er so rasch wie möglich beseitigt werden.«

»Ja. Amacher kam mit einem Plan zu mir. Er wollte mit Weil am Dienstagmorgen joggen gehen, und ich sollte an der Südwestecke des Könizbergwaldes auf ihn warten. Es lief alles wie abgemacht. Wir überwältigten Weil, fesselten ihn und fuhren ihn zur Aare, etwas unterhalb der Hunzikerbrücke. Dort schnitten wir ihm die Handgelenke auf, gaben ihm eins auf den Schädel, nahmen ihm die Fesseln ab und warfen ihn in den Fluss. Den Rest kennen Sie ja.« »Noch nicht ganz«, erklärte Burger. »Im ersten Fall: Nahmen Sie den Tod des Knaben in Kauf?«

»Nein, natürlich nicht«, beteuerte Steinmann. »Amacher hatte ihm zweihundert Franken für das Spiel versprochen gehabt und mich eingeladen, mitzumachen. Ich ging mehr aus Neugier in den Massageraum.« »Sie werden wegen fahrlässiger Tötung im Fall Fehr und Beihilfe zum Mord im Fall Weil bestraft werden.«

Der Scheich wurde bleich. »Aber ich habe doch nur nach dem Befehl Amachers gehandelt. Und ich wusste, dass er ein hohes Tier bei der Polizei war. Also nahm ich an, er wusste, was man durfte und was nicht.«

Burger schüttelte angewidert den Kopf. »Tun Sie nicht so scheinheilig. Sie sind ein erwachsener Mann und für ihre Taten verantwortlich. Wer hat den Erpresserbrief an Weil geschrieben? Sie?«

»Nein, Amacher. Er wollte Weil belasten.«

»So eine idiotische Idee! Ihr seid beide ziemlich belämmert. Eine weitere Frage: Wer hat bei Weil eingebrochen?«

»Amacher natürlich. Er wollte nachsehen, ob Weil seine Drohung schriftlich festgehalten hatte. Aber er fand nichts dergleichen, nur drei Videokassetten. Darum hat er mich beruhigt und gesagt, dass beide Todesfälle ohne weitere Schwierigkeiten als Selbstmord deklariert werden können. Er würde dafür sorgen.«

Burger nickte. »Haben Sie auf Wildbolz geschossen?« »Nein, das war auch Amacher. Als er es getan hatte und es misslungen war, rief er mich an. Wir wollten Wildbolz ins ›Banana Boat‹ locken und ihn dort beseitigen. Ich meine, das war auch Amachers Idee. Aber dann kam er früher als erwartet und brachte diesen Spanier mit.«

»Sie meinen Sandro Jimenez. Was hat der denn mit Wildbolz zu tun?«

Der Scheich schaute den Polizisten misstrauisch an. »Das weiß ich doch nicht. Dieser Wildbolz ist zu allem fähig. In meinem eigenen Haus hat er mich zusammengeschlagen. Stellen Sie sich das vor. Sandro watschelt ihm einfach nach; vielleicht macht ihm dieser eingebildete Derrick Eindruck.«

Burger lehnte sich in seinem kippgefährdeten Sessel zurück und beobachtete Steinmann eine Weile. »Haben Sie sonst noch etwas zu Protokoll zu geben? Vielleicht etwas, das Sie entlasten könnte?« Der Scheich überlegte. »Für mich ist es wichtig, dass man erkennt, dass ich von Amacher zu all dem Blödsinn getrieben wurde. Hätte ich ihm nicht geholfen, Weil zu schnappen und in die Aare zu werfen, hätte er meine Videothek schließen lassen. Da bin ich ganz sicher. Ich musste ihm auch immer die extremsten Videofilme liefern, Kindersex, wissen Sie. Er hat mich früher einmal deswegen verklagen wollen. Aber dann vermietete ich ihm für hundert Franken eine Wohnung, eine kleine Einzimmerwohnung meinem Geschäft gegenüber, und lieferte ihm die Kassetten dutzendweise gratis. Nein: Ich hatte gegen Amacher nicht die geringste Chance. Ich war ihm richtiggehend ausgeliefert. Und darum konnte ich nicht anders, als ihm auch gegen Weil zu helfen.«

Burger brummte: »Ich werde inzwischen auch noch von Wildbolz einen ausführlichen Bericht erhalten.«

»Glauben Sie dem Schwein kein Wort!«

Burger sah den Scheich erbost an. »Ich glaube, Sie sehen immer noch nicht ein, wer hier das Schwein ist. Unterschreiben Sie da. Ich lasse Sie dann ins Untersuchungsgefängnis zurückbringen. Wir werden Ihr Haus und Ihren Laden durchsuchen müssen. Lassen Sie die Schlüssel also am besten hier. Und wenn Sie einen Anwalt zu sprechen wünschen, sagen Sie es mir gleich.«

Der Scheich unterschrieb sein Protokoll ohne Widerrede. Es war ihm anzusehen, dass er sich unschuldig fühlte. Er klaubte einen Schlüsselbund aus seinem Lederkombi und warf ihn auf den Schreibtisch. »Ich brauche keinen Anwalt. Ich habe Ihnen doch gesagt: Ich musste mitmachen. Amacher, euer Grand Chef, hat mich dazu gezwungen. Basta.«

Als der Uniformierte kam und Steinmann mitnahm, brachte es Burger nicht über sich, dem Verhafteten einen Abschiedsgruß zu sagen. Schon das Äußere dieses Typen hatte in ihm eine große Abneigung ausgelöst. Aber diese miserable Verantwortungslosigkeit, die beim Protokoll deutlich wurde, erfüllte ihn mit großer Bitternis! Er begriff, dass Wildbolz ihm den Fall übertragen hatte. Aber er begriff nicht, dass sein oberster Boss die niederträchtigste Figur in der ganzen Geschichte war. Amacher! Jaja, die feinen Herren sind eben auch nicht so fein, wie sie sich immer gerne den Untergebenen darstellen.

Für ihn, Burger, war das Wichtigste, dass er selber nicht schwul war. Gottseidank! Er lachte in sich hinein. Als jüngerer Fahnder hatte er es gut, was die Frauen anging. Wenn man es richtig anstellte, konnte man als Polizist fast überall ein kurzes Fickerchen erzwingen, zum Beispiel mit der fünfzehnjährigen Fixerin, die er am Nachmittag wieder einmal mitnehmen und bei Mama Clara, der Puffmutter in der Lorraine, zu einem flotten Lutscher verpflichten würde. Wahnsinnig geil war dieses kecke kleine Mädchen. Klar, mit der ewigen Nadel im Arm würde sie nicht lange so aussehen. Aber das ging ihn, Burger, ja nichts an. Scheißwelt!

* * *

Wildbolz beruhigte Fritz und kam aus der Küche ins Wohnzimmer, wo Sandro im Ohrensessel des Kommissärs saß. Es war bereits nach Mitternacht. Er legte seinen Arm zärtlich um Sandros Schultern und erklärte leise: »Ich liebe dich. Ich möchte, dass wir für immer zusammen bleiben.«

Sandro schob den Arm des Polizisten langsam weg und erwiderte: »Es tut mir Leid, Hans. Aber das wird kaum gehen.«.

»Und warum?«

»Es geht einfach nicht. Ich kann all das Geschehene nicht verkraften. Ich kann mich nicht an ein bürgerliches Familienleben gewöhnen. Ich will aus dem Scheiß raus!« »Zu Willy zurück?«, forschte Wildbolz. Sandro schüttelte den Kopf. »Nein, auch nicht zu Willy zurück. Ich weiß nicht recht, aber ich stehe das nicht mehr durch. Ihr seid alle kaputt in diesem Land. So wie ihr das hier macht, geht es einfach für mich nicht mehr. Ihr seid alles Egoisten.«

»Ich gebe meinen Job auf.«

Der Junge winkte ab. »Das nützt doch nichts. Du wirst derselbe bleiben. Die Wohlstandsschweizer können das Rad nicht zurückdrehen. Wenigstens nicht so schnell. Ich will hier weg. Ich fahre nach Spanien, zu meinen Großeltern.« Wildbolz versuchte noch einmal, seine Hand auf die Schultern des Jungen zu legen. Aber erneut wurde er zurückgewiesen. »Ich weiß nicht, was du plötzlich hast. Was habe ich falsch gemacht?«

Sandro sah ihn lange an. »Ach, ich weiß doch nicht. Du hast wahrscheinlich für deine Welt nichts falsch gemacht. Du bist Polizist und wirst es bleiben. Das habe ich heute erkannt. Und Willy ist ein hysterischer Spekulant und wird es auch bleiben. Ihr könnt euch nicht mehr verändern. Dieses Land ist festgefahren, wenn du verstehst, was ich meine. Ich will hier weg. Meine Eltern kamen in die Schweiz, weil sie glaubten, hier lägen das Geld und das Glück auf der Straße. Für sie war es auch so. Aber ich muss feststellen, dass man uns Ausländer einfach mit Geld gekauft hat. Wir haben dafür unsere eigene Kultur, unsere Fröhlichkeit, unseren inneren Frieden opfern müssen. Nein, ich kann weder dich noch Willy lieben. Es tut mir wirklich Leid, Hans. Aber Willys Wahn, Leute zu besitzen, und dein Wahn, Leute zu bestrafen, das ist doch alles anti! Mit diesen überheblichen Ansprüchen mag ich einfach nicht leben.«

»Hätte ich denn Tomis Todesursache und den Mord an Beni Weil nicht aufklären sollen?«, fragte Wildbolz verzweifelt. »Doch, doch. Klärt ihr nur selber auf, was ihr anrichtet.« »Glaubst du, in Spanien könnte das nicht passieren?« Sandro sah ihn befremdet an. »Doch. Aber alles wäre irgendwie anders. Natürlicher. Sentimentaler. Willy wäre auch eifersüchtig. Aber eben ehrlich eifersüchtig und nicht gleichzeitig darauf bedacht, im besten Licht vor mir und allen anderen zu erscheinen. Und er würde in seiner Eifersucht seine Geschäfte vergessen, wäre er Spanier. Und du, du würdest als spanischer Kommissär auch die Wahrheit finden wollen. Ich meine die Wahrheit für Tomi. Aber du hast die Wahrheit über dich finden wollen. Sei doch ehrlich!«

»Aber Sandro, ich bin auch schwul, das habe ich jetzt nach all den Jahren erfahren. Und ich liebe dich!«

»Schwul? Das reicht doch nicht zum Lieben. Wie das Heterosein auch nicht reicht. Ich möchte aufrichtig und frei geliebt werden!«

Wildbolz ging im Zimmer auf und ab, so dass selbst Fritz aus der Küche kam und nervös wurde. »Ich bin ehrlich. Habe ich nicht alles getan, um die Wahrheit zu finden?«

»Ja, die miese Wahrheit der anderen und die gute Wahrheit deiner selbst. Das ist typisch schweizerisch. Und auch typisch Polizist. Nein, Hans, das genügt mir nicht. Wir haben alle dieselbe Wahrheit. Und sie ist bei allen mies oder bei allen gut. Du, Willy, die Harte Nicole, Steinmann, der Direktor: ihr alle glaubt an zwei Wahrheiten. Die eure und die der anderen. So kann man nicht lieben. Tut mir Leid. Weil ihr immer zwei Wahrheiten habt, konnte geschehen, was geschehen ist. Da gibt es keinen Unterschied zwischen dir und Amacher.« Nach einer kurzen Pause fügte er hinzu: »Lieber unmoralisch als selbstherrlich!«

Wildbolz sah den Jungen in einer traurigen Stimmung eine Weile an. Erst dann murmelte er zu sich selber: »Ich bin also wieder allein, wie ich es mein ganzes Leben war.«

»Diese idiotische so genannte Gerechtigkeit!«, fluchte Sandro, immer noch aufgekratzt. »Findest du es nicht typisch, Hans, dass der brutale Mörder dein Vorgesetzter war? Er hatte denselben Beruf wie du, nämlich die Aufgabe, von Staats wegen Ordnung und Recht zu verteidigen. Aber was er tat, war Zynismus. Er brachte Unordnung und Unrecht unter seine engsten Brüder, die Schwulen. Ach, ich mag gar nicht mehr weiter darüber reden. Ich gehe jetzt zu Gil, übernachte dort, und morgen fahre ich nach Spanien. Dieses Land und seine geldsüchtigen Egoisten können mich am Arsch lecken.« »Willst du nicht bis morgen warten und noch eine Nacht mit mir verbringen?«, bettelte der Kommissär.

»Nein, das stehe ich nicht mehr durch. Ich will weg von dieser Heuchlergesellschaft. Tut mit Leid, Hans!«

»Ich muss dir noch deinen Lohn auszahlen.« »Vergiss es. Ich war ohnehin nicht deswegen bei dir. Eigentlich wollte ich nur Willy zeigen, dass ich nicht sein Besitz bin. Vielleicht produzierte die knisternde Situation rund um Tomis Tod in mir auch ein bisschen Neugier auf dich. Aber ich könnte nicht mit einem selbstgerechten, bestrafungsfanatischen, reaktionären Polizisten zusammen leben. Erst noch in dieser arroganten Bauernsöhnchengesellschaft. Genau solcher Menschen wegen, wie du es bist, haben es die Schwulen schwer.« »Aber Herrgott, ich bin doch selber schwul, Sandro!«, stöhnte der Kommissär verzweifelt.

Sandro war in seine Jacke geschlüpft und stand an der Wohnungstür. Er lächelte nachsichtig, fast traurig: »Vor lauter Angst, du würdest den Schweizer Wohlstand verlieren, kannst du gar nicht richtig lieben. Ehe ist Besitz! Bitte, Hans, nimm es nicht persönlich, aber ich bin erst dreiundzwanzig und kann nicht für alle Zeiten in so eine Ehe treten. Tomis Tod hat mir klargemacht, wie mein Leben sein soll: frei, denn Schuldgefühle machen krank!«

Er drehte den Schlüssel, öffnete die Tür und trat ins Treppenhaus. Von dort rief er zurück: »Hasta la Vista, Hans. Und viel Vergnügen im Paradies der Selbstgerechten!«

Die Türe schloss sich. Wildbolz ließ sich in den Ohrensessel fallen und war verzweifelt: »Was habe ich denn falsch gemacht?«, fragte er Fritz.